Dezenove Luas

OBRAS DAS AUTORAS PUBLICADAS PELA RECORD

Série Beautiful Creatures

Dezesseis Luas
Dezessete Luas
Dezoito Luas
Dezenove Luas

MARGARET STOHL
KAMI GARCIA

Tradução
Regiane Winarski

1ª edição

2013

CIP-BRASIL. CATALOGAÇÃO NA FONTE
SINDICATO NACIONAL DOS EDITORES DE LIVROS, RJ

G199d
Garcia, Kami
Dezenove luas / Kami Garcia; tradução Regiane Winarski.
– 1. ed. – Rio de Janeiro: Galera Record, 2013.
(Beautiful creatures; 4)

Tradução de: Beautiful redemption
Sequência de: Dezoito luas
ISBN 978-85-01-40326-1

1. Romance americano. I. Stohl, Margareth. II. Winarski, Regiane. III. Título. IV. Série.

13-00750
CDD: 813
CDU: 821.111(73)-3

Título original em inglês:
Beautiful Redemption

Copyright © 2012 by Kami Garcia, LLC, and Margaret Stohl, Inc.

Todos os direitos reservados.
Proibida a reprodução, no todo ou
em parte, através de quaisquer meios.
Os direitos morais do autor foram assegurados.

Composição de miolo: Abreu's System
Design de capa: Igor Campos

Texto revisado pelo novo Acordo Ortográfico da Língua Portuguesa.

Direitos exclusivos de publicação em língua portuguesa somente para o Brasil
adquiridos pela
EDITORA RECORD LTDA.
Rua Argentina 171 – Rio de Janeiro, RJ – 20921-380 – Tel.: 2585-2000,
que se reserva a propriedade literária desta tradução.

Impresso no Brasil

ISBN 978-85-01-40326-1

Seja um leitor preferencial Record.
Cadastre-se e receba informações sobre nossos lançamentos e nossas promoções.

Atendimento e venda direta ao leitor:
mdireto@record.com.br ou (21) 2585-2002.

Para nossos pais,
Robert Marin e Burton Stohl,
por nos ensinarem a acreditar
que éramos capazes de fazer qualquer coisa,
e
para nossos maridos,
Alex Garcia e Lewis Peterson,
por nos levarem a fazer a única coisa
que jamais pensamos que conseguiríamos.

A morte é o começo da Imortalidade.

— Maximilien Robespierre

⊰ LENA ⊱

Recomeçando

Outras pessoas sonhavam com voos. Eu tinha pesadelos com quedas. Não conseguia falar sobre eles, mas também não conseguia parar de pensar neles.

Nele.

Ethan caindo.

O sapato de Ethan atingindo o chão segundos antes.

Deve ter se soltado quando ele caiu.

Eu me perguntei se ele sabia.

Se ele soubera.

Eu via aquele tênis preto enlameado caindo do alto da torre de água cada vez que fechava os olhos. Às vezes, torcia para ser um sonho. Torcia para acordar e ele estar esperando lá fora, na frente de Ravenwood, para me levar para a escola.

Acorde, dorminhoca. Estou quase chegando. Era isso que ele teria dito por meio de Kelt.

Eu ouviria a música ruim de Link saindo da janela aberta antes mesmo de ver Ethan ao volante.

Era assim que eu imaginava.

Havia tido pesadelos com ele mil vezes antes. Antes de conhecê-lo ou, pelo menos, de saber que ele ia ser Ethan. Mas isso não era parecido com nada que eu tivesse visto em um pesadelo.

Não devia ter acontecido. A vida dele não era para ser assim. E minha vida não podia estar destinada a ser assim.

Aquele tênis preto enlameado não era para ter caído.

A vida sem Ethan era algo pior que um pesadelo.

Era real.

Tão real que eu me recusava a acreditar.

2 de fevereiro
Pesadelos terminam.
É assim que você sabe que são pesadelos. Isso —
Ethan — tudo — não está terminando, não dá sinal
de terminar.
Eu me senti — eu me sinto — como se estivesse presa.
Como se minha vida tivesse sido destruída quando ele — quando
tudo mais terminou.
Ela se partiu em mil pedacinhos.
Quando ele bateu no chão.

Eu não conseguia mais olhar para meu diário. Não conseguia escrever poesia; doía até mesmo ler.

Era tudo tão verdadeiro.

A pessoa mais importante da minha vida morreu ao pular da torre de água de Summerville. Eu sabia por que ele fez aquilo. Saber o motivo não me fazia sentir melhor.

Saber que ele fez aquilo por mim só me deixava pior.

Às vezes, eu achava que o mundo não valia a pena.

Não valia ser salvo.

Às vezes, achava que eu também não valia a pena.

Ethan achou que estava fazendo a coisa certa. Ele sabia que era loucura. E não queria ir, mas teve de ir mesmo assim.

Ethan era assim.

Mesmo estando morto.

Ele salvou o mundo, mas destruiu o meu.

E agora?

LIVRO UM

Ethan

⊰ CAPÍTULO 1 ⊱

Lar

Um borrão de céu azul sobre a minha cabeça.

Sem nuvens.

Perfeito.

Assim como o céu na vida real, só que um pouco mais azul e com um pouco menos de sol nos meus olhos.

Acho que o céu na vida real não é realmente perfeito. Talvez seja isso que o torne tão perfeito.

Que o tornasse.

Fechei bem os olhos de novo.

Eu estava enrolando.

Não sabia se estava pronto para ver o que havia ali. É claro que o céu parecia melhor, com o Paraíso sendo o que era e tudo mais.

Não que achasse que era onde eu estava. Fui um cara legal, em minha opinião. Mas tinha visto o bastante até então para saber que tudo que eu pensava sobre tudo estava errado.

Tinha a mente aberta, ao menos pelos padrões de Gatlin. Havia ouvido todas as teorias. Assistira a mais que minha cota de aulas dominicais. E, depois do acidente da minha mãe, Marian me contou sobre uma aula de budismo em Duke, quando um professor chamado Buda Bob explicou que o Paraíso era uma lágrima dentro de uma lágrima, ou alguma coisa assim. No ano anterior, minha mãe tentou me fazer ler o *Inferno* de Dante, que Link disse ser sobre um prédio de escritórios em chamas, mas, na verdade, era sobre a viagem de um sujeito pelos nove círculos do Inferno. Só me lembro da parte sobre monstros ou demônios presos em um poço de gelo, contada pela minha mãe. Acho que era no nono círculo do

Inferno, mas havia tantos círculos lá embaixo, que, depois de um tempo, todos ficaram parecidos.

Depois que aprendi sobre os mundos subterrâneos, outros mundos e mundos paralelos, e tudo mais que entrava no bolo de três camadas de universos que era o mundo Conjurador, aquela primeira visão de céu azul estava boa para mim. Fiquei aliviado de ver que havia algo parecido com um cartão brega da Hallmark esperando por mim. Eu não estava imaginando portões perolados nem bebês querubins nus. Mas o céu azul era um detalhe legal.

Abri os olhos de novo. Ainda azul.

Azul da Carolina.

Uma abelha gorda zumbiu sobre minha cabeça, voando em direção ao céu, até se chocar contra ele, como tinha feito milhares de vezes antes.

Porque não era o céu.

Era o teto.

E ali não era o Paraíso.

Eu estava deitado na velha cama de mogno, no meu ainda mais velho quarto na mansão Wate.

Eu estava em casa.

E isso era impossível.

Pisquei.

Ainda em casa.

Será que foi um sonho? Esperava desesperadamente que sim. Talvez tivesse sido, assim como em todas as manhãs durante os primeiros seis meses depois da morte da minha mãe.

Por favor, faça com que tenha sido um sonho.

Estiquei a mão e tateei na poeira debaixo da cama. Senti a pilha familiar de livros e peguei um.

Odisseia. Um dos meus quadrinhos favoritos, apesar de eu ter quase certeza de que a Mad Comix havia tomado algumas liberdades em relação à versão escrita por Homero.

Hesitei e peguei outro. *On the Road — Pé na estrada.* A primeira visão do Kerouac foi uma prova inegável, e rolei de lado até conseguir ver o quadrado pálido na parede onde, até alguns dias atrás (só isso?), o velho mapa estava pendurado, as linhas verdes circulando os cenários dos meus livros favoritos que eu queria visitar.

Era meu quarto mesmo.

O relógio antigo na mesa ao lado da cama não parecia mais estar funcionando, mas todo o resto parecia igual. Devia ser um dia quente para janeiro. A luz que entrava pela janela quase não parecia natural, como se eu estivesse em um dos *storyboards* ruins de um vídeo dos Holy Rollers feito por Link. Mas fora a iluminação de cinema, meu quarto estava exatamente como deixei. Assim como os livros debaixo da cama, as caixas de sapato com toda a minha história de vida ainda estavam empilhadas contra as paredes. Tudo que devia estar lá estava, pelo menos até onde eu percebia.

Menos Lena.

L? Você está aí?

Não conseguia senti-la. Não conseguia sentir nada.

Olhei para minhas mãos. Elas pareciam normais. Nada de hematomas. Olhei para a camiseta branca. Nada de sangue.

Nenhum buraco na calça jeans nem no meu corpo.

Fui para o banheiro e me olhei no espelho em cima da pia. Ali estava eu. O mesmo Ethan Wate de sempre.

Eu ainda estava olhando para meu reflexo quando ouvi um som no térreo.

— Amma?

Meu coração pareceu disparar, o que era bem estranho, pois, quando acordei, eu nem sabia se ele estava batendo. Fosse como fosse, eu conseguia ouvir os sons familiares da minha casa, vindo direto da cozinha. Tábuas gemiam quando alguém andava de um lado para o outro em frente aos armários, ao fogão e à velha mesa da cozinha. Os mesmos velhos passos, fazendo as mesmas coisas de sempre, de manhã.

Se fosse de manhã.

O cheiro de nossa velha frigideira no fogão veio lá de baixo.

— Amma? Isso não é bacon, é?

A voz estava clara e calma.

— Querido, acho que você sabe o que estou preparando. Só tem uma coisa que sei cozinhar. Se é que você pode chamar isso de cozinhar.

Aquela voz.

Era tão familiar.

— Ethan? Quanto tempo você vai me fazer esperar pra te dar um abraço? Estou aqui embaixo há muito tempo, querido.

Eu não conseguia entender as palavras. Não conseguia ouvir nada além da voz. Eu a tinha ouvido antes, não fazia muito tempo, mas nunca assim. Tão alta, clara e cheia de vida, como se ela estivesse no andar de baixo.

E ela estava.

As palavras eram como música. Afastaram toda a infelicidade e confusão.

— Mãe? Mãe!

Corri pela escada, pulando três degraus de cada vez, antes de ela poder responder.

⊰ CAPÍTULO 2 ⊱

Tomates verdes fritos

Ali estava ela, parada na cozinha, descalça, com o cabelo do jeito que eu lembrava, meio preso, meio solto. Uma camisa branca de botão, que meu pai costumava chamar de seu "uniforme", ainda estava coberta de tinta do último projeto. A calça jeans estava enrolada nos tornozelos, como sempre, estivesse ou não na moda. Minha mãe nunca ligava para coisas assim. Estava segurando nossa velha frigideira preta de ferro cheia de tomates verdes em uma das mãos e um livro na outra. Ela devia estar cozinhando enquanto lia, sem erguer o olhar. Cantarolando parte de uma música que ela nem percebia estar cantarolando e, provavelmente, não conseguia ouvir.

Essa era minha mãe. Ela parecia exatamente a mesma.

Talvez eu fosse o único que tinha mudado.

Dei um passo mais para perto, e ela se virou, deixando o livro de lado.

— Aí está você, meu doce garoto.

Senti meu coração virar do avesso. Ninguém mais me chamava assim; ninguém ia querer, e eu não deixaria. Só minha mãe. Os braços dela me tomaram em um abraço, e o mundo se fechou ao nosso redor quando afundei meu rosto nela. Inspirei o aroma quente e a sensação quente e o tudo quente que minha mãe era para mim.

— Mãe. Você voltou.

— Um de nós voltou. — Ela suspirou.

Foi quando eu percebi. Ela estava parada na minha cozinha, e eu estava parado na minha cozinha, o que significava uma de duas coisas: ou ela tinha voltado à vida ou...

Eu não.

Os olhos dela se encheram de alguma coisa — lágrimas, amor, solidariedade —, e, antes que eu percebesse, os braços dela estavam ao meu redor de novo.

Minha mãe sempre entendia tudo.

— Eu sei, meu doce garoto. Eu sei.

Meu rosto encontrou o antigo esconderijo na curva do seu pescoço.

Ela beijou o alto da minha cabeça.

— O que aconteceu com você? Não era pra ser assim. — Ela se afastou para me olhar. — Nada disso era pra terminar assim.

— Eu sei.

— Por outro lado, não existe jeito certo de encerrar a vida de uma pessoa, existe? — Ela beliscou meu queixo e sorriu enquanto me olhava.

Eu tinha memorizado. Seu sorriso, o rosto. Tudo. Foi tudo que tive depois que ela morreu.

Sempre soube que ela estava viva em algum lugar, de alguma forma. Ela tinha salvado Macon e me mandado músicas que me guiaram por cada estranho capítulo da minha vida com os Conjuradores. Esteve presente o tempo todo, assim como quando estava viva.

Era apenas um momento, mas eu queria mantê-lo assim pelo máximo de tempo que pudesse.

Não sei como chegamos à mesa da cozinha. Não me lembro de nada além do calor sólido dos braços dela. Mas fiquei sentado ali, na minha cadeira de sempre, como se os últimos anos nunca tivessem acontecido. Havia livros para todos os lados, e, pelo que parecia, minha mãe estava na metade da maioria deles, como sempre. Uma meia, provavelmente recém-lavada, estava enfiada no meio de *A divina comédia*. Um guardanapo aparecia em meio às páginas da *Ilíada*, e, em cima dele, um garfo marcava a página em um livro de mitologia grega. A mesa da cozinha estava cheia com seus amados livros, uma pilha de exemplares mais alta que a outra. Eu me sentia como se estivesse de volta à biblioteca com Marian.

Os tomates estalaram na frigideira quando inspirei o aroma da minha mãe, de papel amarelando e óleo queimado, tomates novos e papelão velho, todos misturados com pimenta caiena.

Não era surpreendente que bibliotecas me dessem tanta fome.

Minha mãe colocou um prato de porcelana branco e azul na mesa entre nós. Porcelana-dragão. Sorri porque era o favorito dela. Ela colocou os tomates quentes no papel-toalha e polvilhou pimenta sobre o prato.

— Pronto. Manda ver.

Enfiei o garfo na fatia mais próxima.

— Sabe, não como isso desde que você... desde o acidente. — O tomate estava tão quente que queimou minha língua. Olhei para minha mãe. — Nós estamos... Isto é...?

Ela devolveu o olhar, sem entender.

Eu tentei elaborar de novo.

— Você sabe. O Céu?

Ela riu enquanto servia chá gelado em dois copos altos, pois chá era a única coisa que minha mãe sabia fazer.

— Não, não é o Céu, EW. Não exatamente.

Eu devo ter parecido preocupado, como se achasse que tínhamos ido parar no outro lugar por algum motivo. Mas isso também não podia estar certo, porque, por mais brega que pudesse parecer, estar com minha mãe de novo era o Céu, independentemente de o universo pensar assim ou não. Por outro lado, o universo e eu não tínhamos concordado em muitas coisas ultimamente.

Minha mãe encostou a mão na minha bochecha e sorriu ao balançar a cabeça.

— Não, aqui não é nenhum tipo de lugar de descanso final, se é isso que quer dizer.

— Então por que estamos aqui?

— Não sei direito. Não recebemos um manual quando chegamos. — Ela segurou minha mão. — Eu sempre soube que estava aqui por sua causa, por causa de alguma coisa que não fora terminada, alguma coisa que eu precisava te ensinar ou te contar ou te mostrar. Foi por isso que mandei as músicas.

— As músicas sinalizadoras.

— Exatamente. Você me manteve bem ocupada. E agora que está aqui, sinto que nunca nos separamos. — O rosto dela ficou sombrio. — Sempre tive esperanças de ver você de novo. Mas eu imaginava que fosse esperar bem mais. Sinto muito. Sei que este momento deve ser terrível, deixar Amma e seu pai. E Lena.

Eu assenti.

— É uma droga.

— Eu sei. Sinto a mesma coisa — disse ela.

— Por causa de Macon? — As palavras saltaram da minha boca antes que eu pudesse impedir.

O rosto dela ficou vermelho.

— Acho que mereci isso. Mas nem tudo que acontece na vida de uma mãe é algo que ela precisa conversar com o filho de 17 anos.

— Desculpe.

Ela apertou minha mão.

— Você era a pessoa que eu não queria abandonar, mais do que qualquer outra. E era a pessoa com quem eu me preocupava em abandonar, mais do que qualquer outra. Você e seu pai.

"Seu pai, felizmente, está sob o cuidado excepcional dos Ravenwood. Lena e Macon lançaram Conjuros poderosos nele, e Amma está tecendo as histórias dela. Mitchell não faz ideia do que aconteceu com você."

— É mesmo?

Ela assentiu.

— Amma fala que você está em Savannah com sua tia, e ele acredita.

O sorriso dela desapareceu, e ela olhou para trás de mim, para as sombras. Eu sabia que ela devia estar preocupada com meu pai, apesar de qualquer Conjuro que houvesse sobre ele. Minha partida repentina de Gatlin devia estar doendo nela tanto quanto em mim, por ter de ficar de lado vendo tudo acontecer, sem poder fazer nada.

— Mas não é uma solução de longo prazo, Ethan. Agora, todo mundo está fazendo o melhor que pode. Costuma ser assim.

— Eu lembro. — Eu tinha passado por isso uma vez.

Nós dois sabíamos quando.

Ela não disse nada depois disso, só pegou um garfo para ela. Comemos juntos em silêncio pelo resto da tarde, ou por um momento. Eu não conseguia mais distinguir qual era qual, e não sabia se importava.

Sentamos na varanda dos fundos, comendo cerejas molhadas e brilhantes de um escorredor e vendo as estrelas surgirem. O céu tinha escurecido, e as estrelas apareceram em aglomerados brilhantes. Vi estrelas dos céus Conjurador e Mortal. A Lua dividida estava entre a Estrela do Norte e a Estrela do Sul. Eu não sabia como era possível ver dois céus ao mesmo tempo, dois grupos de constelações, mas eu vi. Conseguia ver tudo agora, como se eu fosse duas pessoas diferentes ao mesmo tempo. Finalmente, o encerramento de toda aquela coisa de Alma Fraturada. Acho que uma das vantagens de morrer era ter as duas partes da minha alma novamente unidas.

Ah, tá.

Tudo tinha se unido agora que acabou, ou talvez porque acabou. Acho que a vida era assim, às vezes. Tudo parecia tão simples, tão fácil dali. Tão incrivelmente claro.

Por que essa era a única solução? Por que tinha que terminar assim?

Apoiei a cabeça no ombro da minha mãe.

— Mãe?

— Querido.

— Preciso falar com Lena.

Pronto. Eu finalmente confessei. A única coisa que me impediu de expirar o dia todo. A coisa que me fez sentir que não podia sentar, que não podia ficar. Como se eu tivesse de me levantar e ir para algum lugar, mesmo não tendo para onde ir.

Como Amma costumava dizer, a coisa boa da verdade é que é verdade, e não dá para discutir com a verdade. Você pode não gostar dela, mas isso não a torna menos verdadeira. Isso era tudo que restava para me apegar agora.

— Você não pode falar com ela. — Minha mãe franziu a testa. — Pelo menos, não é fácil.

— Preciso dizer a ela que estou bem. Eu a conheço. Ela está esperando um sinal meu. Assim como eu estava esperando um sinal seu.

— Não tem nenhum Carlton Eaton pra entregar sua carta a ela, Ethan. Você não pode mandar uma carta deste mundo nem receber sua resposta. E, mesmo que pudesse, não conseguiria escrever. Você não sabe quantas vezes eu quis que fosse possível.

Tinha de haver um jeito.

— Eu sei. Se fosse, teria recebido mais notícias suas.

Ela olhou para as estrelas. Seus olhos brilharam com as luzes refletidas quando falou:

— Todos os dias, meu doce garoto. Todos os dias.

— Mas você encontrou um jeito de falar comigo. Usou os livros do escritório e as músicas. E vi você naquela noite que fui ao cemitério. E no meu quarto, lembra?

— As músicas foram ideia dos Grandes. Acho que porque eu cantava pra você desde que era bebê. Mas todo mundo é diferente. Não acredito que você consiga enviar algo como uma música sinalizadora pra Lena.

— Mesmo se eu soubesse compor uma. — Meu talento de compositor fazia Link parecer um dos Beatles.

— Não foi fácil pra mim, e eu vinha vagando por aqui havia bem mais tempo do que você. E tive ajuda de Amma, Twyla e Arelia. — Ela olhou para os céus gêmeos. — Você tem de lembrar, Amma e os Grandes têm poderes sobre os quais não sei nada.

— Mas você era Guardiã. — Tinha de haver coisas que ela sabia e os outros não.

— Exatamente. Eu era Guardiã. Fazia o que o Registro Distante pedia, e não fazia o que o Registro Distante não queria que eu fizesse. Não se deve mexer com eles e não se deve mexer com seus registros das coisas.

— *As Crônicas Conjuradoras*?

Ela pegou uma cereja e a examinou em busca de manchas. Demorou tanto para responder, que eu já estava começando a pensar que não tinha me ouvido.

— O que você sabe sobre *As Crônicas Conjuradoras*?

— Antes do julgamento da tia Marian, o Conselho do Registro Distante foi até a biblioteca e levou o livro.

Ela colocou o escorredor velho de metal no degrau abaixo de nós.

— Esqueça *As Crônicas Conjuradoras*. Tudo isso não importa mais.

— Por que não?

— Estou falando sério, Ethan. Não estamos fora de perigo, você e eu.

— Perigo? Do que você está falando? Já estamos... você sabe.

Ela balançou a cabeça.

— Só estamos na metade do caminho. Temos de descobrir o que está nos mantendo aqui, e seguir em frente.

— E se eu não quiser seguir em frente? — Eu não estava pronto para desistir. Não enquanto Lena estivesse esperando por mim.

Mais uma vez, ela ficou sem responder por um longo tempo. Quando respondeu, minha mãe pareceu mais sombria do que eu jamais tinha ouvido.

— Acho que você não tem escolha.

— Você teve — retruquei.

— Não foi uma escolha. Você precisava de mim. É por isso que estou aqui... Por você. Mas nem eu posso mudar o que aconteceu.

— É? Você podia tentar. — Eu me vi esmagando uma cereja na mão. O sumo vermelho escorreu entre meus dedos.

— Não tem nada pra tentar, Ethan. Acabou. É tarde demais. — Ela mal sussurrou, mas pareceu que estava gritando.

A raiva cresceu dentro de mim. Joguei uma cereja do outro lado do jardim, depois outra, depois todas.

— Bem, Lena e Amma e papai precisam de mim, e não vou simplesmente desistir. Sinto que não devia estar aqui, como se tudo isso fosse um grande erro. — Olhei para o escorredor vazio nas mãos. — E não é temporada de cerejas. Estamos no inverno. — Olhei para ela com os olhos cheios de lágrimas, apesar de só sentir raiva. — É pra ser inverno.

Minha mãe colocou a mão dela sobre a minha.

— Ethan.

Eu afastei a minha.

— Não tente me fazer sentir melhor. Senti saudades de você, mãe. De verdade. Mais do que qualquer coisa. Mas, por mais feliz que esteja em te ver, quero acordar e saber que isso não está acontecendo. Entendo por que precisei fazer aquilo. Já aceitei. Tudo bem. Mas não quero ficar preso aqui pra sempre.

— O que você achou que ia acontecer?

— Não sei. Não isso.

Era verdade? Eu tinha mesmo achado que podia escapar de sacrificar meu bem-estar pelo bem do mundo? Será que pensei que a história do Aquele que É Dois era brincadeira?

Acho que era mais fácil bancar o herói. Mas agora que era real, agora que eu tinha de encarar uma eternidade do que perdi, de repente, não parecia tão fácil.

Os olhos da minha mãe se encheram de lágrimas, ainda mais do que os meus.

— Sinto muito, EW. Se houvesse uma maneira de poder mudar as coisas, eu mudaria. — Ela parecia tão infeliz quanto eu me sentia.

— E se houver?

— Não posso mudar tudo. — Minha mãe olhou para os pés descalços no degrau abaixo dela. — Não posso mudar nada.

— Não estou pronto pra uma nuvem idiota e não quero ganhar asas quando um sino idiota tocar. — Joguei o escorredor de metal. Ele caiu fazendo barulho pela escada e rolou pela grama. — Quero estar com Lena, quero viver e quero ir ao Cineplex e comer pipoca até ficar enjoado, e dirigir rápido demais e ser multado e estar tão apaixonado pela minha namorada que faço papel de bobo todos os dias pelo resto da minha vida.

— Eu sei.

— Acho que não sabe — falei, mais alto do que pretendia. — Você teve uma vida. Se apaixonou, duas vezes. E teve uma família. Tenho 17 anos. Não pode ser o fim pra mim. Não posso acordar amanhã e saber que nunca mais vou ver Lena.

Minha mãe suspirou, passou o braço pelos meus ombros e me puxou para perto.

Falei de novo, porque eu não sabia o que dizer:

— Não posso.

Ela acariciou minha cabeça, como se eu fosse uma criança triste e assustada.

— É claro que pode vê-la. Essa é a parte fácil. Não posso garantir que vai poder falar com ela, e ela não vai conseguir te ver, mas você pode vê-la.

Olhei para ela, surpreso.

— Do que você está falando?

— Você existe. Nós existimos aqui. Lena e Link, e seu pai e Amma, eles existem em Gatlin. Não tem um plano de existência que seja mais real do que o outro. São apenas planos diferentes. Você está aqui, e Lena está lá. No mundo dela, você nunca vai estar completamente presente. Não como esteve antes. E no nosso mundo, ela nunca vai ser como nós. Mas isso não quer dizer que não vai conseguir vê-la.

— Como? — Naquele momento, era a única coisa que eu queria saber.

— É simples. Apenas vá.

— Como assim, vá? — Ela estava fazendo parecer fácil, mas eu tinha a sensação de que tinha mais coisa envolvida.

— Você imagina aonde quer ir e simplesmente vai.

Não parecia possível, apesar de eu saber que minha mãe jamais mentiria para mim.

— Então, se desejar estar em Ravenwood, eu vou estar lá?

— Bem, não da nossa varanda dos fundos. Você tem de sair da nossa propriedade antes de poder ir a qualquer lugar. Acho que nossas casas têm o equivalente do Outro Mundo à Proteção Conjuradora. Quando você está em casa, está aqui comigo e em nenhum outro lugar.

Um arrepio desceu pelas minhas costas quando ela disse essas palavras.

— O Outro Mundo? É onde estamos? É esse o nome?

Ela assentiu enquanto limpava as mãos manchadas de cereja na calça jeans.

Eu sabia que não estava em um lugar aonde já tivesse ido antes. Sabia que não estava em Gatlin, e sabia que não estava no Céu. Ainda assim, alguma coisa na palavra parecia mais distante do que qualquer coisa que eu já conhecera. Mais distante até que a morte. Apesar de eu conseguir sentir o cheiro do concreto poeirento do quintal e da grama cortada mais ao longe. Eu conseguia sentir os mosquitos picando e o vento se movendo e as farpas dos velhos degraus de madeira nas costas. Mas a única sensação era de solidão. Éramos apenas nós dois agora. Minha mãe e eu, e meu quintal cheio de cerejas. Uma parte de mim estava esperando por isso desde o acidente dela, e outra parte de mim sabia, talvez, pela primeira vez, que jamais seria o bastante.

— Mãe?

— O que, meu doce garoto?

— Você acha que Lena ainda me ama no plano Mortal?

Ela sorriu e bagunçou meu cabelo.

— Que tipo de pergunta boba é essa?

Dei de ombros.

— Me deixa te fazer uma pergunta. Você me amava quando morri?

Eu não respondi. Não precisava.

— Não sei você, EW, mas eu sabia a resposta a essa pergunta cada dia que passamos separados. Mesmo quando não sabia mais nada sobre onde eu estava nem o que eu devia fazer. Você era meu Obstinado, mesmo naquela época. Tudo sempre me levou de volta a você. Sempre. — Ela tirou meu cabelo do rosto. — Você acha que Lena é diferente?

Ela estava certa.

Era uma pergunta idiota.

Sorri, segurei a mão dela e a segui para dentro de casa. Eu tinha coisas para entender e lugares para ir, isso eu sabia. Mas algumas coisas eu não precisava descobrir. Algumas coisas não tinham mudado e algumas coisas jamais mudariam.

Menos eu. Eu tinha mudado e daria qualquer coisa para mudar de volta.

⊰ CAPÍTULO 3 ⊱

Deste lado ou do próximo

— Vá em frente, Ethan. Veja você mesmo.

Não olhei para trás, para minha mãe, quando busquei a maçaneta.

Apesar de ela estar me dizendo para ir, eu ainda estava inquieto. Não sabia o que esperar. Conseguia ver a madeira pintada da porta e sentir o ferro liso da maçaneta, mas não tinha como saber se a Cotton Bend estava do outro lado.

Lena. Pense em Lena. Na casa. É o único jeito.

Ainda assim.

Isso não era mais Gatlin. Quem sabia o que estava por trás daquela porta? Podia ser qualquer coisa.

Olhei para a maçaneta e lembrei o que os túneis Conjuradores me ensinaram sobre portas e Portais.

E passagens.

E costuras.

Essa porta podia parecer bem normal (um Portal se parecia com qualquer outro), mas isso não significava que era. Como a *Temporis Porta*. Nunca se sabia onde ia sair. Aprendi da maneira mais difícil.

Pare de enrolar, Wate.

Ande logo.

O que você é, covarde? O que tem a perder agora?

Fechei os olhos e girei a maçaneta. Quando abri, não estava olhando para minha rua, nem nada parecido.

Eu estava na minha varanda da frente, no meio do Jardim da Paz Perpétua — o cemitério de Gatlin. Bem no meio do túmulo da minha mãe.

26

Os gramados bem-cuidados se estendiam à minha frente, mas em vez de lápides e mausoléus decorados com querubins e faunos de plástico, casas cobriam o cemitério. Eu me dei conta de que olhava os lares das pessoas enterradas no cemitério, se é que era onde eu estava. A casa vitoriana da velha Agnes Pritchard repousava bem onde seu túmulo deveria estar, com as mesmas janelas amarelas e roseiras tortas que havia na entrada. A casa dela não se situava na Cotton Bend, mas o pequeno retângulo de grama na Paz Perpétua estava bem em frente ao da minha mãe, local onde a propriedade Wate se encontrava agora.

A casa de Agnes era quase idêntica à casa de Gatlin, só que a porta de entrada vermelha tinha sumido. No lugar dela estava a lápide desgastada.

AGNES WILSON PRITCHARD

AMADA ESPOSA, MÃE & AVÓ

QUE ELA DURMA COM OS ANJOS

As palavras ainda estavam entalhadas na pedra, que se encaixava perfeitamente na moldura pintada de branco. Era a mesma coisa em todas as casas que eu conseguia ver, da de estilo federal reformada de Darla Eaton à casa com tinta descascando de Clayton Weatherton. Todas as portas tinham sumido e foram substituídas pelas lápides dos falecidos.

Eu me virei lentamente, torcendo para ver a porta branca com a sutil borda azul. Mas o que vi foi a lápide da minha mãe.

LILA EVERS WATE

AMADA ESPOSA E MÃE

SCIENTIAE CUSTOS

Acima do nome dela, vi o símbolo celta de Awen (três linhas convergindo como raios de luz) entalhado na pedra. Fora o fato de ser grande o bastante para ocupar o espaço da porta, a lápide era a mesma. Cada beirada lascada, cada rachadura velha. Passei a mão pela superfície e senti as letras debaixo dos meus dedos.

A lápide da minha mãe.

Porque ela estava morta. Eu estava morto. E eu tinha certeza de que tinha acabado de sair do seu túmulo.

Foi quando comecei a surtar. Pode-se culpar um sujeito por isso? A situação era meio opressiva. Não há muito que se possa fazer para se preparar para uma coisa assim.

Empurrei a lápide, esmurrando-a com o máximo de força que consegui até sentir a pedra se mover, e voltei para dentro de casa, batendo a porta atrás de mim.

Fiquei encostado na porta, inspirando o máximo de ar que consegui. O saguão de entrada estava idêntico a um momento antes.

Minha mãe me olhou da escadaria. Ela tinha acabado de abrir *A divina comédia*; consegui perceber pela forma como ela ainda segurava em uma das mãos a meia que servia de marcador. Era quase como se estivesse me esperando.

— Ethan? Mudou de ideia?

— Mãe. É um cemitério. Lá fora.

— É.

— E estamos... — O oposto de vivos. Eu estava começando a entender.

— Estamos. — Ela sorriu para mim porque não havia nenhuma outra coisa que pudesse dizer. — Fique aí parado pelo tempo que precisar. — Ela olhou para o livro e virou a página. — Dante concorda. Leve o tempo que precisar. É apenas — ela virou uma página — *"la notte che le cose ci nasconde"*.

— O quê?

— "A noite que esconde coisas de nós."

Eu a observei enquanto ela continuou a ler. Então, vendo que não havia muitas opções, abri a porta e saí.

<hr />

Demorei um tempo para absorver tudo, do mesmo modo que os olhos demoram em se ajustar à luz do sol. No fim das contas, o Outro Mundo era apenas isso, um "outro mundo", uma Gatlin no meio do cemitério, onde o pessoal morto da cidade fazia sua versão do Dia de Finados. Só que parecia que durava bem mais do que um dia.

Desci da varanda e pisei na grama só para ter certeza de que se encontrava realmente lá. As roseiras de Amma estavam plantadas no lugar de sempre, mas desabrochavam novamente, livres do calor que bateu recorde e as matou quando caiu sobre a cidade. Eu me perguntei se elas voltaram a florescer na verdadeira Gatlin também.

Esperava que sim.

Se a Lilum estivesse mantendo a promessa dela, sim. Eu acreditava que ela havia cumprido o que prometeu. A Lilum não era da Luz nem das Trevas, nem certa nem errada. Era verdade e equilíbrio na forma mais pura. Eu achava que ela não era capaz de mentir, senão teria amortecido um pouco a verdade para mim. Às vezes, desejava que ela tivesse feito isso.

Eu me vi perambulando pelos gramados recém-cortados, entre as casas familiares espalhadas pelo cemitério — como se um furacão as tivesse erguido de Gatlin e deixado ali. E não só as casas; também havia pessoas.

Tentei seguir na direção da rua Main, procurando instintivamente a autoestrada 9. Acho que queria andar até a bifurcação, onde poderia tomar a esquerda para chegar a Ravenwood. Mas o Outro Mundo não funcionava assim, e cada vez que chegava ao final das fileiras de túmulos, me via onde tinha começado. O cemitério parecia um círculo. Eu não conseguia sair.

Foi quando me dei conta de que eu precisava parar de pensar em termos de ruas e começar a pensar em termos de túmulos e criptas.

Se eu queria achar o caminho para Gatlin, não seria andando. Não em nenhum tipo de autoestrada 9. Isso estava bem claro.

O que minha mãe tinha dito? *Você imagina aonde quer ir e simplesmente vai.* Será que isso era mesmo tudo que havia entre mim e Lena? Minha imaginação?

Fechei os olhos.

L...

— O que você está fazendo aí, garoto? — A Sra. Winifred parou de varrer a varanda a algumas casas de distância. Ela estava com o roupão rosa florido que usava quase todos os dias na época em que estava viva. Quando *nós* estávamos vivos.

Olhei para ela.

— Nada. Senhora.

A lápide dela estava atrás, com uma magnólia entalhada acima de seu nome e, abaixo, a palavra *Sagrada*. Havia muitas dessas ali, magnólias. Acho que entalhes de magnólia eram as portas vermelhas do Outro Mundo. Você não era ninguém se não tivesse um.

A Sra. Winifred me viu olhando e parou de varrer por um segundo. Ela torceu o nariz.

— Vá em frente, então.

— Sim, senhora. — Dava para sentir meu rosto ficando vermelho. Eu sabia que não conseguiria me imaginar em nenhum outro lugar com aqueles olhos velhos e penetrantes em mim.

Acontece que, mesmo nas ruas do Outro Mundo, Gatlin não era um lugar para a imaginação.

— E fique longe do meu gramado, Ethan. Você vai esmagar minhas begônias — acrescentou ela. Isso foi tudo. Como se eu tivesse entrado na propriedade dela no outro lado.

— Sim, senhora.

A Sra. Winifred assentiu e voltou a varrer a varanda como se fosse apenas mais um dia de sol na rua Old Oak, na cidade, onde a casa dela estava naquele momento.

Mas eu não podia deixar a Sra. Winifred me deter.

Tentei o velho banco de concreto na extremidade de nossa fileira de túmulos. Tentei o lugar escuro atrás das cercas ao redor do Paz Perpétua. Até tentei sentar encostado na grade do nosso túmulo por um tempo.

Eu não estava nem um pouco mais próximo de imaginar minha ida para Gatlin que estava de me imaginar de volta ao túmulo.

Cada vez que eu fechava os olhos, tinha um medo arrasador e esmagador de estar morto e enterrado. De estar longe e nunca mais estar em nenhum lugar de novo, exceto debaixo de uma torre de água.

Não em casa.

Não com Lena.

Acabei desistindo. Tinha de haver outro jeito.

Se eu queria voltar para Gatlin, havia uma pessoa que poderia saber como.

Uma pessoa que cuidava para saber de tudo sobre todo mundo, e que, durante os últimos quase cem anos, tinha conseguido.

Eu sabia aonde tinha de ir.

Segui o caminho para a área mais antiga do cemitério. Parte de mim estava com medo de ver as beiradas enegrecidas onde o fogo tinha queimado o telhado e o quarto de tia Prue. Mas eu não precisava me preocupar. Quando a vi, a casa estava exatamente com a aparência de quando eu era criança. O balanço da varanda estava se movendo de leve na brisa, com um copo de limonada na mesa ao lado. Do jeito que eu lembrava.

A porta era entalhada no bom granito azul do sul; Amma tinha passado horas escolhendo. "Uma mulher tão correta quanto sua tia merece a lápide certa", dissera Amma. "De qualquer modo, se ela não ficar satisfeita, nunca vou saber." As duas coisas deviam ser verdade. Acima da lápide, um anjo delicado com as mãos estendidas estava segurando uma bússola. Eu apostaria que não havia outro anjo em todo o cemitério da Paz Perpétua, e possivelmente em qualquer cemitério do sul, que estivesse segurando uma bússola. Anjos entalhados no cemitério de Gatlin seguravam todos os tipos de flores, e alguns até abraçavam as lápides como se fossem coletes salva-vidas. Nenhum segurava uma bússola, nunca uma bússola. Mas para uma mulher que tinha passado a vida mapeando secretamente os túneis Conjuradores, era o certo.

Debaixo do anjo, havia uma inscrição:

PRUDENCE JANE STATHAM
A *BELLE* DO BAILE

Tia Prue tinha escolhido ela mesma a inscrição. O bilhete dizia que ela queria um acento circunflexo no E de baile, bailê, que nem era uma palavra. De acordo com tia Prue, parecia mais francês dessa forma. Mas meu pai observou que tia Prue, por ser patriota, não devia se importar de suas últimas palavras serem escritas no idioma do país, com um toque do sul. Eu não tinha tanta certeza, mas também não ia entrar nessa discussão em particular. Era apenas uma parte das extensas instruções que ela tinha deixado para o próprio enterro, com uma lista de convidados que exigia um leão de chácara na igreja.

Ainda assim, sorri só de olhar.

Antes de ter a chance de bater, ouvi o som de cachorros latindo, e a pesada porta da frente foi aberta. Tia Prue estava parada na entrada, com o cabelo ainda em bobes de plástico cor-de-rosa, com a mão no quadril. Havia três yorkshire terriers pulando ao redor de suas pernas, os três primeiros Harlon James.

— Bem, já estava na hora. — Tia Prue me pegou pela orelha, com um movimento mais rápido do que eu a vi fazer quando estava viva, e me puxou para dentro de casa. — Você sempre foi teimoso, Ethan. Mas o que fez desta vez não está certo. Não sei o que deu em você, pelo Mistério do Bom Deus, mas tenho vontade de mandá-lo lá fora para pegar uma vara. — Era um costume encantador da época da tia Prue deixar que a criança fosse buscar a vara com a qual seria castigada. Mas eu sabia, tanto quanto tia Prue, que ela jamais me bateria. Se fosse fazer isso, já o teria feito anos antes.

Ela ainda estava torcendo minha orelha, e tive de me inclinar, porque ela tinha metade da minha altura. O trio de Harlon James ainda estava latindo, correndo atrás de nós enquanto ela me arrastava para a cozinha.

— Não tive escolha, tia Prue. Todo mundo que eu amava ia morrer.

— Você não precisa me contar. Vi a coisa toda e estava usando meus óculos bons! — Ela torceu o nariz. — E pensar que as pessoas diziam que era eu a melodramática! Tentei não rir.

— A senhora precisa dos óculos aqui?

— Estou acostumada, acho. Sem eles me sinto pelada agora. Não tinha pensado nisso. — Ela parou de andar e apontou um dedo ossudo para mim. — Não tente mudar de assunto. Desta vez, você causou uma bagunça maior que um pintor cego.

— Prudence Jane, por que você não para de gritar com esse garoto? — A voz de um homem velho chegou de outro aposento. — O que está feito, está feito.

Tia Prue me puxou para o corredor sem soltar minha orelha.

— Não me diga o que fazer, Harlon Turner!

— Turner? Esse não era... — Quando ela me puxou para a sala, eu me vi cara a cara não com um, mas com todos os cinco maridos de tia Prue.

Como era de se esperar, os três mais jovens (provavelmente os três primeiros maridos dela) estavam comendo milho torrado e jogando cartas, com as mangas das camisas brancas de botão enroladas até os cotovelos. O quarto estava sentado no sofá, lendo o jornal. Ele ergueu o olhar e acenou com a cabeça para mim ao mesmo tempo que empurrava a tigelinha branca na minha direção.

— Milho torrado?

Balancei a cabeça.

Eu me lembrava do quinto marido de tia Prue, Harlon, em homenagem a quem tia Prue tinha batizado todos os cachorros. Quando eu era pequeno, ele sempre tinha balas azedinhas de limão no bolso e me dava escondido algumas na igreja. Eu comia, com os fiapos de roupa grudados e tudo. Não dava para escolher o que comer na igreja quando você estava entediado até a raiz dos cabelos. Uma vez, Link bebeu uma minigarrafa inteira de spray para o hálito durante um sermão sobre expiação. Depois, passou a tarde toda e parte da noite expiando por isso também.

Harlon estava exatamente como eu lembrava. Ele ergueu as mãos em sinal de rendição.

— Prudence, você é provavelmente a mulher mais teimosa que conheci em toda a minha vida!

Era verdade, e todos nós sabíamos. Os outros quatro maridos ergueram os olhares, com um misto de simpatia e diversão nos rostos.

Tia Prue soltou minha orelha e se virou para encarar o último marido morto.

— Bem, não me lembro de pedir para você se casar comigo, Harlon James Turner. Isso o torna o homem mais tolo que já conheci em toda a *minha* vida. — As orelhas dos três cachorrinhos se elevaram ao ouvir o próprio nome.

O homem lendo o jornal ficou de pé e bateu no ombro do pobre e velho Harlon.

— Acho que você devia deixar nossa pequena explosiva ter um tempo sozinha. — Ele baixou a voz. — Senão você pode acabar morrendo uma segunda vez.

Tia Prue pareceu satisfeita e voltou para a cozinha com os três Harlon James e eu a seguindo obedientemente. Quando chegamos lá, ela apontou para uma cadeira próxima à mesa e se ocupou servindo dois copos longos de chá gelado.

— Se eu soubesse que teria de morar com esses cinco homens, teria pensado duas vezes antes de me casar.

E ali estavam eles. Eu me perguntei por que, até me dar conta de que era melhor não fazer isso. Fosse qual fosse a questão inacabada que tia Prue tinha com cinco maridos, e quase o mesmo tanto de cachorros, eu não queria saber.

— Beba, filho — disse Harlon.

Olhei para o chá, que parecia atraente, embora eu não estivesse nem um pouco com sede. Uma coisa era minha mãe estar cortando um tomate frito para mim. Não pensaria duas vezes antes de comer qualquer coisa que ela me desse. Agora que eu tinha passado pelo cemitério para visitar minha tia morta, me ocorreu que eu não sabia as regras nem nada sobre a forma como as coisas funcionavam ali, seja lá onde *ali* fosse. Tia Prue reparou que eu estava olhando para o copo.

— Você pode beber, mas não precisa. Mas é diferente do outro lado.

— De que forma? — Eu tinha tantas perguntas que nem sabia por onde começar.

— Você não pode comer nem beber lá no reino Mortal, mas pode mover coisas. Ontem mesmo, escondi a dentadura de Grace. Joguei dentro do vidro de café descafeinado Postum. — Era a cara de tia Prue descobrir uma forma de enlouquecer as irmãs direto do túmulo.

— Espere... a senhora esteve lá? Em Gatlin? — Se ela podia ver as Irmãs, então eu podia voltar para Lena. Não podia?

— Eu falei isso? — Sabia que ela teria a resposta. Também sabia que não me diria nada se não quisesse que eu soubesse.

— Na verdade, sim. Falou.

Me diga como posso achar o caminho de volta para Lena.

— Só por um minutinho. Não vá se animando. Voltei correndo aqui pro Jardim depois, o mais rápido possível.

— Tia Prue, me ajude. — Mas ela balançou a cabeça, e eu desisti. Minha tia era tão teimosa nesta vida quanto fora na última. Tentei um novo assunto. — O Jardim? Estamos mesmo no Jardim da Paz Perpétua?

— Sem dúvida. Cada vez que enterram alguém, uma nova casa aparece no lote. — Tia Prue torceu o nariz de novo. — Não se pode fazer nada pra impedir que venham, caso não sejam pessoas de quem você gosta.

Pensei nas lápides no lugar de portas, nas casas sobre os túmulos do cemitério. Sempre pensei que a distribuição do Jardim da Paz Perpétua era meio como nossa cidade, com os túmulos bons enfileirados de um lado e os questionáveis nas beiradas. No fim das contas, o Outro Mundo não era diferente.

— Então por que não tenho uma, tia Prue? Por que não tenho uma casa?

— Os jovens não têm casas próprias, a não ser que os pais vivam mais do que eles. E depois de ver aquele seu quarto, não vejo como você poderia manter uma casa inteira limpa. — Eu não tinha como discutir com ela sobre isso.

— É por isso que não tenho lápide?

Tia Prue desviou o olhar. Havia alguma coisa que ela não queria me contar.

— Talvez você devesse perguntar à sua mãe sobre isso.

— Estou perguntando à senhora.

Ela suspirou pesadamente.

— Você não está enterrado no Paz Perpétua, Ethan Wate.

-- O quê? — Talvez fosse cedo demais. Eu nem sabia quanto tempo tinha se passado desde a noite na torre de água. — Acho que ainda não me enterraram.

Tia Prue estava torcendo as mãos, o que só estava me deixando mais nervoso.

— Tia Prue?

Ela tomou um gole de chá gelado para enrolar. Pelo menos, ocupava suas mãos de outra forma.

— Amma não está aceitando bem sua partida, e nem Lena. Não pense que não fico de olho nas duas. Não dei a Lena meu velho colar de rosa para poder acompanhá-la de tempos em tempos?

As imagens de Lena soluçando e de Amma gritando meu nome antes de eu pular passaram pela minha mente. Meu peito se apertou.

Tia Prue continuou falando.

— Nada disso era pra acontecer. Amma sabe, e ela, Lena e Macon estão tendo muita dificuldade com sua passagem.

Minha passagem. As palavras soaram estranhas para mim.

Um pensamento horrível surgiu na minha mente.

— Espere. A senhora está dizendo que não me enterraram?

Tia Prue colocou a mão no coração.

— É claro que enterraram você! Imediatamente. Só não enterraram no cemitério de Gatlin. — Ela suspirou e balançou a cabeça. — Infelizmente, nem teve um velório decente. Sem sermão. Sem Salmos e sem Lamentações.

— Sem Lamentações? A senhora sabe mesmo magoar um sujeito, tia Prue. — Eu estava brincando, mas ela só assentiu, a imagem da tristeza.

— Nada de planejamento. Nem batatas de enterro. Nem mesmo um biscoito de supermercado. Nem livro de lembranças. Foi o mesmo que enfiar você em uma das caixas de sapato no seu quarto.

— Então, onde me enterraram? — Eu estava começando a ter uma sensação ruim.

— Em Greenbrier, ao lado dos antigos túmulos dos Duchannes. Colocaram você na lama feito um gato mordido por um gambá.

— Por quê? — Olhei para ela, mas tia Prue afastou o olhar. Ela estava escondendo alguma coisa. — Tia Prue, me responda. Por que me enterraram em Greenbrier?

Ela olhou diretamente para mim e cruzou os braços de maneira desafiadora.

— Não vá ficando tenso. Foi um enterrinho de nada. Do tipo que ninguém lembra depois. — Ela fungou. — Afinal, ninguém na cidade sabe que você fez a passagem.

— Do que a senhora está falando? — Não havia nada de que o povo de Gatlin gostasse mais do que um enterro.

— Amma disse pra todo mundo que houve uma E-mergência com sua tia de Savannah e que você foi ajudar.

— A cidade toda? Estão fingindo que ainda estou vivo? — Uma coisa era Amma tentar convencer meu pai infeliz que eu ainda estava vivo. Mas tentar convencer a cidade toda era mais do que loucura, até para Amma. — E meu pai? Ele não vai descobrir que tem alguma coisa acontecendo quando eu não voltar pra casa nunca? Ele não pode achar que vou ficar em Savannah pra sempre.

Tia Prue ficou de pé e andou até a bancada, onde havia uma caixa de chocolate já aberta. Ela virou a tampa e leu o diagrama que listava os tipos de chocolate dentro de cada papel marrom. Por fim, escolheu um e deu uma mordida.

Olhei para ela.

— Cereja Cordial?

Ela balançou a cabeça e me mostrou.

— Garoto Mensageiro. — O garoto retangular de chocolate estava sem a cabeça agora. — Nunca vou saber por que as pessoas desperdiçam dinheiro em chocolate caro. Se você quer saber, esses são os melhores chocolates deste lado ou do outro.

— Sim, senhora.

Adoçada pelo chocolate industrializado, ela me contou a verdade.

— Os Conjuradores colocaram um encanto em seu pai. Ele também não sabe que você morreu. Cada vez que ele chega perto da verdade, os Conjuradores dobram a potência do encanto até ele não saber mais que lado é pra cima e que lado é pra baixo. Não é natural, se você quer saber, mas pouca coisa em Gatlin é. A cidade toda virou um hospício. — Ela ofereceu a caixa pela metade de chocolate. — Agora coma alguma coisa doce. O chocolate deixa tudo melhor. Mordidinha de Melado?

Eu estava enterrado em Greenbrier para que Lena, Amma e meus amigos pudessem manter isso em segredo de todo mundo; inclusive de meu pai, que estava sob a influência de um Conjuro tão poderoso que não sabia que o próprio filho tinha morrido, como minha mãe tinha dito.

Não havia chocolate suficiente no mundo para tornar isso melhor.

❧ CAPÍTULO 4 ❧

Cruzamento do peixe

Fazer com que tia Prue dissesse exatamente aquilo que você queria que ela dissesse, bem quando você queria que ela dissesse, era como pensar que dava para pedir ao sol para brilhar. Em determinado ponto, provavelmente mais cedo que tarde, você tinha de admitir que estava à mercê dela. Eu tive, de qualquer modo.

Porque estava.

Eu não conseguia comer nem mais um chocolate gorduroso, acompanhado de mais um copo de chá gelado, enquanto mais um cachorrinho me olhava, só para chegar à única coisa que eu precisava saber. Tudo que podia fazer era começar a implorar.

— Preciso ir pra Ravenwood, tia Prue. A senhora precisa me ajudar. Tenho de ver Lena.

Minha tia fungou e jogou a caixa de chocolates de volta na bancada.

— Ah, entendo, agora eu *tenho de tenho de tenho*? Alguém morreu e condecorou você General? Daqui a pouco vai começar a pensar que precisa de uma estátua e de um gramado só para você. — Ela fungou de novo.

— Tia Prue... — Eu desisti. — Sinto muito.

— Estou vendo.

— Só preciso descobrir como chegar a Ravenwood. — Sabia que parecia desesperado, mas não me importava, porque eu estava. Não tinha conseguido andar até lá nem tampouco me imaginar lá. Tinha de haver outra maneira.

— Você sabe que, junto com o mel, vêm mais abelhas, querido. Cruzar de um lado a outro não ajudou a melhorar seus modos, Ethan Wate. Dando ordens a uma velha desse jeito...

Eu estava perdendo a paciência com minha tia.

— Já disse que sinto muito. Sou novo nisso tudo, lembra? Será que a senhora pode me ajudar, por favor? A senhora sabe alguma coisa sobre como ir daqui a Ravenwood?

— Você sabe que estou cansada dessa conversa?

— Tia Prue!

Ela trincou os dentes e ergueu o queixo, do jeito que Harlon James fazia quando pegava um osso.

— Tem de haver um jeito de eu vê-la. Minha mãe foi me visitar duas vezes. Uma delas, em uma fogueira que Amma e Twyla acenderam em um cemitério; outra, no meu próprio quarto.

— É coisa muito poderosa cruzar assim. Mas sua mãe sempre foi mais forte que a maioria das pessoas. Por que não pergunta a ela? — Ela parecia irritada.

— Cruzar?

— Cruzar para o outro lado. Não é para os fracos de coração. Para a maior parte de nós, não dá pra ir daqui pra lá.

— O que isso quer dizer?

— Quer dizer que você não pode fazer conservas enquanto não aprender a ferver água, Ethan Wate. É preciso tempo. Acostumar-se com a água antes de mergulhar nela.

Não que tia Prue fosse capaz de fazer qualquer conserva que não abrisse um buraco no pão, de acordo com Amma. Cruzei os braços, irritado.

— Por que eu mergulharia em água fervente?

Ela olhou para mim com irritação, se abanando com um pedaço de papel dobrado, assim como fizera nos milhares de domingos em que a levei de carro para a igreja.

A cadeira de balanço parou. Mau sinal.

— Eu quis dizer *senhora*. — Prendi a respiração até a cadeira de balanço voltar a gemer. Desta vez, baixei a voz. — Se a senhora sabe de alguma coisa, por favor, me ajude. A senhora visitou tia Grace e tia Mercy. E sei que a vi quando estava no seu enterro.

Tia Prue torceu a boca como se a dentadura estivesse a machucando. Ou como se estivesse tentando guardar os pensamentos só para si mesma.

— Você tinha sua própria confusão das almas partidas naquela época. Conseguia enxergar todo o tipo de coisa que um Mortal não deveria. Também não vejo Twyla desde aquele dia, e foi ela quem me cruzou.

— Não consigo descobrir sozinho.

— Claro que consegue. Você não pode simplesmente aparecer aqui e fazer o que quiser, a seu bel-prazer. É parte do cruzamento. É como pescar. Por que eu lhe daria o peixe quando deveria estar lhe ensinando a pescar?

38

Coloquei a cabeça nas mãos. Naquele momento em particular, eu não teria problema nenhum em receber o peixe.

— E onde um cara pode aprender a pescar por aqui?

Não houve resposta.

Ergui o olhar e vi tia Prue cochilando na cadeira de balanço; no colo, o papel dobrado com o qual ela estava se abanando. Não dava para acordar tia Prue de um cochilo. Não antes e, provavelmente, não agora.

Eu suspirei e peguei o leque improvisado da mão dela. Ele se abriu um pouco e revelou a beirada de um desenho. Parecia um dos mapas dela, desenhado pela metade, mais um rabisco do que qualquer outra coisa. Tia Prue não conseguia ficar sentada muito tempo sem desenhar as redondezas, mesmo no Outro Mundo.

Mas então percebi que não era um mapa do Jardim da Paz Perpétua; ou, se fosse, o mundo do cemitério era bem maior do que eu pensava.

Não era um mapa qualquer.

Era um mapa da *Lunae Libri*.

— Como pode haver uma *Lunae Libri* no Outro Mundo? Não é um túmulo, certo? Ninguém morreu lá, não é?

Minha mãe não tirou os olhos do exemplar de Dante. Também não tinha erguido o olhar quando abri a porta da frente. Ela não conseguia ouvir uma palavra que outra pessoa dissesse quando estava perdida naquelas páginas. Ler era a versão dela de Viajar.

Enfiei a mão entre o rosto dela e as páginas amareladas e mexi os dedos.

— Mãe.

— O quê? — Minha mãe pareceu tão assustada quanto uma pessoa poderia parecer quando você não chegou sorrateiro por trás e lhe deu um susto.

— Vou poupar parte do seu tempo. Eu vi o filme. O prédio de escritórios pega fogo. — Fechei o livro e mostrei o papel dobrado de tia Prue. Minha mãe o pegou e o esticou com as mãos.

— Eu sabia que Dante estava à frente do seu tempo. — Ela sorriu e virou o papel.

— Por que tia Prue estava desenhando isso? — perguntei, mas ela não respondeu. Apenas continuou a olhar para o papel.

— Se você vai começar a se perguntar por que sua tia faz qualquer coisa, terá ocupação pro resto da eternidade.

— Por que ela precisava de um mapa? — insisti.

— O que sua tia precisa é encontrar alguém com quem conversar, além de você.

Foi tudo que ela disse. Em seguida, parou, ficou de pé e passou o braço ao redor dos meus ombros.

— Vem. Vou te mostrar.

Segui minha mãe pela rua que não era rua, até chegarmos a um lote que não era apenas um lote, e a um túmulo familiar que não era nem túmulo. Parei de andar assim que vi onde estávamos.

Minha mãe colocou a mão na lápide de Macon, com um sorriso melancólico crescendo no rosto. Ela empurrou a pedra, que se abriu. O saguão de entrada de Ravenwood surgiu, fantasmagórico e deserto, como se nada tivesse mudado, exceto pelo fato de Lena e a família terem ido para Barbados ou algum outro lugar.

— E daí? — Eu não conseguia me fazer entrar. Que utilidade teria Ravenwood sem Lena e sem a família dela? Eu quase me senti pior de estar na casa dela e, ainda assim, tão longe.

Minha mãe suspirou.

— E daí. Era você quem queria ir pra *Lunae Libri*.

— Você está falando da escada secreta para os túneis? Ela vai levar até a *Lunae Libri*?

— Bem, eu não estou falando da Biblioteca do Condado de Gatlin. — Minha mãe sorriu.

Passei por ela, entrei no saguão e saí correndo. Quando ela me alcançou, eu já tinha chegado ao antigo quarto de Macon. Levantei o tapete e abri o alçapão.

Ali estava ela.

A escada invisível que levava à escuridão Conjuradora.

E, depois, à Biblioteca Conjuradora.

◄ CAPÍTULO 5 ►

Outra Lunae Libri

Acontece que a escuridão é escura como sempre, não importa em que mundo você esteja. Os degraus invisíveis debaixo do alçapão, os mesmos nos quais tropecei, subi e quase caí tantas vezes antes, estavam tão invisíveis quanto antes.

E a *Lunae Libri*?

Nada tinha mudado nos corredores cobertos de musgo com piso de pedra que nos levaram até lá. As fileiras antigas de livros e pergaminhos eram assustadoramente familiares. Tochas ainda lançavam sombras trêmulas sobre as prateleiras.

A Biblioteca Conjuradora parecia a mesma de sempre, apesar de agora eu estar bem longe de qualquer Conjurador vivo.

Principalmente a que eu mais amava.

Peguei uma tocha na parede e balancei à minha frente.

— É tudo tão real.

Minha mãe assentiu.

— É exatamente como lembro. — Ela tocou no meu ombro. — Uma boa lembrança. Eu amava este lugar.

— Eu também.

Era o único lugar que tinha me oferecido esperanças quando Lena e eu encaramos a situação desesperadora da Décima Sexta Lua. Olhei para minha mãe, meio escondida nas sombras.

— Você nunca me contou, mãe. Eu não sabia nada sobre você ser Guardiã. Não sabia nada sobre esse lado da sua vida.

— Eu sei. E sinto muito. Mas você está aqui agora, e posso mostrar tudo. — Ela segurou minha mão. — Finalmente.

Andamos pela escuridão entre as estantes, com apenas a tocha entre nós.

— Não sou uma bibliotecária exemplar, mas conheço essas estantes. Vamos para os pergaminhos. — Ela me lançou um olhar de esguelha. — Espero que você nunca tenha tocado em nenhum deles. Não sem luvas.

— É. Entendi isso na primeira vez que queimei a pele. — Dei um sorriso. Era estranho estar aqui com minha mãe, mas agora que estava, conseguia perceber que a *Lunae Libri* foi tanto dela quanto era de Marian.

Ela sorriu para mim.

— Acho que isso não é mais problema.

Eu dei de ombros.

— Acho que não.

Ela apontou para a prateleira mais próxima com olhos brilhando. Era bom ver minha mãe de volta a seu habitat natural.

Ela pegou um pergaminho.

— C de *cruzamento*.

Depois do que pareceram horas, tínhamos feito zero progresso.

Gemi.

— Você não pode simplesmente me dizer como fazer isso? Por que eu mesmo tenho de procurar? — Estávamos cercados de pilhas de pergaminhos, empilhados ao nosso redor na mesa de pedra no centro da *Lunae Libri*.

Até minha mãe parecia frustrada.

— Já falei pra você. Apenas imagino aonde quero ir e estou lá. Se isso não funciona, então, não sei como ajudar. Sua alma não é igual à minha, principalmente depois que foi fraturada. Você precisa de ajuda, e é pra isso que servem os livros.

— Tenho quase certeza que não é pra isso que os livros servem: visitas dos mortos. — Olhei para ela com irritação. — Pelo menos, não é o que a Sra. English diria.

— Nunca se sabe. Os livros existem por muitas razões. Assim como a Sra. English. — Ela colocou outra pilha de pergaminhos no colo. — Aqui. E esse? — Ela abriu um pergaminho poeirento e o desenrolou com as mãos. — Não é um Conjuro. É mais uma meditação. Para ajudar sua mente a se concentrar, como se você fosse um monge.

— Não sou monge. E não sou bom em meditação.

— Sem dúvida. Mas não faria mal tentar. Vamos, concentre-se. Escute.

Ela se inclinou por cima do pergaminho e leu em voz alta. Li junto, por cima do ombro dela.

— "Na morte, deite.
Na vida, chore.
Carregue-me para casa
para lembrar-me
de ser lembrado."

As palavras pairaram no ar, como uma estranha bolha prateada. Estiquei a mão para tocar nelas, mas elas sumiram tão rapidamente quanto apareceram.

Olhei para minha mãe.

— Você viu isso?

Minha mãe assentiu.

— Conjuros são diferentes neste mundo.

— Por que não está funcionando?

— Tente no latim original. Aqui. Leia você. — Ela segurou o papel perto da tocha, e eu me inclinei em direção à luz.

Minha voz tremeu quando falei as palavras.

— *"Mortuus, iace.*
Vivus, fle.
Ducite me domum
ut meminissem
ut in memoria tenear."

Fechei os olhos, mas só conseguia pensar no quão longe estava de Lena. Que o cabelo preto cacheado se mexia na brisa Conjuradora. Que os pontos verdes e dourados acendiam seus olhos, tão luminosos e sombrios quanto ela.

Que eu provavelmente nunca voltaria a vê-la.

— Ah, vamos, EW.

Abri os olhos.

— Não adianta.

— Concentre-se.

— Estou me concentrando.

— Não está — disse ela. — Não pense em onde você está agora. Não pense no que perdeu, nem na torre de água e nem em nada que veio depois dela. Mantenha a cabeça em foco.

— Estou fazendo isso.

— Não, não está.

— Como você sabe?

— Porque se estivesse, não estaria aqui de pé. Estaria na metade do caminho pra casa, com um pé em Gatlin.

Será? Era difícil imaginar.

— Feche os olhos.

Eu os fechei, obediente.

— Repita o que eu digo — sussurrou ela.

No silêncio, ouvi as palavras na mente, como se ela estivesse falando em voz alta para mim.

Estávamos usando Kelt, minha mãe e eu. Na morte, do túmulo, em um mundo distante. Pareceu familiar entre nós, uma coisa de muito tempo atrás, uma coisa que tínhamos perdido.

Leve-me para casa.

Leve-me para casa, repeti.

Ducite me domum.

Ducite me domum, pedi.

Para lembrar.

Ut meminissem, falei.

E ser lembrado.

Ut in memoria tenear, insisti.

Você lembra, meu filho.

Eu lembro, respondi.

Você vai lembrar.

Sempre vou lembrar, falei.

Sou eu, eu disse.

Você vai...

Eu vou...

Lembrar...

⊰ CAPÍTULO 6 ⊱

Botão prateado

Abri os olhos.

Eu estava parado no saguão de entrada da casa de Lena. Deu certo. Eu tinha cruzado. Estava de volta a Gatlin, no mundo dos vivos. Fui tomado de alívio; tudo ainda estava lá.

Gatlin ainda existia. O que significava que Lena existia. O que significava que tudo que eu tinha perdido, tudo que fizera, não tinha sido em vão.

Recostei-me na parede atrás de mim. O aposento parou de girar, e ergui a cabeça e olhei para as velhas paredes cobertas de gesso.

Para a escadaria familiar. Para o piso encerado brilhante.

Ravenwood.

A verdadeira Ravenwood. Mortal, sólida e pesada debaixo dos meus pés. Eu estava de volta.

Lena.

Fechei os olhos e lutei contra as lágrimas.

Estou aqui, L. Consegui.

Não sei quanto tempo fiquei parado no mesmo lugar, esperando por uma resposta, como se eu pensasse que ela fosse aparecer correndo e pular nos meus braços.

Mas ela não fez isso.

Ela nem sentiu minha mensagem em Kelt.

Inspirei fundo. A enormidade de tudo ainda estava me atordoando.

Ravenwood parecia diferente da última vez em que estive lá. Não era uma grande surpresa, pois Ravenwood estava sempre mudando, mas, mesmo assim, percebi pelos lençóis pretos pendurados em cima dos espelhos e das janelas que desta vez as coisas tinham mudado para pior.

Não eram apenas os lençóis. Era o modo como a neve caía do teto, apesar de eu estar dentro de casa. Os flocos brancos e gelados se empilhavam no vão das portas e enchiam a lareira, rodopiando no ar como cinzas. Vi o teto tomado de nuvens de tempestade que se embrenhavam pela escadaria até o segundo andar. Estava muito frio até mesmo para um fantasma, e eu não conseguia parar de tremer.

Ravenwood sempre teve uma história, e essa história era a de Lena. Ela controlava a aparência da casa com cada humor. E se Ravenwood estava assim...

Vamos lá, L. Onde você está?

Não consegui deixar de esperar pela resposta dela, apesar de só ouvir silêncio.

Andei pelo gelo escorregadio do saguão até chegar à grande escadaria familiar. Subi os degraus brancos, um de cada vez, até o alto.

Quando me virei para olhar para baixo, não havia pegada alguma.

— L? Você está aí?

Vamos lá. Sei que você consegue me sentir aqui.

Mas ela não disse nada, e quando passei pela porta entreaberta de seu quarto, foi quase um alívio ver que não estava lá dentro. Até olhei para o teto, onde uma vez a encontrei deitada sobre o gesso.

O quarto de Lena tinha mudado de novo, como sempre mudava. Desta vez, a viola não estava tocando sozinha, e não havia escritos por todo lado, e as paredes não eram de vidro. Não parecia uma prisão, o gesso não estava rachado, e a cama não estava quebrada.

Tudo tinha sumido. As malas dela estavam feitas e empilhadas no centro do quarto. As paredes e o teto estavam vazios, como de um quarto normal.

Parecia que Lena ia embora.

Saí de lá antes que eu pudesse pensar no que isso significaria para mim. Antes de tentar descobrir como a visitaria em Barbados, ou aonde quer que ela estivesse indo.

Era quase tão difícil pensar sobre isso quanto deixá-la da primeira vez.

Passei pela enorme sala de jantar onde tinha me sentado em tantos dias e noites estranhos. Uma camada grossa de gelo cobria a mesa, deixando um retângulo escuro e molhado no tapete logo abaixo. Passei por uma porta aberta e fui para a varanda dos fundos, a que dava para a colina verde que levava ao rio, onde não estava nevando, só nublado e triste. Era um alívio estar de volta a céu aberto, e segui o caminho atrás da casa até chegar aos limoeiros e à parede de pedra em ruínas que me dizia que eu estava em Greenbrier.

Eu soube o que estava procurando assim que vi.

Meu túmulo.

Ali estava ele, entre os galhos sem folhas dos limoeiros, um monte de terra fresca alinhado com pedras e coberto de neve cintilante.

Não tinha lápide, só uma cruz simples feita de madeira. O novo monte de terra não parecia um local de descanso final, o que acabou me fazendo sentir melhor, em vez de pior, com a coisa toda.

As nuvens acima se deslocaram, e um brilho no túmulo chamou minha atenção. Alguém tinha deixado um pingente do cordão de Lena em cima da cruz de madeira. Essa visão fez meu estômago revirar.

Era o botão prateado que caíra do suéter dela na noite em que nos conhecemos debaixo de chuva na autoestrada 9. Tinha ficado preso no vinil rachado do banco da frente do Lata-Velha. De certa forma, parecia que tínhamos fechado um ciclo agora, desde a primeira vez que a vi até a última; pelo menos, neste mundo.

Ciclo completo. O começo e o fim. Talvez eu tivesse mesmo feito um buraco no céu e desfeito o universo. Talvez não houvesse nó de correr nem meia-volta nem nenhum outro nó que pudesse impedir que tudo se desfizesse. Alguma coisa ligava a primeira vez que vi o botão a este, embora fosse o mesmo velho botão. Um pequeno pedaço do universo tinha se esticado de Lena até mim, até Macon, até Amma, até meu pai e minha mãe (e até Marian e minha tia Prue) e de volta a mim. Acho que Liv e John Breed também estavam envolvidos em algum ponto, e talvez Link e Ridley. Talvez toda Gatlin.

Importava?

Quando vi Lena pela primeira vez na escola, como eu poderia saber onde tudo ia parar? E se eu soubesse, teria mudado alguma coisa? Eu duvidava.

Peguei o botão prateado com cuidado. Assim que meus dedos tocaram nele, eles se moveram mais devagar, como se eu tivesse enfiado a mão no fundo do lago. Senti o peso do metal sem valor como se fosse uma pilha de tijolos.

Coloquei-o de volta na cruz, mas ele rolou pela beirada e caiu no monte de terra do túmulo. Eu estava cansado demais para tentar movê-lo de novo. Se houvesse mais alguém ali, será que teria visto o botão se mover? Ou era só uma impressão que eu tinha? Fosse como fosse, era difícil olhar para aquele botão. Eu não tinha pensado em como seria visitar meu próprio túmulo. E eu não estava pronto para descansar, em paz ou não.

Eu não estava pronto para nada disso.

Nunca pensei além dessa coisa-toda-de-morrer-para-salvar-o-mundo. Quando você está vivo, não pensa em como vai passar seu tempo depois de morrer. Apenas conclui que se foi, e o resto vai se resolver sozinho.

Ou você acha que não vai morrer de verdade. Que vai ser a primeira pessoa na história do mundo que não tem de morrer. Talvez seja uma espécie de mentira que nossas mentes dizem para nós para impedir que fiquemos loucos enquanto estamos vivos.

Mas nada é tão simples.

Não quando você está onde eu estava.

E ninguém é diferente de ninguém, não quando se pensa na essência da questão.

Essas são o tipo de coisa em que um cara pensa quando visita o próprio túmulo.

Eu me sentei ao lado da lápide e deitei no chão duro e na grama. Puxei uma única folha que aparecia entre a neve. Pelo menos, estava verde. Nada de grama marrom e morta nem de gafanhotos agora.

Graças ao Doce Redentor, como Amma gostava de dizer.

De nada. Era o que eu gostaria de dizer.

Olhei para o túmulo ao meu lado e toquei na terra fresca e fria com a mão, deixando que corresse entre meus dedos. Não estava nem um pouco seca. As coisas tinham mesmo mudado em Gatlin.

Fui criado como um bom garoto sulista e sabia que não devia perturbar nem desrespeitar túmulo nenhum na cidade. Eu tinha feito círculos ao redor de cemitérios, seguindo minha mãe com cuidado para evitar acidentalmente colocar um pé no lote sagrado de alguém.

Era Link que deitava em cima de túmulos e fingia dormir onde os mortos descansavam. Ele queria treinar, era o que dizia. Uma experiência. "Quero ver como é a visão daqui de baixo. Você não vai querer que um sujeito passe o resto da vida sem saber para onde vai no final, não é?"

Mas quando o assunto era túmulos, era diferente não querer desrespeitar o seu.

Foi quando uma voz familiar chegou com o vento e me surpreendeu pela proximidade.

— Você se acostuma, sabe.

Segui a voz alguns túmulos depois, e ali estava ela, com o cabelo ruivo esvoaçando. Genevieve Duchannes. A ancestral de Lena, a primeira Conjuradora a usar *O Livro das Luas* para tentar trazer de volta alguém que ela amava, o Ethan Wate original. Ele era meu tataratio, e não funcionara com ele tanto quanto não tinha funcionado comigo. Genevieve falhara, e a família de Lena estava amaldiçoada.

Na última vez em que vi Genevieve, eu estava cavando o túmulo dela com Lena, procurando *O Livro das Luas*.

— A senhora é... Genevieve? Eu me endireitei.

Ela assentiu, enrolando e desenrolando uma mecha de cabelo com a mão.

— Achei que você poderia aparecer. Não sabia bem quando. Andaram falando muito. — Ela sorriu. — Mas sua gente costuma ficar no Paz Perpétua. Nós, Conjuradores, ficamos onde quisermos. A maior parte de nós fica nos túneis. Eu me sinto melhor aqui.

Andaram falando? Aposto que sim, mas era difícil imaginar uma cidade cheia de Espectros fantasmagóricos falando. Era mais coisa da minha tia Prue, provavelmente.

O sorriso dela sumiu.

— Mas você é só um garoto. É pior, não é? Você ser tão jovem.

Eu assenti na direção de Genevieve.

— Sim, senhora.

— Bem, você está aqui agora, e é isso que importa. Acho que tenho uma dívida com você, Ethan Lawson Wate.

— A senhora não tem dívida alguma comigo.

— Espero poder pagá-la um dia. Ter meu medalhão de volta foi tudo pra mim, mas acho que você não vai ver muita gratidão vinda de Ethan Carter Wate, esteja ele onde estiver. Ele sempre foi meio teimoso.

— O que aconteceu com ele? Se não se importa de eu perguntar, senhora.

Eu sempre quis saber sobre Ethan Carter Wate depois que ele voltou à vida por um segundo. Quero dizer, ele foi o início de tudo isso, de tudo que aconteceu com Lena e comigo. A outra ponta do fio que puxamos, o que desenrolou todo o universo.

Será que eu não tinha o direito de saber como essa história terminava? Não podia ter sido muito pior do que foi comigo, podia?

— Não sei. Eles o levaram para o Registro Distante. Não podíamos ficar juntos, mas tenho certeza de que você sabe disso. Aprendi da maneira mais difícil — disse ela, com a voz triste e distante.

As palavras dela ficaram na minha mente, agarradas em outras que tentei afastar da cabeça. O Registro Distante. Os Guardiões das *Crônicas Conjuradoras*, os mesmos dos quais minha mãe se recusou a falar. Genevieve também não parecia querer falar mais sobre o assunto.

Por que ninguém queria falar sobre o Registro Distante? Sobre o que tratavam realmente *As Crônicas Conjuradoras*?

Olhei para Genevieve e depois para os limoeiros. Ali estávamos nós, no local do primeiro grande incêndio. Era o local onde as terras da família dela pegaram fogo e onde Lena tentou enfrentar Sarafine pela primeira vez.

Era engraçado como a história se repetia por ali.

Era ainda mais engraçado como eu era a última pessoa de Gatlin a perceber isso.

Mas aprendi algumas coisas da maneira mais difícil também.

— Não foi culpa sua. *O Livro das Luas* engana as pessoas. Acho que não foi feito para Conjuradores da Luz. Acho que ele queria transformar você... — Ela me olhou, e eu parei de falar. — Me desculpe, senhora.

Ela deu de ombros.

— Não sei. Pelos primeiros cem anos mais ou menos, senti isso. Como se aquele livro tivesse roubado alguma coisa de mim. Como se eu tivesse sido enganada... — A voz dela falhou.

Ela estava certa. Ela pegara o palito mais curto.

— Mas, boas ou ruins, fiz minhas próprias escolhas. São tudo que tenho agora. É a cruz que tenho de carregar, e quem vai sustentar o peso dela sou eu.

— Mas você fez por amor. — Assim como Lena e Amma.

— Eu sei. É o que me ajuda a suportar. Só queria que meu Ethan não tivesse que sustentar o peso também. O Registro Distante é um lugar cruel. — Ela olhou para o próprio túmulo. — O que está feito está feito. Não dá pra enganar a morte, assim como não dá para enganar *O Livro das Luas*. Alguém sempre precisa pagar o preço. — Ela sorriu com tristeza. — Acho que você sabe disso, senão não estaria aqui.

— Acho que sei.

Eu sabia melhor do que qualquer pessoa.

Um galho estalou. Em seguida, uma voz soou ainda mais alto.

— Para de me seguir, Link.

Genevieve Duchannes desapareceu ao ouvir as palavras. Eu não sabia como ela fazia isso, mas levei um susto tão grande que também comecei a desaparecer.

Eu me agarrei à voz, porque era familiar e eu a teria reconhecido em qualquer lugar. E porque tinha som de lar, com caos e tudo.

Era a voz que me ancorava ao mundo Mortal agora, do mesmo modo que mantinha meu coração preso a Gatlin quando eu estava vivo.

L.

Fiquei paralisado. Não consegui me mover, apesar de ela não poder me ver.

— Está tentando fugir de mim?

Link estava andando atrás de Lena, tentando alcançá-la enquanto ela se encaminhava para os limoeiros. Lena balançou a cabeça como se estivesse tentando fazer Link soltá-la.

Lena.

Ela empurrou a vegetação, e tive um vislumbre dos olhos verde e dourado. Não tinha jeito, eu não conseguia evitar.

— Lena! — gritei o mais alto que consegui, com a voz ressoando pelo céu branco.

Saí correndo pelo chão congelado, em meio às ervas daninhas até o caminho de pedras. Joguei-me nos braços dela... e caí direto no chão.

— Não estou apenas tentando. Estou *fugindo* de você. — A voz de Lena chegou até mim.

Eu quase esqueci. Não estava realmente ali, não de uma maneira que ela pudesse sentir. Fiquei deitado no chão, tentando recuperar o fôlego. Pouco depois, me apoiei nos cotovelos, porque Lena realmente estava lá, e eu não queria perder nem um segundo.

O modo como ela se movia, a inclinação da cabeça e a cadência da voz... Ela era perfeita, cheia de vida e beleza, e tudo que eu não podia mais ter.

Tudo que não me pertencia.

Estou aqui. Bem aqui. Você consegue me sentir, L?

— Eu só queria ver como ele está. Não vim aqui o dia todo. Não quero que ele fique solitário nem entediado e nem zangado. Não importa o que ele esteja sentindo. — Lena se ajoelhou ao lado do meu túmulo, ao meu lado, e agarrou punhados de grama fria.

Não estou solitário. Mas sinto sua falta.

Link passou a mão pelo cabelo.

— Você acabou de ir ver a casa dele. Depois, foi olhar a torre de água e seu quarto, e agora está olhando o túmulo dele. Acho que devia achar outra coisa pra fazer além de dar uma olhada em Ethan.

— Acho que você devia achar outra coisa pra fazer além de me perturbar, Link.

— Prometi a Ethan que cuidaria de você.

— Você não entende — disse ela.

Link parecia tão irritado quanto Lena parecia frustrada.

— Do que você está falando? Acha que não entendo? Ele era meu *melhor amigo* desde o jardim de infância.

— Não fale assim. Ele ainda é seu melhor amigo.

— Lena. — Link não estava conseguindo nada.

— Não me venha chamar atenção. De todo mundo, eu achava que você entenderia como as coisas funcionam aqui. — O rosto dela estava pálido e a boca estava engraçada, como se ela estivesse prestes a sorrir ou chorar, só que não conseguia decidir qual das duas coisas.

Lena, vai ficar tudo bem. Estou bem aqui.

Mas na mesma hora em que pensei, soube que ninguém poderia consertar isso. A verdade era que, assim que pulei da torre de água, tudo mudou, e nada ia fazer mudar de volta.

Não tão cedo.

Eu nunca soube o quanto seria ruim deste lado. Pelo menos, para mim. Porque eu conseguia ver tudo, mas não podia fazer nada para mudar.

Estiquei as mãos para segurar as dela e deslizei os dedos ao redor dos dela. Minhas mãos passaram direto, mas se eu realmente me concentrasse, conseguia senti-las, pesadas e sólidas.

Pela primeira vez, nada me deu choque. Nem queimou. Não era como enfiar os dedos em uma tomada.

Acho que estar morto provoca isso.

— Lena, me ajude aqui. Não falo garotês, você sabe, e Rid não está aqui pra traduzir.

— *Garotês?* — Lena lançou a ele um olhar fulminante.

— Ah, pare com isso. Mal sei falar inglês, a não ser que a gente esteja falando do tipo do litoral da Carolina do Sul.

— Pensei que você tivesse ido procurar Ridley — disse Lena.

— E fui, por todos os túneis. Em todos os lugares pra onde Macon me mandou e em alguns aonde ele jamais me deixaria ir. Diabos, não encontrei ninguém que a tivesse visto.

Lena se sentou e endireitou a linha de pedras ao redor do meu túmulo.

— Preciso que ela volte. Ridley sabe como tudo funciona. Ela vai me ajudar a descobrir o que fazer.

— Do que você está falando? — Link se sentou ao lado dela e também ao meu lado. Assim como nos velhos tempos, em que nós três nos sentávamos juntos nas arquibancadas de Jackson High. Só que eles não sabiam.

— Ele não está morto. Assim como tio Macon não estava morto. Ethan vai voltar, você vai ver. Ele deve estar tentando me encontrar agora mesmo.

Eu apertei a mão dela. Ela estava certa sobre isso, pelo menos.

— Você não acha que conseguiria perceber se ele estivesse? — Link pareceu meio em dúvida. — Se ele estivesse aqui, você não acha que ele se comunicaria, ou alguma coisa do tipo?

Tentei apertar a mão dela de novo, mas não adiantou.

Vocês dois querem fazer o favor de prestar atenção?

Lena balançou a cabeça, alheia.

— Não é assim. Não estou dizendo que ele está sentado aqui ao nosso lado nem nada.

Mas eu estava. Sentado ao lado deles, sim.

Pessoal? Estou bem aqui.

Apesar de eu estar usando Kelt, senti como se estivesse gritando.

— É? Como você sabe onde ele está e não está? Se você tem tanta certeza de tudo? — O passado de Link na escola dominical não estava ajudando. Ele devia estar ocupado imaginando casas feitas de nuvens e querubins com asas.

— Tio Macon disse que espíritos novos não sabem onde estão e nem o que estão fazendo. Eles mal percebem como morreram ou o que aconteceu a eles na vida real. É perturbador se ver de repente no Outro Mundo. Ethan pode nem saber ainda quem ele é e nem quem eu sou.

Eu sabia quem ela era. Como podia esquecer uma coisa assim?

— É? Bem, vamos dizer que você esteja certa. Se for esse o caso, não tem nada com que se preocupar. Liv me disse que iria encontrá-lo. Ela tem aquele relógio todo preparado, como uma espécie de Ethan Watenômetro.

Lena suspirou.

— Quem dera fosse tão simples. — Ela esticou a mão para a cruz de madeira. — Essa coisa está torta de novo.

Link pareceu frustrado.

— É? Bem, não há medalha de mérito por cavação de túmulo. Não nas reuniões da matilha de Gatlin.

— Estou falando da cruz, não do túmulo.

— Foi você quem não deixou a gente botar uma lápide — disse Link.

— Ele não precisa de lápide se não está... então a mão dela ficou imóvel, porque ela reparou. O botão de prata não estava onde ela o havia deixado.

É claro que não estava. Estava onde eu o deixei cair.

— Link, olha!

— É uma cruz. Ou dois pedaços de pau, dependendo de como você encarar. — Link apertou os olhos. Ele estava começando a se desligar; dava para perceber pelo olhar vidrado que eu já tinha visto em todos os dias de escola.

— Não é isso. — Lena apontou. — O botão.

— Ar-rã. É um botão mesmo. De qualquer jeito que você olhe. — Link estava fitando Lena como se ela fosse a burra. Devia ser um pensamento apavorante.

— É meu botão. E não está onde eu deixei.

Link deu de ombros.

— E daí?

— Você não entende? — Lena pareceu esperançosa.

— Normalmente, não.

— Ethan esteve aqui. Ele o tirou do lugar.

Aleluia, L. Estava na hora. Estávamos fazendo progressos ali.

Estiquei os braços para ela, e ela jogou os dela ao redor de Link e o apertou com força. Fazia sentido.

Ela se afastou de Link com empolgação.

— Espera aí. — Link parecia constrangido. — Pode ter sido o vento. Pode ter sido, sei lá, algum animal.

— Não foi. — Eu conhecia o humor em que ela estava. Não havia nada que se pudesse dizer para fazer com que ela mudasse de ideia, por mais irracional que parecesse.

— Você parece ter certeza.

— Eu tenho.

As bochechas de Lena estavam rosadas, e os olhos dela brilhavam. Ela abriu o caderno, tirou a caneta permanente do cordão cheio de pingentes com uma das mãos e sorriu para si mesma, porque eu dei a caneta para ela no alto da torre de água de Summerville não muito tempo antes.

Fiz uma careta ao pensar nisso agora.

Lena rabiscou alguma coisa e arrancou a folha do caderno. Usou uma pedra para segurar o bilhete no alto da cruz.

A folha de papel tremeu na brisa fria, mas ficou onde ela a deixou.

Ela secou uma lágrima solitária e sorriu.

A folha de papel tinha apenas uma palavra, mas nós dois sabíamos o que significava. Era uma referência a uma das primeiras conversas que tivemos, quando ela me contou o que estava escrito no túmulo do poeta Bukowski. Apenas duas palavras: *Não tente.*

Mas o pedaço de papel no meu túmulo estava marcado com apenas uma palavra, toda em letras maiúsculas. Ainda úmida e ainda com cheiro de caneta permanente.

Caneta permanente e limão e alecrim.

Todas as coisas que eram Lena.

TENTE.

Vou tentar, L.
Prometo.

CAPÍTULO 7
Palavras cruzadas

Enquanto eu via Link e Lena desaparecerem em direção a Ravenwood, soube que havia mais um lugar aonde eu precisava ir, uma pessoa que precisava ver antes de voltar. Ela era tão dona da propriedade Wate quanto qualquer outro Wate, em qualquer época. Ela assombrava a casa mesmo sendo de carne e osso.

Parte de mim tinha medo, por imaginar o quanto ela devia estar arrasada. Mas eu precisava vê-la mesmo assim.

Coisas ruins tinham acontecido.

Eu não podia mudar isso, por mais que quisesse.

Tudo parecia errado, e mesmo ver Lena não fazia parecer certo.

Como tia Prue diria, as coisas tinham virado de cabeça para baixo.

Fosse nesse plano ou em qualquer outro, Amma sempre era a única pessoa que conseguia me botar no rumo certo.

Eu me sentei no meio-fio do outro lado da rua para esperar o sol se pôr. Não conseguia me obrigar a fazer alguma coisa. Não conseguia. Eu queria ver o sol se esconder atrás da casa, atrás do varal, das velhas árvores e da cerca. Queria ver a luz do sol diminuir e as luzes da casa serem acesas. Procurei o brilho familiar no escritório do meu pai, mas ainda estava escuro lá. Ele devia estar dando aula na universidade, como se nada tivesse acontecido. Isso devia ser bom, até mesmo melhor. Eu me perguntei se ele ainda estava trabalhando no livro sobre a Décima Oitava Lua, a não ser que restaurar a Ordem tivesse levado ao fim disso também.

Mas havia luz na janela da cozinha.

Amma.

Uma segunda luz piscou pela pequena janela ao lado. As Irmãs estavam vendo um dos programas delas.

Mas reparei em uma coisa estranha na luz baixa. Não havia garrafas em nosso velho resedá. Lá onde Amma pendurava garrafas de vidro vazias e rachadas para prender qualquer espírito maligno que flutuasse em nossa direção, e para impedir que entrassem em casa.

Para onde as garrafas poderiam ter ido? Por que ela não precisava delas agora?

Fiquei de pé e cheguei mais perto. Eu conseguia ver pela janela da cozinha onde Amma estava sentada à nossa velha mesa de madeira, provavelmente fazendo palavras cruzadas. Eu conseguia imaginar o lápis nº. 2 arranhando, conseguia quase ouvi-lo.

Cruzei o gramado e fiquei de pé na entrada de carros, perto da janela. Pela primeira vez, achei bom ninguém poder me ver, porque espiar por janelas à noite em Gatlin é o que fazia o pessoal decente querer pegar em armas. Por outro lado, havia muitas coisas que faziam o pessoal dali querer pegar em armas.

Amma ergueu o olhar para a escuridão, como um cervo sob a luz de faróis. Eu podia jurar que ela tinha me visto. Mas faróis verdadeiros brilharam atrás de mim, e percebi que não era para mim que Amma estava olhando.

Era meu pai, dirigindo o velho Volvo da minha mãe. Passando diretamente por mim pela entrada de carros. Como se eu não estivesse ali.

E, de várias maneiras, eu não estava mesmo.

Fiquei parado em frente à casa que tinha passado tantos verões pintando e estiquei a mão para tocar nas pinceladas ao lado da porta. Minha mão deslizou parcialmente pela parede.

Ela desapareceu lá dentro, parecido com quando a enfiava pela porta Encantada da *Lunae Libri*, a que só parecia uma grade normal.

Puxei a mão e olhei para ela.

Parecia estar bem.

Cheguei mais perto, até a parede lateral da casa, e me vi preso. Senti uma espécie de queimação, como entrar em uma lareira acesa. Acho que enfiar a mão era uma coisa, mas passar meu corpo para dentro de casa era outra.

Fui até a porta da frente. Nada. Eu não conseguia nem enfiar o pé parcialmente. Tentei a janela acima da mesa da cozinha e a que ficava acima da pia. Tentei as janelas de trás e as laterais, e até a porta para gatos que Amma tinha colocado para Lucille.

Nada.

Mas então entendi o que estava acontecendo, porque voltei para a janela da cozinha e vi o que Amma estava fazendo. Não eram as palavras cruzadas do *New York Times*, nem as do *The Stars and Stripes*. Ela estava segurando uma agulha, não um lápis, em uma das mãos e um quadrado de tecido na outra, em vez de papel. Estava fazendo uma coisa que a vi fazer mil vezes, e não ia melhorar o vocabulário de ninguém nem manter a mente de ninguém afiada.

Tinha a ver com manter as almas das pessoas em segurança no condado de Gatlin.

Porque Amma estava costurando um punhado de ingredientes em um dos famosos sacos de amuleto, o tipo que eu encontrava nas minhas gavetas e debaixo do colchão e, às vezes, até nos meus bolsos. Considerando que eu não conseguia colocar um pé na casa, ela devia estar costurando isso sem parar desde que pulei da torre de água.

Como sempre, ela estava usando os amuletos para proteger a propriedade Wate, e não havia como passar por nenhum deles. A trilha de sal que serpenteava até a janela era mais grossa do que o habitual. Pela primeira vez, não havia dúvida de que as proteções doidas dela mantinham nossa casa livre de fantasmas. Pela primeira vez, reparei no estranho brilho do sal, como se o que dava poder a ele se espalhasse no ar ao redor da janela.

Que ótimo.

Eu estava balançando a grade dos fundos quando vi a escadaria que levava à despensa de conservas de Amma. Pensei na porta secreta no fundo daquele armário com prateleiras, o que provavelmente foi usado pela ferrovia subterrânea. Tentei lembrar onde o túnel saía, o túnel em que tínhamos encontrado a *Temporis Porta*, a porta mágica que levava ao Registro Distante. Lembrei que o alçapão do túnel se abria no campo em frente à autoestrada 9. Ele já tinha me tirado de casa uma vez; talvez pudesse me levar para dentro agora.

Fechei os olhos e pensei naquele local com o máximo de intensidade que consegui. Não funcionou antes, quando tentei me imaginar em algum lugar. Mas isso não significava que eu não podia tentar de novo. Minha mãe disse que era assim que funcionava para ela. Talvez tudo que eu precisasse fazer fosse me imaginar em algum lugar com intensidade suficiente e acabaria indo parar lá. Como os sapatinhos de rubi em *O Mágico de Oz*, só que sem sapatinhos.

Pensei nos campos da feira.

Pensei nas guimbas de cigarro, nas ervas daninhas e na terra dura com marcas de barracas antigas e trailers.

Nada aconteceu.

Tentei de novo. Ainda nada.

Eu não sabia como um Espectro comum fazia. E isso me deixou sem saber como agir. Quase desisti e fui andando, pensando que, se conseguisse chegar à autoestrada 9, poderia pegar uma carona na caçamba de uma picape qualquer.

Quando parecia impossível, pensei em Amma. Pensei em querer entrar tanto em casa que conseguia sentir o gosto, como um prato inteiro de ensopado dela. Pensei no quanto eu sentia saudades dela, no quanto queria abraçá-la, levar uma boa bronca e desamarrar as tiras do avental dela, como fiz minha vida toda.

Assim que esses pensamentos se formaram claramente na minha cabeça, meus pés começaram a tremer. Olhei para baixo, mas não consegui vê-los. Eu me senti como um comprimido efervescente que alguém jogou em um copo d'água, como se tudo ao meu redor estivesse começando a borbulhar.

Então, sumi.

Eu me vi de pé no túnel, bem em frente à *Temporis Porta*. A antiga porta me pareceu tão sombria na morte quanto era na vida, e fiquei feliz em deixá-la para trás e seguir pelo túnel em direção a propriedade Wate. Eu sabia para onde estava indo, mesmo no escuro.

Corri o caminho todo para casa.

Continuei a correr até empurrar a porta da despensa, subir a escada e entrar na cozinha. Quando superei o problema do sal e dos amuletos, as paredes não pareceram nada de mais, nem pareceram ser paredes.

Era como andar na frente de uma das intermináveis exibições de slides das irmãs, em que você fica de pé na frente do projetor durante a centésima foto do cruzeiro e, de repente, olha para baixo, e o navio do cruzeiro está em você. A sensação era essa. Só uma projeção, tão irreal quanto uma foto da viagem de outra pessoa às Bahamas.

Amma não ergueu o olhar quando me aproximei. Pela primeira vez, o piso de madeira não gemeu, e pensei em todas as vezes que eu teria gostado que isso acontecesse, quando estava tentando sair escondido daquela cozinha ou de casa, do olhar atento de Amma. Exigia um milagre, e mesmo assim não costumava funcionar.

Algumas habilidades de Espectro teriam sido úteis na época em que eu estava vivo. Agora, eu daria qualquer coisa para alguém saber que eu estava ali. As coisas eram engraçadas. Como dizem, acho que temos mesmo de ter cuidado com o que desejamos.

Mas então, parei onde estava. Na verdade, o cheiro vindo do forno me fez parar.

Porque a cozinha estava com cheiro de Paraíso, ou com o cheiro que o Paraíso deveria ter, uma vez que eu estava pensando bem mais nele ultimamente. Os dois melhores cheiros do mundo. Carne de porco com Carolina Gold era um. Eu reconheceria o famoso molho barbecue com mostarda amarela em qualquer lugar, sem mencionar a carne de porco cozida lentamente que desmanchava no primeiro toque do garfo.

O outro cheiro era chocolate. Não era simplesmente chocolate, mas o chocolate mais denso e escuro que já vi, o que significava o recheio do bolo Túnel de Fudge de Amma, minha sobremesa favorita. A que ela nunca fazia para concursos, nem feiras nem famílias necessitadas, só para mim, no meu aniversário ou quando eu recebia um boletim bom ou tinha um dia péssimo.

Era o meu bolo, assim como limão com merengue era a torta do tio Abner.

Afundei na cadeira mais próxima em frente à mesa da cozinha, com a cabeça nas mãos. O bolo não era para mim. Era para ela dar, uma oferenda. Uma coisa para levar para Greenbrier e deixar no meu túmulo.

Pensar naquele bolo Túnel de Fudge sobre a terra fresca ao lado da cruz de madeira me deu vontade de vomitar.

Eu estava mais do que morto.

Eu era um dos Grandes, mas nem tão grande assim.

O timer disparou, e Amma afastou a cadeira, passou a agulha pelo saco de pano uma última vez e o colocou na mesa.

— Não queremos que seu bolo fique seco, não é, Ethan Wate?

Amma abriu a porta do forno, e uma onda de calor e chocolate saiu dele. Ela enfiou as mãos com luvas de forno tão dentro dele que fiquei com medo de ela pegar fogo. Ela puxou o bolo com um suspiro e quase o jogou sobre o fogão.

— É melhor deixar esfriar um pouco. Não quero que meu garoto queime a boca.

Lucille sentiu o cheiro da comida e entrou na cozinha. Pulou na mesa, como sempre, para ter o melhor ponto possível.

Quando ela me viu sentado ali, deu um uivo terrível. Seus olhos se fixaram em mim, como se eu tivesse feito alguma coisa profunda e pessoalmente ofensiva.

Vamos lá, Lucille. Eu e você temos uma história antiga.

Amma olhou para Lucille.

— O que foi, garota? Tem alguma coisa a dizer?

Lucille miou de novo. Ela estava me entregando para Amma. A princípio, achei que ela só estava bancando a difícil. Mas acabei percebendo que estava me fazendo um favor.

Amma estava escutando. Mais do que escutando, estava com expressão triste, olhando por toda a cozinha.

— Quem está aí?

Olhei para Lucille, sorri e estiquei a mão para coçar o alto da cabeça dela. Ela se contorceu debaixo da minha mão.

Amma percorreu a cozinha com o olhar de águia.

— Não entre na minha casa. Não preciso de seus espíritos por aqui. Não tem nada pra você levar. Só um monte de senhoras de corações partidos. — Ela esticou a mão para o vidro na bancada e pegou a Ameaça de Um Olho.

Ali estava ela. A colher de madeira da justiça, desafiadora da morte e toda-poderosa. Hoje o buraco no meio parecia ainda mais com um olho que tudo via. E eu não tinha dúvida de que ela conseguia ver, talvez tão bem quanto Amma. Nesse estado, fosse lá onde eu estivesse, eu conseguia ver como se fosse dia que a coisa era estranhamente poderosa. Como o sal, ela praticamente brilhava e deixava uma trilha de luz quando Amma a balançava no ar. Acho que objetos poderosos existem em todos os formatos e tamanhos. E quando se tratava da Ameaça de Um Olho, eu seria o último a duvidar de qualquer coisa que ela pudesse fazer.

Eu me mexi na cadeira com desconforto. Lucille me olhou de novo e sibilou. Agora, ela estava ficando irritante. Eu queria sibilar para ela em resposta.

Gata burra. Ainda é minha casa, Lucille Ball.

Amma olhou em minha direção, como se estivesse fitando diretamente meus olhos. Era estranho o quanto ela chegou perto de saber onde eu estava. Ela levantou a colher bem acima de nós dois.

— Agora escute. Não gosto de você ficar enfiando o nariz na minha cozinha sem ser convidado. Ou você sai da minha casa ou se mostra, está ouvindo? Não vou permitir que se intrometa com essa família. Já passamos por muita coisa.

Eu não tinha muito tempo. O cheiro do saco de amuleto de Amma estava me deixando meio enjoado, para falar a verdade, e eu não tinha muita experiência em assombrar, se é que isso se qualificava como tal. Eu estava completamente fora do meu ambiente.

Olhei para o bolo Túnel de Fudge. Eu não queria comê-lo, mas sabia que tinha de fazer alguma coisa com ele. Alguma coisa para fazer Amma entender, assim como com Lena e o botão prateado.

Quanto mais eu pensava no bolo, mas eu sabia o que tinha de fazer.

Dei um passo na direção de Amma e do bolo e passei por baixo da colher na defensiva. Enfiei a mão na calda de chocolate, o máximo que consegui. Não foi fácil, era como tentar segurar um punhado de cimento minutos antes de ele endurecer.

Mas eu fiz mesmo assim.

Peguei um pedaço grande de bolo de chocolate e deixei que caísse de lado e escorregasse no fogão. Daria no mesmo se eu tivesse dado uma mordida, pois era isso que o buraco na lateral do bolo parecia.

Uma gigantesca mordida fantasmagórica.

— Não. — Amma estava com os olhos arregalados, segurando a colher em uma das mãos e o avental na outra. — Ethan Wate, é você?

Eu assenti, apesar de ela não ser capaz de me ver. Mas ela deve ter sentido alguma coisa, porque baixou a colher e caiu na cadeira à minha frente, com lágrimas correndo como um bebê na creche da igreja.

Entre as lágrimas, eu ouvi.

Só um sussurro, mas ouvi tão claramente quanto se ela tivesse gritado meu nome.

— Meu garoto.

As mãos dela estavam tremendo enquanto se seguravam na beirada da antiga mesa. Amma podia ser uma das maiores Videntes do sul, mas ainda era Mortal.

Eu tinha virado outra coisa.

Passei a mão por cima das dela e poderia jurar que ela deslizou os dedos entre os meus. Ela se balançou um pouco na cadeira, como fazia quando estava cantando um hino religioso que amava ou quando estava prestes a terminar palavras cruzadas particularmente difíceis.

— Sinto sua falta, Ethan Wate. Mais do que você imagina. Não consigo fazer as palavras cruzadas. Não consigo lembrar como fazer um assado. — Ela passou a mão pelo olho e ficou com ela pousada na testa como se estivesse com dor de cabeça.

Também sinto sua falta, Amma.

— Não vá pra muito longe de casa, pelo menos, ainda não. Está ouvindo? Tenho algumas coisas pra lhe contar um dia desses.

Não vou.

Lucille lambeu a pata e a passou pelas orelhas. Desceu da mesa e miou uma última vez. Ela começou a sair da cozinha e parou só para olhar para mim. Eu conseguia ouvir o que ela estava dizendo, tão claramente como se ela estivesse falando comigo.

E então? Vem logo. Você está desperdiçando meu tempo, garoto.

Eu me virei e abracei Amma, passando meus longos braços ao redor do corpo magro dela, como tinha feito tantas vezes antes.

Lucille parou e inclinou a cabeça, esperando. Então, fiz o que sempre fazia quando se tratava daquela gata. Eu me levantei e a segui.

⊰ CAPÍTULO 8 ⊱

Garrafas quebradas

Lucille arranhou a porta do quarto de Amma, e ela se abriu. Entrei pela abertura estreita logo atrás da gata.

O quarto de Amma estava melhor e pior do que na primeira vez em que o vi, na noite em que pulei da torre de água. Naquela noite, os vidros de sal, pedras do rio e terra do cemitério, os ingredientes de tantos dos amuletos de Amma, não estavam em seus lugares nas prateleiras, junto com pelo menos uns vinte outros vidros. Os livros de "receita" dela tinham sido espalhados no chão, e não havia um único amuleto ou boneca por perto.

O quarto era um reflexo do estado mental de Amma: perdida e desesperada, de uma forma que doía lembrar.

Hoje, estava completamente diferente, mas até onde eu conseguia perceber, o quarto ainda estava cheio do que ela estava sentindo por dentro, com as coisas que ela não queria que ninguém visse. As portas e janelas estavam cobertas de amuletos, mas se os velhos amuletos de Amma eram da melhor qualidade, esses eram ainda melhores: pedras arrumadas intrincadamente ao redor da cama, feixes de espinheiro presos nas janelas, tiras de contas decoradas com pequenos santos de prata e símbolos enrolados na cabeceira da cama.

Ela estava se esforçando muito para manter alguma coisa longe.

Os vidros ainda estavam amontoados do jeito que eu lembrava, mas as prateleiras não estavam mais vazias. Estavam cheias de vidros rachados marrons, verdes e azuis. Eu os reconheci imediatamente.

Eram da árvore de garrafas do nosso jardim.

Amma devia tê-los tirado. Talvez não estivesse mais com medo de espíritos do mal. Ou talvez só não quisesse pegar o espírito errado.

As garrafas estavam vazias, mas cada uma tinha uma rolha no gargalo. Toquei em uma azul-esverdeada pequena com uma longa rachadura na lateral. Lentamente, e com a mesma facilidade de empurrar o Lata-Velha colina acima para Ravenwood em um dia de verão, tirei a rolha da garrafa, e o quarto começou a sumir...

O sol estava quente, a névoa do pântano subia como fantasmas sobre a água. Mas a garotinha com tranças bem-feitas sabia. Fantasmas eram feitos de mais do que vapor e névoa. Eram tão reais quanto ela e esperavam que sua vovó velhinha ou as tias os chamassem. E eram como os vivos.

Alguns eram simpáticos, como as garotas que brincavam de amarelinha e cama de gato com ela. E outros eram maus, como o velho que andava pelo cemitério de Wader's Creek sempre que trovejava. Os espíritos podiam ser solícitos ou rudes, dependendo do humor deles e do que você tinha a oferecer. Era sempre uma boa ideia levar um presente. A tataravó dela tinha ensinado isso.

A casa ficava na colina acima do córrego, como um farol azul maltratado pelo tempo, que levava tanto os mortos quanto os vivos de volta ao lar. Sempre havia uma vela na janela depois que escurecia, sinos de vento acima da porta e uma torta de noz pecã na cadeira de balanço, para o caso de alguém visitar. E sempre aparecia alguém.

As pessoas vinham de quilômetros de distância para ver Sulla, a Profeta. Era assim que chamavam a tataravó dela, porque muitas de suas leituras se realizavam. Às vezes, até dormiam no trecho de grama na frente da casa, esperando por uma chance de vê-la.

Mas para a garota, Sulla era apenas uma mulher que contava histórias e a ensinava a dar laço e fazer massa de torta. A mulher com um pardal que entrava voando pela janela e pousava no ombro dela, como se ela fosse o galho de um velho carvalho.

Quando ia abrir a porta da frente, a garota parou e ajeitou o vestido antes de entrar.

— Vovó?

— Estou aqui, Amarie. — A voz dela era suave e rouca. "Paraíso e mel", era como os homens da cidade chamavam.

A casa só tinha dois aposentos e um pequeno espaço para cozinhar. O aposento principal era onde Sulla trabalhava, lendo cartas de tarô e folhas de chá, fazendo amuletos e raízes para cura. Tinha vidros por todos os lados, cheios de todos os tipos de coisa, de hamamélis e camomila a penas de corvo e terra de cemitério. Na prateleira de baixo ficava o único vidro que Amarie tinha permissão de abrir. Estava cheio de caramelos, enrolados em papel grosso encerado. O médico que morava em Moncks Corner os levava sempre que ia buscar pomadas e uma leitura.

— Amarie, venha aqui agora. — Sulla estava espalhando um maço de cartas na mesa. Não eram as cartas de tarô que as senhoras de Gatlin e Summerville gostavam que ela lesse. Eram as cartas que a vovó guardava para leituras especiais. — Sabe o que é isso?

Amarie assentiu.

— Cartas da Providência.

— Isso mesmo. — Sulla sorriu, com as tranças finas caindo sobre os ombros. Cada uma estava amarrada com um fio colorido, um desejo que uma pessoa que a visitava torcia para se realizar. — Você sabe por que são diferentes das cartas de tarô?

Amarie balançou a cabeça. Ela sabia que as imagens eram diferentes: a faca manchada de sangue. Os gêmeos de frente um para o outro com as palmas das mãos se tocando.

— As Cartas da Providência dizem a verdade, o futuro que nem eu quero ver, às vezes. Dependendo do futuro de quem estou lendo.

A garotinha estava confusa. As cartas de tarô não mostravam um futuro verdadeiro, se um leitor poderoso estivesse interpretando?

— Pensei que todas as cartas mostrassem a verdade, se você souber decifrar.

O pardal voou pela janela aberta e pousou no ombro da mulher idosa.

— Há a verdade que você é capaz de encarar e a verdade que não é. Venha aqui se sentar, vou mostrar o que quero dizer. — Sulla embaralhou as cartas, e a Rainha Irada desapareceu no maço atrás do Corvo Negro.

Amarie foi até o outro lado da mesa e se sentou no banco torto onde tantas pessoas esperavam para ver seu destino.

Sulla mexeu o pulso e espalhou as cartas com um movimento rápido. Os colares dela se entrelaçaram no pescoço: amuletos prateados com imagens que Amarie não conhecia, contas de madeira pintadas à mão entre pedaços de pedra, cristais coloridos que refletiam luz quando Sulla se movia. E o favorito de Amarie: uma pedra preta lisa passada em um pedaço de cordão que ficava apoiada na parte de trás do pescoço de Sulla.

Vovó Sulla chamava de "o olho".

— Agora preste atenção, Pequenina — instruiu Sulla. — Um dia, você vai fazer tudo isso, e eu vou sussurrar pra você pelo vento.

Amarie gostava dessa ideia.

Ela sorriu e puxou a primeira carta.

As beiradas da visão ficaram indistintas, e a fileira de garrafas coloridas reapareceu. Eu ainda estava tocando na azul-esverdeada rachada e na rolha que tinha liberado a lembrança, uma lembrança de Amma, presa como um segredo perigoso que ela não queria que escapasse para o mundo. Mas não era nada perigosa, exceto talvez para ela.

Eu ainda conseguia ver Sulla mostrando para ela as Cartas da Providência, as cartas que um dia formariam a mão que mostraria a ela minha morte.

Vi as imagens das cartas, principalmente os gêmeos, cara a cara. A Alma Fraturada. Minha carta.

Pensei no sorriso de Sulla e em como ela parecia pequena em comparação à gigante que parecia ser quando espírito. Mas ela usava as mesmas tranças intrincadas e tiras pesadas de contas enroladas no pescoço, tanto na vida quanto na morte. Exceto pelo cordão com a pedra preta. Eu não me lembrava desse.

Olhei para a garrafa vazia, coloquei a rolha no lugar e deixei na prateleira com as outras. Será que todas essas garrafas tinham lembranças de Amma? Os fantasmas que a estavam assombrando do jeito que espíritos jamais fariam?

Eu me perguntei se a noite da minha morte estava em uma dessas garrafas, enfiada profundamente de onde não pudesse escapar.

Eu esperava que sim, pelo bem de Amma.

Ouvi a escada estalar.

— Amma, a senhora está na cozinha? — Era meu pai.

— Estou aqui, Mitchell. Bem onde sempre estou antes do jantar — respondeu Amma. Ela não parecia normal, mas eu não sabia se meu pai era capaz de perceber.

Segui o som das vozes deles pelo corredor. Lucille estava sentada na outra extremidade esperando por mim, com a cabeça inclinada para o lado. Ela ficou sentada empertigada assim até eu ficar a centímetros dela, e então se levantou e saiu andando.

Obrigado, Lucille.

Ela fez o trabalho dela e tinha terminado comigo. Devia ter um pires com nata e um travesseiro macio esperando por ela na frente da televisão

Concluí que não conseguiria assustá-la de novo.

Quando entrei na cozinha, meu pai estava se servindo de chá gelado

— Ethan ligou?

Amma ficou rígida, com o cutelo sobre uma cebola, mas meu pai não pareceu perceber. Ela começou a picar.

— Caroline está mantendo nosso garoto ocupado cuidando dela. Você sabe como ela é, refinada e petulante, como a mãe dela era.

Meu pai riu, e os olhos ficaram enrugados nos cantos.

— É verdade, e ela é uma paciente terrível. Deve estar enlouquecendo Ethan.

Minha mãe e tia Prue não estavam brincando. Meu pai estava sob influência de um Conjuro sério. Ele não fazia ideia do que tinha acontecido. Eu me perguntei quantas pessoas da família de Lena foram necessárias para isso.

Amma pegou uma cenoura, cortou a beirada e colocou na tábua de cortes.

— Bacia quebrada é muito pior do que gripe, Mitchell.

— Eu sei...

— Que confusão é essa aí? — gritou tia Mercy da sala. — Estamos tentando ver *Jeopardy*!

— Mitchell, venha aqui. Mercy não é boa nas perguntas de música. — Era tia Grace.

— É você quem acha que Elvis Presley ainda está vivo — disse tia Mercy.

— Acho mesmo. Ele dança como um demônio — gritou tia Grace, que entendia uma em cada três palavras, no máximo. — Mitchell, ande logo. Preciso de testemunhas. E traga bolo.

Meu pai esticou a mão na direção do bolo Túnel de Fudge na bancada, ainda quente. Quando desapareceu no corredor, Amma parou de cortar e esfregou o amuleto gasto de ouro no cordão. Ela parecia triste e arrasada, rachada como as garrafas enfileiradas na prateleira do quarto dela.

— Não deixe de me avisar se Ethan ligar amanhã — gritou meu pai da sala.

Amma olhou pela janela por muito tempo antes de falar, tão baixo que eu quase não ouvi.

— Ele não vai ligar.

⊰ CAPÍTULO 9 ⊱

The Stars and Stripes

Deixar Amma para trás foi como me afastar da lareira na noite mais fria de inverno. Ela dava a sensação de lar, de segurança, de familiaridade. Assim como cada bronca e cada jantar da minha vida, tudo que tinha sido eu. Quanto mais perto eu chegava dela, mais aquecido eu me sentia. Mas, no final, deixava o frio bem mais frio quando eu me afastava.

Valia a pena? Sentir-me melhor por um minuto ou dois, sabendo que o frio ainda estaria lá fora, esperando?

Eu não sabia, mas para mim não era uma escolha. Não podia ficar longe de Amma e de Lena. E, no fundo, achava que nenhuma das duas queria que eu me afastasse.

Ainda assim, havia um lado bom, mesmo estando meio maculado. Se Lucille era capaz de me ver, já era alguma coisa. Acho que era verdade o que se dizia sobre gatos verem espíritos. Só nunca achei que seria eu a provar.

E havia Amma. Ela não chegou a me ver, mas sabia que eu estava lá. Não era muito, mas era alguma coisa. Eu consegui mostrar a ela, assim como consegui mostrar a Lena que eu estava no meu túmulo.

Era exaustivo pegar um pedaço de um bolo ou mover um botão alguns centímetros. Mas transmitiu a mensagem.

De certo modo, eu ainda estava ali em Gatlin, onde era o meu lugar. Tudo tinha mudado, e eu não tinha as respostas para como consertar. Mas eu não tinha ido a lugar algum, não de verdade.

Estava ali.

Eu existia.

Se ao menos conseguisse achar uma forma de dizer o que realmente queria dizer. Não havia muito que eu pudesse fazer com um bolo Túnel de Fudge, uma gata velha e um pingente qualquer do cordão de Lena.

Para falar a verdade, eu estava me sentindo realmente pesaroso. No sentido de preso na monotonia de sempre e sem um mapa, Ethan Wate.

P-E-S-A-R-O-S-O.

Oito horizontal.

Foi quando me ocorreu. Não exatamente uma ideia, mas uma lembrança: de Amma sentada à nossa mesa da cozinha, inclinada sobre as palavras cruzadas com uma tigela de balinha de canela Red Hots e uma pilha de lápis n°. 2 bem apontados. As palavras cruzadas eram como ela mantinha as coisas corretas, como entendia as coisas.

Naquele momento, tudo fez sentido. Da forma como eu via uma abertura na quadra de basquete ou descobria o enredo no começo de um filme.

Eu sabia o que tinha de fazer e sabia aonde precisava ir. Ia exigir um pouco mais do que arrancar um pedaço de bolo ou empurrar um botão, mas não muito mais.

Estava mais para alguns movimentos de lápis.

Estava na hora de eu fazer uma visita ao escritório do *The Stars and Stripes*, o melhor e único jornal do condado de Gatlin.

Eu tinha palavras cruzadas para escrever.

Não havia um único grão de sal na janela do escritório do *The Stars and Stripes*, assim como não havia um único grão de verdade no jornal em si. Mas havia climatizadores em todas as janelas. Mais climatizadores do que eu já tinha visto em um prédio. Eram tudo que havia sobrado de um verão tão quente que a cidade toda quase secou e virou pó, como folhas mortas em uma magnólia.

Ainda assim, nada de amuletos, nem sal, nem Encantos nem Conjuros. Nem mesmo um gato. Entrei com tanta facilidade quanto o calor. Um cara poderia se acostumar com esse tipo de acesso.

Dentro do escritório, não havia muito mais do que algumas plantas de plástico, um calendário da encenação pendurado torto na parede e uma bancada alta de linóleo. Era onde você esperava com seus dez dólares, se quisesse colocar um anúncio no jornal para divulgar as aulas de piano ou filhotes de cachorro ou o velho sofá xadrez que estava no seu porão desde 1972.

Era só isso até você chegar à parte de trás da bancada, onde havia três mesas enfileiradas. Estavam cobertas de jornais, exatamente os que eu estava procurando. O *The Stars and Stripes* era assim, antes de se tornar um jornal de verdade, quando ainda era uma coisa que se aproximava mais de fofoca da cidade.

— O que você está fazendo aqui, Ethan?

Eu me virei assustado, com as mãos nas laterais do corpo como se tivesse sido pego invadindo, coisa que, de certa forma, fui mesmo.

— Mãe?

Ela estava de pé atrás de mim no escritório vazio, do outro lado da bancada.

— Nada. — Foi tudo que consegui dizer. Eu não devia ter ficado surpreso. Ela sabia cruzar. Afinal, foi ela quem me ajudou a encontrar o caminho para o mundo Mortal.

Ainda assim, não esperava encontrá-la ali.

— Você não está fazendo "nada" a não ser que tenha decidido se tornar jornalista e fazer relatos da vida no Grande Além. O que, considerando quantas vezes tentei fazer você se juntar à equipe do *The Jackson Stonewaller*, não parece provável.

É, certo. Eu nunca quis almoçar com a equipe do jornal da escola. Não quando podia estar no refeitório com Link e os caras do time de basquete. As coisas que eu achava importante naquela época pareciam tão bobas agora.

— Não, senhora.

— Ethan, por favor. Por que você está aqui?

— Acho que eu poderia fazer a mesma pergunta. — Minha mãe olhou para mim intensamente. — Não estou procurando emprego no jornal. Só quero ajudar em uma pequena seção.

— Não é uma boa ideia. — Ela abriu as mãos sobre a bancada à minha frente.

— Por que não? Era você quem me mandava aquelas músicas sinalizadoras. É praticamente a mesma coisa. É só um pouco mais... direto.

— O que você está planejando fazer? Escrever um anúncio de procura-se para Lena e publicar no jornal? "Procura-se namorada Conjuradora. De preferência, chamada Lena Duchannes?"

Eu dei de ombros.

— Não era exatamente o que eu tinha em mente, mas poderia dar certo.

— Você não pode fazer isso. Mal consegue pegar um lápis nesse plano. A física não está funcionando a seu favor, porque você é um Espectro. Por aqui, pegar uma pena é mais difícil do que arrastar uma viga de madeira pela rua com o mindinho.

— *Você* consegue?

Ela deu de ombros.

— Talvez.

Olhei para ela significativamente.

— Mãe, quero que ela saiba que estou bem. Quero que saiba que estou aqui, como você queria que eu soubesse quando deixou o código nos livros do escritório. Agora, encontrei uma maneira de avisá-la.

Minha mãe contornou a bancada lentamente, sem dizer nada por um tempo. Ela me viu andar pela sala em direção à pilha de papel de jornal.

— Tem certeza disso? — Ela parecia hesitante.

— Você vai me ajudar ou não?

Ela ficou de pé ao meu lado, que era sua maneira de responder. Começamos a ler a próxima edição do *The Star and Stripes*, espalhada em todas as superfícies. Eu me inclinei sobre o jornal na mesa mais próxima.

— Aparentemente, as Senhoras Voluntárias do Condado de Gatlin estão abrindo um clube do livro chamado Ler & Rir.

— Sua tia Marian vai adorar ouvir isso; na última vez em que ela tentou dar início a um clube do livro, ninguém conseguiu concordar com um título e tiveram de se separar depois do primeiro encontro. — Minha mãe tinha um brilho malicioso nos olhos. — Mas só depois de votarem para batizar a limonada com uma caixa grande de vinho. Praticamente todo mundo concordou com isso.

Eu fui em frente.

— Bem, espero que o Ler & Rir não termine da mesma forma, mas se terminar, não se preocupe. Também estão fundando um clube de tênis chamado Sacar & Rir.

— E olha isso. — Ela apontou por cima do meu braço. — O clube de jantar se chama Jantar & Rir.

Sufoquei uma gargalhada e apontei.

— Você pulou o melhor. Vão rebatizar o Cotilhão de Gatlin, espera só, Remexer & Rir.

Lemos o resto do jornal e nos divertimos tanto quanto dois Espectros presos no escritório de um jornal de cidade pequena poderiam se divertir. Eram como recortes de nossa vida juntos, colados em folhas de papel de jornal. O Clube Kiwanis estava se preparando para o café da manhã anual com panquecas, onde as panquecas ficavam cruas e líquidas no meio, como meu pai mais gostava. A Gardens of Eden tinha recebido o prêmio de Vitrine do Mês, como acontecia praticamente todos os meses, pois não havia mais tantas vitrines assim na rua Main.

E a coisa só melhorava. Um galo selvagem estava empoleirado no trenó de Papai Noel que o Sr. Asher tinha montado para fazer parte da decoração iluminada do jardim, o que era incrível, porque as decorações de Natal dos Asher eram famosas.

Houve um ano em que a Sra. Asher até colocou batom no boneco Baby Cuddles Jesus da Emily porque achou que a boca não aparecia o bastante no escuro. Quando minha mãe tentou abordar o assunto, com expressão séria, a Sra. Asher disse: "Você não pode simplesmente achar que vai gritar hosanas e todo mundo vai entender a mensagem, Lila. Deus me perdoe, metade das pessoas daqui nem sabe o que hosana significa." Quando minha mãe insistiu, ficou óbvio que a Sra. Asher também não sabia. Depois disso, ela nunca mais nos convidou para ir à casa dela.

O resto eram as notícias que você esperaria ali, do tipo que nunca muda, mesmo sempre mudando. O Controle de Animais tinha capturado um gato perdido; Bud Clayton tinha vencido o Concurso de Chamada a Patos da Carolina. A casa de penhores de Summerville estava com uma promoção especial, Big B's Vinyl Siding and Windows estava fechando e a competição *Quik-Chik* da Leadership Scholarship estava esquentando.

A vida segue, eu acho.

Então vi a página das palavras cruzadas e a puxei o mais rápido que consegui.

— Aqui.

— Você quer fazer as palavras cruzadas?

— Não quero fazer. Quero escrever para Amma. Se ela visse, diria para Lena.

Minha mãe balançou a cabeça.

— Mesmo que conseguisse colocar as letras como quer na página, Amma não vai ver. Ela não pega mais o jornal. Não desde que você... foi embora. Ela não toca em palavras cruzadas há meses.

Eu fiz uma careta. Como eu podia ter esquecido? Ela mesma tinha dito quando eu estava na cozinha na propriedade Wate.

— E uma carta então?

— Tentei cem vezes, mas é quase impossível. Você só pode usar o que já está na página. — Ela observou o jornal à nossa frente. — Na verdade, pode dar certo, porque você pode arrastar as letras na prova. Está vendo como estão espalhadas na mesa?

Ela tinha razão. Pelo jeito que as palavras cruzadas eram feitas, as letras estavam cortadas em milhares de quadrados, como um tabuleiro do jogo Palavras Cruzadas. Eu só precisava mover o papel.

Se eu fosse forte o bastante para fazer isso.

Olhei para minha mãe, mais determinado que nunca.

— Então vamos usar as palavras cruzadas, e vou fazer com que Lena veja.

Colocar as letras no lugar era como arrancar uma pedra do jardim das Irmãs, mas minha mãe ajudou. Ela balançava a cabeça enquanto olhávamos para a página.

— Palavras cruzadas. Não sei por que não pensei nisso.

Eu dei de ombros.

— Não sou muito bom em compor músicas.

Em seu estado atual, as palavras cruzadas nem estavam meio terminadas, mas a equipe provavelmente não se importaria muito se eu ajudasse. Afinal, parecia a edição de domingo, o dia mais importante do *The Stars and Stripes*; pelo menos, para as palavras cruzadas. Os três provavelmente ficariam aliviados de outra pessoa ter assumido esta semana. Fiquei surpreso de ainda não terem colocado Amma para escrever as palavras cruzadas para eles.

A única parte difícil seria fazer Lena se interessar por essas palavras cruzadas.

Onze horizontal.

P-O-L-T-E-R-G-E-I-S-T.

O que quer dizer aparição ou fantasma. Um ser espectral. Um espírito de outro mundo. Uma assombração. A sombra mais vaga de uma pessoa, a coisa que vai até você à noite quando você acha que ninguém está olhando.

Em outras palavras, a coisa que você é, Ethan Wate.

Seis vertical.

G-A-T-L-I-N.

O que quer dizer paroquial. Local. Insular. O lugar onde estamos presos, seja no Outro Mundo ou no Mortal.

E-T-E-R-N-O.

O que quer dizer infinito, sem parar, para sempre. O que você sente por uma certa garota, esteja você morto ou vivo.

A-M-O-R.

O que quer dizer o que sinto por você, Lena Duchannes.

T-E-N-T-E.

O que quer dizer o máximo que consigo, cada minuto de cada dia.

O que quer dizer recebi sua mensagem, L.

De repente, me senti arrasado com o pensamento do quanto perdi, de tudo que aquela queda estúpida da torre de água me custou, perdi o controle, e minha ligação com Gatlin enfraqueceu. Primeiro, meus olhos se encheram de água, então as letras pareceram manchadas e viraram nada quando o mundo desapareceu debaixo dos meus pés, e eu sumi.

Eu estava cruzando de volta. Tentei lembrar as palavras do pergaminho, as que me levaram até ali, mas minha mente não conseguiu se concentrar em nada.

Era tarde demais.

A escuridão me cercou e senti uma coisa como vento no rosto, gritando nos meus ouvidos. Então ouvi a voz da minha mãe, firme como o toque da mão fria na minha.

— Ethan, aguente aí. Peguei você.

⊰ CAPÍTULO 10 ⊱
Olhos de cobra

Senti meus pés tocarem em alguma coisa sólida, como se eu tivesse saído de um trem e pisado na plataforma da estação. Vi o piso da nossa varanda, depois meus All-Star sobre ele. Tínhamos cruzado de volta e deixamos o mundo vivo para trás. Estávamos de volta ao nosso lugar, com os mortos.

Eu não queria pensar dessa forma.

— Bem, estava na hora, considerando que acabei de ver as pinturas da sua mãe secarem mais de uma hora atrás.

Tia Prue estava esperando por nós no Outro Mundo, na varanda da frente da propriedade Wate, a casa que ficava no meio do cemitério.

Eu ainda não estava acostumado a ver minha casa aqui em vez dos mausoléus e estátuas de anjos chorando, que dominavam o Paz Perpétua. Mas parada ao lado da grade, com os três Harlon James sentados eretos ao redor dos pés dela, tia Prue parecia bastante controladora também.

Estava mais para louca de raiva.

— Senhora — falei, coçando o pescoço, inquieto.

— Ethan Wate, eu estava esperando você. Achei que só sairia por um minuto. — Os três cachorros pareciam tão irritados quanto ela. Tia Prue cumprimentou minha mãe, com um aceno de cabeça. — Lila.

— Tia Prudence. — Elas se entreolharam com cautela, o que me pareceu estranho. Elas sempre se deram bem quando eu era pequeno.

Sorri para minha tia e mudei de assunto.

— Eu consegui, tia Prue. Cruzei. Eu estava... você sabe, do outro lado.

— Você devia avisar, para que a gente não tenha de ficar esperando na sua varanda a maior parte do dia. — Minha tia balançou o lenço na minha direção.

— Fui a Ravenwood, Greenbrier, na propriedade Wate e ao *The Stars and Stripes*.
— Tia Prue ergueu uma sobrancelha para mim, como se não acreditasse.

— É mesmo?

— Bem, não sozinho. Com minha mãe. Ela pode ter ajudado um pouco. Senhora.

Minha mãe pareceu achar divertido. Tia Prue, não.

— Bem, se você quer ter alguma chance de voltar lá, precisamos conversar.

— Prudence — disse minha mãe, com um tom estranho. Parecia um aviso.

Eu não sabia o que dizer, então, continuei a falar.

— A senhora está falando sobre cruzar? Porque acho que estou começando a pegar o jeito...

— Pare de falar e comece a ouvir, Ethan Wate. Não estou falando sobre a prática de cruzar. Estou falando sobre cruzar de volta. De vez, para o outro mundo.

Por um segundo, pensei que ela estivesse brincando comigo. Mas a expressão dela não mudou. Ela estava séria, pelo menos tão séria quanto minha tia-avó doida podia ficar.

— Do que a senhora está falando, tia Prue?

— Prudence — falou minha mãe, de novo. — Não faça isso.

Não faça o quê? Me dar uma chance de voltar para lá?

Tia Prue olhou com raiva para minha mãe e desceu a escada com um passo de sapato ortopédico de cada vez. Estiquei a mão para ajudá-la, mas ela me afastou, teimosa como sempre. Quando finalmente chegou à grama na base da escada, tia Prue parou à minha frente.

— Houve um erro, Ethan. Um erro bem grande. Não era para acontecer isso.

Um tremor de esperança percorreu meu corpo.

— O quê?

A cor sumiu do rosto da minha mãe.

— Pare. — Pensei que ela fosse desmaiar. Eu mal conseguia respirar.

— Não paro — disse tia Prue, apertando os olhos por trás dos óculos.

— Pensei que tivéssemos decidido não contar a ele, Prudence.

— Você decidiu, Lila Jane. Tenho idade o bastante para fazer o que tenho vontade.

— Sou mãe dele. — Minha mãe não ia ceder.

— O que está acontecendo? — Tentei entrar no meio das duas, mas nenhuma delas olhou para mim.

Tia Prue ergueu o queixo.

— O garoto tem idade suficiente para decidir uma coisa importante assim sozinho, não acha?

— Não é seguro. — Minha mãe cruzou os braços. — Não quero ser desagradável, mas vou ter de pedir que vá embora.

Eu nunca tinha ouvido minha mãe falar com nenhuma das Irmãs daquele jeito. Seria a mesma coisa que declarar a Terceira Guerra Mundial na família Wate. Mas isso não pareceu deter tia Prue.

Ela apenas riu.

— Não dá pra botar o melado de volta no pote, Lila Jane. Você sabe que é verdade, e sabe que não tem o direito de escondê-la do seu garoto. — Tia Prue me olhou bem nos olhos. — Preciso que venha comigo. Tem uma pessoa que você deve conhecer.

Minha mãe só olhou para ela.

— Prudence...

Tia Prue deu a ela o tipo de olhar que poderia fazer um canteiro de flores inteiro murchar.

— Não fale *comigo* assim. Você não pode impedir isso. E aonde estamos indo, você não pode ir, Lila Jane. Sabe tão bem quanto eu que nós duas não temos nada além do bem do garoto em mente.

Era uma maneira clássica de as Irmãs ganharem o controle, na qual, antes de você piscar, já tinha passado do ponto em que alguém tomava uma atitude.

Um segundo depois, minha mãe recuou. Eu jamais saberia o que aconteceu naquela troca de olhares silenciosa entre as duas, e provavelmente era melhor assim.

— Vou te esperar aqui, Ethan. — Minha mãe olhou para mim. — Mas tome cuidado.

Tia Prue sorriu vitoriosa.

Um dos Harlon James começou a rosnar. Em seguida, saímos andando pela calçada tão rápido que mal consegui acompanhar.

Segui tia Prue e os cachorros até os limites externos do Paz Perpétua, depois da mansão de estilo federal perfeitamente restaurada da família Snow, que ficava situada exatamente no mesmo local ocupado pelo enorme mausoléu no cemitério dos vivos.

— Quem morreu? — perguntei, olhando para minha tia. Afinal, não havia nada na terra poderoso o bastante para derrubar Savannah Snow.

— O tataravô Snow, antes mesmo de você sair das fraldas. Está aqui há muito tempo. É o lote mais antigo da área. — Ela desceu pelo caminho de pedra que levava aos fundos, e eu a segui.

Andamos até uma velha cabana atrás da casa, as tábuas podres mal segurando o telhado torto. Eu conseguia ver pequenos pontos de tinta velha agarrada à madeira, nos locais em que alguém a tinha raspado. Raspar não disfarçaria o tom que cobria minha casa em Gatlin, azul-fantasma. O tom de azul que servia para manter os espíritos afastados.

Acho que Amma estava certa sobre fantasmas não gostarem muito da cor. Ao olhar ao redor, já consegui ver a diferença. Não havia um vizinho de cemitério à vista.

— Tia Prue, onde estamos indo? Já aguentei Snows suficientes para mais de uma vida.

Ela me olhou com irritação.

— Já falei. Vamos visitar uma pessoa que sabe mais do que eu sobre essa confusão. — Ela esticou a mão para a maçaneta cheia de farpas da cabana. — Fique grato por eu ser uma Statham, e Stathams se dão com todos os tipos de pessoas, senão não teríamos uma alma para nos ajudar a resolver as coisas.

Eu não conseguia olhar para minha tia. Estava com medo de começar a rir, considerando que ela não se dava com nenhum tipo de pessoa, pelo menos, não na Gatlin de onde eu vinha.

— Sim, senhora.

Ela entrou na cabana, que não parecia nada além de uma cabana comum. Mas se eu tinha aprendido alguma coisa com Lena e minhas experiências no mundo, era que as coisas nem sempre são o que parecem.

Segui tia Prue (e todos os Harlon James) para dentro e fechei a porta atrás de nós. As rachaduras na madeira permitiam entrada de claridade suficiente para que eu a visse virar na cabana. Ela pegou alguma coisa sob a luz fraca, e me dei conta de que era outra maçaneta.

Um Portal escondido, como os dos túneis Conjuradores.

— Para onde estamos indo?

Tia Prue fez uma pausa ainda com a mão na maçaneta de ferro.

— Nem todas as pessoas têm sorte o bastante de estarem enterradas no Jardim da Paz Perpétua, Ethan Wate. Os Conjuradores, pelo que sei, têm tanto direito ao Outro Mundo quanto nós, não acha?

Tia Prue abriu a porta com facilidade, e saímos em uma costa pedregosa.

Havia uma casa perigosamente equilibrada na beirada de um penhasco. A madeira gasta tinha o mesmo tom triste de cinza das pedras, como se tivesse sido dolorosamente entalhada nelas. Era pequena e simples, e ficava escondida a olhos vistos, como tantas coisas no mundo que deixei para trás.

Vi as ondas baterem na lateral do penhasco, indo em direção à casa, mas enfraquecerem. Esse lugar tinha suportado o teste do tempo, desafiando a natureza de uma maneira que parecia impossível.

— De quem é essa casa? — Ofereci o braço à tia Prue, para ajudá-la a caminhar no chão irregular.

— Você sabe o que dizem sobre a curiosidade e os gatos. Pode não matar, mas você vai se meter em um monte de confusão. Embora a confusão pareça encontrar você, mesmo quando você não está procurando. — Ela segurou a saia comprida e florida com a outra mão. — Você vai ver logo, logo.

Ela não disse mais nada depois disso.

Subimos uma escada traiçoeira entalhada na lateral do penhasco. Onde a pedra não estava reforçada com tábuas podres de madeira, ela desmoronava sob meus pés, e quase me desequilibrei. Tentei lembrar que não ia cair e morrer, pois já estava morto. Ainda assim, não ajudou tanto quanto era de se pensar. Essa era outra coisa que eu tinha aprendido no mundo Conjurador: sempre parece haver uma coisa pior depois da próxima esquina. Sempre havia alguma coisa a temer, mesmo que você não tivesse descoberto exatamente o quê.

Quando chegamos à casa, eu só conseguia pensar no tanto que ela me lembrava de Ravenwood, apesar de as duas não se parecerem de maneira alguma. Ravenwood era uma mansão no estilo neoclássico grego, e essa era uma casa térrea simples. Mas a casa parecia ciente de nós quando nos aproximamos, viva com poder e magia, como Ravenwood. Estava cercada de árvores tortas com galhos inclinados, que foram domados pelo vento. Parecia o tipo de desenho distorcido que você encontraria em um livro feito para apavorar crianças e fazê-las terem pesadelos. O tipo de livro em que crianças ficavam presas por algo mais do que apenas bruxas e eram devoradas por algo mais do que apenas lobos.

Eu estava pensando que era uma boa coisa o fato de eu não precisar mais dormir quando minha tia seguiu para a porta. Tia Prue não hesitou. Ela bateu com o anel de latão oxidado três vezes. Havia escritos entalhados ao redor da porta. Era niádico, a língua antiga dos Conjuradores.

Recuei e deixei que todos os Harlon James passassem na minha frente. Eles rosnaram seus rosnados de cachorros pequenos para a porta. Antes que eu tivesse a chance de examinar os escritos com mais atenção, ela se abriu.

Um homem velho estava à nossa frente. Imaginei que fosse um Espectro, mas essa não era uma distinção que valesse fazer aqui. Éramos todos espíritos, de uma forma ou de outra. A cabeça dele era raspada e cheia de cicatrizes, linhas finas que se sobrepunham em um padrão terrível. A barba branca estava cortada curta, os olhos escondidos por óculos escuros.

O corpo magro estava coberto por um suéter preto, e ele estava parcialmente escondido atrás da porta. Havia alguma coisa frágil e cansada nele, como se tivesse fugido de um campo de trabalhos forçados ou coisa pior.

— Prudence. — Ele assentiu. — É este o garoto?

— Claro que é. — Tia Prue me empurrou para a frente. — Ethan, este é Obidias Trueblood. Entre.

Eu estiquei a mão.

— É um prazer conhecê-lo, senhor.

Obidias ergueu a mão direita, que estava escondida atrás da porta.

— Tenho certeza de que vai compreender, se não apertarmos as mãos. — A mão dele fora decepada na altura do pulso, com uma linha negra marcando o local onde fora cortada. Acima da marca, o pulso tinha muitas cicatrizes, como se tivesse sido perfurado muitas vezes.

E tinha mesmo.

Cinco cobras pretas se contorciam a partir do punho, até o ponto onde os dedos normalmente chegariam. Elas sibilavam, atacavam o ar e se enrolavam ao redor umas das outras.

— Não se preocupe — disse Obidias. — Elas não vão machucar você. É a mim que gostam de atormentar.

Não consegui pensar em nada para dizer. Eu queria correr.

Os Harlon James rosnaram ainda mais alto, e as cobras sibilaram em resposta. Tia Prue olhou com desdém para todos eles.

— Porrrr favor. Vocês também, não.

Olhei para a mão de cobras. Alguma coisa nela era familiar. Quantos caras com cobras no lugar de dedos podiam existir? Por que eu tinha a sensação de que o conhecia?

Eu lembrei e me dei conta de quem Obidias era: o cara que Macon tinha mandado Link ir ver nos túneis. No verão passado, depois da Décima Sétima Lua. O cara que morreu na frente de Link depois de Hunting mordê-lo, na casa dele, esta casa, ou pelo menos a versão dela no Outro Mundo. Naquela época, eu achei que Link estava exagerando, mas ele não estava.

Nem Link poderia ter inventado isso.

A cobra que substituía o polegar de Obidias se enrolou no pulso dele e esticou a cabeça na minha direção. A língua saiu da boca e voltou, com a parte bifurcada voando.

Tia Prue me empurrou para dentro, e cambaleei até ficar a centímetros das cobras.

— Entre. Você não está com medo de umas cobrinhas de jardim de nada, está?

Ela estava brincando? Elas pareciam víboras.

Constrangido, eu me virei na direção de Obidias.

— Me desculpe, senhor. Elas me pegaram desprevenido.

— Não perca seu tempo com isso. — Ele afastou o pedido de desculpas com um aceno da mão boa. — Não é uma coisa que se veja todos os dias.

Tia Prue fungou.

— Já vi uma coisa estranha ou duas. — Olhei para minha tia, que parecia tão presunçosa quanto se apertasse uma mão de cobra todos os dias da vida.

Obidias fechou a porta atrás de nós, mas não sem antes observar o horizonte em todas as direções.

— Vocês vieram sozinhos? Não foram seguidos?

Tia Prue balançou a cabeça.

— Eu? Ninguém consegue me seguir. — Ela não estava brincando.

Olhei para Obidias.

— Posso perguntar uma coisa, senhor? — Eu precisava ter certeza se ele tinha conhecido Link, se era o mesmo cara.

— É claro.

Limpei a garganta.

— Acho que o senhor conheceu um amigo meu. Quando estava vivo. Ele me contou sobre uma pessoa que se parecia muito com o senhor.

Obidias ergueu a mão.

— Você quer dizer um homem com cinco cobras no lugar da mão? Não deve haver muitos de nós.

Eu não sabia bem como dizer a próxima parte.

— Se era o meu amigo, ele estava lá quando o senhor... o senhor sabe. Morreu. Não sei se importa, mas se importar, eu gostaria de saber.

Tia Prue me olhou confusa. Ela não sabia nada disso. Link nunca tinha contado para ninguém além de mim, até onde eu sabia.

Obidias também estava me observando.

— Esse seu amigo conhecia Macon Ravenwood?

Assenti.

— Conhecia, sim.

— Então me lembro bem dele. — Ele sorriu. — Eu o vi entregar meu recado para Macon depois que morri. Dá pra ver muita coisa deste lado.

— Acho que sim.

Ele tinha razão. Como estávamos mortos, podíamos ver tudo. E como estávamos mortos, não importava o que conseguíamos ver. Então aquela coisa toda de ser capaz de enxergar do além-túmulo? Exagerado. Você só acabava vendo mais do que queria.

Tenho certeza de que eu não era o primeiro cara que trocaria ver menos por viver um pouco mais. Mas não falei isso para o Edward Mãos de Cobra. Eu não queria pensar sobre o quanto tinha em comum com um cara cujos dedos tinham presas.

— Por que não ficamos mais à vontade? Temos muito que conversar. — Obidias nos levou para a sala, o único aposento que eu conseguia ver além de uma pequena cozinha e uma porta solitária no final do corredor, que devia levar ao quarto.

Era basicamente uma biblioteca gigantesca. Havia prateleiras do chão ao teto, com uma escada velha de metal presa à mais alta. Uma base de madeira polida exibia um livro imenso, como o dicionário que tínhamos na Biblioteca do Condado de Gatlin. Marian adoraria este lugar.

Não havia mais nada na sala além de quatro poltronas esfarrapadas. Obidias esperou que tia Prue e eu nos sentássemos para escolher a poltrona à nossa frente. Tirou os óculos escuros que estava usando, e seus olhos se fixaram nos meus.

Eu devia saber.

Olhos amarelos.

Ele era um Conjurador das Trevas. É claro.

Isso fazia sentido, se era mesmo o cara da história de Link. Mas, ainda assim, agora que eu estava pensando nisso, o que tia Prue estava fazendo ao me levar para um Conjurador das Trevas?

Obidias deve ter percebido o que eu estava pensando.

— Você achava que não havia Conjuradores das Trevas aqui, não é?

Balancei a cabeça.

— Não, senhor. Acho que não.

— Surpresa. — Obidias sorriu com expressão cruel.

Tia Prue entrou na conversa para me salvar.

— O Outro Mundo é o local de coisas não terminadas. Para pessoas como eu, você e Obidias, que ainda não estão prontas para seguir em frente.

— E minha mãe?

Ela assentiu.

— Lila Jane mais do que todo mundo. Ela está aqui há mais tempo do que a maioria de nós.

— Alguns de nós conseguem cruzar livremente entre este mundo e outros — explicou Obidias. — Em algum momento, vamos para nosso destino. Mas aqueles de nós cujas vidas foram interrompidas antes de podermos acertar os problemas que nos assombravam ficam aqui até encontrar aquele momento de paz.

Ele não precisava me contar. Eu já sabia que cruzar era coisa complicada. E eu não tinha sentido nada remotamente pacífico. Ainda não.

Virei-me para tia Prue.

— Então, a senhora também está presa aqui? Quero dizer, quando não está cruzando de volta pra visitar as Irmãs? Por minha causa?

— Posso ir embora, se eu colocar isso na cabeça. — Ela bateu na minha mão, como se quisesse me lembrar de que eu era bobo de pensar que havia alguém ou alguma coisa que pudesse impedir minha tia de ir a um lugar aonde quisesse ir. — Mas não vou a lugar algum até você voltar para casa, onde é seu lugar. Você é parte do meu negócio não terminado agora, Ethan, e eu aceito isso. Quero acertar as coisas. — Ela bateu na minha bochecha. — Além do mais, o que mais posso fazer? Tenho de esperar por Mercy e Grace, não é?

— Voltar pra casa? A senhora está falando de Gatlin?

— Para a Srta. Amma e Lena e todos os seus — respondeu ela.

— Tia Prue, eu mal consegui cruzar pra visitar Gatlin, e, mesmo então, ninguém conseguiu me ver.

— É aí que você está errado, garoto. — Obidias entrou na conversa, e uma das cobras de aparência furiosa enfiou os dentes no pulso dele. Ele fez uma careta e pegou um pedaço de tecido na forma de uma luva do bolso. Colocou o capuz em cima das cobras e usou duas pontas de um cordão para fechar. As cobras se mexeram e debateram debaixo do tecido. — Onde eu estava?

— O senhor está bem? — Eu estava meio distraído. Não é todo dia que um cara, mesmo um Espectro, é mordido pela própria mão. Pelo menos, eu esperava que não.

Mas Obidias não queria falar sobre si mesmo.

— Quando ouvi sobre as circunstâncias que trouxeram você para esse lado do véu, mandei um recado para sua tia imediatamente. Para sua tia e sua mãe.

Minha tia Prue estalou a língua com impaciência.

Isso explicava minha tia querer me trazer aqui, e minha mãe não querer que ela fizesse isso. Só porque você dizia a mesma coisa para duas pessoas da minha família, isso não queria dizer que elas concordariam sobre o que ouviram. Minha mãe dizia que as pessoas na família Evers eram da linhagem das mais teimosas e birrentas que havia no mundo, e os Wate eram pior. Um bando de vespas brigando pelo ninho, era assim que meu pai chamava as reuniões de família dos Wate.

— Como o senhor soube o que aconteceu? — Tentei não olhar para as cobras se contorcendo debaixo do capuz preto.

— As notícias viajam rápido no Outro Mundo — disse ele, hesitante. — O mais importante é que eu soube que era um erro.

— Eu falei, Ethan Wate. — Tia Prue parecia muito satisfeita.

Se era um erro, se não era para eu estar aqui, talvez houvesse uma maneira de consertar. Talvez eu pudesse mesmo ir para casa.

Queria tanto que fosse verdade, assim como queria que isso fosse um sonho do qual eu pudesse acordar. Mas eu sabia a verdade.

Nada era como você queria que fosse. Não mais. Não para mim.

Eles não entendiam.

— Não foi um erro. Escolhi vir, Sr. Trueblood. Negociei com a Lilum. Se não viesse, as pessoas que eu amava e muitos outros iam morrer.

Obidias assentiu.

— Sei disso tudo, Ethan. Assim como sei sobre a Lilum e a Ordem das Coisas. Não estou questionando o que você fez. O que estou dizendo é que você nunca deveria ter de fazer essa escolha. Não estava nas *Crônicas*.

— *As Crônicas Conjuradoras?* — Eu só tinha visto o livro uma vez, no arquivo, quando o Conselho do Registro Distante foi interrogar Marian. Mas era a segunda vez que eu ouvia o assunto surgir desde que cheguei aqui. Como Obidias sabia sobre isso? E não importa o que isso quisesse dizer, minha mãe não quis falar sobre o assunto.

— Sim — assentiu Obidias.

— Não entendo o que o livro tem a ver comigo.

Ele ficou em silêncio por um momento.

— Vá em frente, conte a ele. — Tia Prue estava olhando Obidias Trueblood da mesma maneira que olhava para mim pouco antes de me obrigar a fazer uma coisa doida, como enterrar nozes de carvalho no jardim dela para bebês esquilos. — Ele merece saber. Acerte as coisas.

Obidias assentiu para tia Prue e olhou para mim com aqueles olhos amarelo-dourados, que faziam minha pele se arrepiar quase tanto quanto a mão de cobras.

— Como você sabe, *As Crônicas Conjuradoras* são um registro de tudo que aconteceu no mundo. Mas também são um registro de tudo que pode acontecer, de futuros possíveis que ainda não se realizaram.

— O passado, o presente e o futuro. Eu lembro. — Os três Guardiões de aparência esquisita que vi na biblioteca e durante o julgamento de Marian. Como pude esquecer?

— Sim. No Registro Distante, esses futuros podem ser alterados, transformando-os de futuros *possíveis* em futuros *reais*.

— O senhor está dizendo que o livro pode mudar o futuro? — Eu estava atônito. Marian nunca tinha mencionado nada disso.

— Pode — respondeu Obidias. — Se uma página é alterada, ou se uma é acrescentada. Uma página que nunca deveria ter estado lá.

Um tremor subiu pelas minhas costas.

— O que o senhor está dizendo, Sr. Trueblood?

— A página que conta a história da sua morte nunca foi parte das *Crônicas* originais. Foi acrescentada. — Ele olhou para mim, perturbado.

— Por que alguém faria isso?

— Há mais motivos para as ações das pessoas do que o número de ações que são realmente executadas. — A voz dele estava distante, cheia de arrependimento e dor, como eu jamais esperaria de um Conjurador das Trevas. — O importante é que seu destino, este destino, pode ser alterado.

Alterado? Seria possível salvar uma vida depois que ela acabou?

Eu estava morrendo de medo de fazer a próxima pergunta, de acreditar que havia uma forma de voltar para tudo que perdi. Para Gatlin. Para Amma.

Lena.

Tudo que queria era senti-la nos braços e ouvir a voz dela na minha cabeça. Queria encontrar uma forma de voltar para a garota Conjuradora que eu amava mais do que tudo neste mundo, ou em qualquer outro.

— Como?

A resposta não importava realmente. Eu faria o que precisasse, e Obidias Trueblood sabia.

— É perigoso. — A expressão de Obidias era um aviso. — Mais perigoso do que qualquer coisa no mundo Mortal.

Ouvi as palavras, mas não consegui acreditar nelas. Não havia nada mais apavorante do que ficar aqui.

— O que preciso fazer?

— Você vai ter de destruir sua página nas *Crônicas Conjuradoras*. A que descreve sua morte.

Eu tinha mil perguntas, mas só uma importava.

— E se você estiver errado e minha página for parte do livro desde sempre?

Obidias olhou para o que sobrara da mão, com as cobras se retorcendo e atacando mesmo debaixo do tecido. Uma sombra passou pelo rosto dele.

Ele ergueu os olhos até os meus.

— Eu sei que não estava lá, Ethan. Porque fui eu que escrevi.

⊰ CAPÍTULO 11 ⊱

Coisas mais terríveis

O silêncio na sala era tão grande que dava para ouvir a casa estalar quando o vento a golpeava. Tão grande que dava para ouvir as cobras sibilarem quase tão alto quanto a asma da tia Prue e meu coração disparado. Até os Harlon James se esconderam e ficaram choramingando atrás de uma cadeira.

Por um segundo, não consegui pensar. Minha mente ficou completamente vazia.

Não havia como processar isso, como entender por que um homem que eu não conhecia mudaria o curso da minha vida de forma tão irreparável e violenta.

Que diabos eu fiz a esse sujeito?

Acabei encontrando as palavras, pelo menos algumas. Havia outras que não podia proferir na frente da tia Prue, senão ela lavaria minha boca com mais do que sabão e, provavelmente, me faria beber um vidro todo de Tabasco também.

— Por quê? O senhor nem me conhece.

— É complicado...

— Complicado? — Minha voz começou a aumentar de volume, e me levantei da poltrona. — O senhor arruinou minha vida. Me forçou a escolher entre salvar as pessoas que eu amava e me sacrificar. Magoei todo mundo de quem eu gosto. Tiveram de fazer um Conjuro para impedir que meu próprio pai ficasse louco!

— Sinto muito, Ethan. Eu não desejaria isso nem para meu pior inimigo.

— Não. O senhor desejou pra um garoto de 17 anos que nunca viu. — Esse sujeito não ia me ajudar. Era o motivo de eu estar preso nesse pesadelo.

Tia Prue esticou a mão e segurou a minha.

— Sei que está zangado, e tem mais direito do que qualquer outra pessoa de estar. Mas Obidias pode nos ajudar a fazer você voltar para casa. Então, você precisa se sentar aqui e ouvir o que ele tem a dizer.

— Como a senhora sabe que podemos confiar nele, tia Prue? Cada palavra que sai dele deve ser mentira. — Afastei a mão.

— Escute aqui e preste bem atenção. — Ela puxou meu braço com mais força do que eu esperaria, e eu afundei na cadeira ao lado dela. Queria que eu olhasse nos olhos dela. — Conheço Obidias Trueblood desde antes de ele ser da Luz ou das Trevas, antes de ele fazer o certo ou o errado. Passei a maior parte dos meus dias andando pelos túneis Conjuradores com os Trueblood e meu pai. — Tia Prue fez uma pausa e olhou para Obidias. — E ele me salvou uma vez ou duas lá embaixo. Mesmo não sendo inteligente o bastante para se salvar.

Eu não sabia o que pensar. Talvez minha tia tivesse mapeado os túneis com Obidias. Talvez pudesse confiar nele.

Mas isso não queria dizer que eu conseguia.

Obidias pareceu saber o que eu estava pensando.

— Ethan, você pode achar difícil de acreditar, mas sei como é se sentir impotente, estar à mercê de decisões que você não tomou.

— O senhor não faz ideia de como me sinto. — Ouvi a raiva na minha voz, mas não tentei esconder. Queria que Obidias Trueblood soubesse que eu o odiava pelo que tinha feito a mim e às pessoas que eu amava.

Pensei em Lena deixando o botão no meu túmulo. Ele não sabia como era, nem para mim nem para Lena.

— Ethan, sei que você não confia nele, e não culpo você. — Tia Prue estava jogando com tudo agora. Isso era importante para ela. — Mas estou pedindo que confie em mim e o escute.

Fixei meu olhar no de Obidias.

— Comece a falar. Como volto?

Obidias respirou fundo.

— Como falei, a única maneira de ter sua vida de volta é apagar sua morte.

— Então, se eu destruir a página, volto pra casa, certo? — Eu queria ter certeza de que não havia furos.

Nada de chamar a lua fora de hora, nada de partir a lua em duas. Nada de maldições que me impedissem de ir embora quando a página sumisse.

Ele assentiu.

— Sim. Mas primeiro você precisa chegar ao livro.

— O senhor está falando do Registro Distante? Os Guardiões estavam com ele quando foram ver tia Marian.

— Isso mesmo. — Ele olhou para mim sobressaltado. Acho que não esperava que eu soubesse alguma coisa sobre *As Crônicas Conjuradoras*.

— Então o que estamos fazendo sentados aqui conversando? Vamos logo com isso. — Eu estava me levantando da cadeira quando percebi que Obidias não tinha se mexido.

— E você acha que vai simplesmente entrar lá e tirar a página? — perguntou ele. — Não é tão fácil.

— Quem vai me impedir? Um bando de Guardiões? O que tenho a perder? — Tentei não pensar em como eles pareceram apavorantes quando foram atrás de Marian.

Obidias tirou o capuz da mão, e as cobras sibilaram e atacaram umas às outras.

— Sabe quem fez isso comigo? Um "bando de Guardiões" que me pegou tentando roubar minha página das *Crônicas*.

— Deus tenha compaixão — disse tia Prue, se abanando com o lenço.

Por um segundo, eu não soube se acreditava nele. Mas reconheci a emoção em seu rosto, porque eu estava sentindo o mesmo.

Medo.

— Os Guardiões fizeram isso com você?

Ele assentiu.

— Angelus e Adriel. Em um dos dias mais generosos.

Eu me perguntei se Adriel era o grandão que apareceu no arquivo com Angelus e a mulher albina. Eles eram as três pessoas com aparência mais estranha que vi no mundo Conjurador. Pelo menos, até hoje.

Olhei para Obidias e as cobras.

— Como falei, o que eles podem fazer comigo agora? Já estou morto. — Tentei sorrir, apesar de não ser engraçado. Era o oposto de engraçado.

Obidias levantou a mão, e as cobras tremeram e se esticaram para tentar me alcançar.

— Há coisas piores do que a morte, Ethan. Coisas que são mais das trevas do que os Conjuradores das Trevas. Sei por experiência própria. Se for pego, os Guardiões nunca vão deixar você sair da biblioteca do Registro Distante. Vai se transformar no escriba e escravo deles, forçado a reescrever o futuro de Conjuradores inocentes... e Obstinados Mortais que estão Ligados a eles.

— Obstinados em teoria são bem raros. Quantos podem existir pra eu escrever sobre eles? — Eu nunca tinha conhecido outro e conheci Tormentos e Incubus e mais tipos de Conjuradores do que desejaria.

Obidias se inclinou para a frente na cadeira enquanto cobria a mão cruelmente deformada outra vez.

— Talvez não sejam tão raros quanto pensa. Talvez só não vivam o bastante para os Conjuradores os encontrarem.

Havia uma verdade inegável nas palavras dele que eu não conseguia explicar. Acho que havia uma parte de mim que sabia que uma mentira teria soado diferente. Outra parte sabia que eu sempre estaria em perigo, de uma forma ou de outra, com ou sem Lena.

Quer estivesse destinado a pular de uma torre de água ou não.

De qualquer maneira, o medo na voz dele deveria ter sido prova suficiente.

— Tudo bem. Então, não vou ser pego.

O rosto de tia Prue estava tomado de preocupação.

— Talvez essa não seja a melhor ideia. Devíamos voltar para minha casa e pensar melhor. Conversar com sua mãe. Ela está esperando por nós, acho.

Apertei a mão dela.

— Não se preocupe, tia Prue. Sei uma maneira de entrar. Há uma *Temporis Porta* em um velho túnel debaixo da propriedade Wate. Consigo entrar e sair antes mesmo de os Guardiões perceberem que estive lá.

Se eu conseguia cruzar paredes no plano Mortal, tinha certeza de que conseguiria passar pela *Temporis Porta* também.

Obidias quebrou a ponta de um charuto grosso. A mão dele estava tremendo quando acendeu o fósforo e o levou até a ponta. Ele deu duas baforadas, até que o fumo brilhasse em um tom laranja firme.

— Você não pode entrar na biblioteca do Registro Distante pelo plano Mortal. Precisa entrar pela fresta. — Ele deu a notícia com a mesma calma de alguém que estivesse me dando instruções para chegar ao Pare & Roube para comprar leite.

— Você está falando da Grande Barreira? — Parecia um lugar estranho para ter uma porta que levava ao recôndito do Registro Distante. — Posso chegar lá. Fui uma vez, posso ir de novo.

— O que você fez não é nada em comparação ao que está prestes a fazer. A Grande Barreira é apenas um local aonde você consegue chegar a partir da fresta — explicou Obidias. — De lá, você pode cruzar para outros mundos que vão fazer a Barreira parecer sua casa.

— Só me diga como chegar. — Estávamos perdendo tempo, e cada segundo que passávamos sentados conversando era outro segundo longe de Lena.

— Você precisa cruzar o Grande Rio. Ele atravessa a Grande Barreira, vai até a fresta. Forma a fronteira entre os planos.

— Como o rio Estige?

Ele me ignorou.

— E você não pode cruzar se não tiver os olhos do rio, duas pedras pretas lisas.

— O senhor está brincando?

Ele balançou a cabeça.

— Nem um pouco. São muito raras e difíceis de encontrar.

— Olhos do rio. Entendi. Consigo achar duas pedras.

— *Se* você cruzar o rio, e isso é um grande se, você ainda terá de passar pelo Guardião do Portão, antes de entrar na biblioteca.

— Como faço isso?

Obidias deu uma baforada no charuto.

— Você precisa oferecer uma coisa que ele não possa recusar.

— O que exatamente seria isso? — perguntou tia Prue, como se ela pudesse ter o necessário guardado na bolsinha. Como se o Guardião do Portão fosse estar interessado em três balas de menta com pelos grudados, creme sem lactose e um bolo de Kleenex dobrados.

— Sempre é diferente. Você precisa descobrir quando chegar lá — disse Obidias. — Ele tem... um gosto eclético. — Ele não acrescentou mais nada sobre o assunto.

Uma oferenda. Gosto eclético. Fosse lá o que isso quisesse dizer.

— Tudo bem. Então preciso encontrar as pedras pretas e cruzar o Grande Rio — falei. — Descobrir o que o tal Guardião do Portão quer e oferecer a ele pra entrar na biblioteca. Depois, encontrar *As Crônicas Conjuradoras* e destruir minha página. — Fiz uma pausa, porque a pergunta que eu estava prestes a fazer era o detalhe mais importante, e eu queria entender direito. — Se eu fizer tudo isso e não for descoberto, vou voltar pra casa, minha casa de verdade? Como faço isso? O que acontece depois que eu destruir a página?

Obidias olhou para tia Prue e depois para mim.

— Não sei direito. Nunca aconteceu, até onde sei. — Ele balançou a cabeça. — É uma chance, nada mais. E nem é uma boa chance...

— Nada é certo, Ethan Wate, a não ser o fato de que você teve uma chance de uma vida própria, e os Guardiões a roubaram de você.

Fiquei de pé antes que eles pudessem terminar de falar.

Lena estava esperando, no meu quarto ou no dela, ao lado da cruz torta fincada na grama do meu túmulo ou em outro lugar. Mas estava esperando, e era isso que importava.

Se eu tinha uma chance de voltar para casa, ia tentar.

Estou tentando, L. Não desista de mim.

— Preciso ir, Sr. Trueblood. Tenho um rio pra cruzar.

Tia Prue abriu a bolsinha e pegou um mapa meio apagado, coberto de desenhos que não representavam nenhum continente, país ou estado que eu conhecesse. Era mais do que um rascunho atrás de um velho folheto de igreja. Eu sabia como eram os mapas de tia Prue e sabia o quanto tinham sido importantes para mim antes, na última vez que achei o caminho até a fresta, para a Décima Sétima Lua de Lena.

— Estou trabalhando nele desde que cheguei neste lugar, um pouco aqui, um pouco ali. Obidias me disse que você ia precisar. — Ela deu de ombros. — Achei que era o mínimo que eu podia fazer.

Eu me inclinei e a abracei.

— Obrigado, tia Prue. E não se preocupe.

— Não estou preocupada — mentiu ela.

Mas não precisava ficar. Eu estava preocupado o bastante por nós dois.

⊰ CAPÍTULO 12 ⊱

Ainda aqui

Depois que retornamos à nossa parte do Outro Mundo, com os Harlon James e tudo, eu não voltei para casa. Deixei tia Prue na casa dela e andei pelas ruas (que estavam mais para corredores) do Jardim da Paz Perpétua.

Paz não era exatamente o que eu estava sentindo.

Parei em frente a propriedade Wate. Estava igual a quando saí, e eu sabia que minha mãe estava lá dentro. Queria falar com ela. Mas havia outras coisas que eu tinha de fazer primeiro.

Sentei-me nos degraus da frente e fechei os olhos.

— Me leve pra casa.

Como é que era?

Pra lembrar. E ser lembrado.

Ducite me domum.

Ut meminissem.

Ut in memoria tenear.

Eu me lembro de Lena.

Não da torre de água.

Do que veio antes.

Eu me lembro de Ravenwood.

Que Ravenwood se lembre de mim.

Que Ravenwood...

Me leve...

Eu estava deitado na terra em frente a Ravenwood, entre uma roseira e uma cerca de camélias que não foi podada. Tinha cruzado de novo. E, desta vez, sozinho.

— Caramba. — Eu ri aliviado. Estava ficando bom nessa coisa de estar morto.

Subi praticamente correndo os degraus da velha varanda. Eu tinha de ver se Lena tinha recebido o recado, o meu recado. Meu único problema era que ninguém se dava ao trabalho de completar as palavras cruzadas do *The Stars and Stripes*, nem mesmo Amma. Eu precisava encontrar uma forma de instigá-las a olhar o jornal, se ainda não o tivessem feito.

Lena não estava no quarto e também não a vi no meu túmulo. Não a encontrei em nenhum dos lugares aonde costumávamos ir.

Nem na alameda dos limoeiros nem na cripta, onde morri pela primeira vez.

Até olhei no antigo quarto de Ridley, onde Liv dormia na barulhenta cama de dossel de Ridley. Tinha esperança de ela conseguir sentir que eu estava aqui com o Ethan Watenômetro dela. Não tive essa sorte. Foi quando me dei conta de que era noite em Gatlin, na verdadeira Gatlin, e não havia correlação alguma entre o tempo que passava no Outro Mundo e o tempo Mortal. Parecia que estive fora durante algumas horas, e aqui era o meio da noite.

Eu nem sabia que dia era hoje, pensando bem.

Pior ainda, quando me inclinei sobre o rosto de Liv à luz da lua, parecia que ela havia chorado. Senti culpa, pois existia uma forte possibilidade de eu ser o motivo das lágrimas, a menos que ela e John tivessem brigado.

Mas isso era improvável, porque quando olhei para baixo, vi que estava parado bem no meio do peito de John Breed. Ele estava encolhido ao lado da cama, no gasto tapete peludo rosa.

Pobre sujeito. Por mais que tenha feito inúmeras besteiras no passado, ele era bom para Liv, e por um tempo acreditou que era Aquele que É Dois. É difícil ter ressentimento de um cara que tentou dar a vida para salvar o mundo. Se alguém entendia isso, esse alguém era eu.

Não era culpa dele o mundo não tê-lo aceitado.

Então saí de cima do peito dele o mais rápido que pude e prometi tomar mais cuidado com o lugar em que coloco os pés no futuro. Não que ele fosse saber.

Quando andei pelo resto da casa, ela pareceu completamente vazia. Mas ouvi o estalar de uma lareira e segui o som. No pé da escada, ao lado do hall de entrada, encontrei Macon sentado na poltrona de couro ao lado do fogo. Como esperado, onde estava Macon também estava Lena. Ela tinha sentado aos pés dele, inclinada sobre o pufe. Eu conseguia sentir o cheiro da caneta com a qual escrevia. O caderno estava aberto em seu colo, mas ela mal olhava para ele. Desenhava círculos sem parar, até a folha parecer que iria se rasgar.

Ela não estava chorando, longe disso.

Estava maquinando.

— Era Ethan. Tinha de ser. Consegui senti-lo lá conosco, como se ele estivesse de pé ao lado do túmulo.

Será que ela havia olhado as palavras cruzadas? Talvez por isso estivesse tão empolgada. Procurei ao redor do escritório, mas se ela lera o jornal, não havia sinal. Uma pilha de jornais velhos enchia uma lixeira de metal ao lado da lareira; Macon os usava para acender o fogo. Tentei levantar uma folha, mas mal consegui fazer o canto tremer.

Eu me perguntei se teria conseguido fazer as palavras cruzadas sem um Espectro mais experiente como minha mãe para me ajudar.

Amma não precisava se preocupar tanto com o azul-fantasma, o sal e os amuletos. Essa coisa toda de assombrar não era tão fácil quanto se acreditava.

Então notei o quanto Macon parecia triste ao observar o rosto de Lena. Desisti do jornal e me concentrei na conversa dos dois.

— Você pode ter sentido a essência dele, Lena. Um túmulo é um local poderoso, sem dúvida.

— Não estou dizendo que senti uma coisa, tio Macon. Eu o senti. Ethan, o Espectro. Tenho certeza.

A fumaça da lareira saiu em espiral pela grade. Boo estava deitado com a cabeça no colo de Lena, e as chamas se refletiam em seus olhos escuros.

— Por que um botão caiu no túmulo dele? — A voz de Macon não mudou, mas ele pareceu cansado. Eu me perguntei quantas conversas assim aguentou desde que morri.

— Não. Porque ele o moveu. — Lena não desistiu.

— E o vento? E outra pessoa? Wesley poderia ter empurrado, considerando que não é a criatura mais graciosa do mundo.

— Foi apenas uma semana atrás. Eu me lembro perfeitamente. Sei que aconteceu. — Ela era ainda mais teimosa que ele.

Uma semana atrás?

Tanto tempo assim tinha se passado em Gatlin?

Lena não tinha visto o jornal. Não podia provar que eu ainda estava aqui, nem para si mesma, nem para minha família nem para meu melhor amigo. Não havia como explicar sobre Obidias Trueblood e todas as complicações da minha vida, não enquanto ela não soubesse que eu estava no aposento com ela.

— E desde esse dia? — perguntou Macon.

Ela pareceu perturbada.

— Talvez tenha ido embora. Talvez esteja fazendo alguma coisa. Não sei como são as coisas no Outro Mundo. — Lena olhou para o fogo como se estivesse procurando alguma coisa. — Não sou só eu. Fui visitar Amma. Ela disse que o sentiu na casa.

— Os sentimentos de Amma não são confiáveis quando se trata de Ethan.

— O que isso quer dizer? É claro que Amma é confiável. Ela é a pessoa mais confiável que conheço. — Lena pareceu furiosa, e eu me perguntei o quanto ela realmente sabia sobre aquela noite na torre de água.

Ele não disse uma palavra.

— Não é?

Macon fechou o livro.

— Não consigo ver o futuro. Não sou Vidente. Só sei que Ethan fez o que precisava ser feito. O plano todo, Luz e Trevas, sempre será grato a ele.

Lena ficou de pé e arrancou a folha manchada de tinta do caderno.

— Bem, eu não. Entendo que ele foi corajoso, nobre e tudo mais, mas ele me deixou aqui, e não sei se valeu a pena. Não ligo pro universo nem pro plano e nem pra salvar o mundo, não mais. Não sem Ethan.

Ela jogou a folha no fogo. As chamas laranja pularam sobre o papel.

Tio Macon falou enquanto olhava para o fogo.

— Entendo.

— É mesmo? — Lena não pareceu acreditar nele.

— Houve uma época em que coloquei meu coração acima de tudo.

— E o que aconteceu?

— Não sei. Fiquei mais velho, acho. E aprendi que as coisas costumam ser mais complicadas do que pensamos.

Apoiada no contorno da lareira, Lena olhou para o fogo.

— Você só deve ter esquecido como é.

— Talvez.

— Eu não vou esquecer. — Ela olhou para o tio. — Não vou esquecer nunca.

Ela girou a mão, e a fumaça subiu até se contorcer ao redor dela e tomar forma. Era um rosto. Era o meu rosto.

— Lena.

Meu rosto desapareceu ao som da voz de Macon e se transformou em tiras de fumaça cinza.

— Me deixe em paz. Me deixe ter o pouco que eu puder, o que eu puder ter dele. — Ela falou decidida, e eu a amei por isso.

— São apenas lembranças. — Havia tristeza na voz de Macon. — Você precisa seguir em frente. Acredite em mim.

— Por quê? Você não seguiu.

Ele sorriu com tristeza e olhou para o fogo.

— É por isso que eu sei.

Segui Lena escada acima. Apesar de o gelo e a neve terem derretido desde minha última visita a Ravenwood, uma névoa densa e cinzenta se espalhava pela casa, e o ar estava mais frio.

Lena não pareceu reparar nem se importar com o que estava se passando ao seu redor, mesmo com a respiração formando uma nuvem branca na frente do rosto. Reparei nas manchas escuras debaixo dos olhos dela, em como estava magra e frágil, da mesma forma que ficou quando Macon morreu. Mas ela não era a mesma pessoa daquela época; era bem mais forte.

Ela acreditara que Macon se fora para sempre, e encontramos uma forma de trazê-lo de volta. Eu sabia bem no fundo que ela não podia desejar um destino diferente para mim.

Talvez Lena não soubesse que eu estava aqui, mas sabia que não parti para sempre. Ainda não estava desistindo de mim. Não conseguia.

Eu sabia disso porque, se eu tivesse ficado para trás, também não conseguiria.

Lena entrou no quarto, passou pela pilha de malas e deitou na cama sem nem tirar os sapatos. Balançou os dedos, e a porta se fechou. Deitei-me ao lado dela, com o rosto na beirada do travesseiro. Estávamos a centímetros de distância.

As lágrimas começaram a rolar pelo rosto dela, e pensei que meu coração se partiria ao assistir.

Amo você, L. Sempre amarei.

Fechei os olhos e tentei alcançá-la. Desejei desesperadamente haver alguma coisa que eu pudesse fazer. Tinha de haver uma forma de eu fazê-la saber que ainda estava aqui.

Amo você, Ethan. Não vou te esquecer. Nunca vou te esquecer nem vou deixar de te amar.

Ouvi sua voz na mente. Quando abri os olhos, ela estava olhando bem na minha direção.

— Nunca — sussurrou ela.

— Nunca — falei.

Enrolei os dedos nos cachos de cabelos pretos e esperei até que ela adormecesse. Eu conseguia senti-la aninhada ao meu lado.

Eu precisava ter certeza de que ela encontraria o jornal.

Quando segui Lena escada abaixo na manhã seguinte, estava começando a me sentir (a) como uma espécie de perseguidor e (b) como se estivesse perdendo a cabeça. A cozinha preparou um grande café da manhã, como sempre, mas, felizmente, agora que a Ordem não estava rompida e o mundo não estava prestes a acabar, a comida não estava tão crua assim para fazer você querer vomitar ao vê-la.

Macon estava esperando Lena à mesa e já estava comendo. Eu ainda não estava acostumado a vê-lo se alimentando. Havia biscoitos hoje, assados com tanta manteiga que ela borbulhava nas rachaduras da massa. Fatias grossas de bacon se amontoavam ao lado de uma montanha de ovos mexidos digna de Amma. Frutas vermelhas se empilhavam dentro de uma massa crocante, que Link, antes de seus dias de Linkubus, teria engolido inteira, de uma só vez.

E então, eu vi. O *The Stars and Stripes* dobrado embaixo de uma pilha de jornais de tantos países quanto eu era capaz de nomear.

Estiquei a mão para pegar o jornal na mesma hora que Macon esticou a mão para pegar o bule de café, o que fez com que ele enfiasse a mão pelo meu peito. A sensação foi fria e estranha, como se eu tivesse engolido um pedaço de gelo. Talvez como uma dor de cabeça repentina provocada por uma bebida bem gelada, só que no coração em vez de na cabeça.

Segurei o jornal com as mãos e puxei com o máximo de força que consegui. Uma beirada se destacou lentamente de baixo da pilha.

Ainda não era o bastante.

Olhei para Macon e Lena. Macon estava com a cabeça escondida atrás de um jornal chamado *L'Express*, que parecia escrito em francês. Lena estava com os olhos grudados no prato, como se os ovos fossem revelar uma verdade importante.

Vamos, L. Está bem aqui. Estou bem aqui.

Puxei o jornal com mais força, e ele deslizou da pilha e caiu no chão.

Nenhum dos dois moveu o olhar.

Lena colocou leite no chá e mexeu. Segurei a mão dela e apertei até ela soltar a colher e derramar chá na toalha.

Lena olhou para a xícara de chá enquanto dobrava os dedos. Inclinou-se para secar a toalha com o guardanapo. E reparou no jornal no chão, ao lado do pé.

— O que é isso? — Ela pegou o *The Stars and Stripes*. — Eu não sabia que você assinava esse jornal, tio M.

— Assino. Acho útil saber o que está acontecendo na cidade. Você não ia querer perder, sei lá, o plano diabólico mais recente da Sra. Lincoln e das Senhoras Voluntárias. — Ele sorriu. — Qual seria a diversão?

Eu prendi a respiração.

Ela o jogou virado para baixo sobre a mesa.

As palavras cruzadas ficavam na folha de trás. A edição de domingo, exatamente como planejei no escritório do *The Stars and Stripes*.

Ela sorriu.

— Amma faria essas palavras cruzadas em uns cinco minutos.

Macon ergueu o olhar.

— Menos do que isso, tenho certeza. Acredito que eu conseguiria fazer em três.

— É mesmo?

— Quer ver?

— Onze horizontal — disse ela. — Aparição ou fantasma. Um ser espectral. Um espírito de outro mundo. Uma assombração.

Macon ergueu os olhos, já apertados.

Lena se inclinou sobre o jornal segurando o chá. Eu a vi começar a ler.

Entenda, L. Por favor.

Só quando a xícara começou a tremer e caiu no tapete, eu soube que ela entendeu; não as palavras cruzadas, mas a mensagem cifrada.

— Ethan?

Ela ergueu o olhar. Eu me inclinei para mais perto e encostei a bochecha na dela. Eu sabia que ela não conseguia sentir; eu ainda não estava de volta com ela. Mas sabia que acreditava que eu estava lá, e, por enquanto, isso era tudo que importava.

Macon ficou olhando para ela com surpresa.

O candelabro acima da mesa começou a balançar. A sala se iluminou até ficar branca a ponto de cegar. As enormes janelas da sala de jantar começaram a se rachar em centenas de teias de vidro. Cortinas pesadas voaram contra as paredes como penas ao vento.

— Querida — disse Macon.

O cabelo de Lena se encaracolou em todas as direções. Fechei os olhos quando janela após janela se estilhaçou, como fogos de artifício.

Ethan?

Estou aqui.

Acima de tudo, isso era o que eu precisava que ela soubesse.

Finalmente.

⤙ CAPÍTULO 13 ⤚

Aonde o corvo te leva

Lena sabia que eu estava lá. Era difícil me obrigar a sair dali, mas ela havia entendido a verdade. Era a questão principal. Amma e Lena. Eu tinha conseguido duas de duas. Era um começo.

E eu estava exausto.

Agora precisava conseguir voltar para ela de vez. Cruzei de novo em cerca de dez segundos. Se ao menos o resto do caminho fosse fácil assim.

Sabia que devia ir para casa e contar tudo para minha mãe, mas também sabia o quanto ela ficaria preocupada de eu ir até o Registro Distante. Pelo que Genevieve, minha mãe, tia Prue e Obidias Trueblood haviam dito, o Registro Distante parecia o último lugar aonde alguém iria voluntariamente.

Principalmente alguém que tinha mãe.

Cataloguei tudo que eu precisava fazer, todos os lugares aonde precisava ir. O rio. O livro. Os olhos do rio, duas pedras pretas lisas. Foi o que Obidias Trueblood disse que eu precisava. Minha mente ficava voltando a isso sem parar.

Quantas pedras pretas lisas podiam existir no mundo? E como eu ia saber quais eram os olhos do rio, fosse lá o que isso quisesse dizer?

Talvez eu as encontrasse no caminho. Ou talvez já as tivesse encontrado nem soubesse.

Uma pedra preta mágica, o olho do rio.

Parecia estranhamente familiar. Eu já tinha ouvido isso antes?

Pensei de novo em Amma, em todos os amuletos, cada ossinho, cada grão de terra de cemitério e de sal, cada pedaço de barbante que ela me deu para usar.

E então, lembrei.

Não era um dos amuletos de Amma. Era parte da visão que tive quando abri a garrafa no quarto dela.

Tinha visto a pedra pendurada no pescoço de Sulla. Sulla, a Profetisa. Na visão, Amma a chamou de "o olho".

O olho do rio.

O que significava que eu sabia onde achá-lo e como chegar lá, desde que conseguisse descobrir como encontrar o caminho de Wader's Creek deste lado.

Não dava para evitar, por mais assustador que fosse. Estava na hora de fazer uma visita aos Grandes.

Desdobrei o mapa de tia Prue. Agora que eu sabia ler, não era tão difícil ver onde os Portais estavam marcados. Encontrei o X vermelho no Portal que levava à casa de Obidias, o que ficava na cripta da família Snow, então depois procurei cada marca vermelha que consegui encontrar.

Havia muitos Xs vermelhos, mas qual desses Portais me levaria a Wader's Creek? Os destinos não ficavam marcados como as saídas da autoestrada, e eu não queria dar de cara com nenhuma surpresa que pudesse estar esperando por um sujeito atrás da porta número três do Outro Mundo.

Cobras no lugar de dedos podia ser moleza perto do que haveria por aí.

Tinha de haver algum tipo de lógica. Eu não sabia o que ligava o Portal atrás do lote da família Snow ao caminho pedregoso que me levou a Obidias Trueblood, mas tinha de haver alguma coisa. Como éramos todos parentes uns dos outros aqui, essa coisa devia ser sangue.

O que ligaria um desses lotes do Jardim da Paz Perpétua aos Grandes? Se houvesse uma loja de bebidas no cemitério, ou um caixão enterrado cheio do uísque Wild Turkey do tio Abner, ou as ruínas de uma padaria assombrada famosa pela torta de limão com merengue, não estaria muito longe de mim.

Mas Wader's Creek tinha seu próprio cemitério. Não havia cripta nem lote para Ivy, Abner, Sulla e nem Delilah no Paz Perpétua.

E então, encontrei um X atrás do que minha mãe dissera ser um dos mais antigos pontos do cemitério, e soube que tinha de ser lá.

Dobrei o mapa e decidi verificar.

Minutos depois, eu estava olhando para um obelisco branco de mármore.

Era óbvio que a palavra SAGRADO estava entalhada na pedra antiga e rachada, bem acima de um crânio de aparência sinistra com órbitas vazias, que olhava diretamente para você. Nunca entendi por que um único crânio sinistro marcava vários dos túmulos mais antigos de Gatlin. Mas todos sabíamos sobre esse tributo em particular, embora estivesse escondido na extremidade do Paz Perpétua, onde ficava o coração do velho cemitério, bem antes do novo ser construído ao redor dele.

A Agulha Confederada — era assim que o pessoal de Gatlin o chamava; não por causa da forma pontuda, mas por causa das senhoras que o colocaram lá. Katherine Cooper Sewell, que fundou a filial de Gatlin das Filhas da Revolução Americana (provavelmente não muito depois da própria revolução) providenciou para que o FRA levantasse dinheiro o bastante para a construção do obelisco antes de morrer.

Ela foi casada com Samuel Sewell.

Samuel Sewell construiu e gerenciou a Destilaria Palmetto, a primeira destilaria do condado de Gatlin. A Destilaria Palmetto fabricava uma coisa, e apenas uma coisa.

Wild Turkey.

— Inteligente — falei, e andei para trás do obelisco, onde uma cerca retorcida de ferro estava torta e partida em pedaços.

Eu não sabia se conseguiria vê-la quando voltasse para casa, mas aqui no Outro Mundo, a porta falsa do Portal cortada na base da pedra estava clara como o dia. O contorno retangular da entrada serpenteava entre fileiras de conchas e anjos entalhados.

Encostei a mão na pedra lisa e senti que ela cedia, abrindo espaço nas sombras em vez de na luz do sol.

Uma dúzia de degraus irregulares de pedra depois, eu me vi no que parecia um caminho de cascalho. Segui por uma curva na passagem e vi luz ao longe. Quando me aproximei, senti cheiro de grama de pântano e palmeiras encharcadas. Não havia como confundir o cheiro.

Era o lugar certo.

Cheguei a uma porta de madeira empenada, entreaberta. Nada podia impedir a luz de entrar agora, nem o ar quente e grudento, que só ficava mais quente e mais grudento conforme eu subia os degraus do outro lado da porta.

Wader's Creek estava me esperando. Eu não conseguia ver atrás dos primeiros ciprestes altos, mas sabia que era ali. Se eu seguisse o caminho lamacento à minha frente, chegaria à casa de Amma longe de casa.

Empurrei os galhos de palmeira e vi uma fileira de casas pequenas, na beirada da água.

Os Grandes. Tinha de ser.

Conforme seguia pelo caminho, ouvi vozes. Na varanda mais próxima, três mulheres se reuniam ao redor de uma mesa com um maço de cartas. Estavam discutindo e implicando umas com as outras como as Irmãs faziam quando jogavam Palavras Cruzadas.

Reconheci Twyla de longe. Desconfiei que ela se juntaria aos Grandes quando morreu na noite da Décima Sétima Lua. Ainda assim, era estranho vê-la na varanda jogando cartas com eles.

— Não pode jogar essa carta, Twyla, e sabe disso. Acha que não estou vendo você roubar? — Uma mulher com um xale colorido empurrou a carta de volta para Twyla.

— Ah, Sulla. Você pode ser Vidente, *cher*. Mas não tem nada aqui pra ver — respondeu Twyla.

Sulla. Era ela. Agora eu a reconhecia pela visão: Sulla, a Profetisa, a ancestral mais famosa de Amma.

— Bem, acho que vocês duas estão roubando. — A terceira mulher jogou as cartas na mesa e ajustou os óculos redondos. O xale era amarelo intenso. — E não quero jogar com nenhuma de vocês duas. — Tentei não rir, mas a cena era familiar demais; podia muito bem ser lá em casa.

— Não seja tão rabugenta, Delilah. — Sulla balançou a cabeça.

Delilah. Era a de óculos.

Uma quarta mulher estava sentada em uma cadeira de balanço na beirada da varanda, com um aro em uma das mãos e uma agulha na outra.

— Por que você não entra e corta um pedaço de torta pra sua velha tia Ivy? Estou ocupada bordando.

Ivy. Era estranho finalmente vê-la em pessoa depois das visões.

— Torta? Rá! — Um homem idoso riu da cadeira de balanço, com uma garrafa de Wild Turkey em uma das mãos e um cachimbo na outra.

Tio Abner.

Eu sentia como se o conhecesse pessoalmente, apesar de nunca nos termos encontrado. Afinal, eu estava na cozinha quando Amma fez para ele mais de cem tortas ao longo dos anos, talvez até mil.

O corvo gigante desceu voando e pousou no ombro de tio Abner.

— Não tem torta lá dentro, Delilah. Estamos sem.

Delilah parou com uma das mãos na porta de tela.

— Por que estaríamos sem, Abner?

Ele assentiu na minha direção.

— Acho que Amarie está ocupada assando tortas pra ele agora. — Ele esvaziou o cachimbo e jogou o tabaco velho por cima da grade da varanda.

— Quem, eu? — Não conseguia acreditar que tio Abner estava realmente falando comigo. Dei um passo mais para perto de todos eles. — Quero dizer, oi, senhor.

Ele me ignorou.

— Acho que só vou ver torta de limão com merengue se for a favorita do garoto também.

— Você vai ficar aí olhando ou vai chegar mais perto? — Sulla estava de costas para mim, mas sabia que eu estava lá.

Twyla apertou os olhos contra a luz do sol.

— Ethan? É você, *cher*?

Andei em direção à casa, por mais que tivesse vontade de ficar onde estava. Não sei por que estava tão nervoso. Não esperava que os Grandes parecessem tão comuns. Podiam ser qualquer grupo de idosos, juntos em uma varanda em uma tarde de sol. Só que estavam todos mortos.

— É. Quero dizer, sim, senhora. Sou eu.

Tio Abner ficou de pé e andou até a grade da varanda para ver melhor. O enorme corvo ainda estava em seu ombro. Ele bateu as asas, mas tio Abner nem piscou.

— Como falei, não vamos ter torta alguma, nem mais nada, agora que o garoto está aqui em cima com a gente.

Twyla me chamou com um aceno.

— Talvez ele compartilhe um pedaço da dele com você.

Subi os degraus gastos de madeira, e os sinos de vento se balançaram. Não havia nem uma brisa soprando.

— Ele é um espírito mesmo — disse Sulla. Havia um pequeno pássaro marrom pulando pela mesa. Um pardal.

— Claro que é. — Ivy fungou. — Não estaria aqui se não fosse.

Passei longe de tio Abner e seu pássaro arrepiante.

Quando cheguei perto o bastante, Twyla deu um pulo e passou os braços ao redor do meu corpo.

— Não posso dizer que esteja feliz por você estar aqui, mas estou feliz em ver você.

Eu a abracei também.

— É, bem, também não estou tão feliz de estar aqui.

Tio Abner tomou um gole de uísque.

— Então, por que você foi pular daquela torre?

Eu não sabia o que dizer, mas Sulla respondeu antes de eu ter de pensar em qualquer coisa.

— Você sabe a resposta disso, Abner, tanto quanto sabe seu próprio nome. Agora pare de pegar no pé do garoto.

O corvo bateu as asas de novo.

— Alguém deveria fazer isso — disse tio Abner.

Sulla se virou e lançou o olhar para tio Abner. Eu me perguntei se foi com ela que Amma aprendeu.

— A não ser que fosse forte o bastante para parar a Roda do Destino, você sabe que o garoto não tinha escolha.

Delilah trouxe uma cadeira de vime para mim.

— Agora venha se sentar conosco.

Sulla estava embaralhando cartas, mas eram cartas de baralho normal.

— A senhora sabe ler essas também? — Não seria surpresa para mim.

Ela riu e o pardal trinou.

— Não, só estávamos jogando buraco. — Sulla colocou as cartas na mesa. — Falando nisso... bati.

Delilah fez beicinho.

— Você sempre ganha.

— Bem, ganhei de novo — disse Sulla. — Então por que você não se senta, Ethan, e nos conta o que o trouxe até aqui.

— Não sei o quanto vocês sabem.

Ela ergueu as sobrancelhas.

— Certo, então vocês provavelmente sabem que fui ver Obidias Trueblood, um velho..

— Ar-rã. — Ela assentiu.

— E se ele estiver falando a verdade, tem um jeito de eu voltar pra casa. — Eu estava tropeçando nas palavras. — Quero dizer, pra casa onde eu estava vivo.

— Ar-rã.

— Tenho de tirar minha página das...

— *Crônicas Conjuradoras*. — Terminou ela por mim. — Sei disso tudo. Então, por que você não diz logo o que precisa de nós?

Eu tinha certeza de que ela sabia, mas queria que eu pedisse mesmo assim. Era o certo a fazer.

— Preciso de uma pedra. — Pensei na melhor maneira de descrever. — Acho que vai soar estranho, mas vi a senhora usando uma vez, em uma espécie de sonho. É brilhante e preta...

— Esta? — Sulla esticou a mão. Ali estava ela. A pedra preta da minha visão. Assenti aliviado.

— Você precisa mesmo dela. — Sulla colocou a pedra na minha mão e fechou meus dedos ao redor. Ela pulsou com um calor estranho que parecia vir de dentro.

Delilah olhou para mim.

— Você sabe o que é isso?

Eu assenti.

— Obidias disse que se chama olho do rio e que preciso de duas pra cruzar o rio.

— Então, vejo que ainda falta uma — disse tio Abner. Ele não tinha se afastado um centímetro da grade. Estava ocupado enchendo o cachimbo de folhas secas de tabaco.

— Ah, existe outra. — Sulla sorriu com sabedoria. — Você não sabe?

Eu balancei a cabeça.

Twyla esticou a mão e segurou a minha. Um sorriso se espalhou no rosto dela, e as longas tranças caíram pelos ombros quando assentiu.

— *Un cadeau.* Um presente. Lembro quando dei pra Lena — disse ela, com o pesado sotaque creole. — O olho do rio é uma pedra poderosa. Traz sorte e uma jornada segura.

Enquanto ela falava, vi o pingente do colar de Lena. A pedra preta lisa que ela sempre usava pendurada na corrente.

É claro.

Lena tinha a segunda pedra de que eu precisava.

— Você sabe como chegar ao rio e seguir caminho? — perguntou Twyla, soltando minha mão.

Tirei o mapa de tia Prue do bolso de trás.

— Tenho um mapa. Minha tia me deu.

— Mapas são bons — disse Sulla, olhando para ele. — Mas pássaros são melhores. — Ela estalou a língua, e o pardal voou até o ombro dela. — Um mapa pode afastar você do caminho certo se não o ler direito. Um pássaro sempre sabe o caminho.

— Eu não ia querer levar seu pássaro. — Ela já havia me dado a pedra. Parecia que eu estava pegando coisas demais. Além do mais, pássaros me deixavam nervoso. Eram como velhas senhoras, mas com bicos mais afiados.

Tio Abner deu uma baforada no cachimbo e andou até nós. Apesar de não ser exatamente um gigante, ainda era mais alto do que eu. Mancava de leve, e não consegui deixar de imaginar o que tinha causado isso.

Ele passou o dedo por um dos suspensórios presos à calça marrom.

— Então, leve o meu.

— Perdão, senhor?

— Meu pássaro. — Ele inclinou o ombro, e as penas do enorme corvo se eriçaram. — Se você não quer levar o pássaro de Sulla, o que eu entendo, porque ele não é muito maior que um rato, então leve o meu.

Eu estava com medo de ficar parado ao lado daquele corvo do tamanho de um abutre. E, definitivamente, não queria levá-lo a lugar algum comigo. Mas precisava tomar cuidado, porque ele estava me oferecendo uma coisa valiosa, e eu não queria insultá-lo.

Eu *realmente* não queria insultá-lo.

— Eu agradeço, senhor. Mas também não quero levar seu pássaro. Parece... — O corvo guinchou alto. — Muito ligado ao senhor.

O homem idoso descartou minha preocupação com um movimento da mão.

— Besteira. Exu é inteligente, tem o nome do deus das encruzilhadas. Ele vigia as portas entre os mundos e conhece o caminho. Não conhece, rapaz?

O pássaro empoleirava-se orgulhoso no ombro do homem, como se soubesse que tio Abner o estava elogiando.

Delilah andou até nós e esticou o braço. Exu bateu as asas uma vez e pousou nela.

— O corvo também é o único pássaro que consegue cruzar entre os mundos, os véus entre a vida e a morte, e lugares bem piores. Essa velha pilha de penas é um aliado poderoso e um professor ainda melhor, Ethan.

— A senhora está dizendo que ele pode cruzar para o mundo Mortal? — Seria isso realmente possível?

Tio Abner soprou a fumaça densa do cachimbo na minha cara quando falou.

— Claro que pode. Ir até lá e voltar, ir até lá e voltar de novo. O único lugar aonde esse pássaro não pode ir é debaixo da água. E só porque não o ensinei a nadar.

— Então ele consegue me mostrar o caminho do rio?

— Ele pode te mostrar muito mais, se você prestar atenção. — Tio Abner acenou para o pássaro, que saiu voando para o céu, circulando acima das nossas cabeças. — Ele se comporta melhor se você der a ele um presente de vez em quando, assim como o deus em cuja homenagem o batizei.

Eu não fazia ideia de que presentes oferecer a um corvo, nem a um deus vodu, nem a um corvo batizado em homenagem a ele. Tive a sensação de que alpiste normal não ia funcionar.

Mas não precisei me preocupar, porque tio Abner se certificou de que eu soubesse.

— Leve um pouco disto. — Ele derramou uísque em uma garrafinha de metal amassada e me entregou uma pequena lata. Era a mesma que ele tinha usado para encher o cachimbo.

— Seu pássaro bebe uísque e come tabaco?

O homem idoso franziu a testa.

— Fique feliz de ele não gostar de comer garotos magrelos que não sabem andar no Outro Mundo.

— Sim, senhor. — Assenti.

— Agora saia daqui e leve meu pássaro e aquela pedra. — Tio Abner me expulsou. — Não vou comer a torta de Amarie enquanto você estiver por aqui.

— Sim, senhor. — Coloquei a lata de tabaco e a garrafinha de uísque no bolso junto com o mapa. — E obrigado.

Comecei a descer a escada e saí da varanda. Virei-me para dar uma última olhada nos Grandes, reunidos ao redor de uma mesa de cartas, bordando e discutindo, franzindo a testa e bebendo uísque, dependendo de qual deles se estivesse falando. Eu queria me lembrar deles assim, como pessoas normais que eram grandes por motivos que não tinham nada a ver com o futuro nem com matar de medo os Conjuradores das Trevas.

Eles me lembravam de Amma e de tudo que eu amava nela. A forma como sempre tinha as respostas e me despachava com alguma coisa estranha no bolso. A forma como olhava para mim com raiva quando estava preocupada, e me lembrava de todas as coisas que eu ainda não sabia.

Sulla ficou de pé e se inclinou sobre a grade da varanda.

— Quando você encontrar o Mestre do Rio, não se esqueça de dizer que eu te mandei, entendeu?

Ela falou como se eu devesse saber do que ela estava falando.

— Mestre do Rio? Quem é ele, senhora?

— Você vai saber quando o encontrar — disse ela.

— Sim, senhora. — Comecei a me virar.

— Ethan — chamou tio Abner —, quando você chegar em casa, diga pra Amarie que estou esperando uma torta de limão com merengue e uma cesta de frango frito. Duas coxas grandes e gordas... Ou melhor, quatro.

Eu sorri.

— Pode deixar.

— E não se esqueça de mandar meu pássaro de volta. Ele fica mal-humorado depois de um tempo.

O corvo voou acima de mim enquanto eu descia a escada. Eu não fazia ideia de aonde estava indo, mesmo com um mapa e um pássaro comedor de tabaco que era capaz de cruzar entre mundos.

Não importava se eu tinha minha mãe, tia Prue, um Conjurador das Trevas que escapou do mesmo lugar que eu estava querendo invadir e todos os Grandes, com Twyla no meio, para garantir.

Eu tinha uma pedra agora, e quanto mais eu pensava em Lena, mais percebia que sempre soube onde encontrar a outra pedra. Ela nunca a tirava do cordão cheio de pingentes. Talvez fosse por isso que Twyla a deu para Lena quando ela era pequena, para algum tipo de proteção. Ou para mim.

Afinal, Twyla era uma Necromante poderosa. Talvez ela soubesse que eu iria precisar.

Estou indo, L. Assim que puder.

Sabia que ela não conseguia me ouvir por meio de Kelt, mas esperei a resposta dela no fundo da mente, de qualquer maneira. Como se a lembrança pudesse substituir o fato de ouvi-la.

Eu te amo.

Imaginei o cabelo preto e os olhos verde e dourado, os All-Star surrados e o esmalte preto descascado.

Só havia uma coisa a fazer, e estava na hora de eu fazê-la.

⊰ CAPÍTULO 14 ⊱

Coisas ruins

Não demorei muito para refazer os passos até a Agulha Confederada e encontrar o caminho para o *The Stars and Stripes* desta vez. Eu estava cruzando como um velho Espectro agora. Quando peguei o jeito, uma certa maneira de deixar a mente fazer o trabalho por mim sem me concentrar em nada, pareceu tão fácil quanto andar. Mais fácil, uma vez que eu não estava exatamente andando.

E quando cheguei lá, sabia o que fazer, e consegui fazer sozinho. Na verdade, estava ansioso por isso. Já tinha pensado um pouco para adiantar. Eu entendia por que Amma gostava tanto de palavras cruzadas. Quando se entrava no estado mental certo, elas eram meio que viciantes.

Quando cheguei ao escritório, passando pelo Pântano dos Climatizadores, a boneca da edição atual estava em uma das três mesinhas, bem onde estava da última vez. Abri as folhas de jornal. Desta vez, encontrei as palavras cruzadas sem muita dificuldade.

Essas estavam ainda menos terminadas do que as anteriores. Talvez a equipe estivesse ficando preguiçosa agora que sabia que havia chance de alguém fazer o trabalho por eles.

Fosse como fosse, Lena ia ler as palavras cruzadas. Peguei a letra mais próxima e coloquei no lugar.

Quatro vertical.

Ô-N-I-X.

Que significa pedra preta.

Oito horizontal.

A-F-L-U-E-N-T-E.

Que significa rio.

Cinco vertical.

V-I-S-T-A.

Que significa olho.

Sete horizontal.

B-E-R-L-O-Q-U-E. Que significa pingente.

M-Ã-E.

Que significa a minha. Lila Jane Evers Wate.

J-A-Z-I-G-O.

Que significa túmulo.

Essa era a mensagem. Preciso da pedra preta, o olho do rio, que você tem no colar cheio de pingentes. E preciso que você deixe para mim no túmulo da minha mãe. Eu não podia deixar mais claro que isso.

Pelo menos, não nessa edição do jornal.

Quando terminei, estava exausto, como se tivesse corrido a tarde toda na quadra de basquete. Eu não sabia de quanto tempo precisaria passar no Outro Mundo até Lena receber minha mensagem. Só sabia que ela receberia.

Porque tinha tanta confiança nela quanto em mim mesmo.

Quando cheguei em casa, no Outro Mundo (na minha casa, ou no túmulo da minha mãe, como você quiser chamar), ali estava ela, esperando por mim na entrada.

Ela devia ter deixado no túmulo da minha mãe, como pedi.

Eu nem conseguia acreditar que funcionou.

O amuleto de pedra preta de Barbados, de Lena, o que ela sempre usava no pescoço, estava em cima do capacho.

Eu tinha a segunda pedra do rio.

Uma onda de alívio tomou conta de mim. Durou uns cinco segundos, até eu perceber o que a pedra também significava.

Era hora de ir. Hora de dizer adeus.

Então, por que eu não conseguia dizer?

— Ethan. — Ouvi a voz da minha mãe, mas não ergui o olhar.

Estava sentado no chão da sala, com as costas no sofá. Nas mãos, uma casa e um carro, pedaços da velha cidade de Natal da minha mãe. Eu não conseguia tirar os olhos do carro.

— Você encontrou o carro verde perdido. Jamais consegui.

Ela não respondeu. O cabelo estava mais desgrenhado do que o habitual. O rosto estava manchado de lágrimas.

Não sei por que a cidade estava montada na mesa de centro daquele jeito, mas coloquei a casa de volta e mexi o carrinho verde de metal mais para longe sobre a mesa. Para longe dos animais de brinquedo, da igreja com o campanário torto e da árvore de limpador de cachimbo.

Como falei, era hora de ir.

Parte de mim queria sair correndo assim que soube o que teria de fazer para recuperar minha antiga vida. Parte de mim não ligava para nada, além de ver Lena de novo.

Mas enquanto estava sentado ali, eu só conseguia pensar no quanto não queria deixar minha mãe. No quanto tinha sentido sua falta e em como me acostumei rapidamente a vê-la na casa, a ouvi-la no cômodo ao lado. Eu não sabia se queria abrir mão disso de novo, por mais que precisasse voltar.

Então, tudo que consegui fazer foi ficar sentado olhando para aquele velho carro e me perguntar como uma coisa que ficou perdida por tanto tempo pôde ser encontrada.

Minha mãe respirou, e eu fechei os olhos antes de ela dizer qualquer coisa. Isso não a impediu.

— Não acho inteligente, Ethan. Não acho seguro e não acho que você deva ir. Não importa o que sua tia Prue diz. — A voz dela falhou.

— Mãe.

— Você só tem 17 anos.

— Na verdade, não. Agora, não tenho nada. — Olhei para ela. — E odeio dar a notícia pra você, mas está um pouco tarde pra esse discurso. Você precisa admitir que segurança talvez não seja minha maior preocupação no momento. Agora que estou morto e tal.

— Bem, se você coloca assim. — Ela suspirou e se sentou ao meu lado no chão.

— Como você quer que eu coloque?

— Não sei. Falecido? — Ela tentou não sorrir.

Eu dei um meio-sorriso em resposta.

— Desculpe. Falecido. — Ela estava certa. As pessoas não gostavam de dizer *morto*, não de onde eu vinha. Era falta de educação. Como se dizer tornasse real, de alguma forma. Como se as próprias palavras fossem mais poderosas do que qualquer coisa que pudesse acontecer com você de verdade.

Talvez fossem.

Afinal, era isso que eu tinha de fazer agora, não era? Destruir as palavras em uma página de livro em uma biblioteca, que tinha mudado meu destino Mortal. Era mesmo tão absurdo pensar que palavras tinham um jeito de moldar toda a existência de uma pessoa?

— Você não sabe em que está se metendo, querido. Talvez, se eu tivesse entendido antes de tudo isso, você nem estivesse aqui. Não haveria acidente de carro, e não haveria torre de água... — Ela parou.

— Você não pode impedir que as coisas aconteçam comigo, mãe. Nem mesmo essas. — Eu apoiei a cabeça no sofá. — Nem mesmo coisas ruins.

— E se eu quiser?

— Você não pode. É a minha vida, ou seja lá o que isso for. — Eu me virei para olhar para ela.

Ela apoiou a cabeça no meu ombro e segurou o lado do meu rosto com a mão. Era uma coisa que ela não fazia desde que eu era criança.

— A vida é sua. Você está certo quanto a isso. E não posso tomar uma decisão dessas por você, por mais que eu queira. E eu quero muito mesmo.

— Eu acho que entendi essa parte.

Ela sorriu com tristeza.

— Acabei de te conseguir de volta. Não quero te perder de novo.

— Eu sei. Eu também não quero te deixar.

Lado a lado, olhamos para a cidade de Natal, talvez pela última vez. Coloquei o carro de volta no lugar.

Eu soube naquele momento que jamais teríamos outro Natal juntos, independentemente do que acontecesse. Eu ficaria ou iria embora, mas, acontecesse o que acontecesse, iria para outro lugar longe daqui. As coisas não podiam ser assim para sempre, nem mesmo nessa Gatlin-que-não-era-Gatlin. Quer eu conseguisse minha vida de volta ou não.

As coisas mudavam.

E então, mudavam de novo.

A vida era assim, e até a morte, acho.

Eu não podia ficar com minha mãe e com Lena, não no que restava de uma vida. Elas jamais se encontrariam, apesar de eu já ter contado para as duas tudo o que havia para contar sobre a outra. Desde que cheguei aqui, minha mãe me fez descrever todos os pingentes do colar de Lena. Todos os versos de poema que ela já escreveu. Todas as histórias sobre as menores coisas que aconteceram conosco, coisas que eu nem sabia que lembrava.

Ainda assim, não era a mesma coisa que ser uma família, ou o que quer que nós pudéssemos ter sido.

Lena, minha mãe e eu.

Elas nunca ririam de mim, nem guardariam um segredo de mim nem brigariam por minha causa. Minha mãe e Lena eram as duas pessoas mais importantes da minha vida, ou da minha vida após a morte, e eu jamais poderia ter as duas juntas.

Era nisso que estava pensando quando fechei os olhos. Quando os abri, minha mãe tinha sumido, como se soubesse que eu não conseguia deixá-la. Como se soubesse que eu não conseguiria ir embora.

Para falar a verdade, não sabia se teria sido capaz de fazer isso sozinho.

Agora, eu jamais descobriria.

Talvez fosse melhor assim.

Coloquei as duas pedras no bolso e desci a escada da frente, fechando a porta cuidadosamente ao passar. O cheiro de tomates fritos saiu por ela quando a fechei.

Não me despedi. Eu tinha a sensação de que nos veríamos de novo. Algum dia, de alguma forma.

Fora isso, não havia nada que eu pudesse dizer para minha mãe que ela já não soubesse. E não havia meio de dizê-lo e ainda sair pela porta.

Ela sabia que eu a amava. Sabia que eu tinha de ir. No fim das contas, não havia muito mais a ser dito.

Não sei se ela me viu partir.

Eu disse para mim mesmo que sim.

Torcia para que não.

⇥ CAPÍTULO 15 ⇤

O Mestre do Rio

Quando passei pelo Portal, o mundo conhecido deu lugar a um mundo desconhecido mais rapidamente do que eu esperava. Mesmo no Outro Mundo, há lugares mais desconhecidos que outros.

O rio era um deles. Não era nenhum tipo de rio que eu tivesse visto no Condado de Gatlin Mortal. Como a Grande Barreira, era uma fresta. Algo que unia os mundos sem estar em nenhum deles.

Eu estava em território totalmente desconhecido.

Por sorte, o corvo do tio Abner parecia saber o caminho. Exu bateu as asas no céu, deslizando em círculos acima de mim, pousando, às vezes, nos galhos altos para me esperar, se eu ficava muito para trás. Ele não parecia se importar com o trabalho; tolerava nossa jornada com apenas um guincho ocasional. Talvez gostasse de sair, para variar. Ele me lembrava de Lucille por isso, só que eu não a pegava comendo carcaças de ratos quando estava com fome.

E quando eu o pegava olhando para mim, ele realmente estava olhando para mim. Cada vez que começava a me sentir normal de novo, ele chamava minha atenção e provocava arrepios na minha espinha, como se estivesse fazendo de propósito. Como se soubesse que era capaz.

Eu me perguntava se Exu era um pássaro de verdade. Sabia que ele podia cruzar entre os mundos, mas isso o tornava sobrenatural? De acordo com tio Abner, só o tornava um corvo.

Talvez todos os corvos fossem assustadores.

Conforme andei mais, as algas do pântano e os ciprestes que saíam da água turva levaram à grama mais verde além da margem, grama tão alta que, em alguns pontos, eu mal conseguia ver acima dela.

Andei pela vegetação, seguindo o pássaro preto no céu, tentando não lembrar muito aonde estava indo e o que estava deixando para trás. Era bem difícil não imaginar o olhar no rosto da minha mãe quando saí pela porta.

Tentei desesperadamente não pensar nos seus olhos, na forma como se iluminavam quando ela me via. Ou nas mãos, na forma como ela as balançava no ar enquanto falava, como se achasse que podia puxar palavras do céu com os dedos. E nos braços, enrolados em mim como minha própria casa, porque ela era o lugar de onde vim.

Tentei não pensar no momento em que a porta fechou. Ela jamais se abriria de novo, não para mim. Não assim.

Era o que eu queria. Disse isso a mim mesmo enquanto andava. Era o que ela queria para mim. Uma vida. Viver.

Ir embora.

Exu guinchou, e empurrei a vegetação alta e a grama.

Ir embora era mais difícil do que eu podia imaginar, e parte de mim ainda não conseguia acreditar que realmente tinha partido. Mas, enquanto tentava não pensar na minha mãe, também tentava manter o rosto de Lena em mente, um lembrete constante de por que eu estava fazendo isso, arriscando tudo.

Eu me perguntei o que ela estava fazendo agora… Escrevendo no caderno? Tocando viola? Lendo o exemplar surrado de *O sol é para todos*?

Eu ainda estava pensando nisso quando ouvi a música ao longe. Parecia… os Rolling Stones?

Parte de mim esperava empurrar a grama e ver Link ali de pé. Mas quando cheguei mais perto do refrão de "You Can't Always Get What You Want", me dei conta de que eram os Stones, mas definitivamente não era Link.

A voz não era ruim, e muitas das notas estavam certas.

Era um cara grande, usando uma bandana desbotada amarrada na cabeça e uma camiseta da Harley Davidson com asas cheias de escamas nas costas. Estava sentado a uma mesa dobrável de plástico como as que o clube de bridge usava em Gatlin. Com os óculos escuros e a barba longa, parecia que devia estar pilotando uma moto velha, em vez de sentado ao lado de um rio.

Exceto pelo almoço dele. Ele estava pegando alguma coisa com a colher de dentro de um pote plástico Tupperware. De onde eu estava, parecia intestinos ou restos humanos. Ou…

O motoqueiro arrotou.

— É o melhor espaguete com chili deste lado do Mississípi. — Ele balançou a cabeça.

Exu grasnou e pousou na beirada da mesa dobrável. Um enorme cachorro preto deitado no chão ao lado do motoqueiro latiu, mas não se deu ao trabalho de levantar.

— O que você está fazendo por aqui, pássaro? A não ser que esteja querendo fazer um acordo, não tem nada pra você aqui. E nem pense que vou te deixar pegar meu uísque desta vez. — O motoqueiro expulsou Exu da mesa. — Vai embora. Xô. Diz pro Abner que estou pronto pra negociar quando ele estiver pronto pra jogar.

Quando ele afastou o corvo da mesa com um movimento da mão e Exu desapareceu no céu azul, o motoqueiro reparou em mim de pé na grama.

— Está olhando a paisagem ou está procurando alguma coisa? — Ele jogou o resto do almoço em um pequeno isopor branco e pegou um maço de cartas.

Ele assentiu na minha direção, embaralhando as cartas de uma das mãos para a outra.

Engoli em seco e cheguei mais perto quando "Hand of Fate" começou a tocar no velho rádio sobre a terra. Imaginei se ele ouvia outra coisa além dos Rolling Stones, mas não ia perguntar.

— Estou procurando o Mestre do Rio.

O motoqueiro riu e deu as cartas, como se houvesse alguém sentado do outro lado da mesa.

— Mestre do Rio. Não ouço isso já faz um tempo. Mestre do Rio, Balseiro, Mensageiro das Águas... Sou conhecido por muitos nomes, garoto. Mas pode me chamar de Charlie. É por ele que atendo *quando* tenho vontade de atender.

Eu não conseguia imaginar ninguém convencendo esse cara a fazer alguma coisa que ele não tivesse vontade. Se estivéssemos no plano Mortal, ele provavelmente seria leão de chácara em um bar de motoqueiros ou de sinuca, de onde as pessoas eram expulsas por quebrar garrafas na cabeça de outras pessoas.

— É um prazer conhecê-lo... Charlie — falei, meio engasgado. — Sou Ethan.

Ele sinalizou para eu me aproximar.

— O que posso fazer por você, Ethan?

Andei até a mesa, tomando o cuidado de passar longe da criatura gigante no chão. Parecia um mastim, com a cara quadrada e pele enrugada. O rabo estava com um curativo de gaze branca.

— Não se preocupe com o velho Drag — disse ele. — Não vai se levantar, a não ser que você tenha carne crua. — Charlie sorriu. — Ou se você *for* carne crua. Um sujeito morto como você, garoto... não precisa se preocupar.

Por que isso não me surpreendeu?

— Drag? Que tipo de nome é esse? — Estiquei a mão na direção do cachorro.

— Dragão. Do tipo que cospe fogo e arranca sua cabeça se você tentar fazer carinho nele.

Drag olhou para mim e rosnou. Coloquei a mão de volta no bolso.

— Preciso cruzar o rio. Eu trouxe isto pra você. — Coloquei os olhos do rio sobre a mesa forrada. Parecia mesmo com as mesas do clube de bridge.

Charlie olhou para as pedras sem se impressionar.

— Que bom. Uma pra ida, outra pra volta. É como mostrar o bilhete pro motorista de ônibus. Mas não me faz querer entrar no ônibus.

— Não? — Engoli em seco. Era o fim dos meus planos. Eu tinha mesmo achado que tudo estava sendo fácil demais.

Charlie olhou para mim.

— Você joga *blackjack*, Ethan? Sabe qual é, 21?

Eu sabia o que ele queria dizer.

— Hum, não realmente. — O que não era toda a verdade. Eu costumava jogar com Thelma, até ela começar a roubar tanto quanto as Irmãs no Rummikub.

Ele empurrou as cartas na minha direção, virando um nove de ouros em cima da primeira. Minha mão.

— Você é um garoto inteligente. Aposto que consegue descobrir.

Olhei minha carta, um sete.

— Manda. — Era o que Thelma teria dito.

Charlie parecia do tipo que se arrisca. Se eu estivesse certo, ele provavelmente respeitava outras pessoas que faziam o mesmo. E o que eu tinha a perder?

Ele assentiu com aprovação e virou um rei.

— Desculpe, garoto, dá 26. Você estourou. Mas eu também teria pedido outra carta.

Charlie embaralhou as cartas e nos deu outra mão.

Desta vez, eu tinha um quatro e um oito.

— Manda.

Ele virou um sete. Eu tinha 19, que era difícil de vencer. Charlie tinha um rei e um cinco à frente dele. Tinha de pegar mais uma carta, senão eu venceria. Ele puxou uma carta do maço. Um seis de copas.

— Vinte e um. *Blackjack* — disse ele, enquanto embaralhava de novo.

Eu não sabia se era alguma espécie de teste ou se ele só estava entediado, mas ele não pareceu ansioso para se livrar logo de mim.

— Preciso mesmo cruzar o rio, se... — Parei antes de chamá-lo de "senhor". Ele ergueu uma sobrancelha. — Quero dizer, Charlie. Sabe, tem uma garota...

Charlie assentiu e me interrompeu.

— Sempre tem uma garota. Engraçado.

— Preciso voltar pra ela...

— Eu tive uma namorada uma vez. Penelope era o nome dela. Penny. — Ele se recostou na cadeira, alisando a barba desgrenhada. — Ela acabou se cansando de ficar por aqui, então foi embora.

— Por que você não foi com ela? — Assim que fiz a pergunta, me dei conta de que devia ser pessoal demais. Mas ele respondeu mesmo assim.

— Não posso ir embora. — Ele falou sem rodeios, virando cartas para nós dois. — Sou o Mestre do Rio. Sou parte do show. Não posso fugir de casa.

— Você poderia pedir demissão.

— Não é um emprego, garoto. É uma sentença. — Ele riu, mas havia uma amargura que me fez sentir pena dele. Isso, a mesa dobrável e o cachorro preguiçoso com o rabo machucado.

E então, "2.000 Light Years from Home" acabou e foi substituída por "Plundered My Soul".

Eu não queria saber quem era poderoso o bastante para sentenciá-lo a ficar sentado ao lado do que, pela maior parte do tempo, parecia um rio nada impressionante. Era lento e calmo. Se ele não estivesse aqui, eu provavelmente poderia ter cruzado nadando.

— Sinto muito. — O que mais eu podia dizer?

— Tudo bem. Já aceitei há bastante tempo. — Ele bateu com o dedo nas minhas cartas. Um ás e um sete. — Quer outra?

Dezoito de novo.

Charlie também tinha um ás.

— Manda. — Eu o vi virar a carta entre os dedos.

Um três de espadas.

Ele tirou os óculos, e um azul gélido olhou para mim. As pupilas dele eram tão claras que mal eram visíveis.

— Vai parar?

— *Blackjack*.

Charlie empurrou a cadeira para trás e assentiu em direção à margem do rio. Havia um barco de homem pobre esperando, uma jangada rudimentar feita de troncos amarrados com corda grossa. Eram como os que alinhavam o pântano em Wader's Creek. Dragão se espreguiçou e caminhou atrás dele.

— Vamos, antes que eu mude de ideia.

Eu o segui até a plataforma trêmula e pisei nos troncos podres.

Charlie esticou a mão.

— Hora de pagar o Barqueiro. — Ele apontou para a água marrom. — Vamos lá. Manda.

Eu joguei a pedra, e ela caiu na água sem barulho algum.

Assim que ele baixou a longa vara para empurrar contra o fundo do rio, a água mudou. Um odor pútrido subiu da superfície, podridão de pântano, carne estragada e mais alguma coisa.

Olhei para as profundezas sombrias abaixo de mim. A água era clara o bastante para ver até o fundo agora, só que eu não conseguia, porque havia corpos em todos os lugares para onde olhava, centímetros abaixo da superfície. E não eram as formas que se contorciam nos mitos e nos filmes. Eram cadáveres, inchados e cheios de água, imóveis como a morte. Alguns de rosto para cima, outros de rosto para baixo, mas os rostos que eu era capaz de ver tinham os mesmos lábios azuis e a apavorante pele branca. O cabelo se espalhava ao redor da cabeça na água enquanto eles flutuavam e batiam uns nos outros.

— Todo mundo paga o Barqueiro, mais cedo ou mais tarde. — Charlie deu de ombros. — Não dá pra mudar isso.

O gosto de bile subiu pela minha garganta, e precisei de cada pitada de energia para não vomitar. A repulsa deve ter ficado óbvia no meu rosto, porque o tom de Charlie foi solidário.

— Eu sei, garoto. O cheiro é difícil de aguentar. Por que você acha que não faço muitas viagens pra cruzar o rio?

— Por que mudou? O rio? — Eu não conseguia afastar o olhar dos corpos inchados. — Quero dizer, não estava assim antes.

— É aí que você está errado. Você só não conseguia ver. Há muitas coisas que escolhemos não ver. Não significa que não estão lá, mesmo que desejemos que não estejam.

— Estou cansado de ver tudo. Era mais fácil quando eu não sabia de nada. Eu mal sabia que estava vivo.

Charlie assentiu.

— É. É o que me dizem.

A plataforma de madeira bateu na margem oposta.

— Obrigado, Charlie.

Ele se apoiou na vara, com os olhos azuis nada naturais e sem pupila olhando diretamente para mim.

— Não foi nada, garoto. Espero que encontre aquela garota.

Estiquei a mão com cautela e cocei Dragão atrás das orelhas. Fiquei feliz em ver que minha mão não foi queimada.

O enorme cachorro latiu para mim.

— Talvez Penny volte — falei. — Nunca se sabe.

— As chances são bem poucas.

Pisei na margem.

— Pois é. Se você vai encarar dessa forma, acho que se pode dizer que são poucas pra mim também.

— Você pode estar certo. Se estiver indo pra onde eu acho.

Ele sabia? Talvez este lado do rio só levasse a um lugar, embora eu duvidasse. Quanto mais aprendia sobre o mundo que eu pensava que conhecia e todos os outros que não conhecia, mais tudo se amarrava, levando para todos os lugares e lugar algum ao mesmo tempo.

— Vou pro Registro Distante. — Eu achava que ele não teria a chance de contar para nenhum dos Guardiões, pois não podia sair dali. Além do mais, tinha alguma coisa em Charlie que eu gostava. E dizer as palavras só me fez sentir mais que elas eram verdade.

— Siga em frente. Não dá pra errar. — Ele apontou ao longe. — Mas você precisa passar pelo Guardião do Portão.

— Estou sabendo. — Estava pensando nisso desde minha visita à casa de Obidias com tia Prue.

— Bem, diz pra ele que ele me deve dinheiro — disse Charlie. — Não vou esperar pra sempre. — Olhei para ele, e ele suspirou. — Bem, diz de qualquer jeito.

— Você o conhece?

Ele assentiu.

— Há muito tempo. Não dá pra saber quanto tempo, mas acho que uma vida ou duas.

— Como ele é? — Talvez, se eu soubesse mais sobre esse cara, tivesse uma chance maior de convencê-lo a me deixar entrar no Registro Distante.

Charlie sorriu, empurrou com a vara e colocou o barco de volta no mar de cadáveres.

— Não é como eu.

⊰ CAPÍTULO 16 ⊱

Uma pedra e um corvo

Quando deixei o rio para trás, me dei conta de que a estrada que levava ao Portão do Registro Distante não era uma estrada. Era mais um caminho rudimentar e cheio de curvas, escondido entre as laterais de duas enormes montanhas negras, que ficavam lado a lado, criando um portão natural mais ameaçador que qualquer coisa feita por Mortais, ou por Guardiões. As montanhas eram lisas, com cantos afiados refletindo o sol, como se fossem feitas de obsidiana. Pareciam estar cortando tiras negras no céu.

Que ótimo.

A ideia de percorrer um caminho no meio dessas rochas irregulares e afiadas era um pouco mais do que intimidante. Fosse lá o que os Guardiões estivessem fazendo, definitivamente não queriam que ninguém soubesse.

Mas isso não era surpresa.

Exu estava voando em círculos acima de mim agora, como se soubesse exatamente para onde estava indo. Apertei o passo para seguir a sombra dele na trilha à minha frente, grato pelo pássaro apavorante que era maior até que Harlon James. Eu me perguntei o que Lucille acharia dele. Engraçado como um corvo sobrenatural dos Grandes podia parecer a única coisa familiar no cenário.

Mesmo com a ajuda do corvo de tio Abner, eu ficava parando para consultar o mapa de tia Prue. Exu definitivamente sabia a direção geral do Registro Distante, mas desaparecia de vista a cada quilômetro, mais ou menos. Os penhascos eram altos, a trilha era sinuosa, e ele não precisava se preocupar com percorrer essas montanhas.

Pássaro de sorte.

No mapa, meu caminho estava delineado pelo traço trêmulo de tia Prue. Cada vez que eu tentava acompanhá-lo, o caminho desaparecia alguns quilômetros à frente. Eu estava começando a temer que a mão dela tivesse tremido demais na direção errada. Porque, no mapa, não era para eu andar sobre as montanhas nem entre elas. Parecia que eu tinha de passar *através* delas.

— Isso não pode estar certo.

Olhei do papel para o céu. Exu deslizou de árvore em árvore na minha frente, apesar de que agora estávamos mais perto das montanhas, e as árvores estavam bem mais distantes umas das outras.

— Claro. Vai em frente. Esfrega na minha cara. Alguns de nós precisam andar, sabe.

Ele guinchou de novo. Balancei a garrafinha de uísque acima da cabeça.

— Só não se esqueça de quem está com seu jantar, hein?

Ele mergulhou na minha direção, e eu ri enquanto colocava a garrafinha de volta no bolso.

Não pareceu tão engraçado depois dos primeiros quilômetros.

Quando cheguei à face lisa do penhasco, verifiquei o mapa novamente. Ali estava ele. Um círculo desenhado na encosta, marcando alguma espécie de entrada de caverna ou túnel. Era bem fácil de achar no mapa. Mas quando baixei o papel e tentei encontrar a caverna, não havia nada.

Só uma face de penhasco pedregosa, tão íngreme que subia em uma vertical reta, interrompendo a trilha bem à minha frente. Ela subia tão alto até as nuvens, que parecia não terminar nunca.

Alguma coisa tinha de estar errada.

Tinha de haver uma entrada para o túnel em algum lugar por aqui. Tateei a rocha e tropecei em pedaços quebrados de pedra preta brilhante.

Nada.

Só quando me afastei do penhasco e reparei em um trecho de mato seco ao longo das pedras, foi que entendi.

O mato crescia no que era vagamente a forma de um círculo.

Segurei a vegetação morta com as mãos e puxei com o máximo de força que consegui. E ali estava. De certa forma. Nada podia ter me preparado para a realidade do que aquele círculo desenhado na montanha realmente representava.

Um buraco pequeno e escuro (e por *pequeno* eu quero dizer *minúsculo*), que mal dava para o tamanho de um homem. Que mal dava para o tamanho de Boo Radley.

Talvez Lucille, mas até isso seria apertado. E estava escuro como breu lá dentro. É claro.

— Ah, para com isso.

De acordo com o mapa, o túnel era o único caminho até o Registro Distante, e até Lena. Se eu queria voltar para casa, teria de rastejar por ele. Fiquei enjoado só de pensar.

Talvez eu pudesse contornar. Quanto tempo demoraria para chegar ao outro lado da montanha? Tempo demais, isso era certo. Quem eu estava querendo enganar?

Tentei não pensar em como seria ter uma montanha inteira caindo em cima de você enquanto rastejava pelo meio dela. Se já estivesse morto, poderia ser esmagado até a morte? Será que doeria? Havia sobrado alguma coisa para doer?

Quanto mais dizia a mim mesmo para não pensar, mais eu pensava e, em pouco tempo, estava quase pronto para voltar.

Mas imaginei a alternativa: ficar preso aqui no Outro Mundo sem Lena por "infinito vezes infinito", como Link diria. Nada valia esse risco. Respirei fundo, entrei no buraco e comecei a rastejar.

O túnel era menor e mais escuro do que eu poderia ter imaginado. Depois que me espremi lá para dentro, só tive alguns centímetros de espaço livre acima e aos lados do meu corpo. Era pior do que a vez que Link e eu ficamos presos na mala do carro do pai de Emory.

Nunca tive medo de espaços apertados, mas era impossível não sentir claustrofobia ali. E estava escuro, mais do que escuro. A única luz vinha das rachaduras na pedra, que eram poucas e afastadas entre si.

A maior parte do tempo, rastejei em completa escuridão, com apenas o som da minha respiração ecoando pelas paredes. Terra invisível enchia minha boca, fazia meus olhos arderem. Ficava pensando que ia bater em uma parede, que o túnel acabaria, e eu teria de voltar de costas. Ou que não conseguiria.

O chão abaixo de mim era feito da mesma pedra preta afiada da própria montanha, e eu tinha de me deslocar devagar para evitar bater em afiadas beiradas expostas. Minhas mãos estavam em frangalhos; meus joelhos pareciam dois sacos de vidro estilhaçado. Eu me perguntei se pessoas mortas podiam sangrar até a morte. Com minha sorte, seria o primeiro cara a descobrir.

Tentei me distrair, contando até cem, cantarolando músicas desafinadas dos Holy Rollers, fingindo que estava conversando com Lena por Kelt.

Nada ajudou. Sabia que estava sozinho.

Só fortaleceu minha resolução de não permanecer assim.

Não falta muito, L. Vou conseguir encontrar o Portão. Vamos voltar a ficar juntos logo, e, então, vou te contar como isso foi mesmo *uma droga.*

Fiquei em silêncio depois disso.

Era difícil demais fingir usar Kelt.

Meus movimentos ficaram mais lentos, e minha mente ficou mais lenta junto com eles, até meus braços e pernas se moveram em uma espécie de ritmo rígido, como a batida principal de uma das velhas músicas de Link.

Para trás e para a frente. Para trás e para a frente.

Lena. Lena. Lena.

Ainda estava falando o nome dela por meio de Kelt quando vi a luz no fim do túnel; não uma luz metafórica, mas verdadeira.

Ouvi Exu guinchando ao longe. Senti um princípio de brisa, o movimento de ar no meu rosto. A umidade fria do túnel começou a dar lugar à luz quente do mundo exterior.

Eu estava quase lá.

Apertei os olhos quando a luz do sol chegou à entrada do buraco. Eu ainda não tinha saído de dentro. Mas o túnel era tão escuro que meus olhos estavam tendo dificuldade em se ajustar a pequenas quantidades de luz.

Quando estava com metade do corpo para fora, deitei de bruços com os olhos ainda fechados e senti a terra negra contra a bochecha. Exu estava gritando alto, provavelmente zangado por eu estar descansando. Pelo menos, foi o que pensei.

Abri os olhos e vi o sol refletido em um par de botas pretas de cadarço. Em seguida, a beirada de uma capa preta de lã entrou em foco.

Que ótimo.

Ergui a cabeça lentamente, preparado para ver um Guardião de pé à minha frente. Meu coração disparou.

Parecia um homem, de certa forma. Se você ignorasse o fato de que era completamente careca, com pele preto-acinzentada impossivelmente lisa e olhos enormes. A capa preta estava amarrada à cintura com uma tira longa, e ele (se é que dava para chamar de ele) parecia uma espécie de monge estranho e pobre.

— Você perdeu alguma coisa? — perguntou ele. A voz parecia com a de um homem. De um homem velho, meio que triste ou, talvez, gentil. Era difícil conciliar os traços e a voz humanos com o resto do que eu estava vendo.

Apoiei-me na abertura da pedra e puxei as pernas de dentro do túnel, tentando evitar bater nele, fosse lá o que fosse.

— Eu... estou tentando encontrar o caminho do Registro Distante — gaguejei. Tentei me lembrar do que Obidias tinha dito. O que eu estava procurando? Uma porta? Um portão? Era isso. — Quero dizer, o Portão do Registro Distante. — Fiquei de pé e tentei andar para trás, mas não havia para onde ir.

— É mesmo? — Ele pareceu interessado. Ou talvez doente. Sinceramente, não sabia se era mesmo um rosto o que eu estava vendo, então era difícil saber o que a expressão significava.

— Isso mesmo. — Tentei parecer confiante. Quando me levantei, fiquei quase da altura dele, e isso foi tranquilizador.

— Os Guardiões estão te esperando? — Os olhos estranhos e apagados se apertaram.

— Estão — menti.

Ele se virou abruptamente para ir embora, com a capa balançando atrás.

Resposta errada.

— Não — gritei. — E vão me torturar se me encontrarem. Pelo menos, é o que todo mundo parece pensar. Mas tem uma garota... foi tudo um erro... eu não devia estar aqui... e vieram os gafanhotos, e a Ordem se rompeu, e eu tive de pular. — Minhas palavras morreram quando me dei conta do quão louco parecia. Não fazia sentido tentar explicar. Mal fazia sentido até para mim.

A criatura parou e inclinou a cabeça para o lado, como se estivesse pensando nas minhas palavras.

— Vem, você o encontrou.

— O quê?

— O Portão do Registro Distante.

Olhei para trás dele. Não havia nada ao redor além de pedra preta brilhante e céu azul e limpo. Talvez ele fosse louco.

— Hum, não vejo nada além de montanhas.

Ele se virou e apontou.

— Ali.

A manga da capa deslizou, e tive um vislumbre de dobra extra de pele balançando para fora do corpo e desaparecendo debaixo da roupa.

Parecia a asa de um morcego gigante.

Lembrei-me da história doida que Link me contou no verão. Macon o mandou para os túneis Conjuradores para entregar uma mensagem para Obidias Trueblood. Isso eu já tinha entendido. Mas havia outra parte, em que Link foi atacado por uma espécie de criatura que ele acabou agredindo com a tesoura de jardinagem; era preto-acinzentada e careca, com as feições de um homem e pedaços deformados de pele preta, que Link estava convencido serem asas. "É sério", eu me lembrava de ele ter dito. "Você não ia querer dar de cara com aquela coisa em um beco à noite."

Eu sabia que não podia ser a mesma criatura, porque Link disse que o monstro que viu tinha olhos amarelos. E o que estava aqui me olhava com olhos verdes, quase verde-Conjurador. E havia a outra coisa. O fato de ele ter enfiado a tesoura de jardinagem no peito da criatura.

Não podia ser ele.

Olhos verdes. Não dourados. Eu não precisava ter medo, certo? Ele não podia ser das Trevas, podia?

Ainda assim, não era nada que eu tivesse visto antes, e eu tinha visto mais do que qualquer garoto normal.

A criatura se virou e baixou o braço que não era um braço.

— Está vendo?

— O quê? — As asas? Eu ainda estava tentando entender o que ele era, ou não era.

— O Portão. — Ele pareceu decepcionado com minha burrice. Acho que também ficaria decepcionado se fosse ele. Eu mesmo estava me sentindo bem burro.

Procurei na direção que ele apontou um momento antes. Não havia nada lá.

— Não vejo nada.

Um sorriso satisfeito se espalhou no rosto dele, como se ele tivesse um segredo.

— É claro que não. Só o Guardião do Portão consegue vê-lo.

— Onde está… — Eu parei ao me dar conta de que não precisava fazer essa pergunta. Eu já sabia a resposta. — Você é o Guardião do Portão.

Havia um Mestre do Rio e um Guardião do Portão. É claro que havia. Também havia um homem-cobra, um corvo que bebia uísque e que conseguia voar da terra dos vivos para a terra dos mortos, um rio cheio de corpos e um cachorro-dragão. Era como andar no meio de um jogo de *Dungeons & Dragons*.

— O Guardião do Portão. — A criatura assentiu, obviamente satisfeita consigo mesma. — Sou isso entre outras coisas.

Tentei não me fixar na palavra *coisas*. Mas ao olhar para a pele cor de carvão e pensar naquelas asas horríveis, não consegui deixar de imaginá-lo como alguma espécie de cruzamento terrível entre pessoa e morcego.

Um Batman da vida real, de certa forma.

Só que não do tipo que salva pessoas. Talvez, o contrário.

E se essa coisa não quiser me deixar entrar?

Respirei fundo.

— Olhe, sei que é loucura. Deixei a loucura pra trás há um ano. Mas tem uma coisa de que preciso aí dentro. E se eu não pegar, não vou poder ir pra casa. Tem alguma maneira de você me mostrar onde fica o Portão?

— É claro.

Ouvi as palavras antes de ver seu rosto. E sorri, até perceber que era o único sorrindo.

A criatura franziu a testa e apertou os enormes olhos. Ele juntou as mãos na frente do peito e bateu as pontas tortas dos dedos.

— Mas por que eu faria isso?

Exu gritou ao longe.

Ergui o olhar e vi a enorme forma preta circulando sobre nossas cabeças, como se estivesse preparado para descer e atacar.

Sem dizer uma palavra e sem olhar para cima, a criatura levantou a mão.

Exu desceu e pousou no punho do Guardião do Portão e esfregou a cabeça no braço dele, como se reencontrasse um velho amigo.

Talvez, não.

O Guardião do Portão parecia ainda mais assustador com Exu ao lado. Era hora de encarar os fatos. A criatura estava certa. Não tinha motivo para me ajudar.

E então, o pássaro gritou de forma quase solidária. A criatura emitiu um som grave e gutural, quase uma risada, e ergueu a mão para alisar as penas do pássaro.

— Você tem sorte. O pássaro é um bom avaliador de caráter.

— É? O que o pássaro diz sobre mim?

— Ele diz: lento na caminhada, mesquinho com o uísque, mas com bom coração. Para um homem morto.

Eu sorri. Talvez o corvo não fosse tão ruim.

Exu gritou de novo.

— Posso te mostrar o Portão, garoto.

— Ethan.

— Ethan. — Ele hesitou e repetiu meu nome devagar. — Mas você tem de me dar alguma coisa em troca.

Eu quase temia perguntar.

— O que você quer? — Obidias mencionou que o Guardião do Portão esperaria alguma espécie de presente, mas eu não tinha pensado muito nisso.

Ele olhou para mim pensativo, refletindo sobre a pergunta.

— Uma troca é um assunto sério. Equilíbrio é um princípio-chave dentro da Ordem das Coisas.

— A Ordem das Coisas? Pensei que não precisássemos mais nos preocupar com isso.

— Sempre existe Ordem. Agora, mais do que nunca, a nova Ordem precisa ser mantida cuidadosamente.

Não entendi os detalhes, mas entendi a importância. Não tinha sido assim que entrei nessa confusão?

Ele continuou a falar.

— Você diz que precisa de uma coisa pra te levar pra casa. É a coisa que você mais deseja? Eu pergunto, o que te trouxe aqui? É isso que mais desejo.

— Que ótimo. — Parecia simples, mas era como se ele estivesse falando em charadas ou jogos de palavras aleatórios.

— O que você tem? — Os olhos dele brilharam com ganância.

Enfiei as mãos nos bolsos e peguei a pedra do rio que sobrara e o mapa de tia Prue. O uísque e o tabaco de Exu já haviam acabado.

O Guardião do Portão ergueu as sobrancelhas peladas.

— Uma pedra e um mapa velho? Só isso?

— Foi o que me trouxe aqui. — Apontei para Exu, ainda pousado no ombro dele. — E um pássaro.

— Uma pedra e um corvo. Difícil de rejeitar. Mas já tenho essas duas coisas na minha coleção.

Exu saiu do ombro dele e voou em direção ao céu, como se estivesse ofendido. Em segundos, o corvo desapareceu.

— E agora, você não tem pássaro — disse o Guardião do Portão, sem rodeios.

— Não entendo. Tem alguma coisa específica que você queira? — Tentei esconder a frustração na voz.

O Guardião do Portão pareceu satisfeito com a pergunta.

— Específica, sim. Especificamente, uma troca justa é o que prefiro.

— Você poderia ser um *pouco* mais específico?

Ele inclinou a cabeça.

— Nem sempre sei o que vai me interessar até que veja. As coisas que são mais valiosas costumam ser as que você nem sabe que existem.

Ajudou muito.

— Como posso saber o que você já tem?

Os olhos dele se iluminaram.

— Posso mostrar minha coleção, se você quiser ver. Não existe outra igual em nenhuma parte do Outro Mundo.

O que eu podia dizer?

— Quero. Seria ótimo.

Enquanto eu o seguia ao longo das pedras pretas afiadas, ouvi a voz de Link na minha cabeça.

— Má escolha, cara. Ele vai te matar, te empalhar e te colocar na coleção de idiotas que o seguiram pra caverna arrepiante dele.

Era uma ocasião em que eu devia estar mais seguro morto do que vivo.

O quão justo e equilibrado era isso?

O Guardião do Portão passou por uma rachadura estreita na parede lisa de pedra preta. Era maior do que um buraco, mas não muito. Segui de lado porque não havia muito espaço para me virar.

Eu sabia que podia ser alguma armadilha. Link tinha descrito a criatura que encontrara como um animal, perigoso e enlouquecido. E se o Guardião do Portão não fosse diferente disso, só melhor em disfarçar? Onde estava aquele corvo idiota quando eu precisava dele?

— Estamos quase chegando — disse ele.

Eu conseguia ver uma luz suave à frente, brilhando ao longe.

Sua sombra passou à frente dela e escureceu momentaneamente a passagem no instante em que o espaço estreito se abria em um aposento semelhante a uma caverna. Cera pingava de um candelabro de ferro preso diretamente no céu de pedra brilhante. As paredes cintilavam à luz das velas.

Se não tivesse acabado de rastejar por uma montanha inteira feita desse material, eu poderia ter ficado mais impressionado. Mas, na verdade, o espaço fechado da caverna só fez minha pele se arrepiar.

Mas, quando olhei ao redor, me dei conta de que o local era mais do que um museu, com uma coleção ainda mais louca do que você encontraria se cavasse o quintal inteiro das Irmãs. Estojos de vidro e prateleiras ocupavam as paredes, cheios de centenas de objetos. Foi a aleatoriedade da coleção que me intrigou, como se uma criança não só tivesse reunido a coleção, mas também a catalogado. Caixas de joias entalhadas em ouro e prata ficavam ao lado de uma coleção de caixas de música vagabundas de criança. Discos reluzentes de vinil estavam em uma pilha alta ao lado de um daqueles toca-discos antiquados com alto-falante em forma de funil, como o que as Irmãs tinham. Uma boneca Raggedy Ann estava encolhida em uma cadeira de balanço, com uma pedra verde enorme, do tamanho de uma maçã, no colo. E, na prateleira do centro, vi uma esfera opalescente igual à que carreguei na mão no verão passado.

Não podia ser... um Arco Voltaico.

Mas era. Exatamente como o que Macon dera à minha mãe, só que branco-leitoso em vez de preto como breu.

— Onde você conseguiu isso? — Andei em direção à prateleira.

Ele correu para passar na minha frente e pegou a esfera.

— Já falei, sou colecionador. Pode-se dizer historiador. Você não deve tocar em nada aqui. Os tesouros nesta sala são insubstituíveis. Passei mil vidas reunindo-os. São todos igualmente valiosos — disse ele, em um sussurro.

— Ah, é? — Olhei para uma lancheira do Snoopy cheia de pérolas.

Ele assentiu.

— De valor inestimável.

Ele colocou o Arco Voltaico no lugar.

— Todo tipo de coisa já foi oferecida a mim no Portão — acrescentou ele. — A *maior* parte das pessoas e não pessoas sabe que é educado me trazer um presente quando vem bater à minha porta. — Ele lançou um olhar a mim. — Sem querer ofender.

— Tá, desculpa. Quero dizer. Eu queria ter uma coisa pra te dar...

Ele ergueu uma sobrancelha pelada.

— Além de uma pedra e um corvo?

— É. — Passei os olhos pelas fileiras de livros com capa de couro, arrumados sobre as prateleiras, com lombadas contendo símbolos e línguas que não reconheci. A lombada de um livro de couro preto chamou minha atenção. Parecia que o nome era... — *O Livro das Estrelas*?

O Guardião do Portão pareceu satisfeito e correu para tirá-lo da prateleira.

— É um dos livros mais raros deste tipo. — Niádico, a língua Conjuradora que aprendi a reconhecer, se contorcia pelas beiradas da capa. Havia um aglomerado de estrelas em relevo no centro. — Só tem outro como ele...

— *O Livro das Luas* — concluí, por ele. — Eu sei.

Os olhos dele se arregalaram, e ele apertou *O Livro das Estrelas* contra o peito.

— Você sabe sobre a metade das Trevas? Ninguém em nosso mundo o vê há centenas de anos.

— É porque não está no seu mundo. — Olhei para ele por um longo momento antes de me corrigir. — No nosso mundo.

Ele balançou a cabeça sem acreditar.

— Como você poderia saber disso?

— Porque fui eu quem o encontrou.

Por um momento, ele não disse nada. Consegui perceber que estava tentando decidir se eu estava mentindo ou se era maluco. Não havia nada na sua expressão que tornasse aparente se acreditava mesmo em mim, mas como falei, não havia muito lá para avaliar, pelo rosto dele não ser bem um rosto, e tal.

— Isso é um golpe? — Os olhos verdes sem vida se apertaram. — Não seria bom pra você fazer joguinhos comigo, se espera encontrar o Portão do Registro Distante.

— Eu nem sabia que *O Livro das Luas* tinha outra metade, ou seja lá o que você disse. Então como eu poderia saber que devia mentir sobre ele?

Era verdade. Nunca tinha ouvido ninguém mencioná-lo, nem Macon, nem Marian, nem Sarafine nem Abraham.

É possível que não soubessem?

— Como falei, equilíbrio. Luz e Trevas são parte da balança invisível, que está sempre pendendo enquanto nos penduramos nas beiradas. — Ele passou os dedos retorcidos pela capa do livro. — Não se pode ter uma coisa sem a outra. Por mais triste que possa parecer.

Depois de tudo que aprendi sobre *O Livro das Luas*, eu não conseguia imaginar o que havia dentro de sua outra metade. Será que *O Livro das Estrelas* carregava o mesmo tipo de consequências arrasadoras?

Eu estava quase com medo de perguntar.

— Há um preço por usar esse aí também?

O Guardião do Portão andou até a extremidade da sala e se sentou em uma cadeira com entalhe intrincado que parecia um trono de um velho castelo. Pegou uma garrafa térmica do Mickey Mouse, serviu um líquido de cor de âmbar na tampa de plástico e bebeu metade. Havia cansaço nos seus movimentos, e me perguntei quanto tempo ele tinha levado para reunir a coleção de itens valiosos e sem valor guardados entre essas paredes.

Quando ele falou, parecia ter envelhecido cem anos.

— Nunca usei o livro. Minhas dívidas são muitas para eu me arriscar a dever qualquer coisa mais. Mas não sobrou muito pra levarem, sobrou? — Ele bebeu o resto do líquido e bateu a tampa de plástico na mesa. Em segundos, estava andando de um lado para o outro de novo, nervoso e agitado.

Eu o segui até o outro lado da sala.

— A quem você deve?

Ele parou de andar e apertou a capa ao redor do corpo, como se estivesse se protegendo de um inimigo invisível.

— Ao Registro Distante, claro. — Havia um misto de amargura e derrota na sua voz. — E eles sempre cobram o que lhes é devido.

⊰ CAPÍTULO 17 ⊱

O Livro das Estrelas

O Guardião do Portão me deu as costas e foi até um armário de vidro atrás dele. Examinou uma coleção de talismãs: amuletos pendurados em longos cordões de couro, cristais e pedras exóticas que me lembraram das pedras do rio, runas com desenhos que não reconheci. Ele abriu o armário, pegou um dos amuletos e esfregou o disco de prata entre os dedos. Me lembrei da forma como Amma tocava no amuleto de ouro que usava ao redor do pescoço sempre que ficava nervosa.

— Por que você não vai embora? — perguntei. — Pega todas as suas coisas e desaparece? — Eu soube a resposta na hora em que fiz a pergunta.

Ninguém ficaria aqui se não tivesse de ficar.

Ele girou um grande globo esmaltado em um suporte alto ao lado do armário. Observei-o rodar, com formas estranhas passando por mim. Não eram os continentes que eu estava acostumado a ver na aula de história.

— Não posso ir embora. Estou Ligado ao Portão. Se eu for para longe demais, vou continuar a mudar.

Ele olhou para os dedos tortos e retorcidos. Um arrepio percorreu minhas costas.

— O que você quer dizer?

O Guardião do Portão girou as mãos lentamente, como se nunca as tivesse visto antes.

— Houve uma época em que minha aparência era como a sua, homem morto. Uma época em que eu era um homem.

As palavras estavam girando na minha cabeça, mas eu não conseguia achar um jeito de torná-las verdadeiras. Fosse lá o que o Guardião do Portão fosse, e por mais parecidas que suas feições parecessem com as de um homem, não era possível.

Era?

— Eu... eu não entendo. Como...? — Não havia forma de dizer o que eu estava pensando sem ser cruel. E se ele era um homem em algum lugar lá dentro, já tinha sofrido crueldades mais do que suficientes.

— Como me tornei isto? — O Guardião do Portão passou o dedo por um grande cristal pendurado em uma corrente de ouro. Ele pegou um segundo colar, feito de anéis de balas de açúcar, do tipo que se comprava no Pare & Roube, e o ajeitou na caixa com forro de veludo. — O Conselho do Registro Distante é muito poderoso. Eles têm incrível magia à disposição, mais forte do que qualquer coisa que eu tenha testemunhado como Guardião.

— Você era Guardião? — Essa coisa já foi como minha mãe, Liv e Marian?

Os verdes olhos sem vida me encararam.

— Você talvez queira se sentar... — Ele fez uma pausa. — Acho que você não me disse seu nome.

— Ethan. — Era a segunda vez que eu falava.

— É um prazer conhecer você, Ethan. Meu nome é... era... Xavier. Ninguém me chama mais assim, mas você pode me chamar, se tornar as coisas mais fáceis.

Eu sabia o que ele estava tentando dizer: se tornasse mais fácil imaginá-lo como um homem em vez de monstro.

— Certo. Obrigado, Xavier. — Soou engraçado, mesmo vindo de mim.

Ele bateu no armário com os dedos, uma espécie de tique nervoso.

— E, respondendo a sua pergunta, sim. Eu era Guardião. Um que cometeu o erro de questionar Angelus, o chefe...

— Sei quem ele é. — Eu me lembrava do que se chamava Angelus, o Guardião careca. Também me lembrava da expressão implacável no rosto dele quando foi atrás de Marian.

— Então você sabe que ele é perigoso. E corrupto. — Xavier me observou com atenção.

Assenti.

— Ele tentou ferir uma amiga minha. Duas, na verdade. Levou uma delas para o Registro Distante, para um julgamento.

— Julgamento. — Ele deu uma gargalhada, só que não havia nada parecido com sorriso no rosto dele.

— Não foi engraçado.

— Claro que não. Angelus devia estar querendo usar sua amiga como exemplo — disse Xavier. — Nunca tive julgamento. Ele os acha maçantes em comparação à punição.

— O que você fez? — Eu tinha medo de perguntar, mas sentia que precisava.

Xavier suspirou.

— Questionei a autoridade do Conselho, as decisões que estavam tomando. Nunca devia ter feito isso — disse ele, baixinho. — Mas eles estavam quebrando nosso juramento, as leis que juramos seguir. Pegando coisas que não eram deles.

Tentei imaginar Xavier em uma biblioteca Conjuradora em algum lugar, como Marian, empilhando livros e registrando os detalhes do mundo Conjurador. Ele tinha criado sua própria versão de uma biblioteca Conjuradora aqui, um lugar repleto de objetos mágicos e alguns não mágicos.

— Que tipo de coisas, Xavier?

Ele olhou para os lados na sala da caverna, em pânico.

— Acho que não devíamos estar falando sobre isso. E se o Conselho descobrir?

— Como descobriria?

— Eles descobrirão. Sempre descobrem. Não sei o que mais poderiam fazer comigo, mas vão pensar em alguma coisa.

— Estamos no centro de uma montanha. — Minha segunda de hoje. — Não dá pra ouvirem você.

Ele puxou a gola da pesada capa de lã para longe do pescoço.

— Você ficaria surpreso com o que eles conseguem descobrir. Vou te mostrar.

Eu não sabia bem o que ele pretendia quando passou por algumas bicicletas quebradas e foi até outro armário de vidro. Abriu as portas e pegou uma esfera azul-cobalto do tamanho de uma bola de beisebol.

— O que é essa coisa?

— Um Terceiro Olho. — Ele segurou o objeto na palma da mão com cuidado. — Permite que você veja o passado, uma lembrança específica no tempo.

A cor começou a girar dentro da bola, como nuvens de tempestade. Até que clareou e uma imagem surgiu...

Um jovem estava sentado atrás de uma pesada escrivaninha de madeira em um escritório com pouca iluminação. A longa capa parecia ser grande demais para ele, assim como a cadeira com ornamentos entalhados na qual estava sentado. Suas mãos estavam unidas, e ele se apoiava pesadamente nos cotovelos.

— O que foi agora, Xavier? — perguntou ele, com impaciência.

Xavier passou as mãos pelo cabelo escuro e pelo rosto, e seus olhos verdes iam de um lado a outro do aposento. Era óbvio que ele temia a conversa. Ele girou o cinto da própria capa no colo.

— Lamento incomodá-lo, senhor. Mas certos eventos me chamaram atenção, atrocidades que violam nossos juramentos e ameaçam a missão dos Guardiões.

Angelus pareceu entediado.

— A que atrocidades você está se referindo, Xavier? Alguém deixou de preencher um relatório? Perdeu uma chave crescente de uma das bibliotecas Conjuradoras?

Xavier se empertigou.

— Não estamos falando de chaves perdidas, Angelus. Há algo acontecendo nos porões abaixo do Registro. À noite, ouço os gritos, sons de gelar os ossos, que não se consegue...

Angelus descartou o comentário.

— As pessoas têm pesadelos. Nem todos conseguimos dormir tranquilos como você. Alguns de nós dirigem o Conselho.

Xavier empurrou a cadeira e ficou de pé.

— Estive lá embaixo, Angelus. Sei o que estão escondendo. A pergunta é: você sabe?

Angelus se virou, apertando os olhos.

— O que você acha que viu?

A ira nos olhos de Xavier era impossível de ignorar.

— Guardiões usando poder das Trevas, Conjuros, como se fossem Conjuradores das Trevas. Conduzindo experimentos nos vivos. Vi o bastante para saber que você precisa agir.

Angelus virou de costas para Xavier e de frente para a janela que dava para as enormes montanhas em volta do Registro Distante.

— Esses experimentos, como você os chama, são para a proteção deles. Há uma guerra, Xavier. Entre Conjuradores da Luz e das Trevas, e os Mortais estão no meio. — Ele se virou. — Você quer vê-los morrer? Está preparado pra assumir a responsabilidade por essa atrocidade? Seus atos já lhe custaram muito, você não concorda?

— Pra sua proteção — corrigiu Xavier. — Era o que você queria dizer, não era, Angelus? Os Mortais estão no meio da guerra. Ou você se tornou alguma coisa além de Mortal?

Angelus balançou a cabeça.

— Está claro que não vamos concordar sobre esse assunto. — Ele começou a recitar as palavras de um Conjuro em tom baixo.

— O que você está fazendo? — Xavier apontou para Angelus. — Conjurando? Isso não está certo. Somos o equilíbrio. Nós observamos e protegemos os registros. Guardiões não cruzam o limite do mundo de magia e monstros!

Angelus fechou os olhos e prosseguiu com o encanto.

A pele de Xavier fumegou e enegreceu, como se estivesse queimada.

— O que você está fazendo? — gritou ele.

A cor de carvão se espalhou como uma alergia, e a pele enrijeceu ao mesmo tempo que ficou impossivelmente lisa. Xavier gritou e enfiou as unhas na própria pele.

Angelus proferiu a palavra final do Conjuro e abriu os olhos a tempo de ver o cabelo de Xavier cair em tufos.

Ele sorriu com a visão do homem que estava destruindo.

— Me parece que você está cruzando um limite agora mesmo.

Os membros de Xavier começaram a crescer de forma nada natural, com ossos estalando e quebrando. Angelus prestou atenção.

— Você devia pensar em ser mais solidário com monstros.

Xavier caiu de joelhos.

— Por favor. Tenha piedade...

Angelus ficou de pé acima do Guardião, que estava quase irreconhecível.

— Aqui é o Registro Distante. Afastado dos mundos Mortal e Conjurador. Os juramentos são as palavras que eu falo, e as leis são as que eu escolho. — Ele empurrou o corpo maltratado de Xavier com a bota. — Não há piedade aqui.

As imagens desapareceram e foram substituídas pela névoa azul. Por um segundo, não me mexi. Senti como se tivesse testemunhado a execução de um homem, e ele estava de pé ao meu lado. O que havia sobrado dele.

Xavier parecia um monstro, mas era um cara decente tentando fazer a coisa certa. Eu tremi ao pensar no que poderia ter acontecido a Marian, se Macon e John não tivessem chegado a tempo.

Se eu não tivesse feito um acordo com a Lilum.

Pelo menos, eu sabia o bastante para não me arrepender do que fiz. Por pior que as coisas fossem, elas poderiam ter sido piores. Entendia isso agora.

— Sinto muito, Xavier. — Eu não tinha mais o que dizer.

Ele colocou o Terceiro Olho de volta na prateleira.

— Isso foi há muito tempo. Mas achei que você deveria saber do que eles são capazes, uma vez que está tão ansioso pra entrar. Se eu fosse você, correria pro outro lado.

Eu me encostei na parede fria da caverna.

— Eu queria poder.

— Por que você quer tanto entrar?

Eu tinha certeza de que não conseguiria pensar em um bom motivo. Para mim, um motivo era tudo de que eu precisava.

— Alguém acrescentou uma folha às *Crônicas Conjuradoras*, e acabei morto. Se eu puder destruí-la...

Xavier esticou a mão como se fosse me agarrar pelos ombros e me sacudir até que me desse conta da loucura. Mas as afastou, antes de tocar em mim.

— Você faz alguma ideia do que farão a você se for pego? Olha pra mim, Ethan. Sou um dos que teve sorte.

— Sorte? Você? — Fechei a boca antes de tornar a situação pior sem querer. Ele estava louco?

— Já fizeram isso com outros, tanto Mortais quanto Conjuradores. É poder das Trevas. — As mãos dele estavam tremendo. — A maior parte deles enlouqueceu e vagueia pelos túneis ou pelo Outro Mundo, como animais.

Era exatamente a forma como Link tinha descrito a criatura que o atacou na noite em que Obidias Trueblood morreu. Mas o que Link havia encontrado não era um animal. Era um homem, ou alguma coisa que tinha sido homem no passado, enlouquecido quando foi torturado e seu corpo sofreu mutação.

Senti enjoo.

As paredes do Registro Distante estavam escondendo mais do que *As Crônicas Conjuradoras*.

— Não tenho escolha. Se não destruir a página, não posso voltar pra casa. — Eu quase conseguia ver a mente dele girando. — Tem de haver um Conjuro, alguma coisa no *Livro das Estrelas* ou em um dos seus livros que possa me ajudar.

Xavier se virou repentinamente e apontou um dedo quebrado a centímetros do meu rosto.

— Eu jamais deixaria *alguém* tocar em um dos meus livros nem usá-los pra Conjurar! Você não aprendeu nada aqui?

Dei um passo para trás.

— Me desculpe. Eu não devia ter dito isso. Vou encontrar outra maneira, mas ainda preciso entrar.

Tudo na atitude dele mudou quando sugeri usar um Conjuro.

— Você ainda não tem nada a oferecer. Não posso mostrar o Portão, a não ser que me dê alguma coisa em troca.

— Você está falando sério? — Mas podia ver pela expressão dele que sim. — Que diabos você quer?

— *O Livro das Luas* — disse ele, sem hesitar. — Você sabe onde está. Esse é meu preço.

— Está no plano Mortal. E, se você não reparou, estou morto. Aliás, Abraham Ravenwood está com ele. Ele não é o que você chamaria de um cara legal. — Eu estava começando a pensar que passar pelo Portão seria a parte mais difícil de encontrar o caminho para casa, se isso fosse possível.

Xavier começou a andar em direção à abertura na pedra que levava ao lado de fora.

— Acho que nós dois sabemos que há como contornar isso. Se você quer passar pelo Portão, me traga *O Livro das Luas*.

— Mesmo que eu conseguisse pegá-lo, por que daria pra você o livro mais poderoso do mundo Conjurador? — Eu praticamente gritei. — Como vou saber que você não vai usá-lo pra fazer alguma coisa horrível?

Os olhos estranhamente grandes dele se arregalaram.

— O que poderia ser mais terrível que a forma como estou aqui na sua frente agora? Tem alguma coisa pior que ver seu corpo trair você? Sentir seus ossos se quebrarem quando você se move? Você acha que posso arriscar a troca que o Livro pode escolher fazer?

Ele estava certo. Não se podia tirar alguma coisa do *Livro das Luas* sem dar outra coisa em troca. Todos tínhamos aprendido isso da maneira mais difícil. O outro Ethan Wate. Genevieve. Macon, Amma, Lena e eu. O Livro fazia a escolha.

— Você pode mudar de ideia. As pessoas ficam desesperadas. — Eu não conseguia acreditar que estava dando sermão sobre desespero para um homem desesperado.

Xavier se virou para olhar para mim com o corpo já parcialmente escondido nas sombras.

— Porque sei do que ele é capaz, o que poderia fazer nas mãos de homens como Angelus, eu jamais diria uma palavra daquele livro. E me certificaria de que ele jamais saísse desta sala, pra que ninguém mais pudesse usá-lo.

Ele estava falando a verdade.

Xavier morria de medo de magia, da Luz ou das Trevas.

Ela o tinha destruído da pior maneira possível. Ele não queria Conjurar nem ter poder sobrenatural. Se queria uma coisa, era se proteger e proteger os outros desse tipo de poder. Se havia um lugar onde *O Livro das Luas* estaria seguro, era aqui. Mais seguro até que na *Lunae Libri* ou outra biblioteca Conjuradora distante. Mais seguro que nas profundezas de Ravenwood ou enterrado no túmulo de Genevieve. Ninguém o encontraria aqui.

Foi nesse momento que decidi que o daria para ele.

Só havia um problema.

Eu precisava descobrir como tirá-lo de Abraham Ravenwood primeiro.

Olhei para Xavier.

— Quantos objetos poderosos você diria que existem nesta sala, Xavier?

— Não importa. Já falei, eles não serão usados.

Sorri.

— E se eu te disser que posso pegar *O Livro das Luas*, mas que preciso da sua ajuda? Da sua ajuda e também de alguns dos seus tesouros?

Ele fez uma expressão estranha, torcendo a boca irregular de um lado a outro. Eu realmente esperava que fosse um sorriso.

⚜ CAPÍTULO 18 ⚜

Sombras

— Como vou chegar lá não é tão importante quanto chegar lá — falei, pela quinta vez.

— Nessa Terra de Estrelas e Listras? — perguntou ele.

— É. Bem, mais ou menos. No escritório, pelo menos. Na rua Main.

Ele assentiu.

— Ah, as terras Main. É depois do Pântano dos Climatizadores?

— Climatizadores? É. Mais ou menos. — Suspirei.

Tentei explicar meu plano para Xavier. Eu não tinha certeza de quando ele tinha estado no mundo Mortal pela última vez, mas fosse quando fosse, foi bem antes de climatizadores e jornais. E isso era meio engraçado, considerando o quanto ele gostava de lancheiras, discos de vinil e doces.

Peguei outro livro antigo, abri com uma nuvem de poeira e possibilidades; e também de incerteza. Eu estava frustrado e ficar sentado no chão, cercado de Pergaminhos Conjuradores no meio da caverna dessa estranha criatura, me fazia sentir como se estivesse trabalhando na Biblioteca do Condado de Gatlin no primeiro dia das férias de verão.

Tentei pensar. Tinha de haver alguma coisa que nós pudéssemos fazer.

— Que tal Viajar? Obstinados podem usar Conjuros que pertencem a um Incubus?

Xavier balançou a cabeça.

— Acho que não.

Eu me recostei em uma pilha de livros. Estava quase desistindo. Mais uma vez, se Link estivesse aqui, ele me daria um sermão sobre ser o Aquaman do mundo Conjurador.

— Um Aquaman morto — falei, baixinho.

— Perdão?

— Nada — murmurei.

— Um homem morto? — perguntou ele.

— Não precisa esfregar na minha cara.

— Não, é isso. Você não precisa de Conjuros que funcionam para Mortais. Você não é mais Mortal. Você precisa de Conjuros pra Espectros. — Ele virou página após página. — Um Conjuro *Umbra*. Enviar uma sombra de um mundo para o outro. Essa é você, a sombra. Deve funcionar.

Pensei no assunto. Poderia ser tão simples?

Olhei para minha mão, para a carne e os ossos dela.

Só parece carne e ossos. Você não está realmente aqui, não assim. Você não tem corpo.

Qual era a grande diferença entre um Espectro e uma sombra?

— Mas preciso conseguir tocar em algumas coisas. Não vai dar certo, se eu não conseguir passar uma mensagem pra Lena; e vou precisar mover alguns papéis.

Ele inclinou a cabeça e contorceu o rosto em uma careta. Eu torcia para ser a expressão pensativa dele.

— Você precisa tocar em umas coisas?

— Foi o que acabei de dizer.

Ele balançou a cabeça.

— Não, não foi. Você disse que precisa mover algumas coisas. É diferente.

— Faz diferença?

— Totalmente. — Ele virou mais algumas páginas. — Um Conjuro *Veritas* deve permitir que a verdade apareça. Desde que você esteja procurando a verdade.

— Vai funcionar?

Eu torcia para ele estar certo.

Minutos depois, quaisquer dúvidas que tive sobre Xavier sumiram.

Eu estava aqui. Não tinha voado sobre o Grande Rio, nem sobre a Grande Barreira, nem sobre nenhuma fresta sobrenatural. Não tinha ligado a visão-corvo. Estava aqui, na Main, olhando para a sede do *The Stars and Stripes*.

Pelo menos, minha sombra estava.

Eu me sentia como Peter Pan ao contrário. Como se Wendy tivesse descosturado minha sombra em vez de costurá-la de volta nos meus pés.

Eu me desloquei pela parede e para a escuridão do aposento, só que eu era ainda mais escuro. Não tinha corpo, mas não importava. Levantei a mão, a sombra da minha mão, e pensei nas palavras que Xavier me ensinou.

Vi as palavras na página se rearrumarem. Eu não tinha tempo para enigmas. Não tinha tempo para jogos, para mensagens escondidas.

Minhas palavras eram simples.

Cinco horizontal.

Livro em espanhol.

L-I-B-R-O.

Três vertical.

Pertencente a.

D-A-S.

Quatro horizontal.

Lunae.

L-U-A-S.

Baixei a mão e desapareci.

Minha última mensagem, tudo que me restava a dizer. Lena tinha descoberto como me mandar o amuleto da pedra do rio, e saberia como me mandar o Livro. Eu torcia para isso. Se ela não conseguisse, talvez Macon soubesse como.

Se Abraham ainda estivesse com ele, e Lena conseguisse tirá-lo dele.

Havia apenas cerca de mil outros "se" no meio. Tentei não pensar neles nem em todas as pessoas envolvidas. Nem no perigo que sempre cercava *O Livro das Luas.*

Eu não podia me dar ao luxo de pensar assim. Cheguei até aqui, não foi?

Ela o encontraria, e eu a encontraria.

Era a única Ordem das Coisas com que eu me importava agora.

LIVRO DOIS

Lena

⊸ CAPÍTULO 19 ⊱

Problemas Mortais

À s vezes, Link podia ser um verdadeiro idiota.

— *Libro* o quê? *Livro das Luas*? O que isso quer dizer? — Link olhou para mim e para o *The Stars and Stripes* enquanto coçava a cabeça. Qualquer um pensaria que eu estava tocando no assunto pela primeira vez.

— Três palavras. É um livro, Link. Tenho certeza de que você ouviu falar dele. — Era apenas o livro que tinha destruído nossas vidas e as vidas de todos os meus ancestrais Conjuradores, no décimo sexto aniversário.

— Não foi isso que eu quis dizer. — Ele pareceu magoado.

Eu sabia o que Link queria dizer.

Mas eu não sabia, tanto quanto Link, por que Ethan estava pedindo *O Livro das Luas*. Então continuei a olhar para o jornal no meio da cozinha.

Amma estava atrás de mim e não disse nada. Estava assim fazia um tempo, desde Ethan. O silêncio era tão errado quanto todo o resto. Era estranho não ouvi-la fazendo barulho na cozinha. Mais estranho ainda era estarmos sentados à mesa da cozinha de Ethan tentando entender a mensagem que ele deixara nas palavras cruzadas de hoje. Eu me perguntei se ele conseguia nos ver ou se sabia que estávamos aqui.

cercada de estranhos que me amam
(não) estranhos que viraram estranhos
pela dor

Senti meus dedos tremerem em busca da caneta que não estava lá. Lutei contra a poesia. Era um novo hábito. Doía demais escrever agora. Três dias depois que Ethan se foi, a palavra SEM apareceu escrita com caneta permanente preta na minha mão esquerda. PALAVRAS apareceu na minha direita.

Eu não tinha escrito uma palavra sequer desde então, não em papel. Não no meu caderno. Nem mesmo nas minhas paredes. Parecia uma eternidade desde a última vez que escrevi.

Há quanto tempo Ethan se fora? Semanas? Meses? Tudo era um grande borrão, como se o tempo tivesse parado depois que ele partiu.

Tudo parou.

Link olhou para mim de onde estava, sentado no chão da cozinha. Quando ele espalhava assim seu novo corpo de um quarto de Incubus, ocupava a maior parte da cozinha. Havia braços e pernas para todo lado, como um louva-deus, só que com músculos.

Liv estudava seu exemplar das palavras cruzadas sobre a mesa, cortadas e coladas no caderno vermelho de sempre, cobertas com uma análise detalhada a lápis, enquanto John se inclinava sobre o ombro dela. Pela forma como se moviam juntos, era de se pensar que doía quando eles *não* se tocavam.

Ao contrário de Conjuradores e Mortais.

Uma humana e um Incubus híbrido. Eles não sabem a sorte que têm. Nada pega fogo quando eles se beijam.

Suspirei e resisti à vontade de Conjurar um *Discordia* neles. Estávamos todos aqui. Era de se pensar que nada tinha mudado. Só faltava uma pessoa.

O que tornava tudo diferente.

Dobrei o jornal matinal e afundei na cadeira ao lado de Liv.

— *Livro das Luas*. É tudo que diz. Não sei por que fico relendo. Se eu continuar, vou queimar um buraco na página com meu olhar.

— Você consegue fazer isso? — Link pareceu interessado.

Balancei os dedos na frente dele.

— Talvez eu consiga queimar mais do que apenas papel. Então não me provoque.

Liv sorriu para mim em solidariedade. Como se a situação pedisse uma coisa como um sorriso.

— Bem, então acho que precisamos pensar. São três palavras muito específicas. Portanto, parece que as mensagens estão mudando. — Ela soou tão precisa e lógica, como uma versão britânica de Marian, como sempre.

— E? — Link pareceu irritado, como sempre acontecia ultimamente.

— Então o que está acontecendo... lá? — *Onde Ethan está.* Liv não falou. Ninguém queria falar. Liv pegou as três palavras cruzadas do caderno. — A princípio, parece que ele só quer que você saiba que ele está...

— Vivo? Odeio dar a notícia... — disse Link, mas John o chutou por baixo da mesa. Amma largou uma panela atrás de mim, que caiu com um estrondo onde Link estava, no chão. — Aii. Você sabe o que quero dizer.

— Por aqui — corrigiu John, olhando para Amma e para mim. Concordei e senti as mãos de Amma nos meus ombros.

Toquei a mão dela com a minha; seus dedos se fecharam ao redor. Nenhuma de nós queria soltar. Principalmente agora que era possível que Ethan não tivesse se ido para sempre. Fazia semanas que ele tinha começado a me mandar mensagens pelo *The Stars and Stripes*. Não importava o que elas diziam. Todas diziam a mesma coisa para mim.

Estou aqui.

Ainda estou aqui.

Você não está sozinha.

Queria que houvesse uma forma de eu poder dizer isso a ele.

Apertei os dedos de Amma com mais força. Tentei falar com ela sobre o assunto logo depois que encontrei a primeira mensagem, mas ela só murmurou alguma coisa sobre uma troca justa e que a confusão era dela, e ela precisava resolver. Que era o que pretendia fazer mais cedo ou mais tarde.

Mas ela não duvidou de mim. Nem meu tio, não mais. Na verdade, tio Macon e Amma eram os únicos que acreditavam em mim de verdade. Eles entendiam o que eu estava passando porque passaram pela mesma coisa. Eu não sabia se tio Macon algum dia superaria a perda de Lila. E Amma parecia estar sofrendo tanto a perda de Ethan quanto eu. Eles também tinham visto a prova. Tio Macon estava presente quando vi as palavras cruzadas de Ethan pela primeira vez. E Amma tinha praticamente visto Ethan parado na cozinha da propriedade Wate.

Falei em voz alta para todo mundo de novo, pela décima vez.

— É claro que ele está por aqui. Já falei, ele está indo pra algum lugar. Tem algum tipo de plano. Não está apenas de bobeira esperando em um túmulo cheio de terra. Está tentando voltar pra nós. Tenho certeza.

— Como? — perguntou Link. — Você não tem certeza, Lena. Nada é certo, exceto a morte e os impostos. E quando disseram isso, acho que estavam falando mais sobre ficar morto e não voltar mais.

Eu não sabia por que Link estava tendo tanta dificuldade em acreditar que Ethan ainda estava presente, que podia voltar para casa. Link não era parte Incubus? Sabia muito bem que coisas estranhas aconteciam ali o tempo todo. Por que era tão difícil para ele acreditar que essa coisa estranha em particular podia estar acontecendo?

Talvez perder Ethan fosse mais difícil para Link do que era para o restante deles. Talvez não conseguisse se permitir o risco de perder o melhor amigo de novo, mesmo que fosse apenas a ideia dele. Ninguém sabia o que Link estava passando.

Só eu.

Enquanto Link e Liv voltavam a discutir se Ethan tinha morrido de vez ou não, eu me senti deslizando para a névoa de dúvidas irritantes que me esforçava tanto para afastar da mente.

Elas ficavam voltando.

E se essa coisa toda fosse minha imaginação, como Reece e vovó viviam dizendo? E se estivessem certas e fosse apenas difícil demais para mim aceitar a vida sem ele? E não eram só elas; tio Macon também não queria tentar nada para trazê-lo de volta.

E se fosse real, se Ethan pudesse me ouvir, o que eu diria?

Volte pra casa.

Estou esperando.

Te amo.

Nada que ele já não soubesse.

Para que me dar ao trabalho?

Eu me recusava a escrever, mas as palavras eram difíceis de formular até em pensamento agora.

palavras iguais como sempre
iguais a nada
quando nada é igual

Não fazia sentido dizer isso para mim mesma.

John chutou Link de novo, e tentei me concentrar no presente. Na cozinha e na conversa. Em todas as coisas que eu poderia fazer por Ethan, em vez de em todas as coisas que sentia por ele.

— Vamos dizer que hipoteticamente Ethan esteja... por aqui. — Liv olhou para Link, que ficou em silêncio desta vez. — Como falei, pareceu que ele gastou todas as energias tentando nos convencer disso algumas semanas atrás.

— Bem na época em que você mediu a energia variando em Ravenwood — lembrou John. Liv assentiu e virou as páginas do caderno.

— Ou quem sabe era Reece usando o micro-ondas — murmurou Link.

— E foi a mesma época em que Ethan moveu o botão no túmulo dele — falei, obstinadamente.

— Ou quem sabe estava ventando demais. — Link suspirou.

— Tinha alguma coisa acontecendo, com certeza. — John chegou o pé mais perto de Link, e a ameaça de outro chute o fez se calar por um tempo. Pensei em jogar um Conjuro *Silentium* nele, mas não pareceu certo. Além do mais, por conhecer Link, seria preciso mais do que magia para fazê-lo se calar.

Liv voltou a examinar os papéis à sua frente.

— Mas depois, em pouco tempo, as mensagens começaram a mudar. Parece que ele descobriu alguma coisa. O que precisava fazer.

— Pra vir pra casa — falei.

— Lena, sei que você quer pensar que é isso que está acontecendo. — A voz de Amma estava desolada. — E senti meu garoto aqui, assim como você. Mas não sabemos o que está acontecendo. Não há respostas fáceis, não quando se trata de mandar ou tirar alguém do Outro Mundo. Acredite, se houvesse uma maneira fácil, eu já teria feito.

Ela parecia cansada. Eu sabia que ela vinha trabalhando em trazer Ethan para casa tanto quanto eu. E eu tinha tentado tudo no começo, tudo e todos. O problema era tentar fazer Conjuradores da Luz falarem sobre levantar os mortos. E eu não tinha acesso a Conjuradores das Trevas como antes. Tio Macon foi atrás de mim assim que coloquei o pé no Exílio. Eu desconfiava que ele havia feito algum tipo de acordo com o barman, um ardiloso Incubus de Sangue, que parecia do tipo que faria qualquer coisa, se estivesse com muita sede.

— Mas não sabemos se não é — falei, olhando para Liv.

— Verdade. A suposição lógica seria que, onde quer que Ethan estivesse, estaria tentando voltar. — Liv apagou cuidadosamente uma pequena marca na margem. — Pra onde você está.

Ela não olhou para mim, mas eu sabia o que ela queria dizer. Liv e Ethan tinham uma história deles, e apesar de Liv ter encontrado coisa melhor para si com John, sempre tomava cuidado com a forma como falava sobre Ethan, principalmente para mim.

Ela bateu o lápis.

— Primeiro, a pedra do rio. Agora, *O Livro das Luas*. Ele deve precisar dessas coisas por algum motivo.

John puxou as últimas palavras cruzadas para perto dele.

— Se ele precisa do *Livro das Luas*, é um bom sinal. Tem de ser.

— É um livro bastante poderoso, deste lado ou do outro. Um livro desses seria ótima moeda de barganha. — Amma esfregou meus ombros enquanto falava, e senti um tremor descer pela coluna.

John olhou para nós.

— Barganha pra quê? Por quê?

Amma não disse nada. Eu desconfiava que ela sabia mais do que estava dizendo, o que costumava acontecer. Além do mais, ela não mencionava os Grandes havia semanas, coisa que não lhe era comum. Principalmente agora que Ethan estava sob os cuidados deles, tecnicamente falando. Mas eu não fazia ideia do que Amma estava tramando tanto quanto não sabia o que Ethan estava planejando.

Finalmente, respondi por nós duas, porque só havia uma resposta possível.

— Não sei. Não dá pra perguntar pra ele.

— Por que não? Você não consegue Conjurar nada? — John pareceu frustrado.

— Não funciona assim. — Eu queria que funcionasse.

— Algum tipo de Conjuro Revelador?

— Não existe nada no que fazer o Conjuro.

— O túmulo dele? — John olhou para Liv, mas ela balançou a cabeça. Ninguém tinha resposta, porque nenhum de nós tinha passado por coisa parecida antes. Um Conjuro em alguém que não estava nem neste plano de existência? Fora reviver os mortos, o que Genevieve tinha feito e foi o início de toda essa confusão, e eu fiz de novo, mais de cem anos depois, o que dava para fazer?

Balancei a cabeça.

— Que importância tem? Ethan quer o livro, e temos de pegá-lo pra ele. É isso que importa.

Amma deu sua opinião.

— Além do mais, só existe um tipo de barganha que meu garoto estaria fazendo lá. Só há uma coisa que ele queira muito. E isso seria voltar pra casa, sem a menor sombra de dúvida.

— Amma está certa. — Olhei para eles. — Temos de pegar o Livro pra ele.

Link se empertigou.

— Tem certeza, Lena? Você tem certeza absoluta, sem sombra de dúvida, de que é Ethan quem está nos enviando essas mensagens? E se for Sarafine? Ou mesmo o coronel Sanders? — Ele tremeu.

Eu sabia de quem Link estava falando. Abraham, de terno branco amassado e gravata. O próprio Satanás, pelo menos no que dizia respeito ao condado de Gatlin.

Esse seria o pior cenário possível.

— Não é Sarafine. Eu saberia.

— Você saberia mesmo se fosse ela? — Link passou a mão pelo cabelo, que estava espetado em mil direções diferentes. — Como?

Pela janela, vi o Volvo do Sr. Wate embicar na garagem. Eu sabia que a conversa tinha acabado antes mesmo de sentir as mãos de Amma se enrijecerem nos meus ombros.

— Eu saberia.

Não saberia?

Olhei para as palavras cruzadas idiotas como se elas pudessem me dar algum tipo de resposta, quando tudo que elas me diziam era que eu não sabia de nada.

A porta da frente se abriu na mesma hora em que a porta de trás se fechou. John e Liv deviam ter desaparecido pelos fundos. Eu me preparei para o inevitável.

— Boa tarde, crianças. Estão esperando Ethan chegar em casa? — O Sr. Wate olhou para Amma cheio de esperanças. Link ficou de pé, mas eu afastei o olhar. Não conseguia responder.

Mais do que qualquer coisa. Mais do que você sabe.

— Sim, senhor. Esperar mal expressa a situação. Estou entediado até a raiz dos cabelos sem Ethan por aqui. — Link tentou sorrir, mas até ele parecia prestes a chorar.

— Alegre-se, Wesley. Sinto tanta falta dele quanto você. — O Sr. Wate esticou a mão para o cabelo espetado de Link e o esfregou. Em seguida, abriu a despensa e olhou lá dentro. — Tiveram notícia do nosso garoto hoje, Amma?

— Infelizmente não, Mitchell.

O Sr. Wate parou de repente, imóvel com uma caixa de cereal na mão.

— Estou com vontade de ir até Savannah. Não faz sentido manter um garoto fora da escola tanto tempo. Alguma coisa não está certa. — Seu rosto se encheu de dúvidas.

Concentrei meus olhos na figura alta e magra de Mitchell Wate, como fazia com tanta frequência desde que Ethan tinha morrido. Quando ele estava na minha visão, comecei a recitar lentamente as palavras do Conjuro *Oblivio* que vovó tinha me ensinado a repetir cada vez que eu visse o pai de Ethan.

Ele olhou para mim com curiosidade. Meus olhos nem tremeram. Só meus lábios começaram a se mover, e sussurrei as palavras enquanto elas se formavam na minha mente.

> *"Oblivio, Oblivio, Non Abest.*
> Esquecimento, Esquecimento, Ele Não Morreu."

Uma bolha cresceu dentro do meu peito no momento em que formulei o Conjuro, expandindo-se para além de mim, em direção ao pai de Ethan, se espalhando pelo aposento e envolvendo-o. A cozinha pareceu se esticar e contrair, e pensei, por um momento, que a bolha ia estourar.

Em seguida, senti o ar estalar ao nosso redor, e, de repente, acabou; e o ar era apenas ar, e tudo parecia normal de novo.

Tão normal quanto as coisas podiam ser.

Os olhos do Sr. Wate se iluminaram e ficaram enevoados. Ele deu de ombros enquanto sorria para mim e enfiava uma das mãos dentro da caixa de cereal.

— Ah, o que se pode fazer? Ele é um bom garoto. Mas se Ethan não voltar logo da casa de Caroline, vai ficar muito atrás dos outros alunos. Nesse passo, vai passar as férias de primavera fazendo dever de casa. Diga isso a ele por mim, certo?

— Sim, senhor. Vou dizer. — Eu sorri e limpei o olho antes que uma lágrima pudesse cair. — Na próxima vez que falar com ele.

Nesse momento, Amma quase jogou a panela de costeletas de porco no fogão. Link balançou a cabeça.

Eu me virei e fui embora correndo. Tentei não pensar, mas as palavras me seguiram, como uma maldição, como bruxaria.

olhos esquecidos em uma caixa de cereal,
a cegueira calorosa de um pai
perdido e último a saber
perdido e último a amar
último garoto perdido
você não consegue ver
nem uma bolha
depois que ela
estoura

Lutei contra as palavras.
Mas não se pode desestourar uma bolha.
Até eu sabia disso.

⊰ CAPÍTULO 20 ⊱

Um pacto com o demônio

— Isso é uma loucura. Nem temos o maldito *Livro das Luas*. Tem certeza que o *The Stars and Stripes* não dizia mais nada?

Link estava sentado no chão de novo, com apenas os pés aparecendo por baixo da mesa, desta vez a do escritório de Macon. Não tínhamos progredido, mas estávamos aqui de novo. Mesa nova. Mesmas pessoas. Mesmos problemas.

Só a presença do meu tio Macon, meio escondido nas sombras tremeluzentes da lareira, mudava a conversa. Isso e o fato de que tínhamos deixado Amma na propriedade Wate para ficar de olho no pai de Ethan.

— Não consigo acreditar que estou dizendo isso, mas talvez Link esteja certo. Mesmo que todos nós concordássemos, mesmo que soubéssemos que não tínhamos escolha além de entregar a Ethan *O Livro das Luas*, continuaria não importando. Não sabemos onde ele está e não sabemos como pegá-lo. — Liv falou o que todos nós estávamos pensando.

Eu não disse nada, apenas torci o colar cheio de pingentes entre os dedos.

Foi Macon quem acabou respondendo.

— Sim. Bem. Essas coisas são dificuldades, não impossibilidades.

Link se empertigou.

— A coisa toda de morte é, eu diria, bem difícil, senhor. Sem querer ofender, Sr. Ravenwood.

— Encontrar *O Livro das Luas* não está fora de questão, Sr. Lincoln. Tenho certeza de que não preciso lembrá-lo de onde o vimos pela última vez e quem estava com ele.

— Abraham. — Todos nós sabíamos de quem ele estava falando, mas foi Liv quem respondeu. — Ele estava com o Livro na Décima Sétima Lua na caverna. E o usou pra atrair os Tormentos pouco antes...

— Da Décima Oitava Lua — completou John, baixinho. Nenhum de nós queria falar sobre aquela noite na torre de água.

E isso irritou Link ainda mais.

— Ah, bem. Isso é fácil. Encontrar o Livro. Que tal encontrar o caminho pro buraco onde o coronel Sanders está morando nos últimos 200 anos e perguntar pra ele com jeitinho se ele não se importa de dar pra gente o maldito livro? Pra que nosso amigo morto consiga usar sei lá pra que, sei lá onde.

Balancei o pulso na direção de Link, irritada. Uma fagulha voou da lareira e queimou a perna dele.

Ele se jogou para trás.

— Pare com isso!

— Tio Macon está certo. Não é impossível — falei.

Liv estava brincando com o fecho de elástico do caderno vermelho, um hábito ansioso que mostrava que ela estava pensando.

— E desta vez Sarafine está morta. Ela não vai ajudá-lo.

Tio Macon balançou a cabeça.

— Ele nunca precisou dela, infelizmente. Não de verdade. Você não pode contar que ele vai estar mais fraco agora. Não subestime Abraham.

Liv pareceu deprimida.

— E Hunting e sua gangue?

Macon olhou para o fogo. Vi as chamas aumentarem e ficarem mais roxas, vermelhas e laranja. Não conseguia perceber se meu tio realmente acreditava em mim ou não. Não sabia se ele achava por um minuto que havia forma de trazer Ethan de volta.

Não me importava com o que ele pensava, desde que estivesse disposto a me ajudar.

Ele me olhou como se soubesse o que eu estava pensando.

— Hunting, apesar de burro, é um Incubus poderoso. Mas Abraham sozinho é uma ameaça enorme. Se o medo vai nos deter, é melhor aceitar o fracasso agora.

Link bufou no chão atrás dele.

Macon olhou por cima do ombro

— Isto é, se você estiver com medo

— Quem falou isso? — Link estava indignado. — Só gosto de ter mais chances quando me jogo no buraco das serpentes.

— Sou eu. — John se empertigou e anunciou como se tivesse acabado de descobrir a solução para todos os nossos problemas.

— O quê? — Liv se afastou dele.

— Sou a única coisa que Abraham quer. E a única coisa que não pode ter.

— Não seja idiota — resmungou Link. — Você fala como se fosse namorada dele.

— Não sou idiota. Estou certo. Pensei que eu era Aquele que É Dois, e pensei que era eu quem... tinha de fazer o que Ethan fez. Mas aquilo não dizia respeito a mim. Isto, sim.

— Cale a boca — disse Link, com irritação.

O rosto de Macon se contorceu em uma expressão intrigada, e os olhos verdes escureceram. Eu conhecia muito bem aquela expressão.

Liv assentiu.

— Concordo. Faça como seu brilhante irmão Incubus diz. Cale a boca.

John passou o braço delicadamente ao redor dela, como se estivesse falando apenas com Liv. Mas eu estava prestando atenção a cada palavra, porque tudo que ele estava dizendo começava a fazer sentido.

— Não posso. Não desta vez. Não vou ficar sentado e deixar Ethan levar todas as porradas. Pela primeira vez, vou encarar o que tenho de enfrentar. Ou *quem*.

— Que é...? — Liv não olhava para ele.

— Abraham. Se vocês disserem pra ele que vão fazer uma troca, ele virá me buscar. Vai me trocar pelo *Livro das Luas*. — John olhou para Macon, que assentiu.

Link parecia cético.

— Como você sabe?

John deu um breve sorriso.

— Ele virá. Pode acreditar.

Macon suspirou e finalmente se virou da lareira em nossa direção.

— John, admiro sua honra e coragem. Você é um bom jovem, mesmo tendo seus próprios demônios. Todos temos. Mas você precisa pensar um pouco pra ter certeza de que é uma troca que está disposto a fazer. É o último ato de uma cadeia de ações, nada mais.

— Estou disposto. — John ficou de pé, como se estivesse pronto para se alistar agora.

— John! — Liv estava furiosa.

Macon fez um gesto para que ele se sentasse.

— Pense bem. Se Abraham levar mesmo você, é improvável que consigamos trazê-lo pra casa, não no futuro próximo. E por mais que eu queira trazer Ethan de volta... — Tio Macon olhou para mim antes de continuar. — Não tenho certeza se trocar uma vida por outra vale o risco que Abraham representa, pra nenhum de nós.

Liv entrou na frente de John como se quisesse protegê-lo de todo mundo no aposento e de tudo no mundo.

— Ele não precisa de tempo pra pensar. É um plano terrível. Absolutamente horrendo. O pior plano que já elaboramos. O pior plano na história de todos os planos. — Liv estava pálida e trêmula, mas quando me viu olhando para ela, parou de falar.

Ela sabia o que eu estava pensando.

Não envolvia John pulando da torre de água de Summerville. Não era o pior plano. Fechei os olhos.

caindo, não voando
um sapato lamacento perdido
como os mundos perdidos
entre mim e você

— Eu faço — disse John. — Não gosto tanto quanto vocês, mas é assim que tem de ser.

Parecia familiar demais. Abri os olhos e vi Liv chocada. Quando as lágrimas começaram a escorrer pelo rosto dela, senti que ia vomitar.

— Não. — Eu me ouvi dizer a palavra, antes de perceber que estava falando. — Meu tio está certo. Não vou fazer você passar por isso, John. Nenhum de vocês. — Vi a cor voltar às bochechas de Liv, e ela afundou na cadeira ao lado dele. — É um último recurso. Uma última oportunidade.

— A não ser que você tenha outra, Lena, acho que a terra das últimas oportunidades é bem onde estamos. — John estava sério. Ele tinha tomado uma decisão, e o amei por isso.

Mas balancei a cabeça.

— Eu tenho. E a ideia de Link?

— A o que de Link? — Liv pareceu confusa.

— Minha o quê? — Link coçou a cabeça.

— Achamos o caminho do buraco onde Abraham mora nos últimos 200 anos.

— E pedimos com educação pra ele nos dar o Livro? — Link soava esperançoso. John parecia achar que eu estava tendo um derrame.

— Não. A gente rouba com educação.

Macon pareceu interessado.

— Isso pressupõe que possamos encontrar a casa do meu avô. O tipo terrível de poder das Trevas que ele possui exige um estilo de vida secreto, infelizmente. Descobrir onde Abraham mora não vai ser fácil. Ele fica no Subterrâneo.

Olhei para ele com firmeza.

— Bem, como a pessoa mais inteligente que conheço disse uma vez, essas coisas são dificuldades, não impossibilidades.

Meu tio sorriu para mim. John balançou a cabeça.

— Não olhem pra mim. Não sei onde o sujeito mora; eu era apenas uma criança. Me lembro de aposentos sem janelas.

— Perfeito — respondeu Link, com irritação. — Não pode haver tantos lugares assim por aí.

Liv colocou a mão no ombro de John.

John deu de ombros.

— Desculpe. Minha infância é uma grande nuvem escura. Fiz o melhor que pude pra bloquear tudo.

Meu tio assentiu e ficou de pé.

— Muito bem. Então sugiro que vocês comecem não com as pessoas mais inteligentes, mas com as mais velhas. Elas podem ter uma ideia ou duas de onde encontrar Abraham Ravenwood.

— As pessoas mais velhas? Você está falando das Irmãs? Acha que elas se lembram de Abraham? — Meu estômago se contraiu. Não era exatamente assustador, mas era difícil entender metade das coisas que elas diziam, isso quando não estavam delirando.

— Se elas não lembrarem, é capaz de inventarem alguma coisa igualmente plausível. São a coisa mais próxima que meu bisavô exponencial tem de contemporâneas. Mesmo não sendo bem o que se chamaria de contemporâneas.

Liv assentiu.

— Vale uma tentativa.

Fiquei de pé.

— Só uma conversa, Lena — avisou tio Macon. — Não fique tendo ideias. Você não vai sair em nenhuma missão de reconhecimento sozinha. Fui perfeitamente claro?

— Como água — respondi, porque não havia como falar com ele sobre nada que parecesse perigoso. Ele estava assim desde que Ethan...

Desde Ethan.

— Vou com você pra ajudar — disse Link, levantando-se do chão do escritório. Link, que não conseguia somar números de dois algarismos, sempre sentia quando meu tio e eu estávamos prestes a brigar.

Ele sorriu.

— Posso traduzir.

Eu já sentia que conhecia as Irmãs tão bem quanto minha própria família. Apesar de elas serem excêntricas, para ser gentil, também eram o melhor exemplo de história viva que Gatlin tinha a oferecer.

Era como as pessoas daqui encaravam.

Quando Link e eu subimos os degraus da propriedade Wate, dava para ouvir a história viva de Gatlin brigando uma com a outra já da porta de tela, como era típico.

— Não se jogam fora talheres em perfeito estado. É uma vergonha.

— Mercy Lynne. São colheres de plástico. São feitas pra se jogar fora. — Thelma a estava consolando, com a paciência de sempre. Ela devia ser canonizada. Amma era a primeira a dizer isso todas as vezes que Thelma resolvia uma das discussões entre as Irmãs.

— Só porque *algumas pessoas* pensam que são a rainha da Inglaterra, isso não lhes dá uma coroa — respondeu tia Mercy.

Link estava ao meu lado na varanda e tentou não rir. Bati na porta, mas ninguém pareceu perceber.

— Mas o que isso quer dizer? — interrompeu tia Grace. — Quem é *algumas pessoas*? Angelina Witherspoon e todas aquelas atrizes seminuas...

— Grace Ann! Não se fala assim, não nesta casa.

Isso não fez tia Grace nem hesitar.

— ...daquelas revistas indecentes que você sempre pede pra Thelma comprar no mercado?

— Garotas... — disse Thelma.

Bati de novo, desta vez mais alto, mas era impossível escutar no meio daquele caos.

Tia Mercy estava gritando.

— *Quero dizer* que você lava as colheres boas do mesmo jeito que lava as ruins. E depois coloca todas na gaveta de colheres. Todo mundo sabe disso. Até a rainha da Inglaterra.

— Não preste atenção nela, Thelma. Ela lava o lixo quando você e Amma não estão olhando.

Tia Mercy fungou.

— E se eu lavar? Não quero os vizinhos falando. Somos pessoas respeitáveis, que frequentam a igreja. Não temos cheiro de pecadoras, e não há motivo para as latas lá na frente terem cheiro diferente.

— Exceto por estarem cheias de lixo. — Tia Grace riu com deboche.

Bati novamente na porta de tela. Link tomou a frente e a esmurrou uma vez, e a porta praticamente caiu, com uma das dobradiças se soltando.

— Ops. Desculpa. — Ele deu de ombros, constrangido.

Amma apareceu na porta, parecendo agradecida pela distração.

— As senhoras têm visita. — Ela abriu bem a porta de tela. As Irmãs levantaram os olhos das respectivas mantas, os semblantes simpáticos e educados, como se não estivessem gritando com instintos assassinos um segundo antes.

Sentei-me na beirada de uma cadeira de madeira, não me permitindo ficar à vontade demais. Link estava ainda mais desconfortável, parado ao meu lado.

— Pelo visto, temos. Boa tarde, Wesley. E quem está aí com você? — Tia Mercy apertou os olhos, e tia Grace cutucou-a.

— É aquela namorada do Ethan. A bonita garota Ravenwood. A que sempre está com o nariz enfiado em um livro, que nem Lila Jane.

— Isso mesmo. A senhora me conhece, tia Mercy. Sou a namorada de Ethan, senhora. — Era a mesma coisa que eu dizia todas as vezes que ia lá.

Tia Mercy limpou a garganta.

— Bem, e se for? O que você está fazendo aqui agora que Ethan se foi e passou pra um outro mundo?

Amma ficou imóvel na porta da cozinha.

— Como?

Thelma não ergueu o olhar do bordado.

— Você me ouviu, Srta. Amma — disse tia Mercy.

— O q-quê? — gaguejei.

— Do que a senhora está falando? — Link mal conseguia articular.

— A senhora sabe sobre Ethan? Como? — Eu me inclinei para a frente na cadeira.

— Vocês acham que não pescamos uma coisa ou duas sobre o que está acontecendo por aqui? Não nasci ontem, e somos mais inteligentes do que vocês pensam. Sabemos bem sobre os Conjuradores, assim como sabemos sobre bordados e estampas de vestido e padrões de tráfego... — Tia Grace levantou o lenço e parou de falar.

— E as temporadas de pêssego. — Tia Mercy parecia orgulhosa.

— Uma nuvem de tempestade é uma nuvem de tempestade. Esta vem se aproximando no céu há bastante tempo. Praticamente por toda a nossa vida. — Tia Grace assentiu para a irmã.

— Me parece que qualquer pessoa com a cabeça no lugar tentaria manter uma tempestade assim longe — disse Amma, prendendo a beirada do cobertor ao redor das pernas de tia Grace.

— Nós não sabíamos que as senhoras sabiam — falei.

— Deus tenha piedade, você é tão ruim quanto Prudence Jane. Ela achava que não fazíamos ideia sobre as viagens dela por baixo do Condado. Como se não soubéssemos que nosso pai a escolheu pra guardar o mapa. Como se não tivéssemos nós mesmas dito a ele para escolher Prudence Jane. Sempre pensamos que ela era a que tinha a mão mais firme entre nós três. — Tia Mercy riu.

— Meu Deus, Mercy Lynne, você sabe que papai teria me escolhido antes de escolher você. Só falei para ele pedir a você porque não gostava do modo que meu cabelo encaracolava no Subterrâneo. Eu parecia um porco espinho com permanente malfeito, juro. — Tia Grace balançou a cabeça.

Mercy fungou.

— Você jura à toa, Grace Ann, mas sou a única que sabe.

— Retire isso. — Tia Grace apontou um dedo ossudo para a irmã.

— Não.

— Por favor, senhora. Senhoras. Precisamos da sua ajuda. Estamos procurando Abraham Ravenwood. Ele está com algo nosso, uma coisa importante. — Olhei para uma Irmã e depois para a outra.

— Precisamos pra... — Link se corrigiu. — Pra trazer Ethan pra casa ligeirinho. — Se você ficasse perto das Irmãs muito tempo, passava a falar como elas.

Revirei os olhos.

— Do que vocês estão falando? — Tia Grace balançou o lenço.

Tia Mercy fungou de novo.

— Me parece mais besteira Conjuradora.

Amma ergueu uma sobrancelha.

— Por que vocês não nos contam? Considerando que adoramos uma besteira.

Link e eu nos entreolhamos. Seria uma longa noite.

Besteira Conjuradora ou não, depois que Amma pegou os álbuns de recortes das Irmãs, rodas começaram a girar e bocas começaram a se mover. A princípio, Amma não conseguia suportar ouvir a menção ao nome de Abraham Ravenwood, mas Link não parou de falar.

E falar, e falar.

Amma não o fez parar, o que pareceu meia vitória. Embora falar com as próprias Irmãs não fosse nada fácil.

Em uma hora, Abraham Ravenwood foi chamado de Diabo, traidor, canalha, sem valor e ladrão. Ele tinha ficado com o canto sudoeste do velho pomar de macieiras do papai do papai do papai das Irmãs — e que era do acestral delas por direito — e impediu que o papai do papai deste assumisse uma posição no comitê do condado, o que também lhe era de direito.

E, além de tudo isso, elas tinham mais do que certeza de que ele dançara com o Diabo na Fazenda Ravenwood em mais de uma ocasião, antes de ela pegar fogo durante a Guerra Civil.

Quando tentei pedir esclarecimento, elas não quiseram ser mais específicas do que isso.

— Foi o que falei. Ele foi dançar com o Diabo. Fez um pacto. Não gosto de falar nem de pensar em nenhum dos dois. — Tia Mercy balançou a cabeça com tanta violência, que achei que as dentaduras dela iam descolar.

— Mas vamos dizer que a senhora pensasse nele. Onde o imaginaria? — Link tentou de novo, assim como fizemos a noite toda.

Por fim, foi tia Grace que encontrou a peça perdida nas palavras cruzadas malucas que as Irmãs consideravam conversa.

— Ué, na casa dele, é claro. Qualquer pessoa com um mínimo de noção sabe disso.

— Onde fica a casa dele, tia Grace? Senhora? — Coloquei a mão no braço de Link com esperança. Era a primeira frase clara que tiramos dela no que pareciam ser horas.

— No lado escuro da lua, acho. Onde todos os Diabos e Demônios moram quando não estão ardendo lá embaixo.

Senti uma pontada no coração. Eu nunca ia chegar a lugar algum com essas duas.

— Ótimo. O lado escuro da lua. Então Abraham Ravenwood está vivo e bem em um disco do Pink Floyd. — Link estava ficando tão mal-humorado quanto eu.

— Foi o que Grace Ann disse. O lado escuro da lua. — Tia Mercy parecia irritada. — Não sei por que vocês dois agem como se fosse um mistério.

— Onde exatamente fica o lado escuro da lua, tia Mercy? — Amma se sentou ao lado da tia-avó de Ethan e pegou as mãos da senhora idosa. — Você sabe. Me conte.

Tia Mercy sorriu para Amma.

— Claro que sei. — Ela olhou com raiva para tia Grace. — Porque papai me escolheu antes de Grace. Sei todo tipo de coisas.

— Então onde fica? — perguntou Amma.

Grace riu com desdém e pegou o álbum de fotos na mesa de centro à frente delas.

— Jovens. Agem como se soubessem tudo. Agem como se estivéssemos senis só porque temos um ou dois anos a mais. — Ela folheou as páginas loucamente, como se estivesse procurando uma coisa em particular.

E, aparentemente, estava mesmo.

Porque ali, na última página, sob uma camélia seca e um pedaço de fita rosa-claro, estava a parte arrancada da frente de uma caixa de fósforos. Era uma espécie de bar ou clube.

— Caramba — disse Link maravilhado, e ganhou um tapa na cabeça dado por tia Mercy.

Ali estava, decorado com uma lua prateada.

O LADO ESCURO DA LUA
O MELHOR DE NOVA ORLEANS, DESDE 1911

O Lado Escuro da Lua era um lugar.

Um lugar onde eu talvez pudesse encontrar Abraham Ravenwood e, esperava, *O Livro das Luas*. Se as Irmãs não estivessem completamente loucas, o que era uma possibilidade que não se podia descartar.

Amma deu uma olhada na caixa de fósforos e saiu do aposento. Eu me lembrava da história da visita de Amma ao *bokor* e sabia que não devia insistir.

O que fiz foi olhar para tia Grace.

— A senhora se importa?

Tia Grace concordou, e peguei o pedaço antigo de caixa de fósforos da página do álbum. A maior parte da tinta tinha descolado da lua em alto-relevo, mas ainda dava para ver as letras. Nós íamos para Nova Orleans.

Parecia que Link tinha resolvido o enigma do cubo mágico. Assim que entramos no Lata-Velha, ele colocou a todo volume uma música do disco *Dark Side of the Moon*, do Pink Floyd, e começou a gritar animadamente acima da música.

Quando diminuímos de velocidade perto da esquina, baixei o volume e o interrompi.

— Me deixa em Ravenwood, tá? Preciso pegar uma coisa antes de ir pra Nova Orleans.

— Espera aí. Eu vou com você. Prometi a Ethan que ficaria de olho em você e mantenho minhas promessas.

— Não vou te levar. Vou levar John.

— John? É isso que você vai buscar em casa? — Ele apertou os olhos. — De jeito nenhum.

— Eu não estava pedindo sua permissão. Só pra você saber.

— Por quê? O que ele tem que eu não tenho?

— Experiência. Ele conhece Abraham e é o Incubus híbrido mais forte no condado de Gatlin, até onde sabemos.

— Somos iguais, Lena. — Link estava ficando irritado.

— Você é mais Mortal do que John. É disso que gosto em você, Link. Mas isso também o torna mais fraco.

— Quem você está chamando de fraco? — Link contraiu os músculos. Para ser justa, ele quase partiu a camiseta ao meio. Parecia o Incrível Hulk da Stonewall Jackson High.

— Desculpa. Você não é fraco. É apenas 3/4 humano. E isso é um pouco humano demais pra essa viagem.

— Tanto faz. Como você quiser. Veja se consegue percorrer 3 metros dos túneis sem mim. Vai voltar implorando minha ajuda antes que eu possa dizer... — O rosto tinha uma expressão vazia. Um clássico momento Link. Às vezes, as palavras pareciam fugir dele antes que conseguissem viajar do cérebro à boca. Ele acabou desistindo com um movimento de ombros. — Alguma coisa. Alguma coisa muito perigosa.

Bati no ombro dele.

— Tchau, Link.

Link franziu a testa, enfiou o pé no acelerador, e voamos pela rua. Não do jeito comum para os Incubus, mas, por outro lado, ele tinha 3/4 de roqueiro. Era do jeito que eu gostava, meu Linkubus favorito.

Não falei isso, mas tenho certeza de que ele sabia.

Mudei todos os sinais para verde até a autoestrada 9 por Link. O Lata-Velha nunca andou tão bem.

⊰ CAPÍTULO 21 ⊱
Lado escuro da lua

Dizer que íamos para Nova Orleans à procura de um velho bar, e de um Incubus mais velho ainda, era uma coisa. Encontrá-lo era outra, bem diferente. O que havia entre essas duas coisas era convencer tio Macon a me deixar ir.

Tentei falar com meu tio na mesa de jantar, bem depois de a Cozinha ter servido o jantar favorito dele, antes de os pratos desaparecerem da mesa infinitamente longa.

A Cozinha, que nunca era tão colaborativa quanto se esperaria de uma cozinha Conjuradora, pareceu saber que era importante e fez tudo que pedi e mais. Quando desci a escada, encontrei candelabros acesos e o aroma de jasmim no ar. Com um balançar dos dedos, orquídeas e lírios surgiram ao longo da mesa. Balancei-os de novo, e minha viola apareceu em um canto da sala.

Olhei para ela, e ela começou a tocar Paganini. Uma das favoritas do meu tio.

Perfeito.

Olhei para minha calça jeans suja e o moletom surrado de Ethan. Fechei os olhos, e meu cabelo começou a se ajeitar em uma trança embutida. Quando os abri de novo, estava arrumada para jantar.

Usava um simples vestido preto de noite, o que tio Macon comprou para mim em Roma no verão passado. Toquei no pescoço, e o colar de prata de lua crescente que ele me deu para usar no baile de inverno apareceu ali.

Pronta.

— Tio M? Hora do jantar... — gritei para o corredor, mas ele já estava ao meu lado, aparecendo tão rapidamente como se ainda fosse um Incubus e pudesse surgir onde quisesse, quando quisesse. Velhos hábitos custavam a morrer.

— Linda, Lena. Achei os sapatos um toque especialmente sofisticado.

Olhei para baixo e reparei nos All-Star pretos surrados ainda nos meus pés. Adeus roupa especial para o jantar.

Dei de ombros e o segui até a mesa.

Filé de robalo com erva-doce. Cauda de lagosta quente. Carpaccio de marisco. Pêssegos grelhados com calda de vinho do porto. Eu não tinha apetite, principalmente por comida que só se encontrava em restaurantes cinco estrelas no Champs-Élysées de Paris, para onde tio Macon me levava sempre que podia, mas ele comeu alegremente por quase uma hora.

Um fato sobre ex-Incubus: eles realmente apreciam comida Mortal.

— O que foi? — disse meu tio, por cima de uma garfada de lagosta.

— O que foi o quê? — Coloquei meu garfo no prato.

— Isto. — Ele indicou as várias travessas de prata entre nós e puxou a tampa reluzente de uma lotada com ostras fumegantes e picantes. — E isto. — Ele olhou diretamente para minha viola, ainda tocando baixinho. — Paganini, é claro. Sou mesmo tão previsível?

Evitei os olhos dele.

— Se chama jantar. É de comer. Coisa que, aliás, você não parece ter problema algum em fazer. — Peguei uma jarra ridícula de água gelada (onde a Cozinha conseguia parte de nossa louça, jamais saberia) antes que ele pudesse dizer qualquer outra coisa.

— Isto não é jantar. Isto é, como Marco Antônio diria, uma mesa tentadora de traição. Ou, talvez, desonestidade. — Ele engoliu outro pedaço de lagosta. — Ou, talvez, as duas coisas.

— Nada de traição. — Sorri. Ele sorriu em resposta e esperou. Meu tio era muitas coisas, como esnobe, por exemplo, mas não era tolo. — Só um pedido simples.

Ele colocou a taça de vinho sobre a mesa, em cima da toalha de linho. Balancei um dedo, e o copo se encheu.

Por segurança, pensei.

— Absolutamente, não — disse tio Macon.

— Não pedi nada.

— Seja o que for, não. O vinho prova. É a gota d'água. A última pena de faisão na proverbial cama de penas.

— Então, está dizendo que Marco Antônio não é o único fã de analogias? — perguntei.

— Fale logo. Agora.

Peguei o pedaço de caixa de fósforos no bolso e empurrei pela mesa para que ele pudesse ver.

— Abraham?

Assenti.

— E isso fica em Nova Orleans?

Assenti de novo. Ele me devolveu o pedaço de caixa de fósforos e limpou a boca com o guardanapo de linho.

— Não. — Ele voltou a beber o vinho.

— Não? Foi você quem concordou comigo. Foi você quem falou que podíamos encontrá-lo.

— Falei. E vou encontrá-lo enquanto você permanece trancada no seu quarto em segurança, como a garota boazinha que deve ser. Você não vai pra Nova Orleans sozinha.

— *Nova Orleans* é o problema? — Eu estava perplexa. — Não seu ancestral Incubus velho-porém-mortal que tentou nos matar em mais de uma ocasião?

— Isso e Nova Orleans. Sua avó não iria querer nem ouvir, mesmo que eu dissesse sim.

— Ela não iria querer nem ouvir? Ou não *deveria* nem ouvir?

Ele ergueu uma sobrancelha.

— Perdão?

— E se ela simplesmente não souber? Dessa forma, não será problema. — Passei os braços ao redor do meu tio. Por mais zangada que ele me deixasse, e por mais irritante que fosse ele subornar os barmen do Subterrâneo e me poupar de várias situações perigosas, eu o amava e amava o fato de ele me amar tanto quanto me amava.

— Que tal "não"?

— Que tal "ela vai estar com tia Del e todo o restante em Barbados até semana que vem", então, por que isso é problema?

— Que tal "ainda não"?

Nesse ponto, desisti. Era difícil ficar com raiva do tio Macon. Até mesmo impossível. Saber o que eu sentia por ele era a única maneira de eu entender como era difícil para Ethan viver longe da mãe.

Lila Evers Wate. Quantas vezes o caminho dela cruzou o meu?

amamos o que amamos e quem
amamos quem amamos e por que
amamos por que amamos e encontramos
um cadarço caindo, amarrado e enrolado
entre os dedos de estranhos

Eu não queria pensar nisso, mas esperava que fosse verdade. Eu esperava que, onde quer que Ethan estivesse, que estivesse com ela agora.

Pelo menos, deem isso a ele.

John e eu saímos de manhãzinha. Precisávamos sair cedo, pois íamos pelo caminho mais longo: os túneis, em vez de Viajar, embora, se eu deixasse, John pudesse rapidamente nos levar até lá num piscar de olhos.

Eu não ligava. Não queria deixar. Não queria ser lembrada das outras vezes em que deixei John me carregar e me levar até Sarafine.

Então, fizemos do meu jeito. Fiz um Conjuro *Resonantia* na minha viola e coloquei-a para ensaiar no canto enquanto eu estivesse fora. Acabaria parando eventualmente, mas podia me dar tempo o bastante.

Não falei para meu tio que estava indo. Apenas fui. Tio Macon ainda dormia a maior parte do dia, coisa dos velhos hábitos. Concluí que tínhamos pelo menos seis horas até ele notar minha ausência. O que quero dizer é: antes de ele surtar e ir atrás de mim.

Uma coisa que reparei no último ano era que havia coisas que ninguém podia lhe dar permissão para fazer. Ainda assim, não significava que você não pudesse ou não devesse fazê-las, principalmente quando se tratava de coisas grandes, como salvar o mundo ou viajar para uma fresta sobrenatural entre realidades ou trazer seu namorado de volta do mundo dos mortos.

Às vezes, você tinha de lidar com as situações você mesma. Pais (ou tios, que são a coisa mais próxima que você tem deles) não estão preparados para lidar com elas. Porque nenhum pai ou mãe com respeito próprio neste mundo ou em qualquer outro vai dar um passo para o lado e dizer: "Claro, arrisque sua vida. O mundo está em jogo aqui."

Como eles poderiam dizer isso?

Volte pro jantar. Espero que não morra.

Eles não poderiam fazer isso. Não se podia culpá-los. Mas não significava que você não devia ir.

Eu precisava ir, independentemente do que tio Macon dissesse. Ao menos, foi o que disse a mim mesma quando John e eu entramos nos túneis bem abaixo de Ravenwood. Onde, na escuridão, poderia ser qualquer hora do dia ou do ano, qualquer século em qualquer lugar do mundo.

Os túneis não eram a parte assustadora.

Nem passar um tempo sozinha com John, coisa que eu não fazia desde que ele me enganou e me convenceu a ir para a Grande Barreira para minha Décima Sétima Lua, era o problema.

A verdade era que o tio Macon estava certo.

Eu tinha mais medo do Portal à minha frente e do que eu encontraria do outro lado. O velho Portal que trazia a luz que inundava os degraus de pedra do túnel Conjurador onde eu esperava agora. O que tinha a sinalização NOVA ORLEANS. O lugar onde Amma basicamente fez um pacto com a magia mais das Trevas do universo.

Estremeci.

John olhou para mim com a cabeça inclinada.

— Por que você está parando aqui?

— Por nada.

— Está com medo, Lena?

— Não. Por que eu estaria com medo? É apenas uma cidade. — Tentei tirar da mente todos os pensamentos sobre *bokors* de magia negra e sobre vodu. Só porque Ethan tinha seguido Amma e tivera alguns momentos ruins por lá, não queria dizer que eu encontraria as mesmas Trevas. Pelo menos, não o mesmo *bokor*.

Queria?

— Se você acha que Nova Orleans é apenas uma cidade, vai ter uma bela surpresa. — A voz de John estava baixa, e eu mal conseguia ver o rosto dele na escuridão dos túneis. Ele parecia tão assustado quanto eu me sentia.

— Do que você está falando?

— A cidade Conjuradora mais poderosa do país, a maior convergência de poder da Luz e das Trevas nos tempos modernos. Um lugar onde qualquer coisa pode acontecer, a qualquer hora do dia.

— Em um bar de cem anos para Sobrenaturais de duzentos? — O quão apavorante podia ser? Pelo menos, foi o que tentei dizer para mim mesma.

Ele deu de ombros.

— Podemos começar por lá. Conhecendo Abraham, não vai ser tão fácil encontrá-lo como pensamos.

Começamos a subir a escada em direção à luz do sol, que nos levaria ao Lado Escuro da Lua.

A rua, uma fileira de bares fuleiros em meio a mais bares fuleiros, estava deserta, o que fazia sentido, considerando que ainda era tão cedo. Parecia com todas as outras ruas que vimos desde que o Portal nos levou para o famoso French Quarter de Nova Orleans. As grades de ferro forjado se espalhavam por todas as varandas e todas as construções, até em esquinas. Na luz da manhã, as cores gastas do gesso pintado estavam manchadas e descascando. A rua estava cheia de lixo, lixo empilhado em mais lixo, a única evidência que restava da noite anterior.

— Eu detestaria ver como isso aqui fica na manhã seguinte ao Mardi Gras — disse, procurando uma maneira de passar pela montanha de detritos que havia entre mim e a calçada. — Me lembre de nunca ir a um bar.

— Não sei. Nos divertimos lá no Exílio. Você, eu e Rid causando confusão na pista de dança. — John sorriu e ficou vermelho ao lembrar.

braços ao meu redor
dançando, apressados
o rosto de Ethan
pálido e preocupado

Balancei a cabeça e deixei que as palavras sumissem.

— Eu não estava falando de um buraco subterrâneo pra párias Sobrenaturais.

— Ah, pare com isso. Não éramos exatamente párias. Bem, você não. Rid e eu provavelmente nos encaixávamos. — Ele me empurrou em direção à porta, brincando.

Eu o empurrei, menos brincalhona.

— Para. Isso faz um milhão de anos. Não quero pensar nisso.

— Pare com isso, Lena. Estou feliz. Você...

Lancei um olhar para ele, e ele parou.

— Você vai ficar feliz de novo, prometo. É por isso que estamos aqui, não é?

Olhei para ele de pé ao meu lado, no meio de uma rua lateral suja no French Quarter, de manhã bem cedo, me ajudando a procurar o não-exatamente-homem que John odiava mais do que qualquer coisa no universo. Ele tinha mais razões para odiar Abraham Ravenwood do que eu. E não estava dizendo uma palavra sobre o que eu o estava obrigando a fazer.

Quem pensaria que John acabaria sendo um dos caras mais legais que eu conhecia? E quem pensaria que John acabaria se oferecendo para arriscar a vida para trazer de volta o amor da minha?

Sorri para ele, embora estivesse com vontade de chorar.

— John?

— O quê? — Ele não estava prestando atenção. Estava olhando para os letreiros dos bares, provavelmente se perguntando como ia arrumar coragem para entrar em algum deles. Todos pareciam locais frequentados por assassinos em série.

— Desculpe.

— Hã? — Agora ele estava ouvindo. Confuso, mas ouvindo.

— Por isso. Por ter de envolver você. E se você não quiser... quero dizer, se não encontrarmos o Livro...

— Vamos encontrar.

— Só estou dizendo. Não vou te culpar se não quiser ir em frente. Abraham e tudo. — Eu não suportava fazer isso com ele. Não com ele e Liv, independentemente do quanto tinha acontecido entre nós. Independentemente do quanto ela tivesse acreditado que amava Ethan.

Antes.

— Vamos encontrar o Livro. Vem. Pare de falar besteira. — John abriu passagem aos chutes na pilha de lixo, e seguimos entre garrafas vazias de cerveja e guardanapos molhados até a calçada.

Quando chegamos à metade do quarteirão, estávamos olhando por portas abertas para ver se havia alguém dentro. Para minha surpresa, havia pessoas escondidas dentro dos bares, literalmente. Atrás de portas escuras. Varrendo lixo de vielas desertas e sombrias. Até delineadas em algumas das varandas vazias.

O French Quarter não era tão diferente do mundo Conjurador, percebi. Nem do condado de Gatlin. Havia um mundo dentro de um mundo, escondido à vista de todos.

Você só precisava saber para onde olhar.

— Ali. — Apontei.

O Lado Escuro da Lua

Uma placa de madeira entalhada com as palavras balançava para a frente e para trás, pendurada em duas correntes velhas. Ela gemia quando se movia ao vento.

Apesar de não estar ventando.

Apertei os olhos na luz intensa da manhã para tentar ver nas sombras da porta aberta.

Esse Lado Escuro não era diferente dos outros bares vizinhos, quase desertos. Mesmo da rua, eu conseguia ouvir vozes ecoando pela porta pesada.

— Tem gente ali cedo assim? — John fez uma careta.

— Talvez não seja cedo. Talvez seja tarde pra eles. — Troquei um olhar com um homem de semblante amarrado, recostado na entrada, que tentava acender um cigarro. Murmurou sozinho e afastou o olhar.

— É. Tarde demais.

John balançou a cabeça.

— Tem certeza de que é o lugar certo?

Pela quinta vez, entreguei a ele o pedaço de caixa de fósforos. Ele o ergueu, comparando com o logotipo na placa. Eram idênticos. Até a lua crescente entalhada na placa de madeira era uma duplicata exata da impressa na caixa de fósforos na mão de John.

— E eu tinha tanta esperança de que a resposta fosse ser não. — Ele me entregou a caixa de fósforos.

— Vai ficar querendo — falei, e chutei um pedaço de guardanapo molhado que estava preso no meu All-Star preto.

Ele piscou para mim.

— Primeiro, as damas.

⊰ CAPÍTULO 22 ⊱

Pássaro em uma gaiola dourada

Demorou um tempo para meus olhos se acostumarem com a pouca luz, e ainda mais para o restante de mim se habituar ao fedor. O cheiro era de bolor, ferrugem e cerveja velha, tudo velho. Pelas sombras, consegui ver fileiras de pequenas mesas redondas e um bar de latão quase da minha altura. Havia garrafas nas prateleiras até o teto alto, tão alto que os compridos candelabros de metal pareciam pendurados no nada.

A poeira cobria todas as superfícies e todas as garrafas. Até rodopiava no ar, nos poucos lugares onde raios de luz entravam pelas janelas quebradas.

John me cutucou.

— Não existe algum tipo de Conjuro que impeça nosso nariz de funcionar? Tipo um Conjuro de *Fedorus Menus*?

— Não, mas consigo pensar em alguns Conjuros *Bocus Caladus* que podem ser úteis agora.

— Calma, Garota Conjuradora. Você, em teoria, é da Luz. Você sabe, do grupo das boazinhas.

— Fugi das regras, lembra? Na minha Décima Sétima Lua, quando fui Invocada para a Luz e para as Trevas? — Lancei um olhar sério para ele. — Não se esqueça. Tenho meu lado das Trevas.

— Estou com medo. — Ele sorriu.

— Devia estar. Com muito medo.

Apontei para uma placa espelhada na parede, bem atrás dele. A silhueta de uma mulher estava pintada ao lado de uma fileira de palavras.

— "Lábios que tocam em álcool não vão tocar nos nossos." — Balancei a cabeça. — Obviamente não é o slogan da equipe de líderes de torcida da Jackson.

— O quê? — John ergueu o olhar.

— Aposto que esse lugar fazia comércio ilegal de bebidas alcoólicas. Um bar escondido durante a Proibição. Nova Orleans devia ser cheia deles. — Olhei ao redor do aposento. — Isso significa que tem de haver outro cômodo, certo? Uma sala atrás desta.

John assentiu.

— É claro. Abraham nunca ficaria em um lugar onde qualquer um pudesse entrar em seu esconderijo, fosse onde fosse. Era uma coisa que todas as nossas casas tinham em comum. — Ele olhou ao redor. — Mas não me lembro de um lugar assim.

— Talvez tenha sido antes da sua época, e ele voltou para cá por ser um local onde ninguém que esteja vivo agora poderia encontrá-lo.

— Talvez. Ainda assim, tem alguma coisa errada nesse lugar.

E então, ouvi uma voz familiar.

Não. Uma gargalhada familiar, doce e sinistra. Não havia nada igual no mundo.

Ridley? É você?

Falei usando Kelt, mas ela não respondeu. Talvez não tivesse ouvido, ou talvez fizesse tempo demais desde que nos comunicamos de alguma forma significativa. Eu não sabia, mas precisava tentar.

Subi correndo a escada de madeira no fundo do bar. John estava poucos passos atrás de mim. Assim que cheguei à sala no alto, comecei a bater na parede por onde achava que a voz dela tinha vindo, bem acima de pilhas de caixas e engradados de garrafas. A parede do depósito era oca, e estava claro que havia alguma coisa atrás.

Ridley!

Eu precisava ver melhor. Empurrei uma pilha alta de caixas para fora do caminho. Fechei os olhos e me elevei alto no ar, até flutuar em paralelo às janelas. Abri os olhos e fiquei ali por um segundo. O que vi foi tão surpreendente que me derrubou no chão.

Eu poderia jurar que vi minha prima e um monte de maquiagem e o que parecia um brilho de ouro. Rid não estava em perigo. Devia estar deitada em algum lugar pintando as unhas. Chupando um pirulito, se divertindo como nunca.

Ou isso ou eu estava tendo uma alucinação.

Vou matá-la.

— Juro, Rid. Se você for mesmo louca assim, se realmente tiver ficado tão das Trevas, vou enfiar esses seus pirulitos garganta abaixo, uma bola de açúcar de cada vez.

— O quê?

Senti os braços de John atrás de mim me puxando de volta para o chão.

Apontei para a parede.

— É minha prima. Ela está do outro lado dessa parede. — Bati na divisória acima da pilha de caixas mais próxima.

— Não. Não, não, não... — Ele começou a recuar, como se a mera menção da minha prima o tivesse feito querer sair correndo.

Eu me senti ficando vermelha. Ela era minha prima, e eu queria matá-la. Ainda assim, ela era *minha* prima, e era *eu* quem queria matá-la. Era uma questão familiar. Não uma coisa com que John precisasse se preocupar.

— Olhe, John, preciso chegar a ela.

— Você perdeu a cabeça?

— Provavelmente.

— Se ela está andando com Abraham, não vai a lugar algum. E não queremos que ele nos encontre até descobrirmos como pegar o Livro.

— Acho que ele não está aí — falei.

— Você *acha* ou *sabe*?

— Se ele estivesse aí, você não sentiria alguma coisa? Pensei que vocês dois tivessem alguma espécie de ligação. Não foi assim que ele fez lavagem cerebral em você, sei lá?

John pareceu nervoso, e me senti culpada por dizer isso.

— Não sei. É possível. — Ele olhou para a janela alta. — Certo. Entre lá e veja qual é o problema da Ridley. Vou ficar de olho lá fora pra ver se Abraham chega enquanto você está lá dentro.

— Obrigada, John.

— Mas não seja idiota. Se ela tiver ficado das Trevas demais, não tem jeito. Você não pode mudar Ridley. É uma coisa que todos nós aprendemos da maneira mais difícil.

— Eu sei. — Provavelmente sabia melhor do que qualquer pessoa, exceto, talvez, Link. Mas, lá no fundo, eu também sabia melhor do que qualquer pessoa o quanto minha prima era como todo mundo. O quanto queria pertencer a um grupo, e ser amada, ter amigos e ser feliz, assim como o restante de nós.

O quão das Trevas uma pessoa assim pode realmente ser?

A Nova Ordem não tinha mostrado a nós que o preço fora pago (Ethan fez questão de pagar) e que as coisas não eram tão simples quanto todos pensávamos que fossem?

Não me Invoquei pras Trevas e pra Luz?

— Tem certeza de que você vai ficar bem lá dentro?

É mesmo diferente pras outras pessoas? Mesmo Ridley? Principalmente Ridley?

John me cutucou nas costelas.

— Terra para Lena. Só faz algum tipo de barulho pra que eu saiba que você me ouviu antes de eu te jogar praquele leão lá dentro.

Tentei me concentrar.

— Vai. Estou bem.

— Cinco minutos. É tudo que você tem — disse ele.

— Entendi. Só vou precisar de quatro.

Ele desapareceu, e fiquei sozinha para lidar com minha prima. Das Trevas ou da Luz. Do bem ou do mal. Ou talvez só de algum ponto no meio.

Eu precisava olhar melhor. Peguei uma caixa de vinho, puxei para o espaço embaixo da janela que ficava no meio da parede. Subi nela, cambaleei, quase caí, mas consegui me equilibrar.

Mas ainda não conseguia ver.

Ah, pare com isso.

Fechei os olhos e retorci as mãos no ar ao meu lado, me empurrando em direção ao teto. A luz no aposento começou a piscar.

Isso aí.

Eu não gostava muito de voar, mas isso era mais como levitar. Subi, cambaleando, até meus All-Star estarem alguns centímetros acima da caixa.

Só mais um pouco. Eu precisava dar uma boa olhada para saber se minha prima estava perdida para sempre, se tinha se unido ao mais terrível Incubus vivo e se jamais voltaria para casa comigo.

Uma última olhada.

Eu me ergui, mal alcançando a pequena janela.

Foi quando vi as barras descendo pelo teto ao redor de Ridley em todas as direções. Era uma espécie de prisão dourada. Literalmente, uma gaiola dourada.

Eu não conseguia acreditar. Ridley não estava relaxando em uma espreguiçadeira, aproveitando o luxo da casa de Abraham. Ela estava presa.

Ela se virou, e nossos olhares se encontraram. Ridley deu um pulo, ficou de pé e balançou as barras à sua frente. Por um segundo, ela parecia uma espécie de Tinkerbell distorcida, com um monte de rímel preto escorrendo pelo rosto e batom vermelho mais manchado ainda.

Ela estava chorando ou pior. Os braços pareciam machucados, principalmente ao redor dos pulsos. Estavam com marcas de alguma espécie de corda ou corrente. Algemas, talvez.

O aposento ao redor dela claramente pertencia a Abraham ou, pelo menos, foi o que pensei, considerando que parecia um quarto de alojamento de cientista maluco, com uma cama solitária ao lado de uma estante lotada. Uma mesa alta de madeira estava coberta de equipamentos técnicos. O aposento poderia pertencer a um químico. Mais estranho ainda era que os dois lados da janela não pareciam corresponder exatamente em termos de espaço físico. Olhar pela janela de vendas ilegais de bebidas era como olhar por um telescópio sujo, e eu não conseguia identificar exatamente onde ficava o outro lado. Podia ser qualquer lugar no universo Mortal, conhecendo Abraham como eu conhecia.

Mas isso não importava. Era Ridley. Era terrível ver qualquer pessoa assim, mas com minha prima descuidada e alegre, parecia especialmente cruel.

Senti meu cabelo começar a se contorcer na familiar brisa Conjuradora.

> "*Aurae Aspirent*
> *Ubi tueor, ibi adeo.*
> Que o vento sopre
> Aonde eu vejo que vou."

Comecei a girar para o nada. Senti o mundo ceder abaixo de mim e quando tentei esticar os pés para tocar no chão sólido, percebi que agora estava parada ao lado de Ridley.

Do lado de fora da gaiola dourada.

— Prima! O que você está fazendo aqui? — gritou ela para mim, esticando as longas unhas cor-de-rosa por um espaço entre as barras.

— Acho que eu poderia dizer o mesmo pra você, Rid. Você está bem? — Eu me aproximei das barras com cuidado. Amava minha prima, mas não podia esquecer tudo que tinha acontecido. Ela escolheu as Trevas e nos abandonou: Link, eu, todos nós. Era impossível saber de que lado ela estava.

Sempre.

— Acho meio óbvio, não? — respondeu ela. — Já estive melhor. — Ela balançou as barras. — Muito melhor.

Ridley se sentou no chão e começou a chorar, como se fôssemos crianças de novo e alguém a tivesse magoado no parquinho. Coisa que não acontecia com frequência, e, quando acontecia, costumava ser eu quem chorava.

Rid sempre foi a mais forte.

Talvez tenha sido por isso que as lágrimas dela me atingiram agora.

Deslizei para o chão à frente e segurei as mãos dela pelas barras da gaiola.

— Desculpe, Rid. Fiquei muito zangada com você por não voltar quando Ethan... agora que Ethan...

Ela não olhou para mim.

— Eu sei. Eu soube. Me sinto péssima. Foi quando tudo aconteceu. Abraham ficou furioso, e só piorei as coisas cometendo o erro de tentar ir embora. Só queria ir pra casa. Mas ele ficou tão zangado que me jogou aqui. — Ela balançou a cabeça como se quisesse afastar a lembrança.

— Estou falando sério, Rid. Eu devia saber que você iria, a não ser que alguma coisa te impedisse.

— Deixe pra lá. É mais água passada debaixo de uma ponte cheia de água embaixo. — Ela limpou os olhos e manchou ainda mais o rímel. — Vamos sumir daqui antes que Abraham volte, senão você vai ficar presa comigo pelos próximos duzentos anos.

— Pra onde ele foi?

— Não sei. Ele costuma passar o dia todo no laboratório apavorante de criaturas. Mas não há como eu saber por quanto tempo vai ficar fora.

— Então, é melhor a gente ir. — Olhei ao redor. — Rid, você viu Abraham com *O Livro das Luas*? Está aqui?

Ela balançou a cabeça.

— Você está brincando? Eu não chegaria a 10 quilômetros daquela coisa, não depois da forma como ele ferra qualquer pessoa que toca nele.

— Mas você o viu?

— De jeito algum. Aqui, não. Se Abraham ainda está com ele, não é burro o bastante pra carregá-lo. Ele é do mal, mas não é burro.

Senti uma pontada no coração.

Ridley sacudiu as barras de novo.

— Ande logo! Estou presa mesmo. Conjuros Protetores, pelo que percebi. Vou ficar louca aqui...

Naquele momento, ouvi um estrondo terrível, e uma pilha de caixas de equipamento ao meu lado caiu no chão. Vidro e madeira quebrados voaram para todos os lados, como se eu tivesse estragado o projeto de Abraham para a feira de ciências. Uma espécie de gosma verde fluorescente voou no meu cabelo.

Ops.

Tio Macon estava tentando se desenrolar de John Breed, que estava com um dos pés preso nos restos de uma caixa de madeira.

— Onde estamos? — Tio M olhou para a gaiola sem acreditar. — Que espécie de lugar horrendo é esse?

— Tio M? — Ridley pareceu tão aliviada quanto confusa. — Você estava Viajando?

— Encontrei ele lá fora — disse John. — Não quis me soltar. Quando tentei voltar, ele simplesmente veio junto. — John deve ter visto meu rosto, porque ficou na defensiva. — Ei, não olhe pra mim. Eu não estava planejando dar carona.

Tio Macon encarou John, que lhe devolveu o olhar.

— Lena Duchannes! — Meu tio pareceu mais zangado do que eu jamais tinha visto. Havia gosma verde pingando do terno impecável. Ele olhou para Ridley e para mim, depois apontou para nós duas. — Vocês. Venham aqui, agora.

Segurei a mão de Ridley e murmurei o *Aurea Aspirent* enquanto tio Macon batia o pé com impaciência. Um segundo depois, minha prima reapareceu fora da gaiola comigo.

— Tio Macon — comecei a falar.

Ele ergueu a mão enluvada.

— Não. Nem uma palavra. — Os olhos dele brilharam, e eu sabia que não devia continuar a falar. — Agora. Vamos nos concentrar no que viemos fazer aqui enquanto ainda temos tempo. O Livro.

John já tinha começado a abrir caixas e procurar *O Livro das Luas* nas prateleiras. Tio Macon e eu nos juntamos a ele e procuramos até termos revistado todos os possíveis locais de esconderijo. Ridley ficou sentada de cara amarrada em uma caixa, sem facilitar as coisas, mas também sem dificultar. E interpretei isso como um bom sinal.

Pelo que eu podia ver, Abraham Ravenwood parecia ser a resposta Conjuradora ao Dr. Frankenstein. Eu não consegui reconhecer muita coisa além do ocasional bico de Bunsen ou béquer, e isso porque tinha feito aula de química. E na velocidade em que John e tio Macon estavam quebrando o aposento, ia parecer que nossa busca foi feita pelo monstro do Frankenstein.

— Não está aqui — disse John, finalmente desistindo.

— Então nós também não. — Tio Macon ajeitou o paletó. — Pra casa, John. Agora.

Viajar era uma coisa. A velocidade na qual John conseguiu nos levar pra casa, sem nem mais uma palavra de tio Macon, era outra. Eu me vi fora do esconderijo de Abraham e de volta ao meu quarto antes de Ridley conseguir esfregar o rímel manchado que a deixava com olhos de panda.

A viola ainda estava tocando "Caprice nº. 24" de Paganini quando cheguei lá.

⊰ CAPÍTULO 23 ⊱

Dar-ee Keen

O dia seguinte foi de chuva, e o Dar-ee Keen estava com goteiras como se fosse finalmente despencar. Mais deprimente ainda era que tio Macon nem tinha se dado ao trabalho de me botar de castigo. Ao que parecia, a situação era terrível o suficiente sem eu ficar trancada no quarto. O que era bem terrível.

A chuva caía em todas as partes do Dar-ee Keen, dentro e fora. Água pingava dos lustres quadrados que zumbiam. Descia pelas paredes como uma mancha lenta de lágrimas abaixo da foto torta do funcionário do mês; pela aparência, uma integrante da equipe de líderes de torcida de Stonewall Jackson, é claro, apesar de todas estarem começando a ter a mesma cara.

Ninguém por quem valesse a pena chorar. Não mais.

Olhei para a lanchonete quase vazia, esperando que Link aparecesse. Ninguém saía em um dia como esse, nem mesmo as moscas. Eu não podia culpá-las.

— É sério, será que você pode parar? Estou de saco cheio da chuva, Lena. E estou com cheiro de cachorro molhado. — Link apareceu do nada e deslizou para o banco à minha frente. Parecia um cachorro molhado.

— Esse cheiro não tem nada a ver com a chuva, meu amigo. — Sorri. Ao contrário de John, Link parecia humano o bastante para os elementos naturais ainda o afetarem. Ele assumiu uma postura normal de Link, se recostou no canto e fez sua melhor imitação de alguém capaz de adormecer.

— Não sou eu — falei.

— Certo. Porque só temos tido sol e alegria aqui desde dezembro.

Um trovão rugiu no céu. Link revirou os olhos.

Franzi a testa.

— Acho que você deve ter ouvido. Encontramos a casa de Abraham. O Livro não estava lá. Pelo menos, não conseguimos encontrar.

— Faz sentido. E agora? — Ele suspirou.

— Plano B. Não temos muita escolha.

John.

Eu não conseguia dizer. Fechei a mão em um punho no assento ao meu lado. Outro trovão soou.

Era eu? Eu não sabia se estava provocando aquilo ou se o tempo lá fora estava me afetando. Eu tinha me perdido semanas antes. Olhei para a chuva pingando no balde vermelho de plástico no meio do salão.

> *chuva vermelha de plástico*
> *suas lágrimas mancham*

Tentei me tirar do transe, mas não conseguia parar de olhar para o balde. A água pingava do teto ritmicamente. Como um batimento de coração ou um poema. Uma lista de nomes de mortos.

> *Primeiro Macon.*
> *Depois, Ethan.*
> *Não.*
> *Meu pai.*
> *Depois, Macon.*
> *Minha mãe.*
> *Depois, Ethan.*
> *Agora, John.*

Quantas pessoas eu tinha perdido?

Quantas mais perderia? Será que perderia John também? Será que Liv algum dia me perdoaria? Tinha alguma importância?

Vi as gotas de chuva na mesa engordurada à minha frente. Link e eu ficamos sentados em silêncio, em frente ao papel encerado amassado, ao gelo em copos de plástico. Uma refeição fria e úmida que ninguém pensava em comer. Se não estivesse preso na mesa de jantar de casa, Link nem fingia mais mexer na comida.

Ele me cutucou.

— Ei. Pare com isso, Lena. John sabe o que está fazendo. É um garoto crescido. Vamos pegar o Livro e trazer Ethan de volta, e não importa o quanto seu plano é louco.

— Não sou louca. — Eu não sabia para quem estava dizendo isso, se para Link ou para mim mesma.

— Não falei que você era.

— Você diz todas as vezes que tem oportunidade.

— Acha que não o quero de volta? — disse Link. — Acha que não é um saco jogar basquete sem ele me vendo e me dizendo o quanto sou ruim ou o quanto minha cabeça está ficando grande? Dirijo por Gatlin no Lata-Velha ouvindo alto as músicas que a gente ouvia, e não há mais motivo pra ouvir.

— Entendo que está difícil, Link. Sabe que eu entendo, mais do que qualquer pessoa.

Os olhos dele se encheram de lágrimas, e ele baixou a cabeça e olhou para a mesa engordurada entre nós.

— Não tenho nem vontade de cantar. Os caras da banda estão falando no fim. Os Holly Rollers podem acabar virando uma equipe de boliche. — Parecia que ia vomitar. — Nesse passo, não vou ter pra onde ir, fora a faculdade, ou algum lugar bem pior.

— Link. Não diga isso. — Era verdade. Se Link fosse para a faculdade, até mesmo a Faculdade Comunitária de Summerville, significaria que o fim do mundo chegou, independente de quantas vezes Ethan tentasse nos salvar.

Tivesse tentado.

— Acho que não sou tão corajoso quanto você, Lena.

— Claro que é. Sobreviveu todos esses anos na sua casa com sua mãe, não? — Tentei sorrir, mas ele não estava em condições de ser alegrado.

Era como falar comigo mesma.

— Talvez eu deva desistir quando as chances são tão ruins quanto agora.

— Do que você está falando? As chances são sempre ruins assim — falei.

— Sou o cara que leva mordidas. Sou o cara que tira F e é reprovado até na recuperação no verão.

— Não foi sua culpa, Link. Você estava ajudando Ethan a me salvar.

— Vamos encarar. A única garota que já amei escolheu as Trevas em vez de a mim.

— Rid te amava. Você sabe disso. E quanto a Ridley... — Eu quase tinha esquecido por que o chamara ali. Ele ainda não sabia. — É sério. Você não entende. Rid...

— Não quero falar sobre ela. Não era pra ser. Nada deu certo pra mim antes. Eu devia ter sabido que não ia dar certo.

Link parou de falar porque o sino acima da porta soou ao longe, e o tempo parou em uma confusão de penas rosa-shocking e contas roxas. Sem mencionar delineador e contorno labial e qualquer coisa que pudesse ser traçada ou pintada ou brilhar em qualquer uma das cores do arco-íris cosmético.

Ridley.

Eu tinha acabado de pensar na palavra quando voei do banco e corri na direção dela para dar um abraço.

Eu sabia que ela ia até lá (fui eu que a encontrei na casa de Abraham), mas era uma coisa diferente vê-la passando em segurança pelas mesas de plástico do Dar-ee Keen. Quase a derrubei de cima das plataformas de 7 centímetros. Ninguém andava de salto como minha prima.

Prima.

Ela falou por Kelt enquanto afundava o rosto no meu ombro, e só consegui sentir cheiro de spray de cabelo, gel de banho e açúcar. Purpurina rodopiou no ar ao nosso redor depois de se soltar da gosma cintilante que ela havia passado pelo corpo.

Das Trevas ou da Luz, de alguma forma, isso nunca importou entre nós. Não quando realmente importava. Ainda éramos família e estávamos juntas de novo.

É estranho estar aqui sem o Palitinho. Sinto muito, Prima.

Eu sei, Rid.

Aqui no Dar-ee Keen, a ficha estava caindo, como se ela finalmente tivesse entendido o que aconteceu.

O que perdi.

— Você está bem, garota? — Ela se afastou e olhou nos meus olhos.

Balancei a cabeça quando meus olhos começaram a embaçar.

— Não.

— Alguém se importa de me contar o que está acontecendo aqui? — Link parecia prestes a desmaiar ou vomitar ou as duas coisas.

— Eu estava tentando te contar. Encontramos Ridley presa em uma das gaiolas de Abraham.

— Você sabe como é. Que nem um pavão, gostosão. — Ela não olhou diretamente para Link, e eu me perguntei se era porque não queria ou porque não ousava. — Um muito lindo.

Eu jamais entenderia o que rolava entre aqueles dois. Acho que ninguém conseguia entender; nem mesmo eles.

— Oi, Rid. — Link estava pálido, mesmo para alguém que era vinte e cinco por cento Incubus. Ele parecia que tinha tomado um soco na cara.

Ela soprou um beijo para ele por cima da mesa.

— Está lindo, gostosão.

Ele começou a gaguejar.

— Você está... você... Quero dizer, você sabe.

— Eu sei. — Ridley piscou e se virou para mim. — Vamos sair daqui. Faz muito tempo. Não consigo mais fazer isso.

— Fazer o quê? — Link conseguiu não gaguejar, apesar de seu rosto agora estar vermelho como o balde de plástico embaixo da goteira do teto.

Ridley suspirou com o pirulito em um canto da boca.

— Alô? Sou Sirena, Shrinky Dink. Uma garota má. Preciso ficar entre meus semelhantes.

— Abraham, é? Aquele bode velho? — Ridley balançou a cabeça.

Eu assenti e disse:

— É esse o plano. — Se é que tínhamos alguma chance.

O ar estava sombrio, e as luzes do teto do Exílio pareciam escurecer em vez de iluminar. Eu não culpava Ridley por querer nos levar lá. Era o primeiro lugar para onde ela sempre queria ir quando era das Trevas.

Mas se não fosse das Trevas, não era o lugar mais relaxante do mundo. Você passava metade da noite tomando cuidado para não olhar nos olhos de ninguém sem querer e para não sorrir na direção errada.

— E você acha que levar *O Livro das Luas* pro Palitinho vai ajudá-lo a desabotoar o paletó de madeira?

Link gemeu do assento ao lado. Ele insistiu em ir conosco por questão de segurança, mas dava pra ver que ele odiava o lugar ainda mais do que eu.

— Cuidado, Rid. Ethan não abotoou o paletó de madeira. Ele só... experimentou.

Sorri. Pelo visto, Link podia me dizer que Ethan morreu tanto quanto quisesse, mas não era o mesmo quando outra pessoa falava.

E isso significava que Ridley não era mais uma de nós, ao menos para Link. Ela realmente o tinha deixado e realmente era das Trevas.

Ela era uma intrusa.

Link também pareceu sentir.

— Preciso ir ao banheiro. — Ele hesitou, não querendo sair do meu lado. Todo mundo parecia ter seu próprio tipo de guarda-costas em um lugar como o Exílio. Meu guarda-costas era um Incubus parcial com coração de ouro.

Ridley esperou até ele se afastar.

— Seu plano é péssimo.

— O plano não é péssimo.

— Abraham não vai trocar John Breed pelo *Livro das Luas*. John não vale nada pra ele agora que a Ordem das Coisas foi restabelecida. É tarde demais.

— Você não sabe.

— Você está esquecendo que passei mais tempo do que queria com Abraham nos últimos meses. Ele anda ocupado. Passa todos os dias naquele laboratório de Frankenstein tentando descobrir o que deu errado com John Breed. Ele voltou ao estado de cientista maluco.

— Isso quer dizer que ele vai querer John de volta, então vai trocar pelo Livro. Que é exatamente o que queremos.

Ridley suspirou.

— Você está se ouvindo? Ele não é um homem bom. Você não vai querer entregar John pra ele. Quando Abraham não está colando asas em morcegos, tem encontros secretos com um sujeito careca apavorante.

— Você pode ser mais específica? Isso não ajuda em nada.

Rid deu de ombros.

— Não sei. Angel? Angelo? Alguma coisa religiosa assim.

Fiquei enjoada. Meu copo virou gelo na minha mão. Eu conseguia sentir as partículas congeladas grudando nas pontas dos meus dedos.

— Angelus?

Ela colocou uma batata na boca que pegou na tigela sobre o balcão do bar.

— Isso aí. Eles estão se unindo pra alguma ação supersecreta. Nunca ouvi os detalhes. Mas esse cara definitivamente odeia Mortais tanto quanto Abraham.

O que um membro do Conselho do Registro Distante estaria fazendo com um Incubus de Sangue como Abraham Ravenwood? Depois do que Angelus tentou fazer com Marian, eu sabia que ele era um monstro, mas achei que fosse algum tipo de lunático virtuoso. Não alguém que conspiraria com Abraham.

Ainda assim, não era a primeira vez que Abraham e o Registro Distante pareciam ter objetivos em comum. Tio Macon já havia mencionado isso logo depois do julgamento de Marian.

Balancei a cabeça.

— Temos de contar pra Marian. Depois que pegarmos aquele livro. Então, a não ser que você tenha ideia melhor, vamos nos encontrar com Abraham pra fazer a troca. — Bebi o que havia sobrado do meu refrigerante congelado e coloquei o copo no balcão do bar.

Ele quebrou na minha mão.

O salão ficou em silêncio ao meu redor, e eu conseguia sentir os olhos (não humanos, alguns dourados e outros negros como os próprios túneis) grudados em mim. Abaixei a cabeça para me esconder.

O barman fez uma careta, e olhei para a porta com o canto do olho, meio que esperando ver tio Macon ali de pé. O barman estava me olhando fixamente.

— Você tem belos olhos.

Rid me lançou um olhar.

— Ela? Um dos dela não ficou direito — disse, casualmente. — Você sabe como é.

Esperamos sentadas no banco, nervosas e tensas. Não era bom atrair muita atenção no Exílio, não quando se tinha só um olho dourado.

O barman me avaliou por mais um momento, assentiu e olhou para o relógio.

— É, sei como é. — Desta vez, ele olhou para a porta. Já devia ter ligado para o meu tio.

Aquele rato.

— Você vai precisar de toda a ajuda que puder ter, prima.

— O que está dizendo, Rid?

— Estou dizendo que parece que vou ter de salvar vocês de novo, seus tolos. — Ela deu um peteleco em um caco de vidro.

— Nos salvar como?

— Deixe isso comigo. Acontece que não sou só um rostinho bonito. Bom, sou isso também. — Ela sorriu, mas não conseguiu direito. — Tudo isso *e* mais um rostinho bonito.

Até os comentários mordazes dela me pareciam desanimados agora. Eu me perguntava se o desaparecimento de Ethan a estava afetando tanto quanto ao resto de nós.

Meus instintos estavam certos quanto a uma coisa.

Tio Macon apareceu na porta com a precisão de um relógio, e eu estava em casa e na cama antes de poder perguntar a ela.

⊰ CAPÍTULO 24 ⊱

A mão que balança o berço

Ridley estava esperando por nós na fileira mais distante de criptas, o que, a julgar pelo número de garrafas de cerveja vazias em meio às plantas, também era lugar de agito no Condado de Gatlin.

Eu não conseguia imaginar ficar aqui por vontade própria. O Jardim da Paz Perpétua ainda estava com as impressões digitais de Abraham por toda parte. Nada parecia ter mudado desde que ele convocou os Tormentos semanas antes da Décima Oitava Lua. Placas de aviso e fita amarela criavam um labirinto entre mausoléus destruídos, árvores arrancadas e lápides rachadas na nova seção do cemitério. Agora que a Ordem das Coisas estava consertada, a grama não estava mais queimada, e os gafanhotos tinham ido embora. Mas as outras cicatrizes estavam aqui, se você soubesse procurar.

Seguindo o padrão de Gatlin, os piores estragos já tinham sido escondidos sob camadas de terra nova sobre a qual Ridley estava agora de pé. Os caixões tinham sido enterrados de volta, e as tumbas lacradas. Não fiquei surpresa. Os bons cidadãos de Gatlin nunca iam deixar esqueletos fora do armário por muito tempo.

Rid abriu um pirulito de cereja e acenou dramaticamente com ele.

— Eu vendi pra ele. O pacote completo, barba, cabelo e bigode. — Ela sorriu para Link. — Com seu fedor e tudo, Shrinky Dink.

— Você sabe o que dizem. Só quem fede sente o fedor do outro — respondeu Link.

— Você sabe que tenho cheiro de cobertura de cupcake. Por que você não vem até aqui pra eu te mostrar o quanto posso ser doce? — Ela balançou as longas unhas rosa como uma garra.

Link andou até John, que estava recostado em um anjo em lágrimas partido bem no meio.

— Só estou relatando o que vejo, gata. E consigo sentir seu cheiro muito bem daqui.

Link estava lançando para Ridley mais do que um quarto de charme de Incubus hoje. Agora que ele tinha aceitado o fato de que ela voltou, era como se vivesse para trocar insultos com ela.

Ridley se virou para mim, irritada por não ter conseguido irritá-lo ainda mais.

— Só precisei de uma viagenzinha de volta a Nova Orleans e Abraham já estava comendo na minha mão.

Era difícil imaginar isso, e John não estava acreditando nela.

— Você espera que a gente acredite que você Encantou Abraham com alguns pirulitos de Ridley? Você e que franquia de doces?

Ridley fez beicinho.

— É claro que não. Precisei vender a ideia. Então pensei, quem seria burro o bastante pra fazer o que eu digo e seguir o que eu mandar? — Ela mandou um beijo para Link. — Nosso pequeno Linkubus, é claro.

Link contraiu o maxilar.

— Ela só fala merda.

— Só precisei dizer pra Abraham que usei Link e os sentimentos dele por mim pra me infiltrar no seu grupinho bobo e descobrir seu plano burro. Aí reclamei por ele ter me mantido na gaiola como um bichinho de estimação. É claro que falei que não podia culpá-lo. Quem não iria me querer por perto o tempo todo?

— Isso é uma pergunta? Porque eu ficaria feliz em responder — respondeu Link.

— Ele não ficou furioso de você ter fugido da gaiola? — perguntou John.

A voz de Ridley adquiriu um tom mais ousado.

— Abraham sabia que eu não ia ficar lá, se conseguisse encontrar uma maneira de sair. Sou uma Sirena; não é de minha natureza ficar confinada. Falei pra ele que usei meu Poder de Persuasão no Incubus patético que é garoto de recados dele e o convenci a me deixar sair. Não terminou bem. Abraham arrumou uma gaiola maior pra ele.

— O que mais você disse? — Eu queria saber se realmente havia chance de recebermos o Livro. Enrolei o cordão cheio de pingentes no dedo tentando não pensar nas lembranças relacionadas a ele.

— Expliquei pra ele e disse que apostaria nele e não em vocês. — Ela deu um sorriso doce para Link. — Vocês sabem como gosto de equipes vencedoras. Naturalmente, Abraham acreditou em cada palavra. Por que não acreditaria? É completamente possível.

Link parecia querer jogá-la do outro lado do cemitério.

— E Abraham vai estar lá? Hoje? — John ainda não confiava nela.

— Ele vai estar lá. Em carne e osso. É claro que estou usando o termo livremente. — Ela tremeu. — Muito livremente.

— Ele concordou em me trocar pelo *Livro das Luas*? — perguntou John.

Ridley suspirou e se recostou na parede da cripta.

— Bem, tecnicamente acho que foi mais ou menos assim: "Eles são burros o bastante pra acreditar que você vai trocar John pelo Livro, mas é claro que não vai." E talvez a gente tenha dado algumas gargalhadas. E feito alguns Conjuros bêbados. Está tudo embaçado.

Link cruzou os braços sobre o peito.

— A questão, Rid, é como sabemos que você não está dizendo a mesma coisa pra ele? Você é das Trevas até a raiz dos cabelos. Como podemos saber — ele se colocou de forma protetora à minha frente — de que lado você realmente está?

— Ela é minha prima, Link. — Na hora em que falei, já não tinha certeza da resposta. Ridley era uma Conjuradora das Trevas de novo. Na última vez que se ofereceu para me ajudar, foi uma armadilha, e ela me levou diretamente para minha mãe e para a Décima Sétima Lua.

Mas eu sabia que ela me amava. Até onde uma Conjuradora das Trevas era capaz de amar alguém. E até onde Rid era capaz de amar qualquer outra pessoa além dela mesma.

Ridley se inclinou mais para perto de Link.

— Boa pergunta, Shrinky Dink. Pena que não tenho intenção de responder.

— Um dia desses, acho que vou acabar descobrindo sozinho. — Link franziu a testa, e eu sorri.

— Me deixa te dar uma pista — ronronou Rid. — Não vai ser hoje.

Em um rodopiar de purpurina corporal de algodão doce, a Sirena que ele amava odiar foi embora.

Estava começando a escurecer quando deixamos Liv e tio Macon no escritório examinando todos os livros Conjuradores que conseguiram encontrar sobre Espectros e a história de Ravenwood, respectivamente. Liv estava convencida de que Ethan estava tentando fazer contato conosco e estava determinada a encontrar uma forma de se comunicar com ele. Cada vez que eu descia lá, a encontrava tomando notas ou ajustando o dispositivo maluco que usava para medir frequências sobrenaturais. Acho que estava desesperada para achar uma solução que não envolvesse trocar John pelo *Livro das Luas*.

Não a culpava.

Tio Macon também, mesmo sem admitir. Estava examinando todos os registros e pedaços de papel que conseguia encontrar em busca de referências a outros lugares onde Abraham poderia ter escondido o Livro.

Era por isso que eu não podia contar a ele o que íamos fazer. Já sabíamos o que Liv achava da ideia de trocar John pelo Livro. E tio Macon não ia confiar em Ridley. Eu disse para eles que queria visitar o túmulo de Ethan, e John se ofereceu para ir comigo.

Link estava esperando por mim e por John nos fundos do cemitério. O céu estava escuro agora, e eu mal conseguia enxergar o ponto onde um corvo voava em círculos bem acima de nós, gritando, enquanto seguíamos para a parte mais velha do Jardim da Paz Perpétua.

Estremeci. Esse corvo tinha de ser alguma espécie de presságio. Mas não havia como saber de que tipo. Ou as coisas iam ficar bem, e eu terminaria o dia com *O Livro das Luas* e uma chance de recuperar Ethan, ou eu falharia e perderia John no processo.

John Breed não era o amor da minha vida, mas era o amor da vida de alguém. E John e eu tínhamos passado mais do que alguns meses sombrios juntos quando ele e Rid pareciam ser as únicas pessoas com quem eu podia conversar. Mas John não era o mesmo cara que era na época. Ele mudou e não merecia voltar a uma vida com Abraham. Eu não desejaria isso para ninguém.

O que eu tinha me tornado?

negociar com uma vida
que não é a minha
não é negociar
infelicidade
não
é
barato

John não olhava para mim. Até Link mantinha os olhos fixos no caminho à nossa frente. Eu sentia que eles estavam decepcionados comigo por ser tão egoísta.

Eu estava decepcionada comigo mesma.

É o que é, e eu sou o que sou. Não sou melhor do que Ridley. Só quero o que quero.

De qualquer modo, isso não impediu meus pés de caminharem.

Tentei não pensar no assunto enquanto seguia Link e John pelas árvores. Enquanto a maior parte do Jardim da Paz Perpétua estava no processo de restauração para o estado pré-Tormentos, o mesmo não era verdade na parte mais velha do cemitério. Eu não a via desde a noite em que a terra se abriu, cobrindo essas colinas com corpos em decomposição e ossos partidos. Apesar de os corpos não estarem mais lá, o chão ainda estava revirado, com enormes buracos substituindo os túmulos que cercaram gerações de Wate desde antes da Guerra Civil. Mesmo Ethan não estando aqui.

Graças a Deus.

— Isso é um saco. — Link subiu a colina com a tesoura de jardinagem nas mãos. — Mas não se preocupe. Estou na cobertura. Ele não vai te levar pra terra do velho apavorante. Não sem luta. Não com essa maravilha.

John empurrou Link para o lado.

— Guarda essa coisa, novato. Você não vai conseguir chegar perto o bastante de Hunting nem pra cortar a grama ao redor dos pés dele. E se Abraham vir isso, vai usar pra cortar sua garganta sem nem tocar nela.

Link empurrou John, e eu me abaixei para evitar ser derrubada colina abaixo sem querer.

— É, bem, ela me ajudou no caminho pra casa daquele tal Obidias, quando matei aquele homem morcego que parecia um frango frito. Só não vá deixar que eu morra, Garoto Conjurador.

— Espera aí um segundo. — John, agora sério, parou de andar e se virou para nós dois. — Abraham não é brincadeira. Você não faz ideia do que ele é capaz. Não sei se alguém faz. Fique fora do caminho e deixe que eu falo com ele. Você é reforço para o caso de Hunting ou da sua namorada nos causarem problema.

— Rid está do nosso lado, lembra? — disse para ele.

— Pelo menos, em teoria. E ela não é minha namorada. — Link contraiu o maxilar.

— Na minha experiência, o único lado em que Ridley fica é o dela. — John andou até uma estátua quebrada de anjo rezando com as mãos rachadas nos pulsos. Todos os anjos quebrados ao redor do local estavam começando a parecer um mau presságio.

Link pareceu irritado, mas não disse nada. Não parecia gostar quando alguém criticava Ridley além dele. Eu me perguntei se um dia as coisas poderiam realmente acabar entre eles.

Ele e John caminharam ao redor de caixões quebrados e galhos de árvores e chegaram a um enorme túmulo logo depois da velha cripta Honeycutt. Fiz o melhor que pude para acompanhar, mas eles eram Incubus, então, não havia nada que eu pudesse fazer além de Conjurar um feitiço de clonagem de Incubus.

Mas em pouco tempo isso não importou mais, porque não tínhamos para onde ir. Abraham estava esperando por nós.

Ou nós andamos diretamente para a armadilha dele ou ele andou diretamente para a nossa. Estava quase na hora de descobrir.

Abraham Ravenwood estava parado do outro lado da fenda. De sobretudo preto comprido e cartola, e encostado em uma árvore rachada, parecia entediado, como se isso fosse uma tarefa irritante.

O Livro das Luas estava debaixo do seu braço.

Dei um suspiro de alívio.

— Ele trouxe — disse baixinho.

— Ainda não estamos com ele — sussurrou Link.

De camisa preta de gola alta e jaqueta de couro, Hunting estava de pé ao lado do tataravô. Estava soprando anéis de fumaça em Ridley. Ela tossiu e afastou a fumaça do vestido vermelho com a mão, lançando um olhar de irritação para o tio.

Havia alguma coisa perturbadora em vê-la vestida de vermelho, a poucos metros de dois Incubus de Sangue. Torci para John estar errado e Ridley estar mesmo do nosso lado, por Link tanto quanto por mim.

Nós dois a amávamos. E não dá para controlar quem a gente ama, mesmo querendo. Esse foi o problema de Genevieve com Ethan Carter Wate. Foi o problema de tio Macon com Lila, o de Link com Ridley. Provavelmente, até o de Ridley com Link.

O amor foi como todos esses nós começaram a se desfazer, em primeiro lugar.

— Você trouxe o livro — falei para Abraham.

— E você o trouxe. — Os olhos de Abraham se apertaram quando viu John. — Aí está o meu garoto. Andei tão preocupado.

John ficou tenso.

— Não sou seu garoto. E você nunca ligou pra mim, então pode parar de fingir.

— Não é verdade. — Abraham agiu como se estivesse magoado. — Dediquei muita energia a você.

— Energia demais, se quer saber — disse Hunting.

— Ninguém te perguntou — cortou Abraham.

Hunting contraiu o maxilar e jogou o cigarro na grama. Não parecia feliz. O que significava que provavelmente descontaria a raiva em alguém que não merecia e não esperava. Todos éramos candidatos plausíveis.

John pareceu enojado.

— Você está falando de me tratar como escravo e me usar pra fazer o trabalho sujo? Obrigado, mas não estou interessado no tipo de energia que você dedica às coisas.

Abraham deu um passo à frente, a gravata borboleta preta balançando na brisa.

— Não quero saber o que te interessa. Você serve a um propósito e quando deixar de servir, não vai ser mais útil para mim. Acho que nós dois sabemos o que penso de coisas que não têm utilidade. — Ele deu um sorrisinho debochado. — Vi Sarafine queimar até morrer, e a única coisa que me incomodou foram as cinzas no meu paletó.

Ele estava falando a verdade. Também vi minha mãe pegar fogo. Não que eu pensasse em Sarafine assim. Mas ouvir Abraham falar dela desse jeito mexeu com meus sentimentos, mesmo eu não sabendo bem o que senti.

Solidariedade? Compaixão?

Sinto pena da mulher que tentou me matar? É possível?

John havia me contado que Abraham odiava Conjuradores tanto quanto odiava Mortais. Não acreditei até aquele momento. Abraham Ravenwood era frio, calculista e cruel. Era mesmo o Diabo ou a coisa mais próxima dele que conheci.

Vi John erguer a cabeça e falar para Abraham:

— Apenas dê o Livro aos meus amigos e vou com você. Esse foi o acordo.

Abraham riu, com o Livro ainda preso em segurança debaixo do braço.

— Os termos mudaram. Acho que vou ficar com ele, afinal. — Ele indicou Link com a cabeça. — E com seu novo amigo.

Ridley parou de chupar o pirulito.

— Você não o quer. É inútil, pode acreditar. — Ela estava mentindo.

Abraham também sabia. Um sorriso cruel se espalhou no rosto dele.

— Como quiser. Então podemos dar ele pros cachorros de Hunting comerem. Quando chegarmos em casa.

Houve uma época em que Link teria recuado, morrendo de medo. Mas isso foi antes de John mordê-lo e sua vida mudar. Antes de Ethan morrer e tudo mudar.

Vi Link ir para o lado de John agora. Ele não ia a lugar algum, mesmo estando com medo. Aquele Link não existia mais.

John tentou entrar na frente dele, mas Link esticou o braço.

— Posso me defender.

— Não seja burro — disse John, com irritação. — Você só é um quarto de Incubus. Isso quer dizer que tem metade da minha força e sem o sangue Conjurador.

— Garotos. — Abraham estalou os dedos. — Isso é muito tocante, mas está na hora de ir. Tenho coisas pra fazer e pessoas pra matar.

John empertigou os ombros.

— Não vou a lugar algum com você a não ser que você entregue o Livro a eles. Andei tendo contato com Conjuradores poderosos ultimamente. Posso fazer minhas próprias escolhas agora.

John colecionava poderes do mesmo jeito que Abraham colecionava vítimas. O Poder de Persuasão de Ridley, até algumas de minhas habilidades de Natural. Sem mencionar os que absorveu de todos os Conjuradores que tocaram nele alheios ao perigo. Abraham deveria estar se perguntando de quem eram os poderes que John tinha agora.

Ainda assim, comecei a entrar em pânico. Por que não levamos John para os túneis para reunir mais alguns? Quem era eu para pensar que podíamos encarar Abraham?

Hunting olhou para Abraham, e um brilho de reconhecimento passou entre eles, um segredo que eles compartilhavam.

— É mesmo? — Abraham soltou O Livro das Luas perto dos pés. — Então por que você não vem até aqui e o pega?

John tinha de saber que era algum tipo de truque, mas começou a andar mesmo assim.

Desejei que Liv estivesse lá para ver como ele foi corajoso. Por outro lado, fiquei feliz por ela não estar. Porque eu mal suportava vê-lo dar mais um passo para perto do Incubus ancião, e eu não era a garota que o amava.

Abraham esticou a mão e girou o pulso, como se estivesse girando uma maçaneta.

Com esse único movimento, tudo mudou. Imediatamente John segurou a cabeça, como se alguém a tivesse estourado por dentro, e caiu de joelhos.

Abraham manteve os braços à frente do corpo enquanto fechava o punho lentamente, e John tremeu de forma violenta, gritando de dor.

— Que diabos é isso? — Link puxou John pelo braço e o levantou.

John mal conseguia ficar de pé. Cambaleou enquanto tentava recuperar o equilíbrio.

Hunting riu. Ridley ainda estava parada ao lado dele, e eu conseguia ver o pirulito tremendo na mão dela.

Tentei pensar em um Conjuro, qualquer coisa que fosse deter Abraham, mesmo que por um segundo.

Ele chegou mais perto e segurou a barra do sobretudo para não arrastar na lama.

— Você achou que eu ia criar uma coisa poderosa como você, se não fosse capaz de controlar?

John ficou imóvel, e havia temor nos olhos verdes que ele apertava, se esforçando para lutar contra a dor.

— Do que você está falando?

— Acho que nós dois sabemos — disse Abraham. — Eu te fiz, garoto. Encontrei a combinação certa, os pais de que precisava, e criei uma nova raça de Incubus.

John cambaleou para trás, perplexo.

— É mentira. Você me encontrou quando eu era criança.

Abraham sorriu.

— Isso depende da sua interpretação da palavra *encontrar*.

— O que você está dizendo? — O rosto de John estava pálido.

— Nós pegamos você. Afinal, eu te criei. — Abraham revirou o bolso do paletó e tirou um charuto. — Seus pais tiveram alguns poucos anos felizes juntos. É mais do que a maior parte de nós tem.

— O que aconteceu com meus pais? — John trincou os dentes. Eu quase conseguia ver sua fúria.

Abraham se virou para Hunting, que acendeu o charuto com um isqueiro de prata.

— Responda o garoto, Hunting.

Hunting fechou o isqueiro. Deu de ombros.

— Faz muito tempo, garoto. Eles eram suculentos. E macios. Mas não consigo me lembrar dos detalhes.

John partiu para cima deles e sumiu na escuridão.

Um segundo, ele estava ali. No seguinte, tinha sumido em uma fenda no ar. Reapareceu a centímetros de Abraham e colocou as mãos ao redor do pescoço do velho Incubus.

— Vou te matar, seu filho da puta doente.

Os tendões no braço de John saltaram, mas a mão não se moveu.

Os músculos da mão dele estavam se contraindo, os dedos obviamente tentando se fechar, mas não conseguiam. John segurou o pulso com a outra mão em busca de apoio.

Abraham riu.

— Você não pode me machucar. Sou o arquiteto do seu design. Acha que eu construiria uma arma como você sem um botão para desarmar?

Ridley deu um passo para trás enquanto via a mão de John afrouxar contra sua vontade, e os dedos se abrirem enquanto ele tentava forçá-los a fechar de novo com a outra mão. Era impossível.

Eu não conseguia assistir. Abraham parecia mais no controle de John agora do que na noite da Décima Sétima Lua. Pior, a percepção de John não pareceu mudar o fato de que ele não conseguia controlar o próprio corpo. Abraham estava puxando as cordinhas.

— Você é um monstro — sibilou John, ainda segurando o pulso a centímetros da garganta de Abraham.

— Elogios não vão te ajudar em nada. Você me causou muitos problemas, garoto. Você me deve. — Abraham sorriu. — E planejo cobrar de você na pele.

Ele torceu as mãos de novo, e John saiu ainda mais do chão, segurando o próprio pescoço com as mãos, estrangulando a si mesmo.

Abraham estava tentando fazer mais do que provar alguma coisa.

— Você viveu mais do que foi útil. Tanto trabalho por nada.

Os olhos de John giraram para dentro da cabeça, e seu corpo ficou inerte.

— Você não precisa dele? — gritou Ridley. — Você disse que ele era sua maior arma.

— Infelizmente, está *defeituoso* — respondeu Abraham.

Reparei alguma coisa se movendo na minha visão periférica antes de ouvir a voz dele.

— Pode-se dizer o mesmo de você, vovô. — Tio Macon saiu de trás de uma das criptas, com os olhos verdes brilhando na escuridão. — Coloque o garoto no chão.

Abraham riu, mas sua expressão era qualquer coisa, menos divertida.

— Defeituoso? É um elogio vindo de um Incubus insignificante que queria ser Conjurador.

O aperto de Abraham em John afrouxou o suficiente para John respirar. O Incubus de Sangue estava concentrando a raiva em tio Macon agora.

— Eu nunca quis ser Conjurador, mas fico feliz em aceitar qualquer destino que me tire o peso das Trevas que você trouxe para esta família. — Tio Macon apontou a mão para John, e uma onda de energia iluminou o cemitério, estourando direto nele.

John tirou as mãos do pescoço quando seu corpo caiu no chão.

Hunting partiu para cima do irmão, mas Abraham o impediu ao bater palmas dramaticamente.

— Muito bem. É um tremendo truque de festa, filho. Talvez da próxima vez você possa acender meu charuto. — As feições de Abraham retomaram a careta de desprezo familiar. — Chega de brincadeiras. Vamos terminar com isso.

Hunting não hesitou.

Ele desapareceu na escuridão no momento em que Macon concentrou os olhos verdes no céu negro e se materializou na frente do irmão, o céu explodindo em uma manta de pura luz.

Luz do sol.

Tio Macon tinha feito isso uma vez antes, no estacionamento da Jackson High, mas desta vez a luz foi ainda mais intensa e direcionada. A luz vinda dele tinha sido verde-Conjurador. Desta vez, era uma coisa mais forte e mais natural, como se viesse do próprio céu.

O corpo de Hunting estremeceu. Ele esticou a mão e segurou a camisa do irmão, derrubando os dois no chão.

Mas a luz assassina só ficou mais intensa.

A pele de Abraham ficou pálida, da cor de cinzas brancas. A luz pareceu enfraquecê-lo, mas não tão rápido quanto estava fazendo com Hunting.

Enquanto Hunting tentava desesperadamente se manter vivo, Abraham só parecia interessado em nos matar. O velho Incubus de Sangue era forte demais e se direcionou para tio Macon. Eu sabia que não podia subestimá-lo. Mesmo ferido, ele não desistiria até ter destruído a todos nós.

Uma sensação terrível de pânico cresceu dentro de mim. Eu concentrei cada pensamento e cada célula em Abraham. A terra a seu redor tremeu e se soltou do chão como um tapete puxado debaixo dele. Abraham cambaleou e virou a atenção para mim.

Ele fechou a mão no ar à frente dele, e uma força invisível apertou meu pescoço. Senti meus pés se afastarem do chão e meus All-Star se debaterem abaixo de mim.

— Lena! — gritou John. Ele fechou os olhos e se concentrou em Abraham, mas fosse lá o que ele tivesse em mente, não foi rápido o bastante.

Eu não conseguia respirar.

— Acho que não. — Abraham girou a mão livre e levou John a ficar de joelhos em segundos.

Link partiu para cima de Abraham, mas outro pequeno movimento do pulso do Incubus de Sangue o lançou longe. As costas de Link bateram na pedra irregular da cripta com um estalo alto.

Lutei para permanecer consciente. Hunting estava embaixo de mim, com as mãos no pescoço de tio Macon. Mas ele não pareceu ter força suficiente para machucar o irmão. A cor sumiu lentamente de sua pele e seu corpo ficou assustadoramente transparente.

Ofeguei em busca de ar, paralisada, enquanto as mãos de Hunting deslizaram do pescoço de tio M, e ele começou a se contorcer de dor.

— Macon! Pare! — implorou ele.

Tio Macon direcionou a energia ao irmão. A luz se manteve firme enquanto a escuridão foi drenada do corpo de Hunting para a terra revirada.

Hunting se contorceu e inspirou pela última vez. Em seguida, seu corpo estremeceu e ficou imóvel.

— Sinto muito, irmão. Você não me deu escolha. — Macon viu o que havia sobrado do cadáver de Hunting se desintegrar, como se nunca tivesse existido. — Menos um — disse ele, com raiva.

Abraham protegeu os olhos para tentar determinar se Hunting tinha mesmo morrido. A cor estava começando a se esvair da pele de Abraham agora, mas só até os pulsos. Ele me mataria bem antes de a luz do sol derrotá-lo. Eu precisava fazer alguma coisa, senão todos nós acabaríamos morrendo.

Fechei os olhos e tentei superar a dor. Minha mente estava ficando dormente.

Um trovão ribombou no céu.

— Uma tempestade? Isso é tudo que você tem a oferecer, querida? — disse Abraham. — Que desperdício. Que nem a mãe.

Raiva e culpa se misturavam dentro de mim. Sarafine era um monstro, mas era um monstro que Abraham ajudou a criar. Abraham usara as fraquezas dela para atraí-la para as Trevas. E eu a vi morrer. Talvez nós duas fôssemos monstros.

Talvez todos nós sejamos.

— Não sou nada parecida com minha mãe! — O destino de Sarafine foi decidido por ela, e ela não foi forte o bastante para lutar contra ele. Eu era.

Um relâmpago cortou o céu e atingiu uma árvore atrás de Abraham. Chamas desceram pelo tronco.

Abraham tirou o chapéu e balançou com uma das mãos, tomando o cuidado de manter bem apertada a mão direcionada para meu pescoço.

— Sempre digo que não é festa de verdade enquanto alguma coisa não pegar fogo.

Meu tio ficou de pé, com o cabelo preto desgrenhado e os olhos verdes brilhando ainda com mais intensidade do que antes.

— Tenho de concordar.

A luz no céu se intensificou, ardendo como um holofote apontado para Abraham. Enquanto observávamos, o raio explodiu em uma luz cegante branca, formando dois raios horizontais de pura energia.

Abraham oscilou e protegeu os olhos. O aperto afrouxou, e meu corpo caiu no chão.

Era como se o tempo tivesse parado.

Todos olhamos para os raios brancos se espalhando no céu.

Menos um de nós.

Link se transportou antes que qualquer pessoa tivesse chance de reagir, desmaterializando-se em uma fração de segundo como se fosse profissional. Eu não consegui acreditar. As únicas vezes em que ele se desmaterializou na minha frente, praticamente me achatou como uma panqueca.

Mas não desta vez.

Uma fresta no ar se abriu para ele, a centímetros de Abraham Ravenwood.

Link tirou a tesoura de jardinagem da cintura da calça jeans e a ergueu acima da cabeça. Enfiou no coração de Abraham antes de o velho Incubus perceber o que estava acontecendo.

Os olhos negros de Abraham se arregalaram, e ele olhou para Link, lutando para permanecer vivo enquanto um círculo vermelho surgia lentamente ao redor das lâminas.

Link se inclinou para mais perto.

— Todo aquele planejamento não foi por nada, Sr. Ravenwood. Sou o melhor dos dois mundos. Um Incubus híbrido com navegação própria a bordo.

Abraham tossiu desesperadamente, com os olhos fixos no garoto Mortal que o venceu. Por fim, seu corpo deslizou para o chão com a tesoura de jardinagem roubada do laboratório de ciências saindo do peito.

Link ficou de pé acima do corpo do Incubus de Sangue que nos caçou por tanto tempo. A única pessoa em quem gerações de Conjuradores não conseguiram tocar.

Link sorriu para John e assentiu.

— Dane-se toda essa merda de Incubus. É assim que se faz no estilo Mortal.

⇥ CAPÍTULO 25 ⇤

A porta da morte

Link ficou de pé acima do corpo de Abraham, vendo-o começar a se desintegrar em pequenas partículas de nada.

Ridley se aproximou e passou o braço pelo dele.

— Pegue a tesoura, gostosão. Ela pode ser útil, se eu precisar me soltar de alguma outra gaiola algum dia.

Link puxou a tesoura do que sobrou do Incubus de Sangue.

— Eu gostaria de aproveitar esta oportunidade pra agradecer ao Departamento de Biologia da Jackson High. Não larguem a escola, crianças. — Ele enfiou a tesoura na cintura da calça jeans.

John andou até ele e deu um tapa no ombro de Link.

— Obrigado por me salvar. No estilo Mortal.

— Você sabe. Tenho talentos incríveis. — Link sorriu.

Tio Macon limpou a poeira da calça.

— Acho que ninguém pode questionar isso, Sr. Lincoln. Muito bem. Seu oportunismo foi impecável.

— Como você sabia que a gente estava aqui? — perguntei. Será que Amma tinha visto alguma coisa e nos entregou?

— O Sr. Breed fez a gentileza de deixar um bilhete.

Eu me virei para John, que estava chutando a terra com a bota.

— Você contou pra ele o que a gente ia fazer? E nossos planos? E a parte em que concordamos em não contar nada pro meu tio?

— Não contei. O bilhete era pra Liv — respondeu ele, timidamente. — Eu não podia desaparecer sem me despedir.

Link balançou a cabeça.

— Sério, cara? Outro bilhete? Por que não deixou um mapa então?

Era a segunda vez que a consciência pesada de John e um dos bilhetes dele levaram Liv (ou, nesse caso, meu tio) a ele.

— Vocês deviam agradecer pelas inclinações sentimentais do Sr. Breed — disse tio M. — Senão acredito que esta noite teria tido um resultado muito infeliz.

Link cutucou John.

— Você ainda é um bobo.

Parei de ouvir.

Por que Liv não conseguia ficar de boca calada?

Outra voz entrou na minha mente.

Não acho que culpar Liv por seus erros seja necessário.

Fiquei quase perplexa demais para falar. Meu tio nunca tinha usado Kelt comigo antes. Era um poder que ele só podia ter adquirido depois de sua transição para Conjurador.

— Como?

— Você sabe que minhas habilidades estão em constante evolução. Esta é imprevisível. — Ele deu de ombros inocentemente.

Tentei não pensar. Não pareceu impedi-lo de me censurar.

É mesmo? Você achou que podia encarar Abraham sozinha em um cemitério?

— Mas como você soube onde estávamos? — perguntou John. — Não coloquei isso no bilhete.

Ah, meu Deus...

— Tio M? Você consegue ler mentes?

— Quase nada. — Meu tio estalou os dedos, e Boo subiu a colina. Por conhecer meu tio, aquilo foi praticamente uma confissão.

Senti meu cabelo se levantar de cima dos meus ombros quando um vento delicado soprou ao meu redor. Tentei me acalmar.

— Você estava me *espiando*? Pensei que tivéssemos feito um acordo sobre isso.

— *Isso* foi antes de você e seus amigos decidirem que estavam preparados pra enfrentar Abraham sozinhos. — A voz dele aumentou de volume. — Você não aprendeu nada?

O Livro das Luas estava na terra, com a lua em alto-relevo no couro preto virada para o céu.

Link se inclinou para pegá-lo.

— Eu não faria isso, gostosão — disse Ridley. — Você não tem tanto de Incubus em você. — Ela pegou o Livro e encostou o pirulito nos lábios dele quase como um beijo. — Eu não ia querer que essas belas mãos se queimassem.

— Obrigado, gata.

— Não me chame...

Link tirou o pirulito da mão dela.

— Tá, tá. Já sei.

Observei a forma como eles se olharam. Qualquer idiota veria que estavam apaixonados, mesmo sendo dois idiotas que não conseguiam se apaixonar.

Meu peito doeu e pensei em Ethan.

a peça que falta
meu fôlego
meu coração
minha lembrança
eu
a outra metade
a metade que falta

Pare.

Eu não queria escrever poemas na cabeça, principalmente se meu tio conseguia ouvi-los. Eu precisava mandar um tipo de mensagem completamente diferente.

— Rid, me dê.

Ela assentiu e me entregou *O Livro das Luas*.

O Livro que quase matou Ethan e tio Macon. O Livro que tirava mais do que dava. Parte de mim queria atear fogo nele e ver se iria queimar, embora eu duvidasse que uma coisa tão mundana quanto o fogo pudesse destruí-lo.

Ainda valeria a tentativa se impedisse mesmo uma pessoa de usar o Livro para ferir outra pessoa ou a si mesma. Mas Ethan precisava dele, e eu confiava nele. Fosse lá o que estivesse fazendo, eu acreditava que não usaria para machucar ninguém. E não sabia se ele podia ferir a si mesmo agora.

— Temos de levá-lo pro túmulo de Lila.

Tio Macon me observou por um bom tempo, com uma mistura nada familiar de tristeza e preocupação nos olhos.

— Tudo bem.

Reconheci o tom. Ele estava cedendo à minha vontade.

Comecei a andar na direção do túmulo de Lila Wate, ao lado do lote vazio onde os bons cidadãos de Gatlin acreditavam que meu tio estava enterrado.

Ridley suspirou dramaticamente.

— Que ótimo. Mais tempo nesse cemitério assustador.

Link passou o braço pelos ombros dela casualmente.

— Não se preocupe, gata. Eu te protejo.

Ridley olhou para ele, desconfiada.

— Me protege? Você se dá conta de que sou Conjuradora das Trevas de novo?

— Gosto de pensar que você está na área cinzenta. De qualquer modo, vou abrir uma exceção pra você hoje. Afinal, acabei de matar o Galactus dos Incubus.

Rid jogou o cabelo louro e rosa.

— Seja lá o que isso quer dizer.

Parei de ouvir e andei pelo cemitério com *O Livro das Luas* apertado contra o peito. Senti o calor que irradiava dele, como se a capa gasta de couro pudesse me queimar também.

Eu me ajoelhei em frente ao túmulo da mãe de Ethan. Esse era o local onde deixei a pedra preta do meu colar para ele. Pareceu funcionar naquela ocasião; eu só podia esperar que funcionasse de novo. *O Livro das Luas* tinha de ser muito mais importante do que uma pedra.

Meu tio olhou hipnotizado para a lápide. Eu me perguntei por quanto tempo ele a amaria. Para sempre, esse era meu melhor palpite.

Por algum motivo, esse lugar era um portal pelo qual eu não conseguia passar. O importante era que Ethan conseguia abrir.

Ele tinha de abrir.

Coloquei o Livro no túmulo e toquei nele pelo que eu esperava ser a última vez. *Não sei por que você precisa dele, Ethan. Mas aqui está. Volte, por favor.*

Esperei, como se ele pudesse desaparecer bem na minha frente.

Nada aconteceu.

— Talvez a gente devesse deixar ele aí — sugeriu Link. — Ethan deve precisar de privacidade, sei lá, pra fazer os truques de fantasma.

— Ele não é fantasma — falei, com irritação.

Link levantou as mãos.

— Desculpa. Os truques de Espectro.

Ele não percebeu que a palavra não importava. Era a imagem que criava na minha mente. Um Ethan pálido e sem vida. Morto. Do jeito que o encontrei na noite da minha Décima Sexta Lua, depois que Sarafine o esfaqueou. O pânico esmagou meus pulmões como duas mãos espremendo meu fôlego. Eu não conseguia sequer pensar nisso.

— Vamos deixar ele aqui e ver o que acontece — disse John.

— De jeito nenhum. — Tio Macon não ia mais ceder à minha vontade. — Sinto muito, Lena...

— E se fosse Lila?

O rosto dele se enevoou à menção do nome. A pergunta ficou no ar, mas nós dois sabíamos a resposta.

Se a mulher que ele amava precisasse dele, ele faria qualquer coisa para ajudar, deste lado do túmulo ou de qualquer outro.

Eu sabia disso também.

Ele me observou por um longo momento. Depois suspirou e assentiu.

— Tudo bem. Você pode tentar. Mas se não funcionar...

— Tá, tá. Não podemos largar o livro mais poderoso dos mundos Conjurador e Mortal em um túmulo e ir embora. — Ridley ainda estava empoleirada na lápide, mastigando chiclete. — E se alguém encontrar?

— Acredito que Ridley está certa. — Tio Macon suspirou. — Vou esperar aqui.

— Acho que não vai funcionar com o senhor aqui. O senhor é um tipo de pessoa assustadora. — Link falou da maneira mais respeitosa possível. — Senhor.

— Não vamos deixar *O Livro das Luas* sozinho, Sr. Lincoln.

Uma ideia surgiu lentamente e se desenrolou até estar perfeitamente formada

— Talvez a gente não precise de uma pessoa pra ficar com o Livro.

— Hã? — Link coçou a cabeça.

Eu me inclinei.

— Boo, vem aqui, garoto.

Boo Radley ficou de pé e balançou o pelo preto, que era denso como o de um lobo. Afundei os dedos atrás das orelhas dele.

— Meu bom garoto.

— Não é má ideia. — Rid colocou dois dedos na boca e assobiou.

— Você acha mesmo que um cachorro consegue afastar a Gangue do Sangue se eles aparecerem? — perguntou Link.

Tio Macon cruzou os braços.

— Boo Radley não é um cachorro comum.

— Até um cachorro Conjurador pode precisar de ajuda — disse Rid.

Um galho estalou, e uma coisa pulou dos arbustos.

— Puta merda! — Link tirou a tesoura de jardinagem da cintura da calça na hora em que as patas de Bade bateram no chão.

O enorme leão da montanha de Leah Ravenwood rosnou.

Tio M sorriu.

— A gata da minha irmã. Excelente ideia. Ela oferece um certo nível de intimidação que falta a Boo.

Boo latiu, ofendido.

— Aqui, gatinha, gatinha... — Ridley esticou a mão, e Bade andou até ela.

Link a encarou, incrédulo.

— Você é completamente louca.

Bade rosnou para Link de novo, e Rid riu.

— Você só está zangado porque Bade não gosta de você, gostosão.

John deu um passo para trás.

— Bem, eu também não vou fazer carinho nela.

— Então deixamos o Livro aqui por um tempo e vamos ver o que acontece. — Eu abracei Boo. — Fique aqui.

O cachorro Conjurador se sentou na frente do túmulo como um cão de guarda, e Bade se aproximou e se deitou na frente dele preguiçosamente.

Eu me levantei, mas estava tendo dificuldade em me forçar a ir embora.

E se alguma coisa acontecesse com ele? O Livro podia ser a única chance de Ethan voltar para mim. Será que eu podia colocá-lo em risco?

John reparou que não me mexi e apontou para a colina a alguns metros do túmulo.

— Podemos ficar do outro lado, caso eles precisem de ajuda. Certo?

Ridley desceu de cima da lápide, e os sapatos plataforma bateram na beirada do túmulo. No sul, isso tinha de ser o equivalente de alguma coisa como sete anos de azar. Talvez só em Gatlin.

Ela passou o braço por cima dos meus ombros e balançou um pirulito na minha frente.

— Vamos. Vou te contar sobre minhas aventuras de algemas.

Link correu para ficar ao nosso lado.

— Você disse algemas? É um troço de prender no pulso, né? — Ele parecia animado demais para ouvir os detalhes.

— Sr. Lincoln! — Tio M parecia querer estrangulá-lo.

Link parou na mesma hora.

— Ah, desculpe, senhor. Foi só uma piada. O senhor sabe...

Deixei Ridley me levar para o outro lado da colina enquanto Link tentava convencer tio Macon a não ficar zangado. John vinha atrás de nós, com passos tão pesados quanto os de qualquer Mortal.

Se eu fechasse os olhos, podia fingir que eram de Ethan.

Mas estava ficando cada vez mais difícil fingir. Eu estava me comunicando com ele por Kelt antes mesmo de perceber, as mesmas palavras repetidas sem parar.

Por favor, venha pra casa.

Eu me perguntei se ele podia me ouvir. Se já estava a caminho.

Contei os minutos, me perguntando quanto tempo devíamos esperar para ir ver o Livro. Nem as provocações de Link e Ridley conseguiam me distrair, e isso significava muita coisa.

— Acho que toda essa coisa de um quarto Incubus está subindo à sua cabeça — disse Ridley.

Link flexionou o braço.

— Ou talvez esteja revelando o cara mais forte das redondezas.

Ridley revirou os olhos.

— Por favor.

— Vocês dois não param nunca? — perguntou John.

Os dois se viraram para olhar para ele.

— Parar com o quê? — perguntaram ao mesmo tempo.

Eu estava prestes a falar para John ignorar quando vi um movimento negro no céu. O corvo. O mesmo que nos observou quando fomos nos encontrar com Abraham. Talvez estivesse nos seguindo.

Talvez soubesse de alguma coisa.

Ele mergulhou e circulou a área ao redor do túmulo de Ethan.

— É o corvo. — Subi correndo a colina.

John se desmaterializou e apareceu do meu lado.

— Do que você está falando?

Link e os outros nos alcançaram.

— Onde é o incêndio?

Apontei para o pássaro.

— Acho que esse corvo está seguindo a gente.

Tio Macon observou o pássaro.

— Interessante.

Ridley fez uma bola de chiclete.

— O quê?

— Uma Vidente como Amarie diria que muitos acreditam que corvos são capazes de cruzar entre o mundo dos vivos e o mundo dos mortos.

Chegamos ao cume. Bade e Boo estavam olhando para o pássaro preto brilhoso.

— E daí? Mesmo se ele pudesse voar entre mundos, vocês acham mesmo que esse passarinho poderia carregar *O Livro das Luas*? — perguntou Link.

Eu não sabia. Mas o corvo estava conectado a Ethan de alguma forma. Eu tinha certeza.

— Por que ele está voando em círculos assim? — perguntou John.

Ridley se aproximou por trás de nós.

— Deve estar com medo do gato gigante.

Pela primeira vez, ela podia estar certa.

— Bade e Boo, vão pra casa — gritei. As orelhas do felino se levantaram ao ouvir o próprio nome.

Boo hesitou e olhou para tio Macon.

Ele assentiu para o cachorro.

— Pode ir.

Boo inclinou a cabeça. Em seguida, se virou e desceu pela grama alta. Bade bocejou, o que deixou os dentes brancos e enormes à mostra, e foi atrás, com o rabo balançando como o de um leão de um dos programas sobre natureza que Link sempre estava assistindo no Discovery Channel. Ele botava a culpa na mãe, mas nos últimos dois meses, eu o flagrei assistindo sozinho com certa frequência.

O corvo percorreu mais um círculo e desceu em nossa direção até pousar na lápide. Os olhos pretos pareciam estar olhando bem para mim.

— Como é que ele pode estar te olhando assim? — perguntou Link.

Eu olhei para o pássaro preto.

Por favor. Leve o Livro ou faça-o desaparecer. O que precisar pra entregá-lo a Ethan.

Tio Macon olhou para mim do outro lado da lápide.

Ele não pode te ouvir, Lena. Você não pode usar Kelt com um pássaro, infelizmente.

Olhei com raiva para o meu tio. A essa altura, eu tentaria qualquer coisa.

Como você sabe?

O corvo deu um pulinho para baixo, e suas garras tocaram na capa grossa de couro por uma fração de segundo, antes de ele gritar e levantar as pernas rapidamente.

— Acho que o Livro o queimou — disse John. — Coitadinho.

Eu sabia que ele estava certo. Senti as lágrimas crescendo nos meus olhos. Se o corvo não conseguia tocar no livro, como o faríamos chegar a Ethan? Eu tinha deixado a pedra preta que Ethan tinha pedido, a do meu cordão de pingentes, bem aqui no túmulo. Não sabia o que aconteceu com ela depois.

— Talvez o pássaro não tenha nada a ver com isso e seja apenas um mensageiro, sei lá — disse John.

Inspirei fundo e passei a mão no rosto.

— Então qual é a mensagem?

John apertou meu ombro.

— Não se preocupe.

— Como vamos entregar o Livro pra Ethan? Ele precisa dele, senão não consegue... — Eu não conseguia terminar. Não podia nem pensar nisso.

Tínhamos arriscado nossas vidas para procurar Abraham Ravenwood e encontramos um jeito de matá-lo ou, pelo menos, Link encontrou. *O Livro das Luas* estava bem aqui aos meus pés, e não havia forma de entregá-lo para Ethan.

— Vamos descobrir, prima. — Ridley pegou o Livro, com a parte de trás arrastando na pedra. — Alguém deve ter a resposta.

John sorriu para mim.

— Uma pessoa tem. Principalmente quando o assunto é esse livro. Venha, vamos perguntar a ela.

Uma ponta de esperança encheu meu peito.

— Você está pensando o mesmo que eu?

Ele assentiu.

— Hoje é feriado, President's Day, que ainda era feriado bancário da última vez que verifiquei.

Ridley puxou a barra da minissaia, que não se moveu nem um centímetro.

— Quem está pensando o que e aonde vamos?

Segurei o braço dela e a puxei colina abaixo.

— Pro seu lugar favorito, Rid. Pra biblioteca.

— Não é tão ruim — disse ela, observando o esmalte roxo. — Se não fossem todos aqueles livros.

Eu não respondi.

Só havia um livro que importava agora, e meu mundo todo e o futuro de Ethan dependiam dele.

⊰ CAPÍTULO 26 ⊱
Física quântica

De dentro da grade escondida que levava até a *Lunae Libri*, eu conseguia ver tudo, até o final da escada. Marian estava sentada atrás da recepção circular, exatamente onde eu sabia que estaria. Liv estava andando de um lado para o outro na extremidade do aposento, onde as estantes começavam.

Quando entramos na *Lunae Libri*, Liv levantou a cabeça de repente. Ela correu pelo salão no momento que viu John.

Mas ele foi mais rápido. John desapareceu, se materializou no caminho de Liv e a tomou nos braços. Meu coração se partiu um pouco quando vi o alívio se espalhar no rosto dela. Tentei não sentir inveja.

— Você está bem! — Liv jogou os braços ao redor do pescoço de John. Em seguida, se afastou e sua expressão mudou. — O que você tinha na cabeça? Quantas vezes vai sair escondido pra fazer alguma coisa completamente louca? — Liv direcionou o olhar de raiva para Link e para mim. — E quantas vezes vocês vão permitir?

Link ergueu as mãos em sinal de rendição.

— Ei, a gente nem estava presente na última vez.

John encostou a testa na dela.

— Ele está certo. É comigo que você tem de estar zangada.

Uma lágrima rolou pelo rosto dela.

— Não sei o que eu faria...

— Estou bem.

Link estufou o peito.

— Graças a mim.

— É verdade — disse John. — Meu *protégé* salvou nossa pele.

Link ergueu uma sobrancelha.

— É melhor isso significar uma coisa boa.

Tio Macon limpou a garganta e ajustou o punho da camisa branca impecável.

— Significa sim, Sr. Lincoln. Significa sim.

De braços cruzados, Marian saiu de trás da recepção.

— Alguém gostaria de me explicar exatamente o que aconteceu hoje? — Ela olhou para o meu tio com expectativa. — Liv e eu estávamos morrendo de preocupação.

Ele olhou para mim com irritação.

— Como você pode imaginar, o encontro deles com meu irmão e Abraham não transcorreu conforme planejado. E o Sr. Breed quase encarou o fim definitivo.

— Mas tio M salvou o dia. — Ridley nem tentou esconder o sarcasmo. — Deu a Hunting uma queimadura solar onde o sol não brilha. Agora vamos logo pra parte em que você dá sermão e bota a gente de castigo.

Marian se virou para meu tio.

— Ela está querendo dizer...?

Tio Macon assentiu.

— Hunting não está mais entre nós.

— Abraham também está morto — acrescentou John.

Marian olhou para tio Macon como se ele tivesse acabado de abrir o Mar Vermelho.

— Você matou Abraham Ravenwood?

Link limpou a garganta bem alto e sorriu.

— Não, senhora. Fui eu.

Por um momento, Marian ficou muda.

— Acho que preciso me sentar — disse ela, com os joelhos bambos. John correu para trás da recepção, procurando uma cadeira.

Marian apertou os dedos contra as têmporas.

— Você está me dizendo que Hunting e Abraham estão mortos?

— Correto — disse tio Macon.

Marian balançou a cabeça.

— Mais alguma coisa?

— Só isso, tia Marian. — O modo como Ethan a chamava saiu antes que eu percebesse. Coloquei *O Livro das Luas* na bancada de madeira encerada ao lado dela.

Liv inspirou com força.

— Ah, meu Deus.

Olhei para o couro preto desgastado, com a lua crescente em alto-relevo, e o peso do momento me atingiu. Minhas mãos tremeram, e minhas pernas também pareceram prestes a ceder.

— Não consigo acreditar. — Marian inspecionou o livro com desconfiança, como se eu estivesse devolvendo um livro da biblioteca atrasado. Ela jamais seria menos do que cem por cento bibliotecária.

— É pra valer. — Ridley se apoiou em uma das colunas de mármore.

Marian ficou parada na frente da recepção, como se tentando se posicionar entre Ridley e o mais perigoso livro nos mundos Mortal e Conjurador.

— Ridley, acho que aqui não é o seu lugar.

Ridley colocou os óculos de sol na cabeça, e os olhos amarelos de gato se voltaram para Marian.

— Eu sei, eu sei. Sou Conjuradora das Trevas e não pertenço ao clube secreto do pessoal do bem, certo? — Ela revirou os olhos. — Estou de saco cheio disso.

— A *Lunae Libri* é aberta a todos os Conjuradores, da Luz e das Trevas — respondeu Marian. — O que eu quis dizer é que não sei se seu lugar é conosco.

— Está tudo bem, Marian. Rid nos ajudou a pegar o Livro — expliquei.

Ridley fez uma bola e esperou que estourasse, e o som ecoou pelas paredes.

— Ajudei? Se por *ajudar* você quer dizer levar Abraham até vocês pra poderem pegar *O Livro das Luas* e matá-lo, então sim, acho que ajudei.

Marian olhou para ela sem palavras. Sem dizer nada, andou até Ridley e segurou uma lata de lixo na frente dela.

— Não na minha biblioteca. Cuspa agora.

Ridley suspirou.

— Você sabe que não é só chiclete, né?

Marian não se moveu.

Ridley cuspiu.

Marian colocou a lata no chão.

— O que não entendo é por que vocês arriscariam suas vidas por esse maldito livro. Aprecio o fato de não estar mais nas mãos de Incubus de Sangue, mas...

— Ethan precisa dele — falei de repente. — Ele encontrou uma forma de fazer contato comigo e precisa do *Livro das Luas*. Está tentando voltar pra casa.

— Você recebeu outra mensagem? — perguntou Marian.

Eu assenti.

— No último *The Stars and Stripes*. — Respirei fundo. — Preciso que você confie em mim. — Olhei nos olhos dela. — E preciso da sua ajuda.

Marian me observou por um longo momento. Não sei em que ela estava pensando ou debatendo ou mesmo decidindo. Só sei que não disse nada.

Acho que não era capaz.

Então ela assentiu e puxou a cadeira para um pouco mais perto de mim.

— Me conte tudo.

Assim, comecei a falar. Nós nos revezamos para preencher as lacunas, com Link e John praticamente encenando o encontro com Abraham, e Rid e tio Macon me ajudando a explicar nosso plano de trocar John pelo *Livro das Luas*. Liv pareceu infeliz, como se mal conseguisse escutar.

Marian não disse nada até terminarmos, embora fosse fácil ler as expressões dela, que iam de choque e pavor a solidariedade e desespero.

— Isso é tudo? — Ela olhou para mim, exausta devido à nossa história.

— Fica pior. — Olhei para Ridley.

— Você quer dizer fora o fato de que Link dissecou Abraham com a tesoura gigante? — Rid fez uma careta.

— Não, Rid. Conte sobre os planos de Abraham. Conte o que ouviu sobre Angelus — falei.

A cabeça de tio Macon se ergueu ao ouvir o nome do Guardião.

— Do que Lena está falando, Ridley?

— Angelus e Abraham estavam tramando alguma coisa, mas não sei os detalhes. — Ela deu de ombros.

— Nos conte exatamente o que sabe.

Ridley enrolou uma mecha de cabelo rosa no dedo com nervosismo.

— Esse tal Angelus é um doido. Ele odeia Mortais e acha que os Conjuradores das Trevas e o Registro Distante deveriam estar no controle do mundo Mortal ou coisa assim.

— Por quê? — Marian estava pensando em voz alta. Os punhos estavam tão apertados, que as dobras dos dedos estavam brancas. A história de Marian com o Registro Distante ainda estava muito fresca em sua mente.

Rid deu de ombros.

— Ah, talvez por ele ser *louco de pedra*?

Marian olhou para meu tio, e uma conversa silenciosa se passou entre eles.

— Não podemos deixar Angelus ganhar qualquer espaço aqui. Ele é perigoso demais.

Tio M assentiu.

— Concordo. Nós precisamos...

Eu o interrompi antes que ele pudesse terminar.

— Só sei que primeiro precisamos entregar *O Livro das Luas* pro Ethan. Ainda temos chance de tê-lo de volta.

— Você acha mesmo? — Marian disse essas palavras baixinho, de forma quase inaudível. Embora eu não pudesse ter certeza, pareceu que só eu consegui ouvir. Ainda assim, sabia que Marian acreditava nas impossibilidades do mundo Conjurador, pois as tinha visto de perto e amava Ethan tanto quanto eu. Ele era como um filho para ela.

Nós duas queríamos acreditar.

Assenti.

— Acho. Tenho de acreditar.

Ela se levantou da cadeira e deu a volta na recepção, com a postura de sempre.

— Então está decidido. Vamos entregar *O Livro das Luas* para Ethan de alguma maneira. — Eu sorri para ela, mas ela já estava perdida em pensamentos, olhando ao redor, como se a biblioteca tivesse as respostas a todos os nossos problemas.

E, às vezes, tinha mesmo.

— Tem de haver um jeito, né? — perguntou John. — Talvez em um desses pergaminhos ou um desses livros velhos...

Ridley abriu a tampa do vidro de esmalte e franziu o nariz.

— Maravilha. Livros velhos.

— Tente ter um pouco mais de respeito, Ridley. Um *livro* foi o motivo de as crianças da família Duchannes sofrerem há gerações. — Marian estava se referindo à nossa maldição.

Rid cruzou os braços e fez beicinho.

— Tanto faz.

Marian tirou o vidro da mão dela.

— Outra coisa que não permito na minha biblioteca. — Ele bateu no fundo da lata de lixo.

Ridley olhou-a com raiva, mas não disse nada.

— Dra. Ashcroft, a senhora já entregou algum livro no Outro Mundo? — perguntou Liv.

Marian balançou a cabeça.

— Não posso dizer que sim.

— Talvez Carlton Eaton pudesse levar até lá. — Link pareceu esperançoso. — Você poderia embrulhar num daqueles pacotes de papel pardo, como faz com os livros da minha mãe. E, você sabe, botar pra circular, sei lá.

Marian suspirou.

— Infelizmente não, Wesley. — Nem Carlton Eaton, que botava o nariz em cada carta da cidade tanto do mundo Mortal quanto do mundo Conjurador, podia fazer uma entrega dessas.

Frustrada, Liv folheou o caderninho vermelho.

— Tem de haver um jeito. Quais eram as chances de vocês conseguirem tirar o Livro de Abraham? E agora que estamos com ele, vamos simplesmente desistir? — Ela tirou o lápis de trás da orelha e rabiscou enquanto murmurava para si mesma. — As leis da física quântica devem permitir esse tipo de situação...

Eu não sabia nada sobre as leis de física quântica, mas sabia uma coisa.

— A pedra do meu cordão desapareceu quando a deixei pro Ethan. Por que o Livro seria diferente?

Sei que você pegou, Ethan. Por que não conseguiu pegar o Livro também?

Percebi que tio Macon provavelmente podia me ouvir e tentei parar.

Não adiantava. Eu não conseguia parar de usar Kelt tanto quanto não conseguia impedir as palavras que se entrelaçavam, esperando que eu as escrevesse em algum lugar.

leis da física
leis do amor
do tempo e do espaço
e entre lugares
entre você e eu
e onde estamos
perdidos e procurando
procurando e perdidos

— Talvez o Livro seja pesado demais — sugeriu Link. — Aquela pedrinha preta era do tamanho de uma moeda de 25 centavos.

— Não sei se esse é o motivo, Wesley. Mas qualquer coisa é possível — disse Marian.

— Ou impossível. — Ridley colocou os óculos no lugar e botou a língua vermelha para fora.

— Então por que ele não consegue fazer a passagem? — perguntou John.

Marian olhou para as anotações de Liv e refletiu sobre a pergunta.

— *O Livro das Luas* é um objeto sobrenatural poderoso. Ninguém realmente entende a abrangência de seu poder. Nem os Guardiões nem os Conjuradores.

— E se a origem de sua magia estiver no mundo Conjurador, ele pode estar profundamente enraizado aqui — disse Liv. — Do mesmo modo que uma árvore fica presa a um ponto específico.

— Você está dizendo que o Livro não quer fazer a passagem? — perguntou John.

Liv colocou o lápis atrás da orelha.

— Estou dizendo que talvez não possa.

— Ou não deva. — O tom de tio Macon ficou mais sério.

Ridley deslizou até o chão e esticou as longas pernas.

— Isso é tão enrolado. Arrisquei minha vida, e agora estamos presos com essa coisa. Talvez a gente precise ir pros túneis pra ver se algum outro dos malvados sabe a resposta. Vocês sabem, do time das Trevas.

Liv cruzou os braços por cima da camiseta com os dizeres EDISON NÃO IN-VENTOU A LÂMPADA.

— Você quer levar *O Livro das Luas* pra um bar de Conjuradores das Trevas?

— Você tem alguma ideia melhor? — perguntou Rid.

— Acho que tenho. — Marian colocou o casaco vermelho de lã.

Liv foi atrás dela.

— Aonde você vai?

— Ver uma pessoa que sabe muito não só sobre esse livro, mas sobre um mundo que desafia a física tanto do mundo Conjurador quanto do Mortal. Uma pessoa que pode ter as respostas de que precisamos.

Meu tio assentiu.

— Excelente ideia.

Só havia uma pessoa que se encaixava nessa descrição.

Uma pessoa que amava Ethan tanto quanto eu. Uma pessoa que faria qualquer coisa por ele, até abrir um buraco no universo.

⇥ CAPÍTULO 27 ⇤

As rachaduras em tudo

— Não me diga que está pensando em colocar o pé na minha calçada, está ouvindo?

Amma se recusava a deixar Ridley chegar perto da propriedade Wate. Ela disse isso de quinze maneiras diferentes na primeira conversa malsucedida que tentamos ter com ela.

— Hã-hã. Nenhuma Conjuradora das Trevas vai entrar nesta casa enquanto eu estiver aqui neste planeta. E nem depois de eu ir embora. Não, senhor. Não, senhora. Não tem como.

Ela concordou então em nos encontrar em Greenbrier.

Tio Macon relutou.

— É melhor assim. Amarie e eu não nos vemos desde a noite... em que aconteceu — explicou ele. — Não sei se esse é o momento certo.

— Então o que você está dizendo é que também tem medo dela? — Ridley olhou para ele com interesse renovado. — Imagine isso.

— Estarei em Ravenwood se precisarem de mim — disse ele, lançando um olhar fulminante para Ridley.

— Imagine isso. — Eu sorri.

O restante de nós esperou dentro do muro em ruínas do velho cemitério. Resisti à vontade de andar até o túmulo de Ethan, apesar de sentir a atração familiar, o desejo de estar com ele. Acreditava, de coração, que havia uma maneira de trazer Ethan de volta e não ia parar de tentar até encontrar.

Amma também tinha esperanças, mas vi o medo e a dúvida em seus olhos. Ela já o perdera duas vezes. Cada vez que eu levava novas palavras cruzadas para ela, ficava desesperada para tê-lo de volta.

Acho que Amma não ia se permitir acreditar em alguma coisa que pudesse perder de novo.

Mas com o Livro, estávamos um passo mais próximos.

Ridley se encostou em uma árvore, a uma distância segura do buraco no muro de pedra. Eu sabia que ela tinha tanto medo de Amma quanto tio Macon, mesmo não admitindo.

— Não diga nada pra ela quando ela chegar aqui — avisou Link para Ridley. — Você sabe como ela fica por causa daquele livro.

Ridley revirou os olhos.

— Achei que Abraham fosse um saco. Amma é pior.

Vi uma bota preta ortopédica de cadarço passar pela abertura.

— Pior que o quê? — perguntou Amma. — Pior que seus modos? — Ela olhou Ridley de cima a baixo. — Ou seu gosto pra roupas?

Ela estava usando um vestido amarelo, pura luz do sol e doçura, que não combinava com sua expressão. O cabelo preto-grisalho estava preso em um coque apertado, e ela estava carregando uma bolsa estampada de costura. Eu a conhecia há tempo o bastante para saber que não havia material de costura dentro.

— Ou um tanto pior que a garota que é arrancada do Inferno apenas pra voltar pro fogo por vontade própria? — Amma observou Ridley com atenção.

Ridley não tirou os óculos de sol, mas consegui ver a vergonha mesmo assim. Eu a conhecia bem demais. Tinha alguma coisa em Amma que fazia você se sentir péssima se a decepcionava, mesmo se você fosse uma Sirena sem ligação nenhuma com ela.

— Não foi isso que aconteceu — disse Ridley, baixinho.

Amma colocou a bolsa no chão.

— Não foi mesmo? Sei de fonte segura que você teve a chance de estar do lado certo, mas abriu mão disso. Perdi alguma coisa nas letras miúdas?

Ridley se mexeu com nervosismo.

— Não é tão simples.

Amma torceu o nariz.

— Diga isso pra si mesma, se ajuda você a dormir à noite, mas não tente me convencer, porque não acredito. — Amma apontou para o pirulito na mão de Ridley. — E todo esse açúcar vai apodrecer seus dentes, que vão acabar caindo, seja você Conjuradora ou não.

Link riu com nervosismo.

Amma direcionou o olhar de águia para ele.

— Do que você está rindo, Wesley Lincoln? Está afundado até os joelhos em mais confusão do que no dia em que peguei você no meu porão quando tinha 9 anos.

O rosto de Link ficou vermelho.

— A confusão me encontra, senhora.

— Você sabe que procura, com tanta certeza quanto o sol brilha igual pros santos e pros pecadores. — Ela olhou para cada um de nós. — O que foi desta vez? E é melhor não ter nada a ver com destruir o equilíbrio do universo.

— Só santos, senhora. Nada de pecadores. — Link recuou poucos centímetros e olhou para mim em busca de ajuda.

— Botem pra fora. Estou com tia Mercy e tia Grace em casa, e não posso deixá-las sozinhas com Thelma muito tempo, senão as três vão pedir tudo que é vendido no canal de compras. — Amma raramente chamava as tias-avós de Ethan de "as Irmãs" depois que uma delas morrera.

Mas agora foi Marian quem andou até lá e segurou o braço de Amma para acalmá-la.

— É sobre *O Livro das Luas*.

— *Estamos com ele* — falei, de repente.

Liv deu um passo para o lado e revelou *O Livro das Luas*, que estava no chão atrás dela. Os olhos de Amma se arregalaram.

— E eu quero saber como vocês o conseguiram?

Link se intrometeu.

— Não. Quero dizer, não, senhora, certamente não.

— Mas o fato é que o temos agora — disse Marian.

— Mas não conseguimos entregar pro Ethan... — Ouvi o desespero na minha voz.

Amma balançou a cabeça, se aproximou do Livro e andou ao redor dele, como se não quisesse chegar perto demais.

— Claro que não. Esse livro é poderoso demais pra um mundo. Se vocês quiserem mandá-lo do mundo dos vivos pro mundo dos mortos, vamos precisar do poder dos dois mundos pra isso.

Eu não sabia o que ela queria dizer, mas só me importava com uma coisa.

— A senhora vai nos ajudar?

— Não é da minha ajuda que você precisa. Precisa de ajuda do lado que vai receber.

Liv chegou mais perto de Amma.

— Deixamos o Livro pro Ethan, mas ele não pegou.

Ela fungou.

— Humm. Ethan não é forte o bastante pra carregar esse tipo de peso de um lado pro outro. Não deve nem saber como fazer isso.

— Mas existe uma pessoa forte o bastante — disse Marian. — Talvez mais que uma pessoa. — Ela estava falando dos Grandes.

A pergunta era, será que Amma os chamaria?

Mordi o lábio.

Por favor, diga que sim.

— Achei que, como vocês me ligaram, estavam querendo testar até onde vai a loucura. — Amma abriu a bolsa de costura e tirou um copo pequeno e uma garrafa de Wild Turkey. — Assim, vim preparada. — Ela serviu uma dose e apontou para mim. — Mas vocês vão ter de ajudar. Precisamos do poder dos dois mundos, não esqueçam.

Eu assenti.

— Farei o que precisar.

Amma fez um gesto com a cabeça na direção de Ravenwood.

— Você pode começar chamando o resto dos seus. Sozinha, você não tem o tipo de poder que precisamos.

— Rid está aqui, e John também pode ajudar. Ele é metade Conjurador.

Amma balançou a cabeça.

— Se você quer que o livro faça a passagem, vai precisar chamar o resto.

— Eles estão em Barbados.

— Na verdade, voltaram há poucas horas — disse Marian. — Reece passou na biblioteca hoje cedo. Disse que sua avó não gostou da umidade.

Tentei não sorrir. Minha avó não gostava era de perder toda a ação, e Reece não era muito melhor. Com todos os poderes Conjuradores da minha família, eu tinha certeza de que eles sabiam que tinha alguma coisa acontecendo.

— Posso pedir. Mas eles podem estar cansados de tanto viajar. — Eu estava com medo de tio M mudar de ideia quanto a tudo isso. Acrescentar o restante da minha família à mistura era algo entre arriscado e idiota.

Amma cruzou os braços, mais determinada que jamais vi.

— O que sei é que esse livro não vai a lugar algum sem eles.

Não adiantava nada discutir com ela. Eu tinha visto Ethan tentar convencê-la do contrário quando ela decidia alguma coisa, e ele raramente conseguia. E Amma o amava mais do que a qualquer pessoa no mundo. Eu não tinha a menor chance.

Ridley assentiu para mim.

— Vou com você pra ajudar.

— Sua mãe vai ter um troço se você aparecer. Vou ter de contar pra ela que você voltou. E devo contar pra eles que você... — Hesitei. Não ia ser fácil para ninguém da minha família lidar com o fato de que Ridley voltou correndo para Sarafine para recuperar os poderes de Conjuradora das Trevas. — Mudou.

Link afastou o olhar.

Isso não era o pior.

— Vai ser bem difícil explicar pra vovó por que estou com o Livro.

Rid passou o braço por cima do meu ombro.

— Você não sabe que a melhor maneira de distrair alguém quando se dá uma notícia ruim é dar notícias piores? — Ela sorriu e me levou na direção de Ravenwood. — Não tem notícia pior do que eu.

Link balançou a cabeça.

— Não mesmo.

Ridley se virou e levantou os óculos.

— Cale a boca, Shrinky Dink. Senão vou fazer você querer se materializar na sala da sua mãe e contar pra ela que vai virar metodista.

— Seus poderes não funcionam mais em mim, gata.

Ridley jogou um beijo rosa e grudento para ele.

— Experimente.

❈ CAPÍTULO 28 ❈

Briga Conjuradora

Abri a porta da frente, e o ar dentro da casa pareceu se deslocar. Não, estava se deslocando de verdade. Centenas de borboletas voavam pelo ar, enquanto outras estavam pousadas na mobília antiga e delicada que tio Macon passou anos colecionando.

Borboletas.

O que eu estava fazendo a Ravenwood?

Uma pequena borboleta verde com traços dourados nas asas pousou na parte de baixo do corrimão.

— Macon? — A voz de vovó veio do andar de cima. — É você?

— Não, vovó. Sou eu. Lena.

Ela desceu a escada usando uma blusa branca de gola alta, o cabelo cuidadosamente preso em um coque e as botas de amarrar aparecendo debaixo de uma saia longa. Na escadaria flutuante perfeitamente reformada, ela parecia uma dama sulista saída diretamente de um filme antigo.

Ela olhou para as borboletas voando pela sala e me deu um abraço.

— Estou tão feliz de ver que você está de bom humor.

Vovó sabia que o interior de Ravenwood mudava constantemente e espelhava meus humores. Para ela, uma sala cheia de borboletas significava felicidade. Mas para mim, significava uma coisa completamente diferente, uma coisa a que eu vinha me agarrando com força.

Esperança, carregada sobre asas verdes e douradas. Trevas e Luz, como me tornei na noite da minha Invocação.

Toquei na estrela de Natal feita de arame no meu cordão. Eu tinha de me concentrar. Tudo se resumia a isso. Ethan estava em algum lugar por aí, e havia uma chance de podermos trazê-lo para casa. Eu só precisava convencer minha família a nos emprestar seus poderes.

— Vovó, preciso da sua ajuda com uma coisa.

— É claro, querida.

Ela não estaria dizendo isso se soubesse o que eu estava prestes a revelar.

— E se eu contasse que encontrei *O Livro das Luas*?

Vovó ficou imóvel.

— Por que você me perguntaria uma coisa assim, Lena? Sabe onde ele está?

Assenti.

Ela segurou a saia e desceu correndo o resto da escada.

— Temos de contar para Macon. Quando mais rápido levarmos aquele livro de volta pra *Lunae Libri*, melhor.

— Não podemos.

Vovó se virou devagar, com os olhos penetrantes direcionados para mim.

— Comece a explicar, mocinha. E pode começar me contando como encontrou *O Livro das Luas*.

Ridley saiu de trás de uma coluna de mármore.

— Eu ajudei.

Por um longo momento, prendi a respiração, até ficar claro que Ravenwood não ia desmoronar.

— Como você entrou aqui? — A voz de vovó estava tão controlada quanto a de Ridley, talvez mais. Ela tinha muita experiência, e seria preciso mais do que minha prima das Trevas para perturbá-la.

— Lena me deixou entrar.

Houve um brilho de decepção nos olhos da minha avó.

— Vejo que você está usando seus óculos escuros de novo.

— Questão de autopreservação. — Ridley mordeu o lábio com nervosismo. — O mundo é um lugar perigoso.

Era uma coisa que minha avó dizia para nós o tempo todo quando éramos crianças, especialmente para Ridley. Eu me lembrava de outra coisa que ela dizia, uma coisa que poderia adiar a confissão da história de Abraham o suficiente para eu poder entregar o Livro a Ethan.

— Vovó, a senhora se lembra do acordo que fez com Ridley na primeira vez que ela foi a uma festa?

Ela olhou para mim com olhar vago.

— Não sei se lembro.

225

— A senhora disse pra ela não entrar no carro com ninguém que tivesse bebido.

— Sem dúvida, foi um bom conselho, mas não sei o que tem a ver com esta situação.

— A senhora disse pra Rid que, se ela ligasse e dissesse que estava sem carona porque o motorista bebeu, a senhora mandaria alguém pra buscá-la, sem fazer perguntas. — Vi um brilho de reconhecimento passar pelo rosto dela. — A senhora disse que ela não teria problemas, independentemente de onde estivesse e do que tivesse feito.

Ridley se recostou na coluna, constrangida.

— É. Foi como um cartão de saída livre da prisão. Precisei mesmo de um desses recentemente.

— Esta conversa vai explicar por que vocês duas estão de posse do livro mais perigoso no mundo Conjurador e Mortal? — Vovó olhou com ceticismo da minha prima para mim.

— Estou ligando pra dizer que estou sem carona porque o motorista bebeu — falei de supetão.

— Como?

— Preciso que a senhora confie em mim e faça uma coisa sem perguntas. Uma coisa por Ethan.

— Querida, Ethan está...

Levantei a mão.

— Não fale. Nós duas sabemos que as pessoas podem se comunicar do outro lado. Ethan me mandou uma mensagem. E preciso da sua ajuda.

— Ela está dizendo a verdade. Pelo menos, acha que está.

Reece estava parada na passagem escurecida que levava à sala de jantar. Eu nem a tinha visto, mas ela obviamente tinha me visto. Uma Sibila só precisava de um vislumbre de seu rosto para lê-lo, e Reece era uma das melhores. Finalmente, isso estava funcionando a meu favor.

— Mesmo se você estiver dizendo a verdade, você está me pedindo mais do que um pouco de fé. E por mais que te ame, não posso te ajudar a usar...

— Não estamos tentando usar *O Livro das Luas*. — Eu me perguntei se ela acreditaria em mim. — Estamos tentando enviá-lo pra Ethan.

A sala ficou em silêncio, e esperei que ela dissesse alguma coisa.

— O que te levaria a acreditar que isso é possível?

Expliquei as mensagens que Ethan vinha me mandando pelas palavras cruzadas, mas deixei de fora a parte de como botamos as mãos no *Livro das Luas* fazendo uso do subterfúgio de que "o motorista está bêbado". Eu não escaparia disso para sempre. Em algum momento, vovó insistiria para ouvir uma explicação. Mas eu não precisava de uma eternidade, só desta noite. Depois que enviássemos o Livro para Ethan, vovó podia me interrogar o quanto quisesse.

Além do mais, tio M já tinha o direito de me colocar de castigo.

Ela ouviu com atenção, tomando chá em uma xícara preta de porcelana que aparecera em sua mão com os cumprimentos da Cozinha. Não disse nada e não afastou o olhar de mim enquanto eu falava.

Por fim, a xícara voltou para o pires, e eu soube que ela havia tomado uma decisão. Minha avó respirou fundo.

— Se Ethan precisa da nossa ajuda, não temos escolha além de ajudá-lo. Depois do que ele sacrificou por todos nós, é o mínimo que podemos fazer.

— Vovó! — Reece levantou as mãos. — Escute o que a senhora está falando!

— Como ela pode ouvir com você gritando? — disse Ridley.

Reece a ignorou.

— Vocês vão mesmo mandar o livro mais poderoso do universo Conjurador para o Outro Mundo, sem ter como saber quem vai estar do outro lado?

Rid deu de ombros.

— Pelo menos, você não vai estar lá.

Reece parecia querer enfiar uma tesoura de jardinagem em Ridley.

— Ethan vai estar lá — argumentei.

Vovó hesitou quando um novo pensamento abalou sua decisão.

— Não é o mesmo que despachar um pacote, Lena. E se o Livro não for parar onde pretendemos?

Reece pareceu satisfeita. Ridley pareceu ser quem estava agora pensando na tesoura de jardinagem.

— Amma vai chamar os Grandes.

Vovó terminou o chá, e a xícara desapareceu.

— Bem, se Amarie está envolvida, tenho certeza de que ela tem um plano. Vou pegar meu casaco.

— Espere. — Olhei para Reece. — Precisamos que todo mundo vá. Amma diz que não temos poder suficiente se não fizermos isso juntos.

Reece olhou para tio Macon, que tinha entrado na sala ao primeiro sinal da família Conjuradora brigando.

— Você vai deixá-la fazer isso?

Ele escolheu as palavras com cuidado.

— Por um lado, acho a ideia péssima.

— Isso. — Reece sorriu.

— O quê? — Perder o apoio do meu tio era a única coisa da qual eu tive medo quando Amma me mandou buscar reforços.

— Deixem que ele termine, garotas. — Vovó levantou a voz.

— Mas — prosseguiu tio M — temos uma dívida com Ethan que jamais seremos capazes de pagar da maneira adequada. Eu o vi dar a vida por nós e não acho isso pouca coisa.

Expirei. *Graças a Deus.*

— Tio Macon... — disse Reece.

Ele a silenciou com um gesto.

— Isso não está aberto a discussão. Se não fosse por Ethan, você poderia estar sem poderes agora, ou pior. A Ordem foi quebrada, e só estávamos começando a ver os efeitos. As coisas estavam se encaminhando para uma direção terrível. Garanto.

— Não sei por que ainda estamos falando disso, então. — Vovó puxou a saia e subiu a escada. — Vou buscar Del, Barclay e Ryan.

Ridley engoliu em seco ao ouvir o nome da mãe. Tia Del sempre ficava mal quando Ridley desaparecia e não fazia ideia de que a filha tinha voltado. Nem que tinha voltado como Conjuradora das Trevas.

Eu me lembrava de como tia Del ficou feliz quando Ridley perdeu os poderes no verão passado. Ser Mortal era melhor do que ser das Trevas, principalmente nesta família.

Reece se virou para olhar para a irmã.

— Você não devia estar aqui. Já não fez todo mundo sofrer o bastante?

Ridley ficou tensa.

— Achei que você merecia um pouco mais, mana. Não queria te deixar deslocada. Principalmente porque você sempre esteve do meu lado. — Ela falou com sarcasmo, mas consegui ouvir a dor. Ridley só fingia não ter coração.

Ouvi vozes, e tia Del apareceu no alto da escada, com o braço de tio Barclay ao redor do seu corpo. Eu não sabia se ela havia nos ouvido ou se vovó tinha contado a ela sobre Ridley. Mas consegui ver pelo jeito como tia Del estava torcendo as mãos que ela já sabia a verdade.

Tio Barclay, bem mais alto que ela, a conduziu escada abaixo. O cabelo grisalho estava bem penteado, e, pela primeira vez, ele parecia pertencer à mesma era que o restante de nós. Ryan estava atrás deles, com o longo cabelo louro balançando em um rabo de cavalo.

Quando Ryan e Ridley estavam no mesmo aposento, era impossível ignorar o quanto se pareciam. Nos últimos seis meses, Ryan tinha se transformado em adolescente e se parecia menos com uma garotinha, apesar de só ter 12 anos.

Tia Del sorriu debilmente para Rid.

— Estou feliz por você estar bem. Estava tão preocupada.

Ridley mordeu o lábio e se balançou nos saltos.

— Desculpe, sabe. Não deu pra ligar.

— Abraham tinha prendido Rid — falei, antes de conseguir me impedir. Ridley era culpada de muitas coisas, mas era difícil vê-los julgando-a por uma coisa que estava fora do controle dela.

O rosto de tia Del se vincou; o de todo mundo, exceto o de Reece. Ela se posicionou de forma protetora entre a mãe e a irmã das Trevas.

— É verdade? — Tio Barclay pareceu genuinamente preocupado.

Ridley girou uma mecha rosa entre os dedos com nervosismo.

— É. Ele foi um príncipe. — Ela mandou uma mensagem desesperada para mim por Kelt: *Não conte pra eles, prima. Agora não.* — Estou bem — prosseguiu Ridley, dispensando a preocupação do pai. — Vamos nos preocupar com Ethan. Ninguém quer ouvir sobre mim e o Lobo Mau.

Ryan chegou mais perto de Ridley com hesitação.

— Eu quero — disse ela, baixinho.

Rid não respondeu. Em vez disso, esticou a mão vazia.

Esperei que um rato ou um pirulito surgissem na mão dela, um truque barato qualquer para distrair a irmã do que ela era agora. Mas sua mão permaneceu vazia.

Ryan sorriu, esticou a própria mão e fechou ao redor da de Ridley.

Ouvi tia Del prender a respiração, ou talvez tenha sido eu.

— Se Lena confia em você, então também confio — disse Ryan. Ela olhou para Reece. — Irmãs deviam confiar umas nas outras.

Reece não se moveu, mas eu não precisava ser Sibila para ler o rosto dela.

Pequenas rachaduras já estavam se formando no exterior durão que ela se esforçava tanto para manter. Eram difíceis de ver, mas estavam lá. O começo de alguma coisa (lágrimas, perdão, arrependimento) que eu não sabia bem o que era.

Isso me lembrou de uma coisa que Marian disse para Ethan antes de tudo acontecer. Foi uma das famosas citações dela, de um cara chamado Leonard Cohen: "Existe uma rachadura em tudo. É assim que a luz entra."

Foi nisso que pensei quando vi o rosto de Reece.

A luz estava finalmente entrando.

— Lena, você está bem? — Tio Barclay olhou para o teto. O candelabro de cristal estava se balançando de forma perigosa acima de nós.

Respirei fundo, e o movimento parou imediatamente. *Controle-se.*

— Estou bem — menti.

Compus as palavras na mente, embora não fosse deixar minha caneta escrevê-las.

torta
como os galhos de uma árvore
quebrada
como os pedaços do meu coração
partido
como a décima sétima lua
estilhaçada
como o vidro na janela
no dia em que nos conhecemos

Fechei os olhos e tentei silenciar as palavras que não paravam de surgir.

Não.

Eu as ignorei e forcei para fora da mente. Não ia mandar para tio Macon por Kelt e não ia escrever uma palavra até Ethan voltar.

Nem uma palavra.

— Amarie está nos esperando. Precisamos ir. — Tio Macon colocou o casaco preto de casimira. — Ela não é o tipo de mulher que gosta de ficar esperando.

Boo o seguiu, e seu pelo grosso se misturava com a escuridão da sala.

Ridley abriu a porta e saiu o mais rápido que pôde. Abriu um pirulito vermelho antes mesmo de chegar ao fim dos degraus da varanda. Hesitou por um segundo perto das flores e colocou a embalagem no bolso.

Talvez as pessoas pudessem mudar, mesmo as que fizeram as escolhas erradas, se lutassem o bastante para consertar os erros. Eu não tinha certeza, mas esperava que sim. Eu tinha feito escolhas ruins suficientes no ano passado.

Andei em direção à única que foi certa.

A única que importava.

Ethan.

Estou chegando.

⊰ CAPÍTULO 29 ⊱

As mãos dos mortos

— Já era hora. — Braços cruzados com impaciência, Amma olhava para a abertura no velho muro de pedra quando entramos.

Tio Macon estava certo; ela não gostava de ficar esperando.

Marian delicadamente colocou a mão no ombro de Amma.

— Tenho certeza de que foi difícil reunir todo mundo.

Amma fungou e ignorou a desculpa.

— Existem coisas difíceis e existem coisas difíceis.

John e Liv estavam sentados no chão um ao lado do outro, com a cabeça de Liv apoiada casualmente no ombro de John. Tio Barclay entrou depois de mim e ajudou tia Del a passar pelos pedaços quebrados do muro. Ela piscou com força, olhando na direção de um lugar não muito longe do túmulo de Genevieve, cambaleou, e tio Barclay a ajudou a se firmar.

As camadas de tempo estavam obviamente se revelando, como acontecia só com a tia Del.

Eu me perguntei o que ela viu. Tanta coisa tinha acontecido em Greenbrier. A morte de Ethan Carter Wate, a primeira vez que Genevieve usou *O Livro das Luas* para trazê-lo de volta, o dia que Ethan e eu encontramos o medalhão dela e tivemos a visão, e a noite que tia Del usou os poderes dela para nos mostrar os pedaços do passado de Genevieve neste mesmo lugar.

Mas tudo tinha mudado depois disso. O dia que Ethan e eu estávamos tentando descobrir como consertar a Ordem, e eu acidentalmente queimei a grama debaixo de nós.

Quando vi minha mãe queimar até morrer.

Será que tia Del consegue ver tudo isso? Consegue ver isso?

Uma sensação inesperada de vergonha tomou conta de mim, e secretamente desejei que ela não conseguisse.

Amma assentiu para vovó.

— Emmaline. Você está ótima.

Vovó sorriu.

— Assim como você, Amarie.

Tio Macon foi o último a entrar no jardim perdido. Ele permaneceu um tempo perto da parede, com um desconforto nada característico e imperceptível.

Amma olhou bem nos olhos dele, como se eles estivessem tendo uma conversa que só os dois podiam ouvir.

A tensão era impossível de ignorar. Eu não os via juntos desde a noite em que perdemos Ethan. E os dois diziam que tudo estava *bem*.

Mas agora que eles estavam a metros de distância um do outro, estava claro que nada estava bem. Na verdade, Amma parecia querer arrancar a cabeça do meu tio.

— Amarie — disse ele lentamente, inclinando a cabeça de forma respeitosa.

— Estou surpresa com sua vinda. Não está com medo de minha perversidade poder manchar esses seus sapatos bacanas? — disse ela. — Não iríamos querer isso. Não com sapatos tão caros.

Do que ela está falando?

Amma era uma santa. Pelo menos, foi isso que sempre pensei dela.

Vovó e tia Del trocaram olhares com a mesma expressão de confusão. Marian se virou. Ela sabia de alguma coisa, mas não ia contar.

— A dor deixa as pessoas desesperadas — respondeu tio M. — Se alguém entende isso, sou eu.

Amma virou as costas para ele e olhou para o uísque e o copinho no chão ao lado do *Livro das Luas*.

— Não sei se você entende alguma coisa que não seja útil pra você, Melchizedek. Se eu não achasse que preciso da sua ajuda, mandaria você direto pra casa agora.

— Isso não é justo. Eu estava tentando proteger você...

Tio Macon parou quando reparou que estávamos todos olhando. Todos nós, exceto Marian e John, que estavam fazendo tudo que podiam para não olhar para Amma nem para meu tio. Isso significava olhar para a lama no chão ou para *O Livro das Luas*, e nenhuma das duas coisas ia deixá-los menos desconfortáveis.

Amma se virou para olhar para tio Macon.

— Da próxima vez, tente me proteger um pouco menos e proteger meu garoto um pouco mais. Se houver próxima vez.

Será que ela culpava tio Macon por não proteger Ethan direito quando ele estava vivo? Não fazia sentido...

— Por que vocês dois estão brigando assim? — perguntei. — Estão se comportando como Reece e Ridley.

— Ei — disse Reece.

Ridley só deu de ombros.

Lancei um olhar para Amma e para meu tio.

— Achei que estivéssemos aqui pra ajudar Ethan.

Amma fungou, e meu tio pareceu infeliz, mas nenhum dos dois disse nada. Marian acabou por falar.

— Acho que estamos todos preocupados. Provavelmente, seria melhor se deixássemos tudo de lado e nos concentrássemos no assunto do momento. Amma, o que você precisa que a gente faça?

Amma não tirou os olhos do meu tio.

— Preciso que os Conjuradores formem um círculo ao meu redor. Os Mortais podem se espalhar entre eles. Precisamos do poder deste mundo pra entregar essa coisa do mal pra quem pode levá-la o resto do caminho.

— Os Grandes, certo? — Eu esperava que sim.

Ela assentiu.

— Se eles responderem.

Se eles responderem? Havia alguma chance de não o fazerem?

Amma apontou para o chão abaixo dos meus pés.

— Lena, preciso que você me traga o Livro.

Levantei o livro poeirento de couro e senti o poder pulsando por ele como um batimento cardíaco.

— O Livro não vai querer ir — explicou Amma. — Ele quer ficar aqui, onde pode causar confusão. Como sua prima. — Ridley revirou os olhos, mas Amma olhou para mim. — Vou chamar os Grandes, mas você precisa ficar cuidando dele até eles o pegarem.

O que o Livro ia fazer? Sair voando?

— Todo o resto das pessoas deve formar o círculo. Deem as mãos bem apertado.

Depois de Ridley e Link resmungarem para darem as mãos, e Reece se recusar a dar a mão para Ridley e para John, eles finalmente formaram o círculo.

Amma olhou para mim.

— Os Grandes não andam muito felizes comigo. Podem não vir. E se vierem, não posso prometer que vão levar o Livro.

Eu não conseguia imaginar os Grandes aborrecidos com Amma. Eles eram a família dela, nos salvaram mais de uma vez.

Só precisávamos que ajudassem novamente.

— Preciso que os Conjuradores concentrem tudo o que têm dentro do círculo. — Amma se inclinou e encheu o copinho com Wild Turkey. Ela tomou a dose e encheu de novo para tio Abner. — Independentemente do que acontecer, enviem os poderes para mim.

— E se você se machucar? — perguntou Liv, com preocupação.

Amma olhou para Liv, a expressão contorcida e ferida.

— Não dá pra me machucar mais do que já estou machucada. Sejam firmes.

Tio Macon deu um passo à frente depois de soltar a mão de tia Del.

— Seria bom se eu a ajudasse? — perguntou ele para Amma.

Ela apontou um dedo trêmulo para ele.

— Você saiu do meu círculo. Pode fazer sua parte de lá mesmo.

Senti uma onda de calor vinda do Livro, como se a raiva dele se avolumasse para se equiparar à de Amma.

Tio Macon recuou e deu as mãos para formar o círculo.

— Um dia você vai me perdoar, Amarie.

Os olhos escuros de Amma se apertaram ao se fixarem aos verdes dele.

— Hoje, não.

Ela fechou os olhos, e meu cabelo começou a se encaracolar involuntariamente enquanto ela falava as palavras que só Amma podia.

> — Sangue do meu sangue
> e raízes da minha alma,
> preciso de sua intervenção.

O vento ficou mais forte ao redor de mim dentro do círculo, e um relâmpago estalou acima. Senti o calor do Livro junto com o calor das minhas mãos, o calor que eu era capaz de controlar, para queimar e destruir.

Amma não parou, como se estivesse falando com o céu.

> — Chamo vocês para fazerem o que não posso.
> Para verem o que não posso.
> Para fazerem o que não posso.

Um brilho verde saiu das mãos de tio Macon e se espalhou pelo círculo, de mão em mão. Vovó fechou os olhos, como se estivesse tentando canalizar o poder de Macon. John reparou e fechou os olhos também, e a luz se intensificou.

Um relâmpago cortou o céu, mas o universo não se abriu, e os Grandes não apareceram.

Onde vocês estão?, supliquei silenciosamente.

Amma tentou de novo.

> — Este é um cruzamento que não posso atravessar.
> Só vocês podem levar este livro para meu garoto.
> Entreguem-no em seu mundo, do nosso.

Eu me concentrei mais e ignorei o calor do Livro nas minhas mãos. Ouvi um galho quebrar, depois outro. Abri os olhos, e uma chama surgiu do lado de fora do círculo. Cresceu como se alguém tivesse acendido o pavio de uma banana de dinamite, rasgou a grama e criou outro círculo ao redor do primeiro.

O Despertar do Fogo, as chamas incontroláveis que ardiam às vezes contra minha vontade. O jardim estava pegando fogo de novo por minha causa. Quantas vezes essa terra podia queimar, antes do dano ser irreparável?

Amma apertou mais os olhos. Desta vez, falou as palavras em tom normal. Não eram um canto, mas uma súplica.

— Sei que vocês não querem vir por mim. Mas venham por Ethan. Ele está esperando vocês, e vocês são tão família dele quanto minha. Façam a coisa certa. Uma última vez. Tio Abner. Tia Delilah. Tia Ivy. Vovó Sulla. Twyla. Por favor.

O céu se abriu, e a chuva despencou. Mas o fogo ainda ardia, e a luz Conjuradora ainda brilhava.

Vi uma coisa pequena e preta voando em círculos acima de nós.

O corvo.

O corvo de Ethan.

Amma abriu os olhos e também viu.

— Isso mesmo, tio Abner. Não castigue Ethan por meus erros. Sei que você está tomando conta dele aí, assim como sempre tomou conta de nós aqui. Ele precisa desse livro. Talvez você saiba por que, embora eu não saiba.

O corvo voou cada vez mais perto, e os rostos começaram a aparecer no céu escuro, um a um, com as feições surgindo do nada acima de nós.

Tio Abner apareceu primeiro, com o rosto enrugado marcado pelo tempo.

O corvo pousou no ombro dele como um pequeno ratinho aos pés de um gigante.

Sulla, a Profeta, foi a seguinte, com as tranças cascateando pelos ombros. Contas emaranhadas estavam pousadas sobre seu peito como se não pesassem nada. Ou fizessem valer o peso.

O Livro das Luas pulou nas minhas mãos, como se tentasse se libertar. Mas eu sabia que não eram os Grandes o pegando.

O Livro estava resistindo.

Apertei as mãos na hora em que tia Delilah e tia Ivy apareceram ao mesmo tempo, de mãos dadas e parecendo avaliar a cena. Nossas intenções ou nossas habilidades, era impossível saber.

Mas eles estavam nos julgando, de qualquer jeito. Eu conseguia sentir, e o Livro também. Ele tentou se libertar de novo e queimou a pele nas palmas das minhas mãos.

— Não solte! — avisou Amma.

— Não vou soltar — gritei, acima do vento. — Tia Twyla, onde você está?

Os olhos escuros de tia Twyla surgiram antes do rosto gentil e dos braços cobertos de pulseiras. Antes do cabelo trançado e cheio de amuletos e da fileira de brincos em suas orelhas.

— Ethan precisa disso! — gritei, acima do vento e da chuva e do fogo.

Os Grandes olharam para nós, mas não reagiram.

O Livro das Luas, sim.

Senti a pulsação dentro dele, o poder e a ira se espalhando pelo meu sangue como veneno.

Não solte.

Imagens piscaram em frente dos meus olhos.

Genevieve segurando o livro, entoando as palavras que trariam Ethan Carter Wate de volta por uma fração de segundo — e amaldiçoariam nossa família por gerações.

Amma e eu repetindo as mesmas palavras, de pé acima de Ethan Lawson Wate, nosso Ethan.

Os olhos dele se abrindo, e os do tio Macon se fechando.

Abraham de pé ao lado do Livro enquanto o fogo ameaçava Ravenwood ao longe, com a voz do irmão dele implorando que parasse, pouco antes de ele matar Jonah.

Eu conseguia ver tudo.

Todas as pessoas que este livro tocou e feriu.

As pessoas que eu conhecia e as que eu não reconhecia.

Eu conseguia senti-lo se afastando de mim de novo e gritei mais alto desta vez.

Amma segurou o Livro, com as mãos por cima das minhas. Nos pontos em ela tocava o couro, eu consegui sentir a pele queimando.

Lágrimas se formaram em seus olhos, mas ela não soltou.

— Nos ajudem — gritei para o céu.

Não foi o céu que respondeu.

Genevieve Duchannes se materializou na escuridão, com o corpo nebuloso perto o suficiente para eu tocá-la.

Dê pra mim.

Amma conseguia vê-la; ficou óbvio pela expressão assombrada dela. Mas eu era a única que conseguia ouvir sua voz por meio de Kelt.

O longo cabelo ruivo voava ao vento, de uma forma que parecia impossível e certa ao mesmo tempo.

Vou levá-lo. Não pertence a este mundo. Nunca pertenceu.

Eu queria entregar o Livro para ela, para mandar para Ethan e fazer as mãos de Amma pararem de queimar.

Mas Genevieve era uma Conjuradora das Trevas. Eu só precisava olhar para os olhos amarelos dela para lembrar.

Amma estava tremendo.

Genevieve esticou a mão. E se eu tomasse a decisão errada? Ethan jamais receberia o Livro, e eu jamais o veria de novo...

Como vou saber que posso confiar em você?

Genevieve direcionou os olhos magoados para mim.

Você só vai saber, se confiar.

Os Grandes olharam para nós, e não havia como saber se iam ajudar. As mãos Mortais de Amma estavam queimando junto das minhas mãos Conjuradoras, e *O Livro das Luas* não estava mais perto de Ethan do que quando estava nas mãos de Abraham Ravenwood, não muito tempo atrás.

Às vezes, só há uma escolha.

Às vezes, você precisa pular.

Ou largar...

Pegue, Genevieve.

Puxei as mãos, e as de Amma acompanharam as minhas. O Livro pulou como se sentisse sua única chance de escapar. Ele saltou em direção ao círculo externo, onde John e Link estavam de mãos dadas.

A luz verde ainda estava presente, e John concentrou o olhar no Livro.

— Acho que não.

Ele bateu na luz e quicou de volta para o centro do círculo e para as mãos de Genevieve. Ela fechou as palmas brumosas ao redor dele, e o Livro pareceu tremer.

Não desta vez.

Prendi a respiração ao ouvir Amma chorar.

Genevieve apertou o livro contra o peito e se desmaterializou.

Meu coração parou.

— Amma! Ela o levou! — Eu não conseguia pensar nem sentir nem respirar. Eu tinha feito a escolha errada. Jamais voltaria a ver Ethan. Meus joelhos cederam, e me senti caindo.

Ouço um estrondo, e um braço me segura pela cintura.

— Lena, olha. — Era Link.

Pisquei para afastar as lágrimas e olhei para ele, sua mão livre apontando para o céu.

Genevieve estava lá na escuridão, com o cabelo ruivo cascateando atrás do corpo. Entregou *O Livro das Luas* para Sulla, que o pegou das mãos dela.

Genevieve sorriu para mim.

Você pode confiar em mim. Sinto muito. Sinto tanto.

Ela desapareceu, deixando os Grandes no céu atrás dela como gigantes.

Amma levou as mãos queimadas ao peito e olhou para a família do outro mundo. O mundo onde Ethan agora estava preso. Lágrimas correram por seu rosto enquanto o brilho verde morria ao nosso redor.

— Levem esse livro pro meu garoto, estão ouvindo?

Tio Abner mexeu no chapéu para cumprimentá-la.

— Estou esperando uma torta agora, Amma. Uma daquelas de limão com merengue seria ótimo.

Amma engoliu um soluço final quando as pernas cederam debaixo dela.

Caí com ela e aliviei o baque. Vi a chuva apagar o fogo e os Grandes desaparecerem. Eu não tinha como saber o que aconteceria depois. Só havia uma coisa da qual eu tinha certeza.

Ethan tinha chance agora.

O resto dependia dele.

LIVRO TRÊS

Ethan

⊰ CAPÍTULO 30 ⊱

Tempo perdido

L. *Você está aí? Consegue me ouvir? Estou esperando. Sei que você vai achar o Livro logo.*

Você não ia acreditar neste lugar. Sinto como se estivesse vivendo em um templo de dez mil anos, ou talvez uma fortaleza. Você também não ia acreditar nesse cara. Meu amigo Xavier. Pelo menos, acho que ele é meu amigo. Ele é tipo um monge de 10 mil anos. Ou talvez uma espécie de vombate de um templo antigo.

Você sabe como é esperar em um mundo onde o tempo não passa? Minutos parecem séculos, eternidades, mas só que pior, porque não dá nem pra perceber o que é o quê.

Eu me vejo contando coisas. Compulsivamente. É a única forma que conheço para marcar a passagem do tempo.

Sessenta e dois botões de plástico. Onze cordões partidos com 14 a 36 pérolas cada um. Cento e nove figurinhas velhas de beisebol. Nove pilhas **AA**. *Doze mil e setecentos e cinquenta e quatro dólares e três centavos, em moedas de seis países. Ou talvez só de seis séculos.*

Mais ou menos.

Eu não sabia como contar os dobrões de ouro.

Hoje de manhã, contei grãos de arroz caindo pela costura desfeita de um sapo de brinquedo. Não sei onde Xavier encontra essas coisas. Cheguei a 999, mas perdi a conta e tive de começar tudo de novo.

Foi assim que passei meu dia.

Como falei, uma pessoa poderia enlouquecer tentando passar o tempo em um lugar sem tempo. Quando você encontrar O Livro das Luas, L, vou saber. Estarei aí assim que puder. Estou com as coisas prontas para ir em frente, do lado da entrada da caverna. O mapa de tia Prue. Uma garrafa vazia de uísque e uma lata de tabaco.

Não pergunte.

Você consegue acreditar, depois de tudo, que o Livro ainda vai ficar entre nós? Sei que você vai encontrá-lo. Um dia. Você vai.

E eu estarei esperando.

Não sei se pensar em Lena faz o tempo passar mais rápido ou mais devagar. Mas não importa. Eu não conseguiria parar de pensar nela nem se tentasse. E já fiz isso ao jogar xadrez com essas peças sinistras que Xavier coleciona. Ao ajudá-lo a catalogar tudo, de chapinhas de garrafa e bolas de gude a antigos livros Conjuradores. Hoje, são pedras. Xavier deve ter centenas delas — de diamantes brutos do tamanho de morangos a pedaços de quartzo e pedras comuns velhas.

— É importante manter registros detalhados de tudo que tenho. — Xavier acrescentou três pedaços de carvão à lista.

Olhei para as pedras à minha frente. Cascalho, Amma diria. Do mesmo tom de cinza da entrada da garagem de Dean Wilks. Eu me perguntei o que Amma estaria fazendo agora. E minha mãe. As duas mulheres que me criaram estavam em dois mundos completamente diferentes, e eu não podia ver nenhuma das duas.

Levantei um punhado de cascalho poeirento.

— Por que você coleciona isso, hein? São apenas pedras.

Xavier pareceu chocado.

— Pedras têm poder. Elas absorvem os sentimentos e medos das pessoas. Até mesmo as lembranças.

Eu não precisava dos medos de mais ninguém. Já tinha suficientes.

Enfiei a mão no bolso e peguei a pedra preta. Esfreguei a superfície lisa entre os dedos. Esta era a de Sulla. Era no formato de uma lágrima grossa, enquanto a de Lena era mais redonda.

— Aqui. — Mostrei para Xavier. — Pode acrescentar à sua coleção.

Eu tinha quase certeza de que não ia precisar dela para atravessar o rio de novo. Ou eu encontraria o caminho de volta para casa ou jamais sairia daqui. Eu sabia disso de alguma maneira, mesmo sem saber de mais nada.

Xavier olhou para a pedra por um bom tempo.

— Fique com ela, homem morto. Essas não são...

Depois disso, não entendi o que ele estava dizendo. Minha visão começou a embaçar, e a pele negra e encouraçada de Xavier e a pedra na minha mão mudaram até começarem a se fundir em uma única sombra escura.

Sulla estava sentada em frente a uma velha mesa de vime, com uma lamparina a óleo iluminando a pequena sala. Cartas estavam espalhadas à frente dela, as Cartas da Providência, alinhadas em duas fileiras arrumadas, cada uma com um pardal preto no canto, a marca de Sulla. Um homem alto estava sentado de frente para ela, com a cabeça lisa brilhando sob a luz.

— *A Lâmina Sangrenta. A Ira do Cego. A Promessa do Mentiroso. O Coração Roubado.* — *Ela franziu a testa e balançou a cabeça.* — *Posso dizer que nada disso é bom. Você nunca vai encontrar o que procura. E vai ser pior se encontrar.*

O homem passou as mãos enormes pela careca com nervosismo.

— *O que isso significa, Sulla? Pare de falar em círculos.*

— *Significa que nunca vão te dar o que você quer, Angelus. O Registro Distante não precisa botar cartas pra saber que você vem violando as regras o tempo todo.*

Angelus se afastou da mesa com violência.

— *Não preciso que eles me deem o que quero. Tenho outros Guardiões comigo. Guardiões que querem ser mais do que escribas. Por que deveríamos ser obrigados a registrar a história, quando podemos fazê-la?*

— *Não se pode mudar as cartas... É tudo que sei.*

Angelus olhou para a bela mulher com pele dourada e tranças delicadas.

— *Palavras podem mudar as coisas, Vidente. Você só precisa colocá-las no livro certo.*

Alguma coisa chamou a atenção de Sulla, e ela se distraiu por um momento. Sua neta agachada atrás da porta, escutando. Em qualquer outra noite, Sulla não se importaria. Amarie tinha 17 anos, era mais velha do que Sulla quando aprendeu a ler as cartas. Sulla não queria que a garota visse esse homem. Havia alguma coisa maligna dentro dele. Ela não precisava das cartas para ver isso.

Angelus começou a se levantar, com os punhos enormes fechados.

Sulla bateu em uma carta no alto da mesa, com um par de portões dourados pintado.

— *Esta é uma carta coringa.*

O homem hesitou.

— *O que significa?*

— Significa que, às vezes, fazemos nosso próprio destino. Coisas que as cartas não veem. Depende de que lado do portão você escolhe.

Angelus pegou a carta e a amassou na mão.

— Estou do lado de fora dos portões há tempo demais.

A porta bateu, e Amarie saiu de seu esconderijo.

— Quem era, vovó?

A mulher mais velha pegou a carta amassada e a esticou com a mão.

— É um Guardião do norte. Um homem que quer mais do que qualquer homem deveria ter.

— O que ele quer?

Sulla olhou nos olhos de Amarie e, por um segundo, não teve certeza se responderia.

— Alterar o destino. Mudar as cartas.

— Mas não se pode mudar as cartas.

Sulla desviou o olhar e se lembrou do que tinha visto nas cartas no dia em que Amarie nasceu.

— Às vezes, se pode mudar. Mas sempre tem um preço.

Quando abri os olhos, Xavier estava de pé ao meu lado, com as feições contorcidas de preocupação.

— O que você viu, homem morto?

A pedra negra estava quente na minha mão. Eu a apertei com mais força, como se ela pudesse de alguma maneira me aproximar de Amma. Das lembranças presas dentro de sua superfície preta e brilhante.

— Quantas vezes Angelus alterou *As Crônicas Conjuradoras*, Xavier?

O Guardião do Portão afastou o olhar e retorceu os longos dedos com nervosismo.

— Xavier, me responda.

Nossos olhos se encontraram, e vi a dor nos dele.

— Vezes demais.

— Por que ele faz isso? — O que Angelus tinha a ganhar?

— Alguns homens querem ser mais do que Mortais. Angelus é um deles.

— Você está dizendo que ele queria ser Conjurador?

Xavier assentiu, lentamente.

— Ele queria mudar o destino. Encontrar uma forma de desafiar a lei sobrenatural e misturar sangue Mortal e Conjurador.

Engenharia genética.

— Então ele queria que Mortais tivessem poderes, como os Conjuradores?

Xavier passou a mão anormalmente longa pela cabeça careca.

— Não há motivo pra ter poder, se você não tem ninguém pra atormentar e controlar.

Não fazia sentido. Era tarde demais para Angelus. Será que ele, como Abraham Ravenwood, estava tentando criar uma espécie de criança híbrida?

— Ele estava fazendo experimentos em crianças?

Xavier se virou e, por um longo tempo, ficou em silêncio.

— Ele fez experimentos em si mesmo usando Conjuradores das Trevas.

Um tremor subiu pela minha coluna, e não consegui engolir. Eu não era capaz de imaginar o que o Guardião devia ter feito a eles. Estava tentando encontrar as palavras certas para perguntar, mas Xavier me contou antes de eu ter a oportunidade.

— Angelus fez exames no sangue deles, nos tecidos... Não sei em que mais. E injetou um fluido feito do sangue deles em si mesmo. Não lhe deu o poder que ele queria. Mas ele continuou tentando. Cada injeção o deixava mais pálido e mais desesperado.

— Parece horrível.

Ele virou o rosto deformado para o meu novamente.

— Essa não foi a parte horrível, homem morto. Isso viria depois.

Eu não queria perguntar, mas não consegui me impedir.

— O que aconteceu?

— Ele acabou encontrando uma Conjuradora cujo sangue deu a ele uma versão em mutação do poder dela. Ela era da Luz, bela e gentil. E eu... — hesitou.

— Você a amava?

As feições dele pareceram mais humanas do que em qualquer outro momento anterior.

— Amava. E Angelus a destruiu.

— Sinto muito, Xavier.

Ele assentiu.

— Ela era uma poderosa Telepata antes de ficar louca com os experimentos de Angelus.

Uma leitora de mentes. De repente, eu entendi.

— Você está dizendo que Angelus consegue ler mentes?

— Só de Mortais.

Só de Mortais. Como a minha, de Liv e de Marian.

Eu precisava encontrar minha página nas *Crônicas Conjuradoras* e voltar para casa.

— Não fique tão triste, homem morto.

Vi os ponteiros dos relógios de Xavier girarem em direções diferentes, marcando a passagem do tempo que não existia aqui. Não queria dizer para ele que eu não estava triste.

Estava com medo.

Mantive os olhos nos relógios, mas ainda não conseguia entender a passagem do tempo. Às vezes, ficava tão ruim que eu começava a me esquecer do que estava esperando. Tempo demais faz isso com as pessoas. Borra as fronteiras entre as lembranças e a imaginação, até que tudo parece uma coisa vista em um filme, em vez de na vida.

Eu estava começando a desistir de voltar a ver *O Livro das Luas*. O que significava desistir de bem mais do que um livro Conjurador velho.

Significava desistir de Gatlin, com as partes boas e ruins. Desistir de Amma e do meu pai e de tia Marian. De Link, Liv e John. Da Jackson High e do Dar-ee Keen e de Wate's Landing e da autoestrada 9. O lugar onde percebi que Lena era a garota dos meus sonhos.

Desistir do Livro significava desistir dela.

Eu não podia fazer isso.

Não queria.

Depois do que pareciam ser alguns dias ou algumas semanas (era impossível saber), Xavier se deu conta de que eu estava perdendo mais do que tempo.

Ele estava sentado no chão de terra dentro da caverna, catalogando uma infinidade de chaves.

— Como ela era?

— Quem? — perguntei.

— A garota.

Eu o vi separar as chaves por tamanho e depois por forma. Perguntei-me de onde elas vieram, que portas abririam, enquanto procurava as palavras certas.

— Ela era... viva.

— Era bonita?

Era? Estava ficando mais difícil lembrar.

— Era. Acho que sim.

Xavier parou de separar as chaves e me observou.

— Como ela era, a garota?

Como eu podia contar a ele tudo que estava girando na minha mente, se misturando de uma forma que tornava impossível vê-la claramente?

— Ethan? Você me ouviu? Você precisa me contar. Senão, vai esquecer. É o que acontece quando você passa muito tempo aqui. Vai perder tudo que fazia parte de quem você era. Este lugar tira de você.

Eu me virei antes de responder.

— Não tenho certeza. Está tudo enevoado.

— O cabelo dela era dourado? — Xavier adorava dourado.

— Não — falei. Eu tinha certeza, embora não conseguisse lembrar por quê. Olhei para a parede à minha frente, tentando visualizar o rosto dela. E então, um único pensamento me ocorreu, e abri os olhos. — Havia cachos. Muitos e muitos cachos.

— A garota?

— É. — Olhei para as formas rochosas no alto da caverna. — Lena.

— O nome dela é Lena?

Eu assenti, e lágrimas começaram a correr pelo meu rosto. Eu estava tão aliviado de ainda conseguir lembrar o nome dela.

Ande logo, Lena. Não tenho muito tempo.

Quando vi o corvo de novo, tinha esquecido. Minhas lembranças eram como sonhos, só que eu nunca dormia. Observava Xavier. Contava botões e catalogava moedas. E olhava para o céu.

Era o que eu estava tentando fazer agora, mas o pássaro idiota ficava gritando e batendo as asas enormes.

— Vá embora.

Ele gritou ainda mais alto.

Virei de lado e balancei a mão na direção dele. Foi quando vi o Livro na terra à minha frente.

— Xavier — falei, com voz trêmula. — Venha aqui.

— O que foi, homem morto? — Eu o ouvi falar do lado de fora da caverna.

— *O Livro das Luas.* — Eu o peguei, e estava quente nas minhas mãos. Mas elas não foram queimadas. Eu me lembrava de achar que deviam.

Quando segurei o Livro, as lembranças voltaram com tudo. Assim como este livro tinha me trazido de volta da morte uma vez, agora estava tentando trazer minha vida de volta para mim novamente. Eu conseguia ver todos os detalhes. Os lugares aonde fui. As coisas que fiz. As pessoas que amava.

Consegui ver o rosto delicado de Lena. Os olhos verde e dourado, e a marca de nascença em forma de lua crescente na bochecha. Eu me lembrei de limão e alecrim, de ventos com força de furacão e de combustão espontânea. Tudo que fazia de Lena a garota que eu amava.

Eu estava inteiro de novo.

E sabia que tinha de ir embora deste lugar antes que ele me invocasse para sempre.

Peguei o Livro com as mãos e levei-o até a caverna. Estava na hora de fazer uma troca.

A cada passo, o Livro ficava mais pesado nas minhas mãos. Mas ele não me fez ir mais devagar. Nada seria capaz disso, não agora.

Não com tantos passos a mais para dar.

O Portão do Registro Distante se erguia à minha frente, reto e alto. Agora eu entendia por que Xavier era tão obcecado por dourado. O Portão era de um marrom sujo e enegrecido, mas por baixo eu conseguia ver o dourado. Erguia-se em torres hostis. Não pareciam levar a um lugar aonde alguém fosse querer ir.

— Parece tão cruel.

Xavier seguiu meu olhar para o alto das espirais.

— Ele é o que é. Poder não é nem do bem e nem do mal.

— Talvez isso seja verdade, mas este lugar é do mal.

— Ethan. Você é um Mortal forte. Tem mais vida dentro de si do que qualquer homem morto que eu tenha conhecido. — Por alguma razão, isso não era consolo.

— Não posso abrir o Portão, se você não desejar realmente ir. — As palavras soaram ameaçadoras.

— Tenho de ir. Tenho de voltar pra Lena, pra Amma, pra Link. E pro meu pai, pra Marian, pra Liv e pra todo mundo. — Vi os rostos deles, de todos. Me senti cercado por eles, pelos espíritos deles, e pelo meu. Eu lembrei o que era viver entre eles, meus amigos.

Lembrei o que era viver.

— Lena. A garota com os cachos dourados? — Xavier pareceu curioso.

Não fazia sentido tentar explicar, não para ele. Só assenti. Pareceu mais fácil.

— E você a ama? — Ele pareceu ainda mais curioso sobre isso.

— Amo. — Não havia dúvida. — Amo pra além do universo e por todo o caminho de volta. Amo neste mundo e no próximo.

Ele piscou, sem expressão.

— Bem. Isso é muito sério.

Quase senti vontade de sorrir.

— É. Tentei te dizer. É assim.

Ele me olhou por um longo tempo e assentiu.

— Tudo bem. Venha comigo. — Em seguida, desapareceu pelo caminho de terra à minha frente.

Segui-o pela trilha cheia de curvas, por uma escadaria impossivelmente rochosa. Subimos até chegar a um penhasco estreito, que despencava no que parecia o esquecimento. Quando tentei olhar por cima da beirada da pedra, só consegui ver nuvens e escuridão.

À minha frente, havia um imponente Portão negro. Eu não conseguia ver nada atrás dele. Mas conseguia ouvir sons terríveis... correntes arrastadas, vozes gritando e chorando.

— Parece o Inferno.

Ele balançou a cabeça.

— Não é o Inferno. Só o Registro Distante.

Xavier entrou na minha frente e bloqueou o caminho para o Portão.

— Tem certeza de que quer fazer isso, homem morto?

Eu assenti, mantendo os olhos no rosto desfigurado dele.

— Garoto humano. O que se chama Ethan. Meu amigo. — Os olhos dele ficaram pálidos e vidrados, como se estivesse entrando em alguma espécie de transe.

— O que foi, Xavier? — Eu estava impaciente, mas mais do que isso, estava apavorado. E quanto mais tempo ficávamos do lado de fora ouvindo os sons terríveis do que estava acontecendo lá dentro, pior parecia ficar. Eu estava com medo de perder a coragem, de desistir e dar as costas, de desperdiçar tudo que Lena teve de passar para conseguir *O Livro das Luas* para mim.

Ele me ignorou.

— Você propõe uma troca, homem morto? O que você me oferece se eu abrir o Portão? Como propõe pagar por sua entrada no Registro Distante?

Fiquei ali de pé.

Ele abriu um olho e sibilou para mim.

— O Livro. Me dê o Livro.

Eu o entreguei para ele, mas não consegui tirar as mãos. Era como se o Livro e eu fôssemos uma só coisa, mas também conectados a Xavier.

— Mas o que...

— Aceito sua oferenda e em troca abro o Portão do Registro Distante. — O corpo de Xavier ficou inerte, e ele caiu em cima do Livro.

— Você está bem, Xavier?

— Shh. — O som que veio da pilha de tecido foi a única coisa que me disse que ele ainda estava vivo.

Ouvi outro som, como pedras caindo ou carros batendo, mas, na verdade, era apenas o Portão enorme se abrindo. Parecia que não era aberto havia mil anos. Vi as paredes negras darem lugar ao mundo lá dentro.

Enquanto uma onda de alívio e exaustão e adrenalina fazia meu coração disparar, um pensamento se repetia em minha mente.

Precisa acabar logo.

Essa tinha de ser a parte mais difícil. Paguei o Barqueiro. Atravessei o rio. Peguei o Livro. Fiz a troca.

Cheguei ao Registro Distante. Estou quase em casa. Estou indo, L.

Consegui ver o rosto dela. Imaginei-me vendo-a e tomando-a nos braços de novo.

Não demoraria muito.

Pelo menos, foi o que pensei quando passei pelo Portão.

⊰ CAPÍTULO 31 ⊱
Guardião de segredos

Não lembro o que vi quando entrei no Registro Distante. O que lembro são sentimentos. O puro terror. A forma como meus olhos não conseguiam encontrar nada, nem uma coisa familiar, na qual pousar. Nada que conseguissem entender. Eu não estava nada preparado, por nenhum mundo pelo qual tivesse passado, para o que estava vendo agora.

Este lugar era frio e mau, como a torre de Sauron em *O Senhor dos Anéis*. Eu tinha a mesma sensação de ser observado, a sensação de que alguma espécie de olho universal pudesse ver o que eu estava vendo, pudesse sentir os pavores mais profundos do meu coração e explorá-los.

Quando me afastei do Portão, muros altos me flanqueavam. Eles seguiam até um mirante, de onde consegui ver a maior parte de uma cidade. Era como se eu estivesse olhando para um vale do alto de uma montanha. Abaixo de mim, a cidade se estendia em direção ao horizonte em um amontoado de estruturas. Quando olhei melhor, percebi que não parecia uma cidade normal.

Era um labirinto, um enorme quebra-cabeça entrelaçado de caminhos entalhados em arbustos podados. Ele seguia pela cidade toda, entre mim e o prédio dourado que se erguia no horizonte à frente.

O prédio aonde eu precisava ir.

— Você veio aqui pra encarar o labirinto? Está aqui para os jogos? — Ouvi uma voz atrás de mim, me virei e vi um homem com uma cor pálida sobrenatural, como os Guardiões que apareceram na Biblioteca de Gatlin, antes do julgamento de Marian. Ele tinha os olhos opacos e os óculos prismáticos que passei a associar com o Registro Distante.

251

Por cima do corpo magro, usava uma capa preta como as que os integrantes do Conselho usavam quando sentenciaram Marian, ou o que quer que planejassem fazer, antes de Macon, John e Liv impedi-los.

Aquelas eram as pessoas mais corajosas que eu conhecia. Eu não podia desapontá-las agora.

Nem Lena. Nem nenhum deles.

— Estou aqui pra ir à biblioteca — respondi. — Você pode me mostrar o caminho?

— Foi o que falei. Os jogos? — Ele apontou para uma corda dourada trançada ao redor de seu ombro. — Sou oficial. Estou aqui para garantir que todos que entram no Registro encontrem o caminho.

— Hã?

— Você quer entrar no Registro Distante. É isso que deseja?

— Isso mesmo.

— Então você está aqui para os jogos. — O homem pálido apontou para o labirinto verde abaixo de nós. — Se você sobreviver ao labirinto, vai acabar chegando lá. — Ele moveu o dedo até estar apontando para as torres douradas. — O Registro Distante.

Eu não queria encontrar o caminho passando pelo labirinto. Tudo no Outro Mundo parecia um labirinto gigantesco, e tudo que eu queria era encontrar a saída.

— Acho que você não entendeu. Não tem algum tipo de porta? Um lugar por onde eu possa entrar sem precisar jogar nenhum jogo? — Eu não tinha tempo para isso. Precisava encontrar *As Crônicas Conjuradoras* e ir embora. Ir para casa.

Vamos lá.

Ele bateu a mão no meu braço, e lutei para permanecer de pé. O homem era incrivelmente forte, do tipo Link e John.

— Seria fácil demais, se você pudesse apenas entrar no Registro Distante. Qual seria o sentido disso?

Tentei esconder minha frustração.

— Sei lá? Que tal entrar?

Ele franziu a testa.

— De onde você vem?

— Do Outro Mundo.

— Homem morto, escute bem. O Registro Distante não é como o Outro Mundo. O Registro Distante tem muitos nomes. Para os escandinavos, é Valhalla, Palácio dos Lordes. Para os gregos, é Olimpo. Há tantos nomes quanto existem homens para citá-los.

— Certo. Estou cansado disso tudo. Só quero encontrar o caminho pra dentro dessa biblioteca. Se eu pudesse encontrar alguém com quem falar...

— Só existe um caminho para o Registro Distante — disse ele. — O Caminho do Guerreiro.

Suspirei.

— Então não tem outro caminho? Tipo, uma porta? Talvez mesmo a Porta do Guerreiro?

Ele balançou a cabeça.

— Não existem portas para o Registro Distante.

É claro que não.

— É? E escada? — perguntei. O homem pálido balançou a cabeça de novo. — Talvez uma viela?

Ele encerrou a conversa.

— Só há um caminho para entrar, uma morte honrada. E só há um caminho para sair.

— Você quer dizer que posso ficar mais morto do que isso?

Ele sorriu, polidamente.

Tentei de novo.

— O que é isso exatamente? Uma morte honrada?

— Você encara o labirinto. Ele faz o que quiser com você. Você aceita seu destino.

— E? Qual é o caminho pra sair?

Ele deu de ombros.

— Ninguém sai, a não ser que escolhamos deixá-lo sair.

Que ótimo.

— Obrigado, acho. — O que mais eu podia dizer?

— Boa sorte, homem morto. Que você possa lutar em paz.

Assenti.

— Ah, claro. Espero que sim.

O estranho Guardião, se é isso que ele era, voltou para sua posição de sentinela.

Olhei para o enorme labirinto, me perguntando mais uma vez em que tinha me metido e como poderia sair.

Eles não deviam chamar a morte de passagem. Deviam chamar de mudança de nível.

Porque o jogo só ficava mais difícil depois que eu perdia. E eu estava mais do que um pouco preocupado de ele ter acabado de começar.

Eu não podia mais adiar. A única forma de passar por esse labirinto, como quase todas as outras coisas ruins, era passar por ele.

Eu teria de achar um caminho da maneira mais difícil.

O Caminho do Guerreiro ou o que quer que fosse.

E lutar em paz? O que era isso?

Minha guarda estava levantada quando desci pela escada feita de pedra. Desci para o vale abaixo, e a escada se alargou em camadas de penhascos íngremes, onde musgo verde crescia entre as pedras, e hera se agarrava às paredes. Quando cheguei à base da escadaria murada, me vi em um imenso jardim.

Não apenas um jardim como os que o pessoal de Gatlin usava para plantar tomates atrás dos climatizadores. Era um jardim no sentido do Jardim do Éden, e não dos Jardins do Éden, o florista da rua Main.

Parecia um sonho. Porque as cores estavam todas erradas, eram intensas demais e havia muitas. Quando cheguei mais perto, percebi onde estava.

No labirinto.

Fileiras de cercas se misturavam com tantos arbustos de flores, que fazia o jardim de Ravenwood parecer, em comparação, pequeno e sem graça.

Quanto mais eu andava, menos parecia uma caminhada e mais estava abrindo picadas na floresta. Afastei galhos do rosto e chutei arbustos e sarças na altura da minha cintura para passar. Cada um por si. É o que Amma diria. Continue tentando.

Isso me lembrou da vez que tentei andar para casa saindo de Wader's Creek quando tinha 9 anos. Tinha passado um tempo xeretando a sala de artesanato de Amma, que não era nem um pouco uma sala de artesanato. Era a sala onde ela guardava os suprimentos para os amuletos. Ela me deu uma bronca e tanto, e eu falei que ia para casa andando. "Sou capaz de encontrar o caminho", foi isso que falei para ela. Mas não encontrei o caminho de casa, nem caminho algum. O que fiz foi entrar cada vez mais no pântano, assustado pelo barulho dos rabos de crocodilos batendo na água.

Eu não sabia que Amma estava me seguindo, até que caí de joelhos e comecei a chorar. Ela surgiu à luz da lua, as mãos nos quadris.

— Acho que você devia ter deixado umas migalhas de pão no caminho, se estava planejando fugir. — Ela não disse mais nada, só esticou a mão.

— Eu ia encontrar o caminho de volta — falei.

Ela assentiu.

— Não duvido nem por um minuto, Ethan Wate.

Mas agora, ao tirar sujeira e espinhos do rosto, eu não tinha Amma para me encontrar. Era uma coisa que tinha de fazer sozinho.

Assim como lavrar o campo da Lilum e levar a água de volta para Gatlin.

Ou pular da torre de água de Summerville.

Não demorei para entender que eu estava no mesmo barco em que estava naquele dia no pântano, quando tinha 9 anos. Eu estava andando pelos mesmos caminhos repetidamente, a não ser que algum outro cara estivesse usando o mesmo tamanho de All-Star que eu. Era a mesma coisa que estar perdido em Wader's Creek.

Tentei pensar.

Um labirinto é apenas um quebra-cabeça gigante.

Eu estava lidando com isso de modo errado. Tinha de marcar os caminhos que já havia percorrido. Precisava das migalhas de pão de Amma.

Tirei as folhas do arbusto mais próximo e enfiei no bolso. Estiquei a mão direita até tocar na parede de plantas e comecei a andar. Mantive a mão direita na parede do labirinto e usei a esquerda para soltar as folhas macias a cada poucos metros.

Era como um gigantesco labirinto de milharais. Mantenha a mesma mão nas hastes até não conseguir prosseguir assim. Em seguida, troque de mão e siga pelo caminho oposto. Qualquer um que já ficou preso em um labirinto de milharal sabe isso.

Segui o caminho para a direita até chegar a um ponto sem saída. Em seguida, troquei de mão e de migalhas de pão. Desta vez, estiquei a mão esquerda e usei pedras em vez de folhas.

Depois do que pareceram horas percorrendo o caminho desse quebra-cabeça particular, dando de cara com um beco sem saída atrás do outro e pisando pelas mesmas pedras e folhas que usei para marcar a passagem, acabei chegando bem no centro do labirinto, o lugar onde todos os caminhos terminavam. Só que o centro não era uma saída. Era um buraco, com o que pareciam ser enormes paredes de lama. Quando nuvens densas de névoa chegaram a mim, fui forçado a enfrentar a verdade.

O labirinto não era um labirinto.

Era um beco sem saída.

Além da névoa e da terra, não havia nada além de vegetação impenetrável.

Continue andando. Mantenha o controle.

Segui em frente, chutando ondas na densa névoa que se agarrava ao chão à minha volta. Quando consegui algum progresso, meu pé bateu em uma coisa comprida e dura. Talvez um pedaço de pau ou um cano.

Tentei prosseguir com mais cuidado, mas a névoa tornava difícil enxergar. Era como olhar através de óculos sujos de vaselina. Quando cheguei mais perto do centro, a névoa branca começou a se abrir, e tropecei de novo.

Desta vez, consegui ver o que havia no caminho.

Não era um cano nem um pedaço de pau.

Era um osso humano.

Comprido e fino, provavelmente da perna, talvez do braço.

— Puta merda. — Eu o puxei, e ele se soltou, o que fez um crânio humano rolar até meus pés. A terra ao meu redor estava cheia de ossos, tão compridos e limpos quanto o que eu estava segurando na mão.

Deixei o osso cair, recuei e tropecei no que pensei ser uma pedra. Mas era outro crânio. Quanto mais rápido eu corria, mais tropeçava, prendendo o tornozelo em um velho osso da bacia, prendendo o All-Star em um pedaço de coluna vertebral.

Estou sonhando?

Além disso, tinha uma opressora sensação de *déjà vu*. A sensação de que estava correndo para um lugar aonde já tinha ido. O que não fazia sentido, porque até agora eu não tinha experiência com poços nem ossos, nem de vagar por aí morto.

Mesmo assim.

Sentia que já tinha vindo aqui, como se sempre tivesse estado aqui, e não conseguia ir para longe. Como se todo o caminho que eu tivesse seguido fosse aqui neste labirinto.

Não tem como sair sem ser passando por ele.

Eu tinha de me manter andando. Tinha de encarar este lugar, esse poço cheio de ossos. Fosse lá aonde ele estivesse me levando. Ou a quem.

Naquele momento, uma sombra escura surgiu, e eu soube que não estava sozinho.

Do outro lado da clareira, havia uma pessoa sentada no que parecia ser uma caixa, apoiada em um amontoado horripilante de restos humanos. Não, era uma cadeira. Eu conseguia ver o encosto mais alto do que o resto, com os braços afastados.

Era um trono.

A pessoa riu com impossível confiança quando a névoa se abriu e revelou os resíduos tomados de cadáveres do campo de batalha irregular. Não importava para a pessoa no trono.

Para ela.

Porque quando a névoa se afastou e revelou o centro da área, soube imediatamente quem estava sentada ereta em um horrendo trono de ossos. Com as costas feitas de costas quebradas. Os braços feitos de braços quebrados. Os pés feitos de pés quebrados.

A Rainha dos Mortos e dos Malditos.

Rindo tanto que seus cachos negros balançavam no ar, como as cobras na mão de Obidias. Meu pior pesadelo.

Sarafine Duchannes.

⊰ CAPÍTULO 32 ⊱

Trono de ossos

A capa negra flutuava no vento como uma sombra. A bruma girava em torno das botas pretas afiveladas e desaparecia na escuridão, como se ela pudesse incorporá-la. Talvez pudesse. Afinal, ela era uma Cataclista, a mais poderosa Conjuradora nos dois universos.

Ou a segunda mais poderosa.

Sarafine afastou a capa e deixou-a cair pelos ombros, ao redor dos longos cachos negros. Minha pele ficou gelada.

— O carma é uma merda, você não diria, Garoto Mortal? — disse ela pela clareira, com a voz confiante e forte. Cheia de energia e maldade.

Ela se esticou com lentidão, agarrando os braços da cadeira com suas garras ossudas.

— Eu não diria nada, Sarafine. Não pra você. — Tentei manter a voz firme. Não quis vê-la quando estava vivo, quem diria agora.

Sarafine me chamou com um dedo curvo.

— É por isso que você está se escondendo? Ou ainda tem medo de mim?

Dei um passo para mais perto.

— Não tenho medo de você.

Ela inclinou a cabeça.

— Acho que não culpo você. Afinal, eu te matei. Com uma faca no peito, quente com o sangue Mortal.

— É difícil lembrar, faz muito tempo. Acho que você não foi tão memorável. — Cruzei os braços com teimosia. Tentei me impor.

Não adiantou nada.

Ela rolou uma bola de névoa na minha direção, e a bola se enrolou ao meu redor, diminuindo a distância entre nós. Eu me senti me deslocando para a frente, impotente, como se ela estivesse me arrastando por uma coleira.

Então ela ainda tinha os poderes, mesmo aqui.

Bom saber.

Tropecei em um esqueleto inumano, alguma coisa com o dobro do meu tamanho, com o dobro de braços e pernas. Engoli em seco. Criaturas mais poderosas do que um cara do Condado de Gatlin tinham encontrado o fim ali. Eu esperava que ela não tivesse sido a causa disso.

— O que você está fazendo aqui, Sarafine? — Tentei não parecer tão intimidado quanto estava. Plantei meus pés na terra.

Sarafine se recostou no trono de ossos, examinando a unha em uma de suas garras.

— Eu? Ultimamente, passei a maior parte do meu tempo morta, como você. Ah, espere... você estava lá. Viu quando minha filha me deixou queimar até a morte. Encantadora, ela. Adolescentes. O que se pode fazer?

Sarafine não tinha o direito de mencionar Lena. Abriu mão desse direito quando saiu andando de uma casa em chamas deixando a filha ainda bebê lá dentro. Quando ela tentou matar Lena como tinha matado o pai dela. E a mim.

Eu queria partir para cima dela, mas todos os instintos que eu ainda possuía me diziam para não sair do lugar.

— Você não é nada, Sarafine. É um fantasma.

Ela sorriu quando eu disse a palavra "fantasma", mordendo a ponta de uma das longas unhas negras.

— É uma coisa que temos em comum agora.

— Não temos nada em comum. — Eu conseguia sentir minhas mãos se fechando e apertando. — Você me enoja. Por que não sai da minha frente?

Eu não sabia o que estava dizendo. Eu não estava em posição de dar ordens a ela. Não tinha arma. Nenhuma maneira possível de atacar. Não tinha como passar por ela.

Minha mente disparou, mas eu não conseguia encontrar uma vantagem e não podia deixar Sarafine ficar por cima.

Mate ou morra, era esse seu estilo. Mesmo quando parecia que devíamos ter deixado para trás algo como a morte Mortal.

Ela curvou a boca em uma careta.

— *Da sua frente?* — Ela riu, um som frio que desceu pela minha coluna. — Talvez sua namorada devesse ter pensado nisso antes de me matar. É por causa dela que estou aqui. Se não fosse por causa daquela bruxinha ingrata, eu ainda estaria no mundo Mortal, em vez de presa na escuridão, lutando contra fantasmas de garotos Mortais perdidos e patéticos.

Ela estava perto o bastante agora para eu ver seu rosto. Não estava com boa aparência, nem para os padrões de Sarafine. O vestido era preto e estava em farrapos, com o corpete queimado e rasgado em algumas partes. O rosto estava manchado de fuligem, e o cabelo tinha cheiro de fumaça.

Sarafine se virou para mim; os olhos brilhando e brancos, leitosos, com uma luz opaca que eu nunca tinha visto antes.

— Sarafine?

Dei um passo para trás, na mesma hora que ela me atingiu com um raio de eletricidade e o cheiro de carne queimada viajando mais rápido do que o corpo dela era capaz.

Ouvi um grito psicótico. Vi o rosto dela, contorcido em uma máscara da morte nada humana. Dentes afiados pareciam combinar com o punhal que ela tinha nas mãos, a apenas centímetros da minha garganta.

Fiz uma careta e me afastei da lâmina, mas eu sabia que era tarde demais. Eu não ia conseguir.

Lena!

Sarafine parou quando chegou bem perto, como se empurrada para trás por uma corrente invisível. Os braços dela estavam esticados na minha direção, e a lâmina tremia de raiva.

Havia alguma coisa errada com ela.

Ouvi o som de correntes quando ela caiu, cambaleando de volta ao trono. Ela soltou o punhal, a longa saia se abriu, e vi as algemas ao redor de seus tornozelos. As correntes que a prendiam ao chão e ao trono.

Ela não era a Rainha do Submundo. Era um cachorro raivoso preso em um canil. Sarafine gritou e bateu os punhos nos ossos. Andei para o lado, mas ela nem olhou para mim.

Agora eu entendia.

Peguei um osso e o joguei nela. Ela só reagiu quando ele bateu no trono e caiu em uma pilha de escombros aos seus pés.

Ela cuspiu na minha direção, tremendo de fúria.

— Tolo!

Mas eu sabia a verdade.

Os olhos brancos dela não viam nada.

As pupilas estavam fixas.

Ela estava cega.

Talvez tivesse sido o fogo que a matou no mundo Mortal. Tudo voltou com intensidade, o fim terrível da sua terrível vida. Ela estava tão arruinada aqui quanto estava quando queimou até a morte. Mas isso não era tudo. Mais alguma coisa tinha acontecido. Nem o fogo podia explicar as correntes.

— O que aconteceu com seus olhos? — Eu a vi se encolher quando falei. Sarafine não era do tipo que mostrava fraqueza. Ela se saía melhor procurando-a e explorando-a.

— Meu novo visual. A velha mulher cega, como as Moiras ou as Erínias. O que você acha? — Ela curvou os lábios sobre os dentes em um rosnado.

Era impossível sentir pena de Sarafine, então não senti. Ainda assim, ela parecia amarga e decadente.

— A coleira é um belo toque — falei.

Ela riu, mas era mais o sibilar de um animal. Ela tinha se tornado uma coisa que não se parecia com uma Conjuradora das Trevas, não mais. Era uma criatura, talvez mais do que Xavier ou o Mestre do Rio. Ela estava esquecendo a parte do nosso mundo que conhecera.

Tentei de novo.

— O que aconteceu com sua visão? Foi o fogo?

Os olhos brancos arderam quando ela respondeu.

— O Registro Distante queria se divertir comigo. Angelus é um porco sádico. Ele achou que melhorariam as chances ao me forçar a lutar sem conseguir ver meus oponentes. Ele queria que eu soubesse como seria ficar sem poderes. — Ela suspirou e cutucou um osso. — Não que tenha me impedido.

Eu achava mesmo que não.

Olhei para o circo de ossos ao redor dela e as manchas de sangue na terra aos seus pés.

— Quem se importa? Por que lutar? Você está morta. Eu estou morto. O que foi que sobrou pra ser motivo de luta? Diga pra esse tal de Angelus pra pular de uma...

— Torre de água? — Ela gargalhou.

Mas eu tinha razão, se você pensasse bem. Estava começando a parecer um daqueles filmes do *Exterminador* entre nós. Se eu a matasse agora, podia imaginar o esqueleto dela se arrastando por esse buraco com olhos brilhantes até que conseguisse me matar mil vezes mais.

Ela parou de rir.

— Por que você está aqui? Pense bem, Ethan. — Ela levantou a mão, e senti minha garganta começar a se fechar. Arfei em busca de ar.

Tentei recuar, mas não adiantava. Mesmo na coleira de cachorro, ela ainda tinha poder suficiente para tornar minha não-exatamente-vida infeliz.

— Estou tentando chegar ao Grande Registro — falei, sufocando. Tentei inspirar, mas não conseguia.

Estou mesmo respirando ou estou só imaginando?

Como ela mesma disse, ela já tinha me matado uma vez. O que havia sobrado?

— Só quero pegar minha folha. Você acha que quero ficar preso aqui pra sempre, vagando por um labirinto de ossos?

— Você nunca vai passar por Angelus. Ele morreria antes de deixar você chegar perto das *Crônicas Conjuradoras*. — Ela sorriu e retorceu os dedos, e eu arfei de novo. Agora parecia que ela estava com a mão ao redor dos meus pulmões.

— Então vou matá-lo. — Segurei o pescoço com as mãos. Meu rosto parecia estar pegando fogo.

— Os Guardiões já sabem que você está aqui. Mandaram um oficial pra direcionar você pro labirinto. Não queriam perder a diversão. — Sarafine se contorceu ao mencionar os Guardiões, como se estivesse olhando por cima do ombro, coisa que nós dois sabíamos que ela não estava fazendo. Apenas um velho hábito, acho.

— Tenho de tentar mesmo assim. É a única forma de conseguir voltar pra casa.

— Pra minha filha? — Sarafine balançou as correntes, parecendo enojada. — Você nunca desiste, não é?

— Não.

— Parece uma doença. — Ela se levantou do trono, se agachou como uma garotinha malvada e grande demais e soltou a mão que estava me sufocando. Caí em uma pilha de ossos. — Você acha mesmo que consegue machucar Angelus?

— Consigo fazer qualquer coisa que me leve de volta pra Lena. — Olhei direto nos olhos cegos dela. — Como falei, vou matá-lo. Pelo menos, parte dele é Mortal. Eu consigo.

Não sei por que falei desse jeito. Acho que queria que ela soubesse, caso houvesse alguma pequena parte dela que ainda gostasse de Lena. Qualquer parte dela que precisasse ouvir que eu realmente faria qualquer coisa no mundo para encontrar uma forma de voltar para a filha dela.

E eu faria mesmo.

Por um segundo, Sarafine não se mexeu.

— Você realmente acredita nisso, não é? É encantador, de verdade. É uma pena você ter de morrer de novo, Garoto Mortal. Você me diverte.

A área foi tomada de luz, como se realmente fôssemos dois gladiadores competindo por nossas vidas.

— Não quero lutar. Não com você, Sarafine.

Ela sorriu de maneira sombria.

— Você não sabe mesmo como isso funciona, sabe? O perdedor encara a Escuridão Eterna. É bem simples. — Ela soou quase entediada.

— Existe alguma coisa mais Escura do que isso?

— Muitas.

— Por favor. Só preciso voltar pra Lena. Sua filha. Quero fazê-la feliz. Sei que isso não significa nada pra você e sei que você nunca quis fazer ninguém feliz além de você mesma, mas é a única coisa que quero.

— Eu também quero uma coisa. — Ela girou a névoa ao redor de si com as mãos até não ser mais névoa, mas uma coisa brilhante e viva, uma bola de fogo. E olhou diretamente para mim, apesar de eu saber que ela não conseguia enxergar. — Mate Angelus.

Sarafine começou a Conjurar, mas não consegui ouvir o que ela estava dizendo. Fogo voou da base do trono, espalhando-se em todas as direções. Chegou cada vez mais perto, passando de chamas laranja a azuis e roxas conforme pegava em cada osso.

Eu me afastei dela.

Alguma coisa estava errada. O fogo estava crescendo, se espalhando mais rápido do que eu conseguia correr. Ela não estava tentando impedir as chamas.

Era ela quem estava fazendo com que crescessem.

— O que você está fazendo? — gritei. — Está maluca?

Ela estava bem no centro das chamas.

— É uma batalha até a morte. Destruição absoluta. Só um de nós pode sobreviver. E por mais que eu odeie você, odeio Angelus ainda mais. — Sarafine levantou os braços acima da cabeça, e o fogo cresceu, como se estivesse levantando as chamas junto com ela. — Faça-o pagar.

A capa dela pegou fogo, assim como o cabelo.

— Você não pode desistir! — gritei, mas não sabia se ela conseguia me ouvir. Não conseguia mais vê-la.

Eu me joguei no fogo sem pensar, indo na direção dela pelas chamas. Eu não sabia se podia impedir, mesmo que quisesse. Mas eu não queria.

Era Sarafine ou eu.

Lena ou a Escuridão Eterna.

Não importava. Eu não ia ficar sentado aqui vendo uma pessoa morrer acorrentada como um cachorro. Nem mesmo Sarafine.

Não era por ela. Era por mim.

Estiquei a mão na direção das algemas nos seus tornozelos e bati com um osso no ferro na base do trono.

— Temos de sair daqui.

O fogo tinha me cercado completamente quando ouvi o grito. O som rasgou a terra árida e preencheu o ar do poço. Era o som de um animal selvagem morrendo. Por um segundo, pensei ter visto as torres douradas distantes do Grande Registro junto com o som da voz dela, em meio às chamas.

O corpo em chamas de Sarafine se arqueou para trás, contorcendo-se de dor, e começou a desmoronar em pequenos pedaços de pele e osso queimado. Não havia nada que pudesse fazer enquanto as chamas a consumiam. Eu queria fechar os olhos ou me virar. Mas parecia que alguém devia ser testemunha dos últimos momentos dela. Talvez eu só não quisesse que ela morresse sozinha.

Depois de alguns minutos que pareceram horas, vi os últimos pedaços da Conjuradora mais das Trevas dos dois mundos virarem cinza branca e fria.

Era tarde demais para sair.

Senti o fogo subir pelos meus braços.

Eu era o próximo.

Tentei visualizar Lena uma última vez, mas não conseguia nem pensar. A dor era insuportável. Eu sabia que ia desmaiar. Era o fim.

Fechei os olhos...

Quando os abri de novo, o buraco tinha sumido, e eu estava parado em frente a uma porta silenciosa em um corredor tranquilo, dentro de um prédio que parecia um castelo.

Não havia dor.

Nem Sarafine.

Nem fogo.

Exausto, limpei a cinza dos meus olhos e fiquei encolhido na frente da porta de madeira. Tinha acabado. Não havia ossos debaixo dos meus pés, só o piso de mármore.

Tentei me concentrar na porta. Ela era familiar.

Eu já tinha visto isso tudo antes. Era ainda mais familiar do que a sensação que tive quando vi Sarafine vindo para cima de mim.

Sarafine.

Onde ela está agora? Onde está sua alma?

Eu não queria pensar no assunto e fechei os olhos e deixei as lágrimas caírem. Chorar por ela parecia impossível. Era um monstro cruel. Ninguém nunca sentiu pena dela.

Então, não podia ser isso.

Pelo menos, foi o que disse a mim mesmo, até parar de tremer e ficar de pé.

Os caminhos da minha vida tinham se repetido para mim, como se o universo estivesse me obrigando a escolhê-los de novo. Eu estava na frente da inconfundível passagem que levava a todas as outras passagens, a todos os outros lugares e momentos.

Eu não sabia se tinha forças para ir em frente e sabia que não tinha coragem de desistir. Estiquei a mão e toquei na madeira entalhada do antigo portal Conjurador.

A *Temporis Porta.*

⊰ CAPÍTULO 33 ⊱

O caminho do Obstinado

Respirei fundo e tentei deixar o poder da *Temporis Porta* fluir para dentro de mim. Eu precisava sentir alguma coisa diferente de choque. Mas parecia uma porta dupla de madeira comum, mesmo tendo mil anos de idade e sendo contornada com palavras em niádico, uma língua perdida ainda mais velha que isso.

Encostei os dedos na madeira. Parecia que o sangue de Sarafine estava nas minhas mãos neste mundo, como meu sangue esteve nas dela no mundo anterior. Não importava eu ter tentado impedi-la.

Ela tinha se sacrificado para que eu tivesse a chance de chegar ao Grande Registro, mesmo o ódio sendo sua única motivação. Sarafine tinha me dado uma oportunidade de voltar para casa, para as pessoas que eu amava.

Eu tinha de seguir em frente. Como o oficial no Portão disse, só havia um caminho para entrar no lugar aonde eu precisava ir, o Caminho do Guerreiro. Talvez a sensação fosse essa.

Terrível.

Tentei não pensar na outra coisa. No fato de que a alma de Sarafine estava presa na Escuridão Eterna. Era difícil de imaginar.

Dei um passo para longe das portas amplas de madeira da *Temporis Porta*. Era idêntica ao portal que encontrei nos túneis Conjuradores, debaixo de Gatlin. O que me levou ao Registro Distante pela primeira vez. A madeira era sorveira, entalhada com círculos Conjuradores.

Coloquei as palmas das mãos na superfície externa.

Como sempre, ela abriu caminho para mim. Eu era o Obstinado, e elas eram o Caminho. Essas portas se abririam neste mundo, assim como se abriram no outro. Mostrariam meu caminho.

Empurrei com mais força.

As duas portas se abriram, e eu entrei.

Havia tantas coisas que eu não percebia quando estava vivo. Tantas coisas que tomava como corriqueiro. Minha vida não parecia preciosa quando eu a tinha.

Mas aqui, lutei em uma colina de ossos, atravessei um rio, passei por dentro de uma montanha, implorei, barganhei e negociei de um mundo até o outro para chegar perto desta porta e deste aposento.

Agora, eu só precisava encontrar a biblioteca.

Uma folha de um livro.

Uma folha das Crônicas Conjuradoras, *e posso ir pra casa.*

A proximidade de tudo pareceu rodopiar no ar ao meu redor. Eu tinha sentido uma coisa parecida só uma vez, na Grande Barreira, outra fresta entre mundos. Naquela época, assim como agora, também senti o poder estalando no ar, senti a magia. Eu estava em um lugar onde grandes coisas podiam acontecer e aconteciam.

Havia salas que podiam mudar o mundo.

Mundos.

Esta era uma delas, com as cortinas pesadas e retratos poeirentos, madeira escura e portas de sorveira. Um lugar onde todas as coisas eram julgadas e punidas.

Sarafine tinha jurado que Angelus viria atrás de mim, que ele praticamente me direcionou para cá. Não fazia sentido tentar me esconder. Ele devia ser o motivo de eu ter sido condenado à morte.

Se havia um jeito de passar por ele, um jeito de chegar à biblioteca e às *Crônicas Conjuradoras*, eu ainda não tinha descoberto. Só esperava que a ideia fosse vir a mim, da mesma forma como tantas ideias tinham feito no passado, quando meu futuro estava em jogo.

A única pergunta era: será que ele viria primeiro?

Decidi me arriscar e tentar procurar a biblioteca antes que Angelus me encontrasse. Teria sido um bom plano, se tivesse funcionado. Eu mal atravessara o salão quando os vi.

Os Guardiões do Conselho — o homem com a ampulheta, a mulher albina e Angelus — apareceram à minha frente.

As capas pendiam ao redor deles, se amontoavam nos pés, e eles quase não se moviam. Eu não conseguia nem perceber se estavam respirando.

— *Puer Mortalis. Is qui, unus, duplex est. Is qui mundo, qui fuit, finem attulit.* —
Quando um falava, todas as bocas se moviam como se eles fossem a mesma pessoa
ou, pelo menos, governados pelo mesmo cérebro. Eu quase tinha esquecido.

Não falei nada nem me mexi.

Eles olharam uns para os outros e falaram de novo.

— Garoto Mortal. Aquele que É Dois. Aquele que Encerrou o Mundo como Era.

— Quando vocês falam assim, é meio sinistro. — Não era latim, mas foi o melhor
que consegui dizer. Eles não responderam.

Ouvi o murmúrio de vozes estranhas ao meu redor, me virei e vi o salão de repente tomado de pessoas desconhecidas. Procurei as tatuagens e olhos dourados que
entregariam os Conjuradores das Trevas, mas estava desorientado demais para registrar qualquer coisa, além das três pessoas de capa de pé à minha frente.

— Filho de Lila Evers Wate, falecida Guardiã de Gatlin. — As vozes em coro encheram o grande salão como uma espécie de trompete. Lembrou-me da Beginning
Band com a Srta. Spider, na Jackson High, só que menos desafinada.

— Em carne e osso. — Eu dei de ombros. — Ou não.

— Você percorreu o labirinto e derrotou a Cataclista. Muitos tentaram. Só você
foi… — Houve uma hesitação, uma pausa, como se os Guardiões não soubessem o
que dizer. Respirei fundo, meio que esperando que eles dissessem alguma coisa como
exterminado. — Vitorioso.

Era quase como se eles não conseguissem se obrigar a dizer a palavra.

— Não exatamente. Ela meio que derrotou a si mesma. — Olhei com raiva para
Angelus, que estava de pé no meio. Eu queria que ele olhasse para mim. Queria que
soubesse que eu sabia o que ele tinha feito com Sarafine. Que tinha acorrentado a
Conjuradora como um cachorro a um trono de ossos. Que espécie de jogo doentio
era esse?

Mas Angelus nem piscou.

Dei um passo para a frente.

— Ou acho que foi você quem a derrotou, Angelus. Pelo menos, foi o que Sarafine
disse. Que você gostou de torturá-la. — Olhei ao redor. — É isso que os Guardiões
fazem aqui? Porque não é o que os Guardiões fazem lá de onde venho. Lá, eles são
boas pessoas, que se importam com coisas como certo e errado, bem e mal e tudo
isso. Como minha mãe.

Olhei para a multidão atrás de mim.

— Parece que vocês são bem esquisitos.

Os três falaram de novo, em uníssono.

— Isso não é preocupação nossa. *Victori spolia sunt.* Ao vitorioso, as benesses. A dívida foi paga.

— Quanto a isso... — Se esse era meu caminho de volta para Gatlin, eu queria saber.

Angelus levantou uma das mãos para me silenciar.

— Em troca, você conseguiu a entrada neste Registro, o Caminho do Guerreiro. Você precisa ser elogiado.

A multidão ficou em silêncio, o que não me fez sentir nem um pouco elogiado. Mais do que qualquer coisa, parecia que eu estava prestes a ser condenado. Ou talvez fosse assim que eu estivesse acostumado com as coisas aqui.

Olhei ao redor.

— Não parece que você está falando sério.

A multidão começou a sussurrar de novo. Os três Guardiões do Conselho me encararam. Pelo menos, acho que foi isso que fizeram. Era impossível ver os olhos deles atrás dos óculos de prisma de corte estranho, com filetes retorcidos de ouro, prata e cobre prendendo-os no lugar.

Tentei de novo.

— Em termo de benesses, eu estava pensando mais em ir pra casa, pra Gatlin. Não era esse o acordo? Um de nós vai pra Escuridão Eterna e o outro vai embora?

A multidão explodiu em caos.

Angelus deu um passo à frente.

— Chega! — O salão mergulhou em silêncio de novo. Desta vez, ele falou sozinho. Os outros Guardiões olharam para mim, mas não disseram nada. — O acordo era só para a Cataclista. Não fizemos um pacto desses com um Mortal. Jamais devolveríamos um Mortal à existência.

Eu me lembrei do passado de Amma, revelado pela pedra negra que eu ainda tinha no bolso. Sulla a tinha avisado que Angelus odiava Mortais. Ele nunca ia me deixar ir embora.

— E se o Mortal nunca devesse ter estado aqui?

Os olhos de Angelus se arregalaram.

— Quero minha página de volta.

Desta vez, a multidão arfou.

— O que está escrito nas *Crônicas* é lei. As folhas não podem ser removidas — sibilou Angelus.

— Mas você pode reescrevê-las como quiser? — Eu não conseguia esconder a ira na minha voz. Ele tinha tirado tudo de mim. Quantas outras vidas tinha destruído?

E por quê? Porque ele não podia ser Conjurador?

— Você foi Aquele que É Dois. Seu destino era ser punido. Você não devia ter envolvido a Lilum em questões que não cabiam a ela resolver.

— Espere. O que Lilian English, quero dizer, a Lilum, tem a ver com isso? — Minha professora de inglês, cujo corpo tinha sido habitado pela criatura mais poderosa no mundo Demônio, foi quem me mostrou o que eu precisava fazer para restabelecer a Ordem das Coisas.

Era por isso que ele estava me punindo? Será que atrapalhei o que ele estava planejando com Abraham? Destruir a raça Mortal? Usando Conjuradores como cobaias?

Eu sempre acreditei que quando Lena e Amma me trouxeram de volta à vida com *O Livro das Luas*, elas tinham colocado alguma coisa em movimento que não podia ser desfeita. Que tinha começado o efeito que abriu um buraco no universo, que era o motivo de eu ter de acertar as circunstâncias na torre de água.

E se eu tivesse entendido errado?

E se a coisa que deveria ter acontecido *era* a abertura do buraco?

E se consertar isso foi o crime?

Estava tão claro agora. Como se tudo estivesse perdido na escuridão até o sol aparecer. Alguns momentos são assim. Mas agora eu sabia a verdade.

Eu tinha de ter falhado.

O mundo que conhecíamos deveria ter acabado.

Os Mortais não eram a questão. Eles eram o problema.

A Lilum não devia ter me ajudado, e eu não devia ter pulado.

Ela devia ter me condenado, e eu devia ter desistido. Angelus tinha apostado na equipe errada.

Um som ecoou no salão quando as grandes portas na extremidade se abriram e revelaram uma pequena pessoa entre elas. E por falar em apostar na equipe errada... eu jamais teria feito essa aposta, nem em mil vidas.

Era mais inesperado do que Angelus ou qualquer outro dos Guardiões.

Ele abriu um sorriso largo; pelo menos, acho que foi um sorriso. Era difícil saber quando se tratava de Xavier.

— O-olá. — Xavier olhou ao redor do salão intimidante e limpou a garganta. Ele tentou de novo. — Olá, amigo.

Estava tão silencioso que dava para ouvir um dos preciosos botões dele cair no chão.

A única coisa que não estava em silêncio era Angelus.

— Como você ousa mostrar seu rosto impuro aqui de novo, Xavier? Se é que sobrou alguma coisa de Xavier aí, monstro.

As asas encouraçadas de Xavier balançaram com descaso.

Angelus pareceu mais zangado.

— Por que você se envolveu nisso? Seu destino não está entrelaçado ao do Obstinado. Você está cumprindo sua sentença. Não precisa tomar as batalhas de um Mortal morto para si.

— É tarde demais pra isso, Angelus — disse ele.

— Por quê?

— Porque ele pagou pela passagem, e eu aceitei o preço. Porque... — Xavier diminuiu a velocidade das palavras, como se estivesse deixando que se encaixassem no local correto em sua mente. — Ele é meu amigo, e não tenho nenhum outro.

— Ele não é seu amigo — sibilou Angelus. — Você é desmiolado demais para ter amigos. Desmiolado e impiedoso. Só se importa com suas bugigangas sem valor, suas quinquilharias perdidas. — Angelus parecia frustrado. Eu me perguntei por que ele se importava com o que Xavier pensava ou fazia.

Por que ele liga pra Xavier?

Tinha de haver uma história aqui. Mas eu não queria saber de nada que envolvesse Angelus e seus asseclas, nem os crimes que devem ter cometido. O Registro Distante era a coisa mais próxima que encontrei do Inferno na vida real, pelo menos na minha vida após a morte real.

— O que você sabe de mim — disse Xavier, lentamente — não é nada. — Seu rosto retorcido estava ainda mais sem expressão do que o habitual. — Menos do que eu sei de mim.

— Você é um tolo — respondeu Angelus. — Isso, eu sei.

— Sou um amigo. Tenho dois mil botões variados, oitocentas chaves e só um amigo. Talvez seja uma coisa que você não consegue entender. Não fui amigo com frequência antes. — Ele parecia orgulhoso. — Vou ser um agora.

Eu também estava orgulhoso dele.

Angelus riu com deboche.

— Você vai sacrificar sua alma por um amigo?

— Um amigo é diferente de uma alma, Angelus? — O Guardião do Conselho não disse nada. Xavier inclinou a cabeça de novo. — Você saberia se fosse?

Angelus não respondeu, mas não precisava. Todos sabíamos a resposta.

— O que você está fazendo aqui, então? *Mortali Comes.* — Angelus deu um passo na direção de Xavier, e Xavier deu um passo para trás. — Amigo do Mortal — rosnou Angelus.

Resisti à vontade de me meter entre eles, torcendo para que Xavier, para o bem de nós dois, não tentasse fugir.

— Você quer destruir o Mortal, não é? — Xavier engoliu em seco.

— Quero — respondeu Angelus.

— Você quer terminar a raça Mortal. — Não era uma pergunta.

— É claro. Como qualquer infestação, o objetivo final é a aniquilação.

Apesar de eu estar esperando, a resposta de Angelus me pegou desprevenido.

— Você... o quê?

Xavier olhou para mim como se estivesse tentando me calar.

— Não é segredo. Os Mortais são uma irritação para as raças sobrenaturais. Não é um conceito novo.

— Eu queria que fosse. — Eu sabia que Abraham queria acabar com a raça Mortal. Se Angelus estava trabalhando com ele, os objetivos dos dois estavam alinhados.

— Você procura entretenimento? — Xavier observou Angelus.

Angelus olhou para as asas encouraçadas de Xavier com nojo.

— Procuro soluções.

— Para a condição Mortal?

Angelus sorriu, sombrio e sem alegria.

— Como falei. Para a infestação Mortal.

Senti-me nauseado, mas Xavier só suspirou.

— Como você quiser chamar. Proponho um desafio.

— Um o quê? — Não gostei muito da ideia.

— Um desafio.

Angelus pareceu desconfiado.

— O Mortal derrotou a Rainha das Trevas e venceu. Esse é o único desafio que ele vai encarar hoje.

Fiquei irritado.

— Eu já falei. Não matei Sarafine. Ela derrotou a si mesma.

— Semântica — disse Angelus.

Xavier nos silenciou.

— Então você não está disposto a enfrentar o Mortal em um desafio?

Houve uma agitação na multidão, e Angelus pareceu estar com vontade de arrancar as asas de Xavier.

— Silêncio!

O barulho cessou imediatamente.

— Não tenho medo de Mortal algum!

— Então, eis minha proposta. — Xavier tentou manter a voz firme, mas estava claro que ele estava apavorado. — O Mortal vai enfrentar você no Grande Registro e tentar recuperar sua página. Você vai tentar impedi-lo. Se ele conseguir, você vai permitir que ele faça o que quiser com ela. Se você impedi-lo de chegar à página, ele vai permitir que você faça o que quiser com ela.

— O quê? — Xavier estava sugerindo que eu enfrentasse Angelus. Minhas chances não eram boas nesse cenário.

Angelus estava ciente de que todos os olhos estavam nele enquanto a multidão e os outros Guardiões do Conselho esperavam a resposta dele.

— Interessante.

Eu queria sair correndo dali.

— Não é interessante. Nem sei do que você está falando.

Angelus se inclinou na minha direção com olhos brilhando.

— Vou explicar. Uma vida de servidão ou a simples destruição da sua alma. Não importa pra mim. Vou decidir de ímpeto, como eu quiser. Quando eu quiser.

— Não tenho certeza sobre isso. — A mim, parecia uma proposta em que eu perderia de qualquer forma.

Xavier pousou uma das mãos no meu ombro.

— Você não tem escolha. É a única chance de voltar pra garota dos cachos. — Ele se virou para Angelus e esticou a mão. — Combinado?

Angelus olhou para a mão de Xavier como se estivesse infectada.

— Eu aceito.

⊰ CAPÍTULO 34 ⊱
As Crônicas Conjuradoras

Angelus saiu do aposento, com os outros Guardiões logo atrás.

Soltei a respiração que estava prendendo.

— O que eles vão fazer?

— Eles precisam te dar uma chance, senão serão vistos como injustos.

— Vistos como injustos? — Ele estava falando sério? — Você está dizendo que ninguém reparou nisso antes?

— O Conselho é temido. Ninguém os questiona — disse Xavier. — Mas eles também são orgulhosos. Principalmente Angelus. Ele quer que seus seguidores acreditem que ele está te dando uma chance.

— Mas não está?

— Depende de você agora. — Xavier se virou para mim com uma expressão que parecia de tristeza no que restava de seu rosto humano. — Não posso te ajudar. Não depois daqui, meu amigo.

— Do que você está falando?

— Não vou entrar lá de novo. Não posso — disse ele. — Não na Câmara das Crônicas.

É claro. O aposento que abrigava o livro. Tinha de ser ali perto.

Olhei para a fileira de portas à nossa frente, alinhadas em um dos lados do salão. Me perguntei qual levava ao final da minha jornada ou à morte da minha alma.

— Você não pode voltar lá? E eu posso? Não venha de covardia pra cima de mim agora. — Baixei a voz. — Você acabou de encarar Angelus. Fez um pacto com o Diabo. É meu herói.

— Não sou herói. Como falei, sou seu amigo.

Xavier não podia ir lá. Quem podia culpar o sujeito? A Câmara das Crônicas deve ter sido alguma espécie de casa dos horrores para ele. E ele já havia se colocado em perigo suficiente.

— Obrigado, Xavier. Você é um ótimo amigo. Um dos melhores. — Eu sorri para ele. O olhar que ele me deu em resposta foi sério.

— Essa jornada é sua, homem morto. Só sua. Não posso seguir em frente. — Ele colocou o braço no meu ombro e apertou.

— Por que tenho de fazer tudo sozinho? — Assim que acabei de falar, soube que não era verdade.

Os Grandes tinham me ajudado a achar o caminho.

Tia Prue certificou-se de eu ter uma segunda chance.

Obidias me contou tudo que eu precisava saber.

Minha mãe me deu a força para ir em frente.

Amma me procurou e acreditou quando me encontrou.

Lena me mandou *O Livro das Luas*, com todas as dificuldades e do outro lado do universo. Tia Marian e Macon, Link e John e Liv, eles estavam apoiando Lena quando eu não podia estar.

Até o Mestre do Rio e Xavier me ajudaram a seguir em frente, quando teria sido bem mais fácil desistir e voltar.

Nunca fiquei sozinho. Nem por um minuto.

Posso ter sido um Obstinado, mas meu caminho estava cheio de pessoas que me amavam. Elas eram o único caminho que eu conhecia.

Eu seria capaz de fazer isso.

Tinha de ser.

— Eu entendo — falei. — Obrigado, Xavier. Por tudo.

Ele assentiu.

— Vou te encontrar de novo, Ethan. Vou te ver na próxima vez que você cruzar o rio.

— Espero que demore muito.

— Também espero o mesmo, meu amigo. Por você mais do que por mim. — Os olhos dele pareceram brilhar por um segundo. — Mas vou me manter ocupado colecionando e contando até você voltar.

Não falei nada quando ele seguiu pelas sombras e voltou para o mundo onde nada acontecia e os dias eram iguais às noites.

Eu esperava que ele se lembrasse de mim.

Tinha quase certeza de que não se lembraria.

Uma a uma, toquei com a mão na fileira de portas à minha frente. Algumas eram frias como gelo. Outras não transmitiram sensação alguma, pareciam madeira simples. Só uma pulsou sob meus dedos.

Só uma queimou ao meu toque.

Eu sabia que era a porta certa, antes mesmo de ver os círculos Conjuradores entalhados na madeira de sorveira, assim como na *Temporis Porta*.

Essa era a passagem para o coração do Grande Registro. O único lugar para o qual o filho de Lila Jane Evers encontraria o caminho, fosse ele Obstinado ou não.

A biblioteca.

Empurrei a porta enorme diretamente em frente à *Temporis Porta* e soube que era a hora de encarar a parte mais perigosa da minha jornada.

Angelus estaria esperando.

As portas eram só o começo. Assim que entrei na câmara, me vi de pé em um aposento quase todo reflexivo. Era para ser uma biblioteca, mas era a mais estranha que eu já tinha visto.

As pedras esfareladas debaixo dos meus pés, as paredes ásperas de caverna, o teto e o chão com estalactites e estalagmites por toda a extensão, formando quase que um aposento redondo, tudo parecia ser feito de alguma espécie de pedra preciosa transparente, entalhada em mil facetas impossíveis, que refletiam a luz em todas as direções. Parecia que eu estava de pé em uma das 11 caixas de joias da coleção de Xavier.

Só que era menos claustrofóbico. Uma pequena abertura no teto permitia a entrada de luz suficiente para deixar o aposento todo com um brilho vertiginoso. O efeito me lembrava da caverna onde conheci Abraham Ravenwood, na noite da Décima Sétima Lua de Lena. No centro deste aposento, havia um lago de água do tamanho de uma piscina. A água branco-leitosa borbulhava como se houvesse fogo embaixo. Era da cor dos olhos opacos e cegos de Sarafine, antes de ela morrer...

Estremeci. Não podia pensar nela, não agora. Tinha de me concentrar em sobreviver a Angelus. Em derrotá-lo. Respirei fundo e tentei me controlar. Com o que eu estava lidando?

Meus olhos se fixaram no líquido branco borbulhante. No centro da piscina, um pequeno pedaço de terra se erguia acima da água, como uma pequena ilha.

No centro da ilha havia um pedestal.

No pedestal havia um livro, cercado de velas que brilhavam com estranhas chamas verdes e douradas.

O livro.

Eu não precisava que alguém me dissesse que livro era, nem o que estava fazendo aqui. O motivo de haver uma biblioteca inteira dedicada a apenas um livro e com um fosso ao redor.

Eu sabia exatamente por que ele estava aqui e por que eu estava.

Era a única parte desta jornada que eu entendia. A única coisa que estava completamente clara desde o momento em que Obidias Trueblood me contou a verdade sobre o que tinha acontecido comigo. Eram *As Crônicas Conjuradoras*, e eu estava aqui para destruir minha página. A que tinha me matado. E eu tinha de fazer isso antes que Angelus pudesse me impedir.

Depois de tudo que descobri sobre ser Obstinado e achar meu caminho, era até aqui que ele levava. Não havia outro caminho a seguir, não havia mais trilha para eu encontrar.

Eu estava no final.

E tudo que queria era voltar.

Mas, primeiro, precisava chegar àquela ilha, ao pedestal e às *Crônicas Conjuradoras*. Eu tinha de fazer o que tinha vindo fazer.

Um grito do outro lado do aposento me assustou.

— Garoto Mortal. Se você for embora agora, deixo você ficar com sua alma. Que tal esse desafio? — Angelus apareceu do outro lado da piscina. Eu me perguntei como ele chegou lá e desejei que houvesse tantas formas de sair desta sala quanto havia de entrar

Ou, pelo menos, tantos caminhos para casa.

— Minha alma? Não, não vai deixar. — Fiquei parado na beirada da piscina, joguei uma pedra na água borbulhante e a vi desaparecer. Eu não era burro. Ele jamais me deixaria ir embora. Eu acabaria como Xavier ou Sarafine. Com asas negras ou olhos brancos, não fazia diferença. No final, estávamos todos presos com as correntes dele, quer você conseguisse vê-las ou não.

Angelus sorriu.

— Não? Suponhamos que seja verdade. — Ele gesticulou com a mão, e algumas pedras se ergueram no ar ao redor dele. Elas se lançaram para cima de mim, uma depois da outra, batendo com precisão incomum. Levantei um braço na frente do rosto quando uma pedra passou voando.

— Muito maduro. O que você vai fazer agora? Me amarrar e me prender no seu depósito de ossos? Cego e acorrentado como um animal?

— Não se lisonjeie. Não quero um bichinho de estimação Mortal. — Ele torceu um dedo, e a água começou a girar em uma espécie de redemoinho. — Vou apenas destruir você. É mais fácil pra todos nós. Embora não seja um desafio muito grande.

— Por que você torturou Sarafine? Ela não era Mortal. Por que se dar a esse trabalho? — gritei.

Eu precisava saber. Parecia que nossos destinos estavam amarrados de alguma forma: o meu, o de Sarafine, o de Xavier e o de todos os outros Mortais e Conjuradores que Angelus tinha destruído.

O que nós éramos para ele?

— Sarafine? Era esse o nome dela? Eu quase tinha esquecido. — Angelus riu. — Você espera que eu me preocupe com cada Conjurador das Trevas que acaba aqui?

A água girou com violência agora. Eu me ajoelhei e toquei nela com uma das mãos. Estava gelada e era meio gosmenta. Não queria nadar nela, mas não conseguia descobrir outra forma de chegar lá.

Olhei para Angelus. Eu não sabia como esse negócio de desafio ia acontecer, mas achei que era melhor mantê-lo falando até eu descobrir.

— Você cega todos os Conjuradores das Trevas e faz com que lutem até a morte?

Olhei de novo para a água. Ela ondulou onde eu a estava tocando, ficando limpa e calma.

Angelus cruzou os braços, sorrindo.

Mantive a mão na água enquanto a corrente transparente se espalhava na piscina, embora minha mão estivesse ficando dormente. Agora eu conseguia ver o que realmente havia debaixo da superfície leitosa.

Cadáveres. Assim como os do rio.

Flutuando para cima, com cabelos verdes e lábios azuis parecendo máscaras nos corpos mortos e inchados.

Como eu, pensei. *É assim que estou agora. Em algum lugar, onde eu ainda tinha corpo.*

Ouvi Angelus rindo. Mas mal conseguia prestar atenção, mal conseguia pensar. Eu queria vomitar.

Afastei-me da água. Sabia que ele estava tentando me assustar e decidi não olhar para ela de novo.

Mantenha a mente em Lena. Chegue à página e você poderá ir pra casa.

Angelus me observou e riu ainda mais. Ele falou comigo como se eu fosse uma criança.

— Não tenha medo. Sua morte final não precisa acontecer assim. Sarafine não conseguiu executar as tarefas confiadas a ela.

— Então você sabe o nome dela. — Dei um sorriso.

Ele olhou com raiva.

— Sei que ela falhou comigo.

— Com você e com Abraham?

Angelus enrijeceu.

— Parabéns. Vejo que você andou xeretando em assuntos que não são da sua conta. O que significa que você não é nem um pouco mais esperto do que o primeiro Ethan Wate que visitou o Grande Registro. E não tem mais chances do que ele de ver a Conjuradora Duchannes que você ama.

Meu corpo todo ficou entorpecido.

É claro. Ethan Carter Wate tinha vindo aqui. Genevieve me contou.

Eu não queria perguntar, mas precisava.

— O que você fez com ele?

— O que você acha? — Um sorriso sádico se espalhou no rosto de Angelus. — Ele tentou pegar uma coisa que não lhe pertencia.

— A página dele?

A cada pergunta, o Guardião parecia mais satisfeito. Dava para perceber que ele estava gostando.

— Não. A de Genevieve, a garota Duchannes que ele amava. Ele queria cancelar a maldição que ela gerou para si mesma e o resto das crianças Duchannes que viriam depois dela. Mas acabou perdendo a alma tola.

Angelus olhou para a água em movimento. Ele fez um movimento com a cabeça, e um único cadáver se levantou até a superfície. Os olhos vazios que se pareciam muito com os meus me encararam.

— Parece familiar, Mortal?

Eu conhecia aquele rosto. Reconheceria em qualquer lugar.

Era o meu. Ou melhor, o dele.

Ethan Carter Wate ainda estava usando o uniforme confederado com o qual morreu.

Senti um aperto no coração. Genevieve jamais voltaria a vê-lo, não neste mundo nem no próximo. Ele morreu duas vezes, como eu. Mas jamais voltaria para casa.

Jamais tomaria Genevieve nos braços, nem mesmo no Outro Mundo. Ele tentou salvar a garota que ele amava e Sarafine, Ridley, Lena e todas as outras Conjuradoras que viessem depois dela na família Duchannes.

E falhou.

Isso não me fez sentir melhor. Não estando onde eu estava. E não quanto a deixar uma garota Conjuradora para trás, como nós dois tínhamos feito.

— Você também vai falhar. — As palavras ecoaram pela caverna.

O que significava que Angelus estava lendo minha mente. A esta altura, era a coisa menos surpreendente que acontecia por ali.

Eu sabia o que tinha de fazer.

Esvaziei a mente da melhor maneira que consegui, imaginando o velho campo de beisebol onde Link e eu jogávamos. Vi Link fazer um arremesso ruim na nona entrada enquanto eu estava na base do batedor socando a luva. Tentei imaginar o rebatedor. Quem era? Earl Petty, mastigando chiclete, depois que o técnico o tinha proibido de mascar?

Lutei para manter a mente no jogo enquanto meus olhos faziam outra coisa.

Vamos, Earl. Jogue pra longe do parque.

Olhei para o pedestal, depois para os cadáveres flutuando aos meus pés. Mais corpos continuavam a subir, batendo uns nos outros como sardinhas enlatadas. Não demoraria para que estivessem tão próximos que eu não conseguiria nem ver a água.

Se eu esperasse, talvez pudesse usá-los como apoio...

Pare! Pense no jogo!

Mas era tarde demais.

— Eu não tentaria. — Angelus me olhou do outro lado da piscina. — Nenhum Mortal consegue sobreviver à água. Você precisa da ponte para atravessar, e, como pode ver, ela foi removida. Por precaução de segurança.

Ele esticou a mão à frente do corpo e girou o ar em uma corrente que consegui sentir do outro lado da água.

Precisei me segurar para ficar de pé.

— Você não vai pegar sua página. Vai morrer a mesma morte desonrosa de seu homônimo. A morte que todos os Mortais merecem.

— Por que eu e por que ele? Por que qualquer um de nós? O que fizemos a você, Angelus? — Gritei para ele, acima do som do vento.

— Vocês são inferiores, nascem sem os poderes dos Sobrenaturais. Nos forçam a ficar escondidos enquanto suas cidades e escolas se enchem de crianças que vão crescer e não vão fazer nada além de ocupar espaço. Vocês transformaram nosso mundo em uma prisão. — O vento aumentou, e ele girou mais a mão. — É absurdo. Como construir uma cidade para roedores.

Esperei, imaginando o jogo idiota de beisebol, Earl rebatendo, o estalo do bastão, até as palavras se formarem e eu as enunciar.

— Mas você nasceu Mortal. O que isso te torna?

Os olhos dele se arregalaram, uma máscara de pura ira.

— O que você disse?

— Você me ouviu. — Virei a mente para a visão que eu tivera, forçando-me a lembrar dos rostos, das palavras. Xavier, quando era apenas Conjurador. Angelus, quando era apenas homem.

O vento aumentou, e eu cambaleei, com a ponta do tênis batendo na beirada da piscina de corpos. Firmei o corpo, desejando que meus pés não deslizassem.

O rosto de Angelus tinha ficado ainda mais pálido do que antes.

— Você não sabe de nada! Olha só o que sacrificou. Pra salvar o quê? Uma cidade cheia de Mortais patéticos?

Fechei os olhos, deixando que as palavras o encontrassem.

Sei que você nasceu Mortal. Todos os seus experimentos não podem mudar isso. Conheço seu segredo.

Os olhos dele se arregalaram, e o ódio tomou conta do rosto.

— Não sou Mortal! Nunca fui e nunca serei!

Conheço seu segredo.

O vento aumentou, e pedras voaram de novo pelo ar, com mais força desta vez. Tentei proteger meu rosto enquanto elas batiam nas minhas costelas e na parede atrás de mim. O sangue escorria pelo meu rosto.

— Vou te partir em pedaços, Obstinado!

Gritei acima do ruído.

— Você pode ter poderes, Angelus, mas, no fundo, ainda é Mortal, como eu.

Você não pode controlar forças das Trevas como Sarafine e Abraham, nem Viajar como um Incubus. Não consegue atravessar essa água tanto quanto eu.

— Não sou Mortal! — gritou ele.

Ninguém consegue.

— Mentiroso!

Prove.

Houve um segundo, um terrível segundo, em que Angelus e eu nos encaramos por cima da água.

Então, sem uma palavra, Angelus se lançou no ar, correndo por cima dos cadáveres na piscina, como se não conseguisse mais se controlar. Ele estava desesperado a esse nível para provar que era melhor que eu.

Melhor que um Mortal.

Melhor que qualquer pessoä que já tentou caminhar sobre água.

Eu estava certo.

Os corpos em decomposição estavam tão próximos, que ele correu por cima até que começassem a se mexer. Braços se esticaram para ele, centenas de mãos inchadas se ergueram da água. Este não era como o rio que atravessei para chegar aqui.

Este rio estava vivo.

Um braço deslizou pelo pescoço dele e o puxou para baixo.

— Não!

Estremeci quando a voz dele ecoou nas paredes.

Os cadáveres se agarraram à capa dele desesperadamente, puxando-o para baixo, para o abismo de perda e infelicidade. As mesmas almas que ele tinha torturado o estavam afogando.

Os olhos dele se prenderam aos meus.

— Me ajude!

Por que eu deveria?

Mas não havia nada que eu pudesse fazer, mesmo que quisesse. Eu sabia que os cadáveres me afogariam. Eu era Mortal, assim como Angelus, pelo menos, em parte.

Ninguém anda sobre a água, não de onde eu venho. Ninguém exceto o cara no quadro da escola dominical.

Pena que Angelus não era de Gatlin; então ele saberia isso.

As mãos dele tatearam na superfície da água até não haver mais nada além de um mar de corpos de novo. O fedor de morte estava por toda parte. Era sufocante, e tentei cobrir a boca, mas o odor distinto de podridão e decomposição era forte demais.

Eu sabia o que tinha feito. Não era inocente. Não na morte de Sarafine nem nessa. Ele estava lendo minha mente, e eu o forcei a isso, mesmo que o ódio e o orgulho dele o tivessem empurrado para a piscina.

Era tarde demais.

Um braço podre deslizou ao redor de seu pescoço, e em segundos ele desapareceu no mar de corpos. Era uma morte que eu não desejaria para ninguém.

Nem mesmo Angelus.

Talvez só para ele.

Em momentos, a piscina ficou branco-leitosa de novo, apesar de eu saber o que estava escondido embaixo.

Dei de ombros.

— Não foi um desafio tão grande assim.

Eu precisava encontrar a ponte ou alguma coisa que pudesse usar para atravessar.

A prancha lascada não estava bem escondida. Encontrei-a em um nicho a poucos metros de onde Angelus estava momentos antes. A madeira estava seca e rachada, o que não era tranquilizador, considerando o que eu tinha acabado de testemunhar.

Mas o livro estava tão perto.

Quando deslizei a prancha pela superfície da água, consegui praticamente sentir Lena nos meus braços e ouvir Amma gritando comigo. Não consegui pensar direito. Eu só sabia que tinha de atravessar aquela água e voltar para elas.

Por favor. Me deixem atravessar. Só quero voltar pra casa.

Com esse pensamento, respirei fundo.

Dei um passo.

E outro.

Eu estava a 1,5 metro da beirada da água, talvez dois.

Na metade do caminho. Não dava para voltar agora.

A ponte era surpreendentemente leve, embora estalasse e balançasse a cada passo meu. Ainda assim, estava aguentando.

Respirei fundo. Mais 1,5 metro.

Um...

Ouvi um estalo como uma onda atrás de mim. A água começou a se movimentar. Senti uma dor na perna quando ela cedeu debaixo de mim. A velha tábua quebrou como um palito de dente.

Antes que eu pudesse gritar, perdi o equilíbrio e caí na água mortal. Só que não havia água alguma; ou, se havia, eu não estava nela.

Estava nos braços dos mortos se levantando.

Pior.

Eu estava cara a cara com o outro Ethan Wate. Ele era tão esqueleto quanto homem, mas eu o reconhecia agora. Tentei me afastar, mas ele me agarrou pelo pescoço com a mão ossuda. Água saía pela boca, onde os dentes dele deviam estar. Eu tinha tido pesadelos menos apavorantes.

Virei a cabeça para afastar o rosto da baba do cadáver.

— Um Mortal poderia Conjurar um *Ambulans Mortus*? — Angelus passou pelos mortos que se reuniam ao meu redor, puxando meus braços e pernas em todas as

direções com tanta força que pensei que meus membros seriam arrancados do corpo.
— De baixo da água? Para despertar os mortos? — Triunfante, ele ficou de pé no chão, na frente do livro. Parecendo mais maluco do que pensei que um Guardião louco pudesse ser. — O desafio acabou. Sua alma é minha.

Eu não respondi. Não conseguia falar. O que fiz foi olhar bem dentro dos olhos vazios de Ethan Wate.

— Agora. Traga ele pra mim.

Com a ordem de Angelus, os cadáveres se ergueram da água fedida e me puxaram consigo para a margem. O outro Ethan me jogou no chão como se eu não pesasse nada.

Quando ele fez isso, uma pequena pedra negra rolou do meu bolso.

Angelus não reparou. Estava ocupado demais olhando para o livro. Mas eu vi com clareza suficiente.

O olho do rio.

Eu tinha me esquecido de pagar o Mestre do Rio.

É claro. Não se podia esperar atravessar a água quando quisesse. Não aqui. Não sem pagar um preço.

Peguei a pedra.

Ethan Wate, o morto, virou a cabeça na minha direção. O olhar que ele lançou para mim, se é assim que se podia chamar, considerando que o cara nem tinha olhos, me provocou um tremor na coluna. Senti pena dele. Mas eu não queria ser ele.

Nós devíamos pelo menos isso um ao outro.

— Adeus, Ethan — falei.

Com meu último vestígio de força, joguei a pedra na água. Ouvi-a bater e fazer um som bem baixo.

Não daria para perceber, a não ser que voce ╷osse eu.

Ou um dos mortos.

Porque eles desapareceram alguns segundos depois que a pedra bateu na água. Tão rapidamente quanto o tempo que a pedra levou para ir até o fundo da piscina de corpos.

Caí para trás no pequeno espaço de terra, exausto. Por um segundo, estava assustado demais para me mexer.

E então vi Angelus ali parado, colado no livro, lendo à luz das chamas verdes e douradas.

Eu sabia o que precisava fazer. E não tinha muito tempo para isso.

Fiquei de pé.

Ali estava. Estava aberto no pedestal, bem à minha frente.

À frente de Angelus também.

AS CRÔNICAS CONJURADORAS

Estiquei a mão para o livro, mas ele queimou meus dedos.

— Não — rosnou Angelus, segurando meu pulso. Os olhos dele estavam brilhando, como se o livro tivesse um estranho poder sobre ele. Ele nem levantou o olhar da página. Não sei se era capaz.

Porque era a página dele.

Eu quase conseguia ler de onde estava, mil palavras reescritas, uma riscada atrás da outra. Eu conseguia ver a pena, com a ponta manchada de tinta, quase se retorcendo nos dedos dele ao lado do livro.

Então foi assim que ele fez. Foi assim que forçou o mundo sobrenatural a ceder à sua vontade. Ele controlava a história. Não apenas a dele, mas a de todos nós.

Angelus tinha mudado tudo.

Uma pessoa podia fazer isso.

E uma pessoa podia anular a mudança.

— Angelus?

Ele não respondeu. Fitando o livro, parecia mais um zumbi do que os cadáveres.

Então, não olhei. Em vez disso, fechei os olhos e puxei a folha, com o máximo de força e rapidez que consegui.

— O que você está fazendo? — Angelus pareceu desesperado, mas eu não abri os olhos. — O que você fez?

Minhas mãos estavam queimando. A folha queria escapar de mim, mas eu não deixei. Segurei com mais força. Nada me impediria agora.

Ela se soltou nas minhas mãos.

O som de rasgar me lembrou do de um Incubus, e eu meio que esperei ver John Breed ou Link aparecerem do meu lado. Abri os olhos.

Não tive tanta sorte. Angelus esticou a mão para a folha, me empurrando em uma direção enquanto puxava meu braço em outra.

Peguei uma vela no pedestal e coloquei fogo na ponta da folha. Ela começou a soltar fumaça e queimar, e Angelus uivou de fúria.

— Solte! Você não sabe o que está fazendo! Você poderia destruir tudo... — Ele se jogou em cima de mim, socando e chutando, quase arrancando minha camisa. As unhas dele arranharam minha pele, uma vez após a outra, mas eu não soltei.

Não soltei quando senti as chamas queimarem meus dedos.

Não soltei quando a folha manchada de tinta virou cinzas.

Não soltei até o próprio Angelus desmoronar e virar nada, como se fosse feito de pergaminho.

Por fim, quando o vento soprou o último traço do Guardião e da página dele para o esquecimento, me vi olhando para minhas mãos queimadas e pretas.

— Minha vez.

Abaixei a cabeça e virei as páginas delicadas de pergaminho. Eu via nomes e datas no alto, escritos com caligrafias diferentes. Perguntei-me quais Xavier tinha escrito. Se Obidias tinha mudado a página de alguma outra pessoa. Eu esperava que não tivesse sido ele quem mudou a de Ethan Carter Wate.

Pensei no meu homônimo e estremeci, lutando para manter a bile no lugar.

Poderia ter sido eu.

Na metade do livro encontrei nossas páginas.

A de Ethan Carter Wate estava logo antes da minha, e as duas páginas foram claramente escritas com caligrafias diferentes.

Passei os olhos na página de Ethan Carter até chegar à parte da história que eu já sabia. Parecia o roteiro da visão que testemunhei com Lena, a história da noite em que ele morreu e Genevieve usou *O Livro das Luas* para trazê-lo de volta. A noite que iniciou tudo.

Olhei para a parte em que a página era presa à lombada. Quase a arranquei, mas sabia que não teria feito diferença. Era tarde demais para o outro Ethan.

Eu era o único que ainda tinha chance de mudar o destino.

Por fim, virei a página e vi que estava olhando para a letra de Obidias.

Ethan Lawson Wate

Não li minha página. Não podia arriscar. Eu já conseguia sentir a força do livro atraindo meus olhos, poderoso o bastante para me Ligar à minha página para sempre.

Afastei o olhar. Eu já sabia o que acontecia no final desse texto.

Agora, eu o estava mudando.

Arranquei a página, e as beiradas se soltaram da lombada com um brilho de eletricidade mais forte e mais claro do que um relâmpago. Ouvi o que pareceu um trovão no céu acima de mim, mas continuei a rasgar.

Desta vez, mantive as velas o mais longe do papel que consegui.

Puxei até as palavras se soltarem e desaparecerem como se tivessem sido escritas em tinta invisível.

Olhei para a página de novo, e ela estava em branco.

Deixei-a cair na água ao meu redor e observei-a cair nas profundezas leitosas desaparecendo na sombra infinita do abismo.

Minha página se foi.

E, naquele segundo, soube que eu também.

Olhei para meus All-Star abaixo de mim

até eles sumirem

e eu sumir,

e não importava mais...

porque

não

havia

nada

debaixo

de

mim

agora

e

então

não

havia

eu

↜ CAPÍTULO 35 ↝

Uma rachadura no universo

As pontas dos meus All-Star estavam por cima da beirada de metal, com uma cidade dormindo centenas de metros abaixo de mim. As pequenas casas e os pequenos carros pareciam brinquedos, e era fácil imaginá-los cobertos de purpurina debaixo de uma árvore, com o resto da cidade de Natal da minha mãe.

Mas não eram brinquedos.

Eu conhecia essa vista.

Não se esquece da última coisa que se vê antes de morrer. Pode acreditar em mim.

Eu estava de pé no alto da torre de água de Summerville, com veias de tinta branca rachada se espalhando debaixo dos meus tênis. A curva de um coração preto desenhado de caneta permanente chamou minha atenção.

Seria possível? Será que estou mesmo em casa?

Eu não sabia até vê-la.

A frente dos seus sapatos ortopédicos pretos estava perfeitamente alinhada com meus All-Star.

Amma estava usando o vestido preto de domingo com as pequenas violetas espalhadas por todo o tecido e um chapéu preto de aba larga. As luvas brancas seguravam as alças da bolsinha de couro.

Nossos olhos se encontraram por uma fração de segundo, e ela sorriu; o alívio se espalhando pelas feições de uma forma que era impossível descrever. Era quase pacífica, uma palavra que eu jamais usaria para descrever Amma.

Foi quando percebi que alguma coisa estava errada. O tipo de errado que você não pode mudar nem consertar.

Estiquei a mão para ela no exato momento em que ela pulou da beirada, no céu azul-enegrecido.

Amma! — estiquei os braços para ela, como costumava fazer com Lena nos meus sonhos quando ela estava caindo. Mas não consegui segurar Amma.

E ela não caiu.

O céu se abriu como se o universo estivesse se rasgando ou como se alguém finalmente tivesse cutucado aquele buraco que havia nele. Amma virou o rosto na direção dele, com lágrimas descendo pelas bochechas ao mesmo tempo que sorria para mim.

O céu a segurou, como se Amma fosse digna de ficar de pé nele, até a mão de alguém aparecer no meio do rasgo e das estrelas que piscavam. Reconheci a mão, era a que me ofereceu o corvo para que eu pudesse atravessar de um mundo para o outro.

Agora, tio Abner estava oferecendo aquela mão para Amma.

O rosto dele embaçou na escuridão ao lado de Sulla, Ivy e Delilah. A outra família de Amma. O rosto de Twyla sorriu para mim, com os amuletos presos nas longas tranças. A família Conjuradora de Amma estava esperando por ela.

Mas eu não me importava.

Não podia perdê-la.

— Amma! Não me deixe! — gritei.

Os lábios dela não se moveram, mas ouvi a voz, tão intensamente como se ela estivesse parada ao meu lado. *"Eu jamais poderia deixar você, Ethan Wate. Sempre estarei observando. Me dê orgulho."*

Senti uma dor no coração como se ele estivesse desmoronando, se espatifando em pedaços tão pequenos que eu poderia jamais encontrá-los. Caí de joelhos e olhei para os céus, gritando mais alto do que imaginava possível.

— Por quê?

Foi Amma quem respondeu. Ela estava mais longe agora e entrou na abertura no céu que se abriu só para ela.

— *Uma mulher só vale o mesmo que a palavra dela.* — Outro dos enigmas de Amma.

O último.

Ela levou os dedos aos lábios e os esticou na minha direção quando o universo a engoliu. As palavras dela ecoaram pelo céu, como se ela tivesse falado em voz alta.

— *E todo mundo disse que eu não podia mudar as cartas...*

As cartas.

Ela estava falando das que previram minha morte tantos anos atrás. As cartas cuja mudança ela negociou com o *bokor*. As que ela jurara que faria qualquer coisa para mudar.

Ela conseguiu.

Desafiou o universo e o destino e tudo em que acreditava. Por mim.

Amma estava trocando a vida dela pela minha, protegendo a Ordem ao oferecer uma vida por outra. Esse foi o acordo que ela fez com o *bokor*. Agora, eu entendia.

Vi o céu se costurar de novo, um ponto de cada vez.

Mas não ficou igual. Eu ainda conseguia ver a costura invisível onde o mundo tinha se rasgado para recebê-la. E eu sempre saberia que ela estava lá, mesmo que ninguém mais conseguisse ver.

Como as beiradas rasgadas do meu coração.

⊰ CAPÍTULO 36 ⊱

Traslado

Quando me sentei no metal frio na escuridão, parte de mim se perguntou se imaginei a coisa toda. Eu sabia que não. Ainda conseguia ver os pontos de costura no céu, por mais escuro que estivesse.

Ainda assim, não me mexi.

Se eu saísse dali, seria real.

Se eu saísse dali, ela teria partido.

Não sei quanto tempo fiquei ali tentando entender tudo, mas o sol nasceu, e eu ainda estava sentado no mesmo lugar. Por mais que eu tentasse entender, não conseguia sair do lugar.

Eu estava com uma velha história da Bíblia na cabeça, repetindo-se sem parar, como uma música ruim no rádio. Devo estar lembrando errado, mas o que lembro é: havia uma cidade de pessoas que eram tão corretas que foram levadas da terra direto para o Paraíso. Assim, de repente.

Elas nem morreram.

Puderam pular a morte, assim como você passa direto pelo Siga e vai para a Cadeia se pegar a carta errada no Banco Imobiliário.

Eles foram trasladados, é assim que se chama o que aconteceu com eles. Eu lembro porque Link ia à aula dominical comigo, e ele disse *teleportados*, depois, *transportados* e, finalmente, *transplantados*.

Era para agirmos com inveja, como se aquelas pessoas tivessem muita sorte por serem pegas e levadas para o Colo do Senhor.

Como se lá fosse um lugar.

Eu me lembro de ir para casa e perguntar à minha mãe sobre a história, porque fiquei muito assustado. Não lembro o que ela disse, mas decidi naquele momento que o objetivo não era ser bom. Era apenas *ser bom o bastante*.

Eu não queria correr o risco de ser trasladado, nem mesmo teleportado.

Eu não queria ir viver no Colo do Senhor. Estava mais empolgado com a Liga Infantil de Beisebol.

Mas parece que foi isso que aconteceu com Amma. Ela foi levada direto, transportada, teleportada, tudo isso.

Será que o universo ou o Senhor e seu colo ou os Grandes esperavam que eu me sentisse feliz com isso? Eu tinha acabado de passar pelo inferno para voltar ao mundo normal de Gatlin, para voltar para Amma, para Lena, para Link, para Marian.

Quanto tempo tínhamos juntos?

Era para eu aceitar isso bem?

Um minuto ela estava aqui, e, depois, acabou. Agora o céu era o céu de novo, plano, azul e calmo, como se fosse realmente gesso pintado, como o teto do meu quarto. Mesmo com uma pessoa que eu amava presa em algum lugar atrás dele.

Era como eu me sentia agora. Preso do lado errado do céu.

Sozinho no alto da torre de água de Summerville, olhando para o mundo que conheci toda a minha vida, um mundo de estradas de terra e pavimentadas, de postos de gasolina, mercados e shopping centers. E tudo estava igual, e nada estava igual.

Eu não estava igual.

Acho que essa é a questão na jornada de um herói. Você pode não começar como herói e pode nem voltar assim. Mas você muda, o que é a mesma coisa que tudo mudar. A jornada muda você, quer você saiba ou não, e quer você queira ou não. Eu tinha mudado.

Voltei dos mortos, e Amma se foi, mesmo ela agora sendo um dos Grandes.

Não dava para mudar mais do que isso.

Ouvi um estalo na escada abaixo de mim e soube quem era antes mesmo de senti-la se enrolando no meu coração. O calor explodiu em mim, na torre de água, em Summerville. O céu estava tomado de dourado e vermelho, como se o nascer do sol estivesse em reverso, acendendo o céu todo de novo.

Só havia uma pessoa que conseguia fazer isso com um céu ou com meu coração.

Ethan, é você?

Sorri ao mesmo tempo que meus olhos ficaram molhados e embaçados.

Sou eu, L. Estou bem aqui. Tudo vai ficar bem agora.

Estiquei a mão e peguei a dela, puxando-a para cima na plataforma do alto da torre de água.

Ela deslizou para os meus braços, caindo em um choro de soluços que reverberavam no meu peito. Não sei qual de nós estava chorando mais. Nem sei se lembramos de nos beijar. O que tínhamos era muito mais profundo que um beijo.

Quando estávamos juntos, ela me virava completamente do avesso.

Não importava se estávamos mortos ou vivos. Jamais poderíamos ser separados. Havia coisas mais poderosas que mundos ou universos. Ela era meu mundo, tanto quanto eu era o dela. O que tínhamos, nós sabíamos.

Os poemas estavam todos errados. É um estrondo, um estrondo bem grande. Não um choramingo.

E, às vezes, o dourado pode ficar.

Qualquer pessoa que se apaixonou pode dizer isso.

⤝ CAPÍTULO 37 ⤞
O que as palavras nunca dizem

— Amma Treadeau foi declarada legalmente morta, depois do desaparecimento da propriedade Wate, residência de Mitchell e Ethan Wate, na Cotton Bend, em Central Gatlin... — Parei de ler em voz alta.

Eu estava sentado à mesa da cozinha, onde a Ameaça de Um Olho esperava com tristeza na jarra sobre a bancada, e não parecia possível que eu estivesse lendo o obituário de Amma. Não quando ainda conseguia sentir o cheiro das balinhas de canela Red Hots e do grafite dos lápis.

— Continue lendo. — Tia Grace estava apoiada no meu ombro, tentando ler as letras que suas lentes bifocais eram dez vezes fracas demais para ler.

Tia Mercy estava sentada na cadeira de rodas, do outro lado da mesa, ao lado do meu pai.

— É melhor falarem alguma coisa sobre as tortas de Amma. Senão, com o Bom Deus como minha testemunha, vou até o *The Stars 'n' Bars* e vou falar o que penso. — Tia Mercy ainda pensava que nosso jornal tinha recebido o nome em homenagem à bandeira confederada.

— É *The Stars and Stripes* — corrigiu meu pai, delicadamente. — E tenho certeza de que deram duro para garantir que Amma seja lembrada por todos os talentos dela.

— Humm. — Tia Grace fungou. — O pessoal daqui não sabe nada sobre talento. O canto de Prudence Jane foi esnobado pelo coral durante anos.

Tia Mercy cruzou os braços.

— Ela tinha a voz de um anjo, se é que anjos cantam.

Fiquei surpreso de tia Mercy conseguir ouvir sem o aparelho auditivo. Ela ainda estava falando quando Lena começou a conversar comigo por Kelt.

Ethan? Você está bem?

Estou bem, L.

Você não parece bem.

Estou melhorando.

Espere aí. Estou indo.

O rosto de Amma olhava para mim do jornal, impresso em preto e branco. Usando o melhor vestido de domingo, o que tinha gola branca. Eu me perguntei se alguém tinha tirado aquela foto no enterro da minha mãe ou no da tia Prue. Poderia ter sido no de Macon também.

Foram tantos.

Coloquei o papel na madeira marcada. Odiei aquele obituário. Alguém do jornal deve ter escrito, não alguém que conhecia Amma. Tinham errado em tudo. Acho que eu tinha um novo motivo para odiar o *The Stars and Stripes* tanto quanto tia Grace odiava.

Fechei os olhos e fiquei ouvindo as Irmãs reclamarem sobre tudo, do obituário de Amma ao fato de que Thelma não conseguia fazer canjica do jeito certo. Eu sabia que era a maneira delas de homenagear a mulher que tinha criado meu pai e eu. A mulher que preparou para elas jarras e mais jarras de chá gelado e se certificava de que não saíssem de casa com a saia presa na meia-calça quando iam para a igreja.

Depois de um tempo, eu não conseguia mais ouvi-las. Só o som silencioso da casa de luto também. As tábuas do piso gemiam, mas desta vez eu sabia que não era Amma na sala ao lado. Nenhuma das panelas dela estava batendo. Nenhum cutelo estava atacando a tábua de cortes. Nenhuma comida quente estava a caminho.

A não ser que meu pai e eu aprendêssemos a cozinhar.

Também não havia caçarolas empilhadas na nossa varanda. Não desta vez. Não havia uma alma em Gatlin que ousasse trazer uma carne assada de panela para marcar a morte da Srta. Amma Treadeau. E se trouxessem, nós não comeríamos.

Não que alguém daqui realmente acreditasse que ela tivesse morrido. Pelo menos, era o que diziam.

— Ela vai voltar, Ethan. Lembra como ela apareceu sem dizer nada no dia em que você nasceu?

Era verdade. Amma criou meu pai e se mudou para Wader's Creek com a família. Mas, como conta a história, no dia em que meus pais me trouxeram para casa do hospital, ela apareceu com a bolsa de costura e se mudou para casa.

Agora, Amma tinha partido e não ia voltar. Mais do que qualquer pessoa, eu sabia como era isso. Olhei para o ponto gasto no piso perto do fogão, na frente da porta do forno.

Sinto saudade dela, L.

Eu também.

Sinto saudade das duas.

Eu sei.

Ouvi Thelma entrar na cozinha, com um pedaço de tabaco preso debaixo do lábio.

— Tudo bem, garotas. Acho que vocês já se agitaram muito por uma manhã. Vamos pra sala pra ver o que podemos ganhar no programa *The Price Is Right*.

Thelma piscou para mim e levou tia Mercy para a sala. Tia Grace seguiu atrás delas, com Harlon James ao redor dos pés.

— Espero que estejam dando uma daquelas caixas de gelo que fazem água sozinhas.

Meu pai pegou o jornal e começou a ler onde parei.

— "O velório será realizado na capela de Wader's Creek." — Minha mente voltou para Amma e Macon, de pé cara a cara no meio do pântano enevoado do lado errado da meia-noite.

— Ah, droga, tentei falar pra quem quisesse ouvir. Amma não quer velório. — Ele suspirou.

— Não.

— Ela está fazendo confusão em algum lugar agora, dizendo: "Não sei por que vocês estão desperdiçando tempo me velando. É tão certo quanto meu Doce Redentor que não vou desperdiçar meu tempo velando vocês."

Eu sorri. Ele inclinou a cabeça para o lado, como Amma fazia quando estava dando ataque.

— T-O-L-I-C-E. Seis vertical. O mesmo que "essa coisa toda não passa de arruaça e confusão", Mitchell Wate.

Desta vez, eu ri, porque meu pai estava certo. Eu conseguia ouvi-la falando. Ela odiava ser o centro das atenções, principalmente quando envolvia a famosa Parada Funerária da Piedade de Gatlin.

Meu pai leu o parágrafo seguinte.

— "A Sra. Amma Treadeau nasceu no Condado de Gatlin, Carolina do Sul, a sexta de sete filhos do falecido casal Treadeau." — A sexta de sete filhos? Amma alguma vez mencionou irmãos e irmãs? Eu só me lembrava de ela falar dos Grandes.

Ele passou os olhos por todo o obituário.

— "De acordo com alguns registros, a carreira dela como renomada doceira remonta a pelo menos cinco décadas e a mesma quantidade de feiras do condado." — Ele balançou a cabeça de novo. — Mas sem menção ao Carolina Gold dela? Meu Bom

Deus, espero que Amma não esteja lendo isso de alguma nuvem no céu. Ela vai mandar relâmpagos aqui pra baixo, pra todos os lados.

Não vai, eu pensei. *Amma não liga pro que dizem sobre ela agora. Não o pessoal de Gatlin. Está sentada em uma varanda em algum lugar com os Grandes.*

Ele prosseguiu.

— "A Sra. Amma deixa para trás extensa família, um grande número de primos e um círculo de amigos próximos da família." — Ele dobrou o jornal e jogou de volta na mesa. — Onde está a parte em que a Sra. Amma deixa pra trás dois dos rapazes mais coitados, famintos e tristes que já moraram na propriedade Wate? — Ele tamborilou os dedos com inquietação na bancada de madeira entre nós.

Eu não soube o que dizer.

— Pai?

— O quê?

— Nós vamos ficar bem, sabe?

Era verdade. Era o que ela vinha fazendo o tempo todo, se você pensasse no assunto. Vinha nos preparando para uma hora em que não estaria mais lá para nos preparar para tudo que viesse depois.

Para agora.

Meu pai devia ter entendido, porque ele colocou a mão pesada no meu ombro.

— Sim, senhor. Eu sei bem.

Não falei mais nada.

Ficamos sentados juntos, olhando pela janela da cozinha.

— Qualquer outra coisa não passaria de desrespeito. — A voz dele estava trêmula, e eu soube que ele estava chorando. — Ela nos criou muito bem, Ethan.

— Criou mesmo. — Lutei contra as lágrimas também. Por puro respeito, acho, como meu pai disse. Era assim que tinha de ser agora.

Agora era real.

Doía, quase me matava, mas era real, assim como perder minha mãe foi real. Eu precisava aceitar. Talvez fosse a forma como o universo tinha de se desenrolar, pelo menos, essa parte dele.

O certo e o fácil nunca são a mesma coisa.

Amma tinha me ensinado isso, melhor do que ninguém.

— Talvez ela e Lila Jane estejam cuidando uma da outra agora. Talvez estejam sentadas juntas, conversando enquanto comem tomates verdes fritos e tomam chá gelado. — Meu pai riu, apesar de estar chorando.

Ele não fazia ideia do quão próximo estava da verdade, e eu não contei para ele.

— Cereja. — Foi tudo que falei.

— O quê? — Meu pai me olhou de um jeito engraçado.

— Mamãe gosta de cereja. Arrancada direto do cabinho, lembra? — Virei a cabeça na direção dele. — Mas não sei se tia Prue está deixando qualquer uma das duas falar.

Ele assentiu e esticou a mão até encostar no meu braço.

— Sua mãe não liga. Ela só quer ser deixada em paz com os livros por um tempo, você não acha? Pelo menos, até nós chegarmos lá?

— Pelo menos — falei, embora não conseguisse olhar para ele agora.

Meu coração foi espremido de tantas maneiras diferentes ao mesmo tempo que eu não sabia o que estava sentindo. Parte de mim queria poder contar para ele que eu tinha visto mamãe. Que ela estava bem.

Ficamos sentados assim, sem nos movermos nem conversarmos, até eu sentir meu coração disparar.

L? É você?

Vem aqui pra fora, Ethan. Estou esperando.

Ouvi a música antes de ver o Lata-Velha aparecer pela janela. Fiquei de pé e fiz um gesto com a cabeça para o meu pai.

— Vou dar um pulo na casa da Lena.

— Fique o tempo que precisar.

— Obrigado, pai.

Quando me virei para sair da cozinha, tive um vislumbre do meu pai, sentado sozinho à mesa com o jornal. Eu não podia. Não podia deixá-lo assim.

Estiquei o braço para pegar o jornal.

Não sei por que fiz isso. Talvez eu só quisesse que ela ficasse próxima mais um pouco de tempo. Talvez eu não quisesse que meu pai ficasse sozinho com tantos sentimentos, enrolado em um jornal idiota com palavras cruzadas ruins e um obituário pior ainda.

E então, eu me dei conta.

Abri a gaveta de Amma e peguei um lápis n°. 2. Ergui-o para mostrar para meu pai.

Ele sorriu.

— Já estava apontado, mas ela apontou ainda mais.

— Era o que iria querer. Uma última vez.

Ele se esticou na cadeira até conseguir alcançar a gaveta e jogou para mim uma caixa de balinhas de canela Red Hots.

— Uma última vez.

Dei um abraço nele.

— Amo você, pai.

Em seguida, passei a mão pelo peitoril da janela todo, derramando sal por todo o piso da cozinha.

— Está na hora de deixar os fantasmas entrarem.

Só cheguei à metade da escada da varanda até ser interceptado por Lena. Ela pulou nos meus braços e envolveu minhas pernas com as pernas magrelas dela. Ela se agarrou a mim e eu a ela, como se nenhum dos dois fosse soltar nunca.

Havia eletricidade, muita eletricidade. Mas quando os lábios dela encontraram os meus, não houve nada além de doçura e paz. Era como voltar para casa, quando a casa ainda era um lar e não a própria tempestade.

Tudo estava diferente entre nós. Não havia mais nada nos separando. Eu não sabia se era por causa da Nova Ordem ou porque eu tinha viajado até o fim do Outro Mundo e voltado. Fosse como fosse, eu podia segurar a mão de Lena sem que um buraco de queimadura se abrisse na palma da minha mão.

O toque dela era terno. Os dedos eram macios. O beijo era apenas um beijo agora. Um beijo que era tão grande e tão pequeno quanto um beijo pode ser.

Não era uma tempestade elétrica nem um incêndio. Nada explodia nem queimava nem mesmo entrava em curto-circuito. Lena pertencia a mim, da mesma forma que eu pertencia a ela. E agora, nós podíamos ficar juntos.

O Lata-Velha buzinou, e nós paramos de nos beijar.

— Qualquer dia agora. — Link enfiou a cabeça pela janela. — Estou ficando grisalho de ficar aqui sentado vendo vocês.

Sorri para ele, mas não consegui me afastar dela.

— Amo você, Lena Duchannes. Sempre amei e sempre amarei. — As palavras eram tão verdadeiras hoje quanto na primeira vez que as falei, na Décima Sexta Lua.

— E eu amo você, Ethan Wate. Amei você desde o dia em que nos conhecemos. Ou antes. — Lena olhou bem nos meus olhos, sorrindo.

— Bem antes. — Eu sorri de volta, olhando bem dentro dos olhos dela.

— Mas tenho uma coisa pra te contar. — Ela se inclinou mais para perto. — Uma coisa que você deveria saber sobre a garota que ama.

Meu estômago se contraiu um pouco.

— O quê?

— Meu nome.

— Você está falando sério? — Eu sabia que os Conjuradores descobriam os nomes verdadeiros depois que eram Invocados, mas Lena nunca quis me contar o dela, independente de quantas vezes eu perguntasse. Achei que ela devia contar quando achasse que era a hora certa. E acho que era agora.

— Você ainda quer saber? — Ela sorriu porque já sabia a resposta.

Eu assenti.

— É Josephine Duchannes. Josephine, filha de Sarafine. — A última palavra foi um sussurro, mas eu ouvi como se ela tivesse gritado de cima de um telhado.

Apertei a mão dela.

O nome dela. O último pedaço de seu quebra-cabeça familiar, e a única coisa que não se podia encontrar em nenhuma árvore genealógica.

Eu ainda não tinha contado para Lena sobre a mãe. Parte de mim queria acreditar que Sarafine tinha entregado a alma para que eu pudesse ficar com Lena de novo, que o sacrifício dela era mais do que vingança. Algum dia eu contaria o que a mãe dela fez por mim. Lena merecia saber que Sarafine não era de todo ruim.

O Lata-Velha buzinou de novo.

— Venham, pombinhos. Temos de ir pro Dar-ee Keen. Todo mundo está esperando.

Peguei a outra mão de Lena e puxei-a pelo gramado da frente até o Lata-Velha.

— Temos de dar uma paradinha no caminho.

— Isso vai envolver algum Conjurador das Trevas? Preciso da tesoura de jardinagem?

— Só vamos até a biblioteca.

Link apoiou a testa no volante.

— Não renovo meu cartão da biblioteca desde os 10 anos. Acho que tenho melhores chances com os Conjuradores das Trevas.

Fiquei de pé em frente à porta do carro e olhei para Lena. A porta de trás se abriu sozinha, e nós entramos.

— Ah, cara. Agora sou seu motorista? Vocês Conjuradores e Mortais têm uma maneira bem esquisita de demonstrarem afeto por um cara. — Link aumentou a música, como se não quisesse ouvir o que eu tivesse a dizer.

— Eu gosto de você.

Bati na cabeça dele por trás com força. Ele nem pareceu sentir. Eu estava falando com Link, mas estava olhando para Lena. Não conseguia parar de olhar para ela. Ela era mais bonita do que eu lembrava, mais bonita e mais real.

Enrolei uma mecha de cabelo dela no meu dedo, e ela encostou a bochecha na minha mão. Estávamos juntos. Era difícil pensar, ver ou até falar sobre qualquer outra coisa. Mas então, me senti mal por me sentir tão bem ainda com o *The Stars and Stripes* no bolso de trás.

— Espera. Olha só. — Link fez uma pausa. — Era exatamente disso que eu precisava pra terminar a letra da música nova. "Garota doce. É uma dor tão doce que ela vai te fazer querer vomitar…"

Lena colocou a cabeça no meu ombro.

— Comentei que minha prima voltou pra cidade?

— É claro que voltou. — Eu sorri.

Link piscou para mim pelo retrovisor. Bati na cabeça dele de novo quando o carro saiu pela rua.

— Acho que você vai ser um astro do rock — falei.

— Preciso voltar a trabalhar na minha demo, sabe? Porque assim que a gente se formar, vou direto pra Nova York, a grande…

Link falava tanta merda que era quase um banheiro. Como antigamente. Como era para ser.

Era toda prova de que eu precisava.

Eu estava mesmo em casa.

⊰ CAPÍTULO 38 ⊱

Onze horizontal

— Vocês podem entrar — disse Link, aumentando o volume da demo mais recente dos Holy Rollers. — Vou esperar aqui. Já tenho livros suficientes na escola.

Lena e eu saímos do Lata-Velha e olhamos para a Biblioteca do Condado de Gatlin. A reforma estava mais adiantada do que eu lembrava. A maior parte da obra estava terminada na área externa, e as boas senhoras do FRA já tinham começado a plantar mudas de árvores perto da porta.

O interior do prédio estava mais inacabado. Folhas de plástico estavam penduradas em um dos lados, e dava para ver ferramentas e cavaletes no outro. Mas tia Marian já tinha arrumado essa área, o que não me surpreendeu em nada. Ela preferia ter meia biblioteca a não ter biblioteca alguma, fosse quando fosse.

— Tia Marian? — Minha voz ecoou mais que o habitual, e em segundos ela apareceu no final de um corredor de meias. Vi lágrimas nos olhos dela quando ela se apressou para me dar um abraço.

— Ainda não consigo acreditar. — Ela me abraçou com mais força.

— Confie em mim, eu sei.

Ouvi os sons de sapatos no piso sem carpete.

— Sr. Wate, é um prazer vê-lo, filho. — Macon estava com um sorriso enorme no rosto. Era o mesmo que ele parecia dar todas as vezes que me encontrava agora, e eu estava começando a ficar meio apavorado.

Ele deu um abraço em Lena e andou até mim. Estiquei a mão para apertar a dele, mas ele passou o braço pelo meu pescoço.

— Também é bom ver o senhor. Queríamos mesmo falar com o senhor e tia Marian.

Ela ergueu uma sobrancelha.

— Ah?

Lena estava enroscando o cordão com pingentes, esperando que eu explicasse. Acho que ela não queria dar a notícia para o tio de que agora podíamos fazer tudo que quiséssemos sem colocar minha vida em perigo. Assim, eu fiz as honras. E por mais intrigado que Macon parecesse, eu tinha certeza de que ele gostava mais quando beijar Lena trazia a ameaça de choque elétrico.

Marian se virou para Macon sem entender.

— Incrível. O que você acha que significa?

Ele estava andando na frente das estantes.

— Não tenho certeza.

— Seja lá o que for, você acha que vai afetar outros Conjuradores e Mortais? — Lena estava com esperanças de ser alguma espécie de mudança na Ordem das Coisas. Talvez um bônus cósmico depois de tudo que passei.

— Isso é improvável, mas vamos investigar. — Ele olhou para Marian.

Ela assentiu.

— É claro.

Lena tentou esconder a decepção, mas o tio a conhecia bem demais.

— Mesmo que não esteja afetando outros Conjuradores e Mortais, está afetando vocês dois. A mudança tem de começar em algum lugar, mesmo no mundo sobrenatural.

Ouvi um rangido, e a porta da frente bateu.

— Dra. Ashcroft?

Olhei para Lena. Eu reconheceria aquela voz em qualquer lugar. Pelo visto, Macon também reconheceu, porque ele se escondeu atrás das estantes comigo e com Lena.

— Oi, Martha. — Marian usou sua voz mais simpática de bibliotecária para falar com a Sra. Lincoln.

— Foi o carro de Wesley que vi lá fora? Ele está aqui?

— Sinto muito. Não está.

Link devia estar agachado no chão do Lata-Velha, se escondendo da mãe.

— Posso fazer mais alguma coisa por você hoje? — perguntou Marian, educadamente.

— O que você pode fazer — disse a Sra. Lincoln com irritação — é tentar ler este livro de feitiçaria e me explicar como podemos permitir que nossas crianças peguem isto na biblioteca pública.

Eu não precisava olhar para saber a que série ela estava se referindo, mas não consegui evitar. Enfiei a cabeça pelo canto e vi a mãe de Link sacudindo um exemplar de *Harry Potter e o Enigma do Príncipe*.

Eu não consegui deixar de sorrir. Era bom saber que algumas coisas em Gatlin nunca mudariam.

Não peguei o *The Stars and Stripes* durante o almoço. Dizem que quando alguém que você ama morre, você não consegue comer. Mas hoje eu comi um cheeseburguer com picles extra, porção dupla de batatas fritas, um milk-shake de Oreo com framboesa e uma banana split com calda quente, caramelo e porção extra de chantilly.

Eu tinha a sensação de passar semanas sem comer. Acho que realmente não tinha comido nada no Outro Mundo, e meu corpo parecia saber.

Enquanto Lena e eu comíamos, Link e Ridley brincavam um com o outro, o que parecia mais uma briga para quem não os conhecia.

Ridley balançou a cabeça.

— É sério? O Lata-Velha? Já não falamos sobre isso no caminho pra cá?

— Eu não estava ouvindo. Só presto atenção a uns dez por cento do que você diz. — Ele olhou para ela por cima do ombro. — Fico noventa por cento ocupado demais olhando pra você enquanto você fala.

— Ah, bem, talvez eu esteja cem por cento ocupada olhando pro outro lado. — Ela agiu com irritação, mas eu conhecia Ridley muito bem.

Link apenas sorriu.

Ridley abriu um pirulito vermelho e transformou o procedimento em espetáculo, como sempre.

— Se você pensa que vou pra Nova York com você nesse balde de ferrugem, você é mais louco do que pensei, gostosão.

Link encostou o rosto no pescoço dela, e Rid deu um tapa nele.

— Para com isso, gata. Foi incrível da última vez. E desta vez não vamos precisar dormir no Lata-Velha.

Lena ergueu uma sobrancelha para a prima.

— Você dormiu em um carro?

Rid jogou o cabelo louro e rosa para trás.

— Eu não podia deixar o Shrinky Dink sozinho. Ele nem era híbrido naquela época.

Link limpou as mãos oleosas na camiseta do Iron Maiden.

— Você sabe que me ama, Rid. Admite.

Ridley fingiu se afastar um pouco dele, mas quase nem se mexeu.

— Sou uma Sirena, caso você tenha esquecido. Não *amo* nada.

Link deu um beijo na bochecha dela.

— Só a mim.

— Tem espaço pra mais? — John estava equilibrando uma bandeja de bebidas e batatas fritas em uma das mãos e segurava a de Liv com a outra.

Lena sorriu para Liv e chegou para o lado.

— Sempre.

Houve uma época em que eu não conseguia fazer com que as duas ficassem no mesmo aposento. Mas isso parecia uma vida inteira atrás. Tecnicamente, para mim, acho que era mesmo.

Liv se aconchegou nos braços de John. Ela estava usando a camiseta da tabela periódica e as tranças louras que eram sua marca registrada.

— Espero que vocês não pensem que vamos dividir isso. — Ela colocou a travessa de papel cheia de batatas apimentadas na sua frente.

— Eu jamais ficaria entre você e suas batatas fritas, Olivia. — John se inclinou e deu um beijo rápido nela.

— Rapaz inteligente. — Liv parecia feliz, não do tipo que quer ver o melhor lado da situação, mas, sim, verdadeiramente feliz. E eu estava feliz pelos dois.

Charlotte Chase gritou detrás do balcão; parecia que o emprego de verão tinha virado um emprego fixo pós-escola.

— Alguém quer um pedaço de torta de noz pecã? Recém-saída do forno? — Ela ergueu uma torta de aparência infeliz dentro de uma caixa. Não estava recém-saída de forno algum nem do forno do fabricante de congelados.

— Não, obrigada — disse Lena.

Link ainda estava olhando para a torta.

— Aposto que não é boa o bastante nem pra ser a pior torta de pecã de Amma. — Ele também sentia falta de Amma. Dava pra perceber. Ela sempre pegava no pé dele por causa de alguma coisa, mas ela amava Link. E ele sabia. Amma o deixava se safar de coisas que jamais me deixaria, o que me fez lembrar de uma coisa.

— Link, o que você fez no meu porão quando tinha 9 anos? — Até hoje, Link nunca tinha me contado o que Amma sabia sobre ele. Eu sempre quis descobrir, mas era um segredo que nunca consegui arrancar dele.

Link se remexeu no banco.

— Pare com isso, cara. Algumas coisas são particulares.

Ridley olhou para ele com desconfiança.

— Foi quando você encheu a cara e vomitou pra todo lado?

Ele balançou a cabeça.

— Não. Esse era o porão de outra pessoa. — Ele deu de ombros. — Ah, existem muitos porões por aí.

Estávamos todos olhando para ele.

— Tudo bem. — Ele passou a mão pelo cabelo espetado com nervosismo. — Ela me pegou... — Ele hesitou. — Ela me pegou fantasiado...

— Fantasiado? — Eu nem queria pensar no que ele queria dizer.

Link esfregou o rosto, constrangido.

— Foi horrível, cara. E se minha mãe descobrisse, ela mataria você por dizer e a mim por fazer.

— O que você estava usando? — perguntou Lena. — Um vestido? Saltos altos?

Ele balançou a cabeça. Seu rosto estava ficando vermelho de vergonha.

— Pior.

Ridley bateu no braço dele, parecendo bastante nervosa.

— Fale logo. Que diabos você estava usando?

Link deixou a cabeça pender.

— Um uniforme de soldado da União. Roubei da garagem de Jimmy Weeks.

Eu caí na gargalhada, e, em segundos, Link também. Mais ninguém na mesa entendia o pecado que era para um garoto do sul, com um pai que era líder da Cavalaria Confederada na Encenação da Batalha de Honey Hill e uma mãe que era membro orgulhoso das Irmãs da Confederação, experimentar um uniforme da Guerra Civil do lado inimigo. Você tinha de ser de Gatlin para entender.

Era uma daquelas verdades não ditas, como, por exemplo, não se fazem tortas para a família Wate porque não vão ser melhores que as de Amma; não se senta na frente de Sissy Honeycutt na igreja porque ela fala o tempo todo junto com o pastor; e você não escolhe a cor da tinta da sua casa sem consultar a Sra. Lincoln, a não ser que seu nome seja Lila Evers Wate.

Gatlin era assim.

Era uma família, tudo e todos eles, com as partes boas e as ruins.

A Sra. Asher até disse para a Sra. Snow dizer para a Sra. Lincoln para dizer para Link que ela estava feliz de eu ter voltado inteiro da casa de tia Caroline. Pedi a Link agradecer a ela e falei sério. Talvez a Sra. Lincoln até me fizesse de novo os famosos brownies dela um dia.

Se ela fizesse, aposto que eu limparia o prato.

Quando Link nos deixou, Lena e eu seguimos direto para Greenbrier. Era nosso lugar, e independente de quantas coisas ruins tivessem acontecido lá, sempre seria o lugar onde encontramos o medalhão. Onde vi Lena mover as nuvens pela primeira vez, mesmo não percebendo que era ela. Onde praticamente aprendemos latim sozinhos, tentando traduzir o *Livro das Luas*.

O jardim secreto em Greenbrier guardava nossos segredos desde o começo. E, de certa forma, estávamos começando de novo.

Lena me lançou um olhar engraçado quando finalmente desenrolei o jornal que estava carregando a tarde toda.

— O que é isso? — Ela fechou o caderno espiral, onde passava o tempo todo escrevendo, como se não conseguisse colocar tudo no papel rápido o bastante.

— As palavras cruzadas.

Nós nos deitamos de barriga para baixo na grama, encostados um no outro no nosso antigo ponto perto dos limoeiros e da pedra da lareira. Fiel ao nome, Greenbrier estava mais verde do que eu jamais tinha visto. Não havia nenhum gafanhoto nem trecho de grama marrom morta por perto. Gatlin realmente tinha voltado à melhor versão de si mesma.

Nós fizemos isso, L. Não sabíamos o quanto éramos poderosos.

Ela apoiou a cabeça no meu ombro.

Agora sabemos.

Eu não sabia quanto tempo duraria, mas jurei para mim mesmo que não desvalorizaria nunca mais. Nem um minuto do que tínhamos.

— Pensei que a gente podia fazer. Você sabe, por Amma.

— As palavras cruzadas?

Assenti, e ela riu.

— Sabe que nunca nem olhei pra essas palavras cruzadas? Nem uma vez. Só quando você se foi e começou a usá-las pra falar comigo.

— Foi bem inteligente, não? — Eu a cutuquei.

— Melhor do que você tentar compor músicas. Mas suas palavras cruzadas também não eram tão boas. — Ela sorriu e mordeu o lábio inferior. Não consegui resistir a beijá-la sem parar até ela se afastar rindo.

— Certo. Elas eram bem melhores. — Ela encostou a testa na minha.

Eu sorri.

— Admita, L. Você amava minhas palavras cruzadas.

— Você está brincando? É claro que amava. Você voltava pra mim cada vez que eu olhava pras cruzadas idiotas.

— Eu estava desesperado.

Abrimos o jornal entre nós, e eu peguei o lápis nº. 2. Eu devia saber o que veríamos.

Amma tinha deixado uma mensagem para mim, como as que deixei para Lena.

Quatro horizontal. De eis a questão, no imperativo.

S-E-J-A.

Três vertical. O oposto de mau.

B-O-M.

Cinco vertical. A vítima de um acidente de trenó em um romance de Edith Wharton.

E-T-H-A-N.

Sete horizontal. Uma expressão de alegria.

A-L-E-L-U-I-A.

Amassei o jornal e puxei Lena para perto de mim.

Amma estava em casa.

Amma estava comigo.

E Amma estava morta.

Chorei até o sol sumir do céu e a campina ao meu redor ficar tão escura e tão leve quanto eu me sentia.

⚜ CAPÍTULO 39 ⚜
Uma canção para Amma

a ordem não é ordenada
tanto quanto as coisas não são coisas
aleluia
não dá para encontrar sentido em torres de água
nem cidades de natal
quando não dá para diferenciar o que é em cima e o que é embaixo
aleluia
túmulos sempre são túmulos
de dentro ou de fora
e o amor quebra o que não pode ser quebrado
aleluia
um que eu amava, eu amava; um que eu amava, eu perdi
agora ela está forte, apesar de ter partido
de ter encontrado e pagado pela passagem
ela voou
aleluia
leve luz às trevas — cante os grandes
um novo dia
aleluia

⊰ EPÍLOGO ⊱
Depois

Naquela noite, fiquei deitado na velha cama de mogno no meu quarto, como gerações de Wates antes de mim. Com livros embaixo. Um celular quebrado ao meu lado. Um velho iPod pendurado no pescoço. Até meu mapa estava de volta à parede. Lena tinha prendido ela mesma. Não importava o quanto tudo estava confortável. Eu não conseguia dormir, de tantas coisas que tinha para pensar.

Pelo menos, lembrar.

Quando eu era pequeno, meu avô morreu. Eu amava meu avô, por mil motivos que não saberia contar e mil histórias que não lembrava direito.

Depois que aconteceu, eu me escondi no quintal, em cima da árvore que crescia no meio da nossa cerca, onde os vizinhos costumavam jogar pêssegos verdes em mim e nos meus amigos e onde costumávamos jogá-los nos vizinhos.

Eu não conseguia parar de chorar, por mais que apertasse os punhos sobre os olhos. Acho que, antes disso, nunca tinha me dado conta de que as pessoas podiam morrer.

Primeiro, meu pai saiu e tentou me convencer a descer da árvore idiota. Depois, minha mãe tentou. Nada que eles disseram conseguiu me fazer sentir melhor. Perguntei se meu avô estava no Paraíso, como disseram na escola dominical. Minha mãe disse que não tinha certeza. Foi a historiadora que havia nela. Ela disse que ninguém sabia de verdade o que acontecia quando alguém morria.

Talvez virássemos borboletas. Talvez virássemos pessoas de novo. Talvez apenas morrêssemos e nada acontecesse.

Só chorei mais. Uma historiadora não é quem você deve procurar nesse tipo de situação. Foi quanto contei a ela que não queria que vovô morresse, mas mais do que isso, não queria que ela morresse, e ainda mais do que isso, eu também não queria morrer. Então, ela desmoronou.

Ele era pai dela.

Desci da árvore sozinho depois, e choramos juntos. Ela me tomou nos braços, bem ali, nos degraus dos fundos da propriedade Wate e disse que eu não ia morrer.

Não ia.

Ela prometeu.

Eu não ia morrer nem ela.

Depois disso, a única coisa de que lembro foi entrar e comer três fatias de torta de framboesa e cereja, do tipo com a cobertura quadriculada de açúcar. Alguém tinha de morrer para Amma fazer aquela torta.

Acabei crescendo, fiquei mais velho e parei de procurar o colo da minha mãe todas as vezes que sentia vontade de chorar. Até parei de subir naquela velha árvore. Mas demorei anos para perceber que minha mãe tinha mentido para mim. Só quando ela se foi, eu me lembrei do que tinha dito.

Não sei o que estou tentando dizer. Não sei de que isso se trata.

Por que nos damos ao trabalho.

Por que estamos aqui.

Por que amamos.

Eu tinha uma família, e ela era tudo para mim, e eu nem sabia quando a tinha. Eu tinha uma garota, e ela era tudo para mim, e eu sabia disso a cada segundo que estava com ela.

Eu perdi todos. Tudo que um sujeito poderia querer.

Encontrei o caminho de casa novamente, mas não se engane. Nada é o mesmo que antes. Nem sei se quero que seja.

De qualquer modo, ainda sou um dos sujeitos de mais sorte que existem.

Não sou do tipo que frequenta igreja, nem quando se trata de rezar. Para ser sincero, para mim, nunca passa muito de ter esperança. Mas sei disso e quero dizer. E espero de verdade que alguém escute.

Existe um sentido. Não sei qual é, mas tudo que tive, e tudo que perdi, e tudo que senti significou alguma coisa.

Talvez não exista um sentido da vida. Talvez só exista um sentido de viver.

Foi o que aprendi. É o que farei de agora em diante.

Viver.

E amar, por mais meloso que pareça.

Lena Duchannes. O sobrenome dela começa com a mesma letra de "doçura".

Não vou mais cair. É o que L diz, e ela está certa.

Acho que seria possível dizer que estou voando.

Nós dois estamos.

E tenho certeza de que, em algum lugar, no céu azul de verdade e na amplidão das abelhas carpinteiras, Amma também está voando.

Todos estamos, dependendo de como se olha. Se estamos voando ou caindo, depende de nós.

Porque o céu não é feito de tinta azul, e não existem só dois tipos de pessoa no mundo: os burros e os confusos. Só achamos que é assim. Não desperdice seu tempo com nenhum dos dois, com nada. Não vale a pena.

Você pode perguntar à minha mãe, se estiver o tipo certo de noite estrelada. Do tipo com duas luas Conjuradoras e uma Estrela do Sul e uma Estrela do Norte.

Pelo menos, eu sei que posso.

Eu me levanto à noite e ando pelo piso de madeira que geme. Ele parece incrivelmente real, e não há um momento em que eu pense que estou sonhando. Na cozinha, pego vários copos limpíssimos no armário sobre a bancada.

Um a um, eu os coloco enfileirados na mesa.

Vazios exceto pela luz da lua.

A luz da geladeira é tão forte que me surpreende. Na prateleira de baixo, enfiado atrás de uma alface apodrecendo, eu encontro.

Achocolatado.

Como eu desconfiava.

Eu podia não querer mais e eu podia não estar mais aqui para beber, mas eu sabia que não havia como Amma ter parado de comprar.

Abro a caixa e dobro o bico, uma coisa que eu sabia fazer dormindo, que é praticamente o estado em que estou. Eu não conseguiria fazer uma torta para tio Abner nem que minha vida dependesse disso nem sei onde Amma guarda a receita do Túnel de Fudge.

Mas isso, eu sei.

Um a um, encho os copos.

Um para tia Prue, que viu tudo sem piscar.

Um para Twyla, que abriu mão de tudo sem hesitar.

Um para minha mãe, que me deixou ir não uma vez, mas duas.

Um para Amma, que assumiu seu lugar com os Grandes para que eu pudesse voltar para o meu em Gatlin.

Um copo de achocolatado não parece o bastante, mas não é verdadeiramente o leite, e todos sabemos disso, ao menos, todos nós aqui.

Porque a luz da lua brilha nas cadeiras vazias ao meu redor, e eu sei, como sempre, que não estou sozinho.

Eu nunca estou sozinho.

Empurro o último copo pelo trecho de luz da lua por cima da mesa de madeira marcada. A luz treme como o brilho de um olho de Espectro.

— Bebam — digo, mas não é o que quero dizer.

Principalmente, não para Amma e minha mãe.

Amo vocês e sempre amarei.

Preciso de vocês e guardo vocês comigo.

O bom e o ruim, o açúcar e o sal, os chutes e os beijos — o que veio antes e o que virá depois, vocês e eu...

Estamos todos juntos nisso, debaixo de uma massa quente de torta.

Tudo em mim lembra tudo em vocês.

Pego o quinto copo na prateleira, o último copo limpo. Encho até a borda de leite, tão perto que tenho de beber para impedir que derrame.

Lena ri do jeito que sempre encho meu copo ao máximo. Eu a sinto sorrindo enquanto dorme.

Levanto o copo para a lua e bebo.

A vida nunca teve gosto tão doce.

AQUI TERMINAM

AS
CRÔNICAS
CONJURADORAS

Fabula Peracta Est.
Scripta Aeterna Manent.

As luas de uma vidente, as lágrimas de uma Sirena,
Dezenove medos Mortais de Obstinado
Túmulos de Incubus e rios Conjuradores
A Última Página oferece o Fim.

Agradecimentos

Amamos cada minuto disso.
Cada personagem, cada capítulo, cada página.
Mais que tudo, precisamos agradecer agora
à única pessoa que fez isso tudo acontecer:
VOCÊ.
Nosso Leitor Conjurador favorito.
Obrigada. Por tudo. Por todas as coisas.
Foi uma jornada louca.
Esperamos que você continue a ler
e continue a acreditar
no amor verdadeiro,
em coisas escondidas bem à vista,
no mundo entre as fissuras
e, mais que tudo, em você.
Sabemos que nós acreditamos.

Com carinho, sempre — e estamos mesmo falando sério.

KAMI & MARGIE

Agradecimentos especiais a:

Nossa Editora — Julie Scheina

Nossa Tradutora de Latim — Dra. Sara Lindheim

Nosso Diretor de Criação — Dave Caplan

Nossa Preparadora de Originais — Barbara Bakowski

Nossa Gerente de Publicidade — Jessica Bromberg

Nossa Gerente de Marketing — Lisa Ickowicz

e toda a equipe da Série *Beautiful Creatures*
na Little, Brown Books for Young Readers!

Este livro foi composto na tipologia Minion Pro,
em corpo 10/15, e impresso em papel off-white,
no Sistema Cameron da Divisão Gráfica
da Distribuidora Record.